Angelika Frankenstein
em busca do par ideal

SALLY THORNE

Angelika Frankenstein
em busca do par ideal

São Paulo
2023

Grupo Editorial
UNIVERSO DOS LIVROS

Angelika Frankenstein makes her match
Copyright © 2022 Sally Thorne

© 2023 by Universo dos Livros

Todos os direitos reservados e protegidos pela Lei 9.610 de 19/02/1998. Nenhuma parte deste livro, sem autorização prévia por escrito da editora, poderá ser reproduzida ou transmitida sejam quais forem os meios empregados: eletrônicos, mecânicos, fotográficos, gravação ou quaisquer outros.

Diretor editorial
Luis Matos

Gerente editorial
Marcia Batista

Assistentes editoriais
Letícia Nakamura
Raquel F. Abranches

Tradução
Marcia Men

Preparação
Nilce Xavier

Revisão
Paula Craveiro
Nathalia Ferrarezi

Arte
Renato Klisman

Ilutração de capa
Bilohh

Dados Internacionais de Catalogação na Publicação (CIP)
Angélica Ilacqua CRB-8/7057

T413a	
	Thorne, Sally
	Angelika Frankenstein em busca do par ideal / Sally Thorne ; tradução de Marcia Men. –– São Paulo : Universo dos Livros, 2023.
	368 p.
	ISBN 978-65-5609-362-8
	Título original: *Angelika Frankenstein makes her match*
	1. Ficção norte-americana I. Título II. Men, Márcia
23-3633	CDD A823

Universo dos Livros Editora Ltda.
Avenida Ordem e Progresso, 157 — 8º andar — Conj. 803
CEP 01141-030 — Barra Funda — São Paulo/SP
Telefone: (11) 3392-3336
www.universodoslivros.com.br
e-mail: editor@universodoslivros.com.br

Dedico este livro a Christina e Lauren.
A crença de vocês em mim me deu uma vida nova.

Prólogo

É is um fato pouco conhecido: casas têm orgulho de suas habilidades de observação.

Uma casa bem mantida sabe perfeitamente o clima, a fofoca local, quem é um visitante estimado ou um interlocutor indesejado e, acima de tudo, conhece seus habitantes.

Uma elegante residência londrina, em uma rua proeminente, saberá o conteúdo das cartas de amor escondidas debaixo de um travesseiro em seu segundo andar. Um chalé humilde, com piso de pedra bem varrido e lenha fresca na lareira, sabe o que terá para jantar na terça-feira que vem. Será que você vai precisar de um casaco hoje? Pergunte para a sua casa. Qual camareira está apaixonada por aquele criado de olhar emotivo? Não existem segredos.

Mas, se houver negligência envolvida, as casas tendem a ficar taciturnas. E nossa história começa com uma casa de campo bastante desiludida chamada Mansão Blackthorne, pertencente à família Frankenstein há dez gerações. Localizada a um trote acelerado do vilarejo de Salisbury, na Inglaterra, essa casa foi construída em um estilo gótico grandioso, com contrafortes, abóbadas, gárgulas e vitrais em abundância. As janelas de Blackthorne, no entanto, não eram limpas desde que Alphonse e Caroline Frankenstein haviam morrido — ou seja, há precisamente onze anos. Agora, tudo o que a casa queria saber demandava um estreitar dos olhos, e a propriedade ao redor se reduzira a um borrão de teixos, cavalos, um porco circulando livremente e macieiras ficando pesadas com frutas destinadas a apodrecer. Essas vistas não eram notadas pelos ocupantes, e raramente havia algum visitante.

Uma camada fresca de tinta preta nos peitoris era um devaneio extravagante, impossível.

Blackthorne sofria de percepção debilitada, um azedume geral de espírito e pouquíssimo interesse em observar o que quer que fosse, mas talvez a situação estivesse prestes a mudar. Atividades estranhas vinham ocorrendo após a meia-noite no celeiro — perdão, no "laboratório".

O que os dois Frankenstein remanescentes faziam por lá?

O menino mais velho — não, Victor já era um homem e, por sinal, muito afeiçoado ao próprio reflexo — cuidou da irmã durante toda a adolescência dela o melhor que pôde: ria de metade das piadas dela, provocava-lhe por todo fracasso e defeito, decidia no cara ou coroa o que fazer quando ela estava triste, abraçava-lhe uma vez por ano e informava quando passaria a noite fora. Ele costumava voltar fedendo a mulheres e bebida, mas agora preferia recostar-se nos batentes das portas, relendo cartas de alguém chamada Lizzie. Blackthorne tinha uma vaga noção de que Victor era um "gênio": um camarada esperto, que se certificava de que todo mundo soubesse disso. Queria ser lembrado pela história ou por alguma bobagem desse tipo. Aquelas mãos geniais seriam muito mais impressionantes segurando um ancinho e dando conta dos montes de folhas mortas no muro ao norte.

A garota — Angelika, agora com vinte e quatro anos e ainda mais bonita do que o retrato de sua saudosa mãe, Caroline — transformara o ato de trançar seus cabelos em uma atividade meditativa que durava metade do dia, depois da qual ela passava a outra metade tomando um banho de imersão. Tinha o talento de uma artesã quando lhe pediam para costurar algo, mas passava pelas barras das cortinas se desmanchando sem as ver. Mesmo com suas capacidades reduzidas, a Mansão Blackthorne sabia o quanto Angelika sofrera durante os anos em que o irmão partia a cavalo assim que escurecia. A garota chorava como um cachorrinho em seu travesseiro e, agora, ainda como um filhotinho, seguia-o aonde quer que fosse. Ao contrário de Victor, ela não tinha ninguém que lhe fosse especial, e seu anseio preenchia a casa como vapor.

A Mansão Blackthorne tinha uma certeza: os saudosos Caroline e Alphonse Frankenstein haviam deixado os filhos cedo demais e, embora os cofres estivessem forrados de ouro, Victor e Angelika sofriam da mesma negligência que a casa herdada por eles. Precisavam de amor, carinho e cuidados, em um caso de urgência urgentíssima.

A situação, entretanto, não parecia promissora. As crianças Frankenstein dormiam, comiam, gastavam sem pensar e agiam como se estivessem muito contentes, mas suas vidas estavam sufocadas pela hera e pela tristeza.

— Órfão — Victor murmurava para si mesmo, enquanto vestia o casaco do pai.

— Órfã — Angelika murmurava para seu reflexo, apertando um pouco mais seu penteado.

Seria necessário algo, alguém ou um milagre para mudar o atual estado das coisas.

Capítulo Um

Salisbury, Inglaterra, 1814

Angelika Frankenstein sabia exatamente as qualidades físicas que seu homem ideal deveria ter; infelizmente, tinha de encontrar tais atributos no necrotério. Ela e o irmão estavam na soleira da porta do porão como dois clientes prestes a adentrar uma feira de frutas. Deitados em mesas, estavam cerca de trinta cadáveres.

— Eu nunca me acostumo com o fedor — reclamou Victor Frankenstein, cobrindo o nariz com o punho da camisa. — Seja rápida e escolha logo.

— Eu sempre sou rápida — Angelika respondeu por trás do lenço encharcado de perfume. — Por que eu me demoraria?

— Porque quer se certificar de escolher o mais bonito.

— Não quero, não — respondeu Angelika, mortificada.

Falando mais alto, Victor perguntou ao assistente do necrotério, que roía as unhas ruidosamente sentado em um balde virado do lado de fora:

— Qual é o preço hoje, Helsaw?

— Um xelim cada — disse ele para Victor, cuspindo no chão.

Victor considerou a oferta.

— Dá para negociar? Dois cadáveres por um xelim?

Helsaw indicou os cavalos amarrados.

— Ouvi as moedas tilintando quando vocês dois desceram dos cavalos. Se não gostaram do preço, procurem em outro lugar.

— Tudo bem. — Victor sorriu. — Pago o que for.

— Você é um negociante tão bom, Vic — disse Angelika com a mais doce das vozes.

O sorriso de Victor se transformou em uma carranca.

— Quieta, Geleka, ou eu te mando para um orfanato.

— Eu tenho vinte e quatro anos. Eles nunca me aceitariam.

O que os pais deles pensariam dessas atividades tarde da noite?

Helsaw entregou uma lamparina para cada um dos irmãos e suspirou.

— Ih, já estão de picuinha. A espera vai ser longa hoje, rapazes — disse para a fila de estudantes de medicina, que não parava de crescer. Eles resmungaram e acenderam seus cachimbos.

Lá dentro, Angelika dirigiu-se novamente ao irmão.

— Só estou fazendo isso para colocar meu nome na história da medicina ao lado do seu.

— Minha nossa, quanta nobreza de espírito... — zombou Victor, enquanto dobrava e esticava o braço de um cadáver. — Você só me ajuda porque está morrendo de tédio.

— Você não consegue fazer isso sem mim e sabe disso. — Ela esperou o irmão assentir. — Eu queria tanto que voltássemos a viajar.

Victor a encarou, estreitando os olhos.

— Desista. Odeio viver só com o que tenho na bagagem, sem um laboratório. Quando Lizzie chegar, nunca mais sairei de casa.

— Nunca mais? — Angelika pegou a mão gelada de um morto e entrelaçou seus dedos com os dele. Em seguida, rotacionou a articulação do punho. Estaria condenada a viver sem encontrar o amor? Seria uma senhora de cabelos brancos ainda vivendo sob a tutela do irmão? — Se você tivesse cumprido seu dever como irmão mais velho e guardião, eu não estaria aqui agora.

— Eu te apresentei para todos os homens solteiros que já conheci. Puxei conversas em teatros com homens que você achou que eram seu destino. Eu te acompanhei a sessões com videntes. Entreguei bilhetes de amor anônimos e interrompi um casamento. Uma vez, até te ajudei a fazer um encantamento sob a lua cheia. O que, por sinal, foi absolutamente não científico, mas eu te ajudei mesmo assim.

Victor parecia prestes a arrancar os cabelos. Angelika prosseguiu.

— O que eu quero dizer é que você não me ajuda faz *um bom tempo*. Desde que conheceu Lizzie, você se esqueceu dos meus objetivos. Acho até que se esqueceu de como soletrar o próprio nome — insistiu Angelika.

— Fala a garota cujo nome se escreve com к em vez de c. Aqui vai uma pequena sugestão — disse Victor enquanto apertava as costelas de um homem. — Homens não gostam de ser interrogados com uma lista de perguntas preparada com antecedência. Meu amigo de escola, Joseph, disse que sair com você foi como fazer uma entrevista para lacaio.

— Você elogia o quanto sou metódica no laboratório. — Ai, meu Deus. Victor tinha certa razão. Em algum ponto entre as perguntas sobre *cor favorita* e *lembrança mais feliz da infância*, os homens a interrompiam falando do quanto estava tarde e de como a viagem para casa era longa. — Às vezes, tenho de fazer uma escolha em questão de minutos. Eu preciso saber tudo sobre um homem o mais rápido possível.

Dobrando para cima o joelho de um cadáver, Victor respondeu:

— Em assuntos do coração, você deve usar sua intuição e seus instintos. Lizzie me ensinou isso.

Ele irradiava o brilho presunçoso dos recém-apaixonados, e Angelika ficou irritada.

— Eu seguiria esse conselho se tivesse sobrado alguém para conhecer. Antigamente, eu tinha tantos pretendentes que eles formavam uma fila igual àquela. — Angelika acenou com a cabeça em direção à porta, onde os estudantes de medicina fumavam. — Achei que tinha todo o tempo do mundo para encontrar o amor verdadeiro, um amor como papai e mamãe tiveram.

— Você tem todo o tempo do mundo. Não há pressa.

— É fácil falar isso quando você é homem. Eu quero viajar. Quero minha própria casa. Especialmente agora que estão prestes a se casar e vão querer a Mansão Blackthorne só para vocês dois. Tenho certeza de que seria um incômodo.

— Seria mesmo. Portanto, reafirmo no presente momento meu empenho para com seu projeto de casamento. — Victor olhou ao redor da sala escura. — Olá? Alguém aqui estaria interessado em pertencer a uma jovem senhorita egoísta que o manterá como um lindo animalzinho de estimação e se recusará a ceder em qualquer assunto? Apresente-se, se você for tolo o bastante.

O que se seguiu foi um silêncio de morte.

— É assim que você teria me apresentado no baile da academia militar? — Angelika o encarou.

— Você ainda está com raiva por causa disso? Foi há semanas.

— Sim, estou com raiva porque meu irmão se recusou a me levar para dançar com soldados e conhecer o novo comandante. — Ela colocou a mão na cintura. — É culpa minha ser considerada estranha, esnobe e um pouquinho megera. É culpa minha eu estar solteira. Mas também é culpa sua.

— Admito que poderia ter feito mais — concordou ele, passando a mão pelo famoso cabelo cor de mel avermelhado, a mesma cor do cabelo dela. — Mas bailes já passam do meu limite.

— Lizzie vai querer participar deles.

A prometida de seu irmão estava, naquele momento, empacotando seus pertences, preparando-se para se tornar a senhora Frankenstein o mais rápido possível.

Victor sorriu ante a menção do nome de Lizzie.

— Oh, somente ela poderia me arrastar para um. Seja proativa. Escolha um camarada aqui esta noite e, se ele sobreviver, você pode levar bandejas de chá para ele na cama, vestindo suas camisolas mais bonitas.

— Ah, decerto é bem menos esforço do que ir a um baile. — Ela segurou o quanto pôde, mas então caiu na risada pelo absurdo da coisa. — Tudo bem, marido, por favor, apresente-se. Eu prometo que não precisará me contar nada sobre você.

Victor também ria, engasgando, no fundo da sala sem ventilação.

— Outras mulheres encomendam laços e chapéus. Minha querida irmã está confeccionando um pretendente nos mínimos detalhes, inclusive o pênis.

— Eu te odeio tanto, Victor.

— Eu também te amo — respondeu ele com sinceridade.

Angelika então se deparou com um corpo que ainda não havia checado. Sua pulsação disparou e as provocações de Victor caíram para segundo plano.

Ali jazia um homem lindo, congelado no clímax da luta pela vida. Ele aparentava incredulidade por ter morrido. Sua testa estava franzida entre as sobrancelhas, a mandíbula fortemente cerrada e as mãos semi-fechadas em punhos. Ele havia enfrentado a morte como um gladiador e, quando Angelika levantou uma das pálpebras dele, os olhos castanhos eram tão desafiadores que ela se assustou de verdade e a soltou.

— Você lutou até o fim, não foi?

Ela esperou pela respiração furiosa dele, que não veio. Era tão triste.

Passar a mão gentil pelos espessos cabelos cor de bronze era uma ousadia, mas Angelika não conseguiu resistir. Eram macios como a pelagem de um gato. Ela reparou nas marcas de sorriso e nos longos cílios. Ele tinha unhas bem-feitas, e todos os dentes estavam presentes.

— Lindo, lindo, lindo — sussurrou para ele. — Você quer ser meu?

Angelika sentia-se inspirada como nunca antes. Jamais havia sido a última chance de alguém.

— Você está sozinho? Está com medo? — Respirou fundo e teve que juntar coragem para a próxima pergunta. — Posso fazer isso por você? Você quer voltar?

A lamparina tremeluziu e uma brisa soprou, batendo a porta contra a parede. Sua saia rodopiou em volta dos tornozelos. Até Helsaw levou a mão ao peito e gritou uma obscenidade.

Angelika sabia, no fundo de sua alma, que a resposta deste homem morto era: *Sim, sim, sim. Traga-me de volta.*

— Isso foi de arrepiar — comentou Victor, inabalado, batendo as mãos em um peito, procurando por evidência de fluidos. — O que você encontrou aí?

Angelika pigarreou, subitamente emocionada.

— Alguém perfeito. Eu não mudarei nada nele.

— Esse não é o experimento — argumentou Victor. — Meu nêmesis, Jürgen Schneider...

— Eu sei muito bem quem é seu inimigo mortal — ela o interrompeu.

— Então você sabe que ele está reanimando homens inteiros, a torto e a direito, em seu primoroso laboratório alemão. — Victor não conseguia pensar no homem sem soltar um grunhido atormentado. — Tenho de ser mais arrojado e suplantá-lo, e fazer o que ele diz ser impossível. Minha realização deve ser composta de muitas partes, todas costuradas juntas, para ser melhor que a de Schneider. Ele está completo e íntegro?

Victor indicou o namorado de Angelika.

A moça olhou por debaixo do trapo imundo que cobria os quadris do belo homem e considerou o que viu. Andava lendo muitos manuais de anatomia; talvez até demais. O que viu repousando na coxa no homem não era nada notável. E, depois de uma inspeção mais detalhada, constatou que o peito era definido e forte, mas não a parede de músculos que ela preferia.

— Ele parece... bem.

Victor se aproximou para avaliar a afirmação de Angelika. Dobrando as juntas do cadáver, disse:

— Ele provavelmente morreu hoje. É um excelente candidato, e sua aparência é quase tão refinada quanto a minha. — Em seguida, procurou em volta por um espelho e declarou: — Fique com a cabeça dele e refaremos o resto.

Angelika acompanhou Victor até a mesa seguinte. Então olhou para trás, na direção do homem bonito.

Ele parecia tão sozinho, de um jeito diferente dos outros.

Ela notou algo no próximo homem, um camarada corpulento de seus cinquenta anos.

— Este aqui tem uma tatuagem. *Bonnie.*

Era pouco provável que Bonnie aprovaria as atividades dessa noite, e a realidade a atingiu em cheio, mais forte que um tapa dessa mulher imaginária. Angelika começou a se defender em voz alta.

— Com certeza uma segunda chance é melhor do que ser jogado em um buraco na terra, não acha?

Não estava falando com Victor, mas ele respondeu mesmo assim.

— Se não formos nós, serão eles — disse, indicando a porta. — A diferença é que nós temos uma chance de reverter isto. Embora com um atraso de alguns anos, creio. — Fazia referência aos pais deles, e ambos engoliram em seco um caroço de tristeza. Com humor forçado, ele continuou: — Olha, você vai gostar deste aqui. É todo musculoso e tem um pau que mais parece a pata traseira de um javali. Acho que você tem algumas opções com as quais trabalhar aqui.

A mortalha foi puxada até os joelhos e ela avaliou o membro em questão. Os manuais de anatomia não a prepararam para isso.

— Não é... grande demais?

— Não posso te dar conselho nesses assuntos, irmãzinha — respondeu Victor. — Pegue outros sobressalentes onde puder.

O bíceps dessa pessoa não cedeu quando ela o cutucou com o dedo e as mãos estavam pretas de carvão ou metal. O corpo que pertencia a seu belo homem era refinado e limpo; este aqui era um brutamonte. Angelika vacilou, olhando novamente para trás.

— Eu ainda gosto do meu do jeito que é.

— Acho que este era o ferreiro. Atena perdeu uma ferradura no vilarejo ano passado. Uma lástima. — Victor deu tapinhas animados no ombro do sujeito. — Ele suportou a mordida dela muito bem. Não fique tão preocupada, Geleka. Nós construiremos alguém que seja ideal para você em todos os sentidos.

Helsaw se inclinou pelo vão da porta.

— Por que estão demorando tanto? Agora as cabeças custam seis pence a mais.

Victor o ignorou.

— Acho que desta vez vai dar certo, você não acha, Geleka? Aprendemos com as outras três tentativas. Quando eu apresentar meu homem reconstruído no encontro da Ordem Cerúlea, Schneider vai voltar chorando para casa. — Uma expressão cruel se espalhou pelo rosto de Victor. — E ainda levarei Lizzie comigo, para lembrá-lo de todas as formas que ele perdeu para mim.

— Andem logo! — bradou uma segunda voz vinda da porta, amedrontando verdadeiramente os irmãos. Era Mary, a criada idosa deles, cansada de esperar na carroça. — Mas que raios está atrasando vocês? Qual é a dificuldade de pegar uns defuntos? Você — ela ameaçou Angelika com apenas uma palavra. — *Você*.

— Já terminei — defendeu-se Angelika. — Por que todo mundo acha que eu sou lerda?

— Falei para eles — fofocou Helsaw com Mary. — Tem vinte esperando aqui. A guarda noturna vai aparecer a qualquer momento. Escolhe, paga e cai fora. — Contra a parede, a fila de jovens bufou em uníssono. — Mas não tem o que apresse esses dois.

— Você nem imagina o que eu sofro com esses dois — respondeu Mary, amarga.

— Terminamos — assegurou-lhe Victor, sorrindo. — Comprei um pão de frutas para você na feira hoje, minha Mary querida, e aqui está um xelim extra pelo seu tempo, Helsaw.

Tomados por uma súbita adoração, ambos se desmancharam em sorrisos para ele.

Voltando-se para a irmã instantaneamente desprovido de charme, Victor começou a mover o ferreiro.

— Vamos lá, Geleka. Pega os tornozelos dele.

— Eu te pago se você carregá-lo para mim. — Angelika tentou subornar Helsaw, mas ele se recusou com uma fungada. — Qual é a diferença entre meu irmão e eu? Nós dois pagamos igualmente bem.

— Faz bem para nosso coração te ver fazendo alguma coisa — disse Mary. — Vamos suar um pouco essa testa bonita, *milady*. — Parecia que toda a fila de espera estava de acordo. Eles riram e zombaram incentivados por Mary, enquanto Angelika ajudava a transportar a primeira escolha deles para o lado de fora. Ela não se rebaixaria respondendo às provocações e manteve os olhos voltados para o céu. Era noite de lua cheia, e havia algo de diferente em sua constelação favorita.

— Está vendo, eu te disse. Tem uma estrela nova.

— Cientificamente improvável. — Victor sequer olhou para cima.

— Eu observo aquela constelação desde que era criança. Sei como ela deveria ser.

O irmão balançou a cabeça.

— Agora não. Um, dois, três... — Eles içaram o corpo para dentro da carroça. — Vamos voltar para pegar o homem dos seus sonhos. Não podemos nos esquecer dele.

Angelika contemplou novamente a estrela nova e fez um pedido de boa sorte.

— Eu não poderia esquecê-lo nem se tentasse.

Capítulo Dois

Os irmãos Frankenstein passaram a maior parte da noite e do dia seguinte trabalhando.

Anos de aulas de bordado conferiram a Angelika a habilidade de fazer as pequeninas suturas que Victor insistia. Ela se lembrou de sua piada no necrotério: *Outras mulheres encomendam laços e chapéus.* As artérias eram como os finos cordões de cetim na aba de um chapéu; tecido muscular era um tecido adequado a uma anágua barata. O sangue conferia um toque de seda a tudo, mas estava acostumada. Dia e noite, sentava-se tal qual uma costureira, enquanto o alfaiate a observava por sobre o ombro, intolerante ao menor erro.

A essa altura, o ensopado de carneiro que comera ao meio-dia havia sido digerido há muito tempo, e a luz do sol se apagava na sala. Não conseguia mais sentir os polegares.

— Preciso descansar as mãos.

— Com o seu projeto totalmente costurado e completo, enquanto o meu está em mil pedaços. — Victor lançou-lhe um olhar severo ao pular para agarrar a barra de ferro que atravessava o topo da porta. Puxando o queixo até a barra, ele grunhiu devido ao esforço muscular. — Típico da... Angelika.

Ela não estava com paciência.

— Olha só tudo o que eu fiz, seu palhaço ingrato!

— Sua... solteirona... infeliz — Outra flexão na barra.

Os habitantes locais diziam coisa parecida pelas suas costas. *Solteirona, indesejada, esquisita, ímpia.* Sua mágoa deve ter ficado aparente, porque Victor se pendurou na barra e soltou um pesado suspiro.

— Desculpe, eu também estou cansado.

Ele continuou com suas flexões de barra. Angelika sabia que o irmão esperava que ela contasse suas repetições, mas ela não contou.

— Nada te impede de aprender a costurar, Vic.

— Eu… já… tentei. — Muitos anos atrás, um lenço foi arruinado por essa tentativa e pelas gotículas de sangue que ele derramou. Victor não tinha tolerância para tarefas em que não fosse excelente de imediato. Pendurado e bufando, acrescentou: — De qualquer forma, não preciso aprender. Tenho você. Quantas repetições fiz até agora?

— Só mais dez — disse Angelika friamente, cutucando as cutículas enquanto ele fazia muitas flexões trêmulas a mais na barra. Quando o irmão pareceu semimorto, ela disse: — Pronto.

— Mal posso esperar para Lizzie ver todo o meu trabalho duro — disse Victor, largando a barra e caindo no chão.

— Espero que você não esteja falando de si mesmo. — Angelika fez uma careta.

— Reparei que as mulheres gostam de músculos. Ele poderia ter posado para Michelangelo. — Gesticulou para o projeto de Angelika.

Os irmãos se sentaram no parapeito da janela, próximos um do outro. Ar fresco era vital.

— Por quanto tempo vai descansar? — O cansaço era evidente na voz de Victor quando ele se inclinou para fora para checar o tempo. — Consigo sentir o cheiro da tempestade chegando. E o cheiro deles também está piorando.

— Vou descansar cinco minutos — disse ela, e o irmão assentiu, tomando um gole de um frasco de bebida.

Angelika estendeu a mão pedindo o frasco, bebericou e fez uma careta ao sentir o gosto.

— Você fez uma excelente fileira de pontos ali — admitiu ele com uma admiração relutante, colocando-se de pé novamente para inspecionar o pescoço do projeto da irmã. Foi mais ou menos o tempo que ele ficou parado. — Se ele usar o peitilho sempre, ninguém perceberá.

— Obrigada, ficou muito bom mesmo. — Angelika admitiu e olhou para o espaço de trabalho de Victor. No momento, os sonhos e as esperanças científicas dele estavam com o rosto virado para baixo dentro de um recipiente de metal. Ela tomou outro gole do frasco e o devolveu. — Deixarei o seu tão bom quanto.

— O meu só precisa ser funcional. — Ele tirou uma maçã do bolso e deu uma grande mordida. — Você notou que o seu elegante desconhecido estava com um anel de ouro? Como Helsaw não viu, eu não faço ideia. Peguei as mãos para meu projeto.

Angelika estendeu a mão com a palma para cima. Victor deu-lhe um peteleco.

— Os dedos incharam, o anel está entalado. Lembre-me de pegar o alicate de poda no jardim para removê-lo — disse Victor, voltando a se sentar e comendo furiosamente. — Acho que é algum tipo de anel de compromisso. Daremos uma olhada nele depois.

— Ah, que maravilha! — disse ela, com a voz cheia de desespero e pensando: *Será que ainda existe um homem que não é casado?*

Victor a censurou e ficou de pé novamente.

— Você nunca ficou verde de ciúmes quando trabalhou nos três pretendentes anteriores. — Apontou para a bancada e continuou a provocá-la. — Talvez ele te compare à amada dele quando acordar.

— Nenhum dos homens de Schneider acordou com memórias.

— Sou melhor do que ele — rebateu Victor instantaneamente, estalando de irritação. — Digo, serei, se esses dois aí não virarem torresminho. Você sempre me pergunta o que vai acontecer quando eles acordarem. Eu não tenho como te responder. — Ele arremessou o miolo da maçã pela janela. — É um experimento. Uma única pulsação será um sucesso.

— E onde eles vão dormir? O que vão vestir? Vamos ficar com eles para sempre ou eles voltarão para casa? — Ela se retraiu mediante o olhar venenoso do irmão. — Ora, um de nós tem que pensar no futuro.

— Você vive sua vida quase exclusivamente em devaneios sobre o futuro. Estamos fazendo isto aqui, agora, em um território inexplorado e indomado. Não existem regras que eu possa te explicar, porque eu mesmo não sei. — Victor perdeu a compostura, revelando um raro momento de dúvida em si. — Você provavelmente está se preocupando à toa. Eu não fui bem-sucedido até agora.

Ele atravessou a sala até o homem que estava completo e olhou para baixo.

— Eu nunca me empenhei tanto como agora, sabendo o quanto você o quer, Geleka. Você merece alguém que te ame.

Ela sentiu um aperto na garganta e respondeu com a mesma vulnerabilidade.

— Obrigado, Vic. Mas não espero que ele me ame. Provavelmente não vai nem gostar de mim. Só que se ele ficar e se recuperar aqui... talvez possa... me conhecer melhor.

Victor agora falava com uma franqueza desconcertante, com as mãos nos ombros do homem.

— Ele vai descobrir que você é teimosa e ridiculamente extravagante, que gasta mais dinheiro do que é humanamente possível.

— Agora diga algo agradável.

— Ele verá sua beleza mundialmente famosa ... — disse, dando tapinhas em sua criação.

— Ai, para! — protestou Angelika, sorrindo. — Não, continua.

— E, depois que ele te conhecer, descobrirá seu coração de ouro. Você com certeza tem um coração caro, assim como ele tem agora o coração mais forte que eu já manuseei. Não fizemos economia — disse Victor para o homem. — Tudo é da melhor qualidade. Ela se certificou disso.

Angelika sentiu que o irmão merecia algum reconhecimento em troca.

— Quando você for bem-sucedido e a notícia viajar pelo mundo, o pai de Lizzie vai se gabar do genro para todos. E, sim, me dói admitir, mas ela vai amar seus músculos.

— Ah, eu sei que vai — respondeu Victor, antes de ser tomado por uma alegria tão revigorante que até completou outra série de barra fixa.

Ele vivia agora como se houvesse descoberto um segredo, e Angelika ansiava por saber também. Não seria maravilhoso estar apaixonada?

Ela disfarçou a melancolia repentina com uma provocação.

— Se ela não te quiser, Beladona te espera pacientemente nos bastidores.

— Beladona é a única fêmea que eu não deveria, jamais, ter encorajado. — Victor bufou, rindo. Largou a barra e desceu ao chão já limpando as mãos nas calças. — Quando Lizzie chegar, talvez haja um assassinato na Mansão Blackthorne. Descansou o bastante?

Já era tarde da noite quando Angelika largou a agulha e a linha.

— Está na hora — disse Victor, e ele tinha razão.

Estava na hora.

†

A tarefa de Angelika estava completa, e ela não se interessava muito pelo processo de reanimação. Victor orientava. Ela costurava. Ele lidava com a obtenção da placenta, a previsão do tempo e o cabeamento anexado ao pináculo no telhado. Ela retirou o avental sujo enquanto o irmão se movimentava apressadamente por ali, alinhando os corpos em suas câmaras individuais.

Erguendo os braços e as mãos, ela disse a Victor:

— Sinto um clima diferente na noite de hoje. Eu deveria colocar um vestido bonito.

E um pouco de ruge, perfume e uma presilha no cabelo. Embora não pudesse encontrar nada excessivamente represensível em seu reflexo e tivesse de fato sido descrita várias vezes como uma beldade, havia algo em sua personalidade que era intolerável. Inatural. *Intragável.*

— E se ele tiver uma convulsão e queimar que nem o último? É nisso que você deveria estar pensando, não em sua aparência. Além do mais, você sempre usa calças em casa. Ele vai ter que se acostumar a isso.

Victor despejou o barril de placenta na primeira câmara, submergindo sua criação. Os vizinhos criadores de ovelhas já nem perguntavam mais em que os dois usavam aquilo, referindo-se risonhos ao material como se fosse ouro líquido. Com um grunhido de esforço, Victor desviou o barril para a criação de Angelika, que assistiu à substância translúcida e fedida começar a cobri-lo. Mas o fluxo logo enfraqueceu, virando gotas. Victor bateu o barril na lateral, o que disparou novos respingos, mas nada de mais.

— Pensei que houvesse mais — começou a dizer, na defensiva, mas Angelika estava ao lado da câmara em um piscar de olhos.

— Mal chega a três centímetros de altura nas laterais dele, e o seu está totalmente coberto. — O tom dela deixava claro: *isso é injusto.* — Como é que o meu vai ter uma chance justa?

Victor ponderou a situação.

— Vamos animar o meu primeiro, depois colocamos o seu naquela câmara. Não se preocupe, vai funcionar. — Lá no alto, um estrondo de trovão chamou a atenção dele. — A tempestade está quase chegando. Precisamos nos apressar.

Talvez fosse melhor assim. Se a criação de Victor falhasse, ele podia ajustar a técnica e a dela seria bem-sucedida. Todo mundo ficaria feliz e esses meses trabalhando até de madrugada terminariam. Angelika se largou pesadamente em uma poltrona próxima, à espera.

Victor estava agora em seu estado de fluxo criativo e não podia ser interrompido. Ocorreu a ela que Lizzie deveria ver a aparência dele naquele momento, energizado pela eletricidade da tempestade. As garotas do vilarejo falavam de Victor como um rapaz *lindo de morrer e podre de rico, mas tão esquisito!, sempre comendo uma maçã e cheirando meio mal.* Era tudo verdade. Ele estava metido em outros homens até os cotovelos, dia e noite.

Além disso, era difícil se acostumar com a coloração dos Frankenstein. Cabelos vermelhos, pele cor de pérola e olhos verdes. Em Angelika, tais cores eram percebidas como beleza ou feitiçaria. Em um homem alto como Victor, era… uma afronta. Desconhecidos implicavam duramente com ele em portas de tavernas e de janelas de carruagens. Diversos artistas, no entanto, convidaram-no a posar como modelo, aliviando essas ferroadas. Ver os irmãos juntos? Eles podiam até cobrar ingresso.

— Você está se saindo bem — Angelika encorajou o irmão, que estava concentrado demais para reconhecer suas palavras.

Ela cochilou e teve um breve sonho em que estava deitada de costas em um gramado, ao lado de um corpo quente que ela sabia pertencer a um homem. Ouviu a voz dele lhe dizendo que logo estaria ali. Que lutaria para ficar com ela. Em seu sonho, Angelika estendia a mão para o céu noturno, traçando os dedos pela escuridão e pelas estrelas, como se acariciasse o cabelo macio de um homem.

Acordou em um pulo com o estalo de um raio e Victor uivando:

— Está vivo!

Havia movimento na câmara, e não eram convulsões.

Angelika agora estava decepcionada por não terem feito o seu primeiro, mas disfarçou bem.

— Que maravilha! Ele pode te ouvir?

— Não tenho certeza. Não, não se aproxime.

Victor estava debruçado sobre a câmara, tentando ajudar sua criação a se sentar, saindo daquele líquido.

— Talvez eu precise retirar gosma da boca dele.

Não foi necessário; o homem começou a tossir com vontade.

— Ele é alto, não é, Geleka? Mesmo sentado. Como é que eu o fiz tão grande?

— Você disse, e isso é uma citação direta: "Não, Geleka, eu quero as pernas compridas". Deixe-me ajudar.

— Fique longe. — Victor passou um minuto arrumando seu gigantesco bebê, limpando o gel viscoso que escorria da boca frouxa, que se abria e fechava enquanto a criatura piscava lentamente. — Bem-vindo, meu amigo. Eu me chamo Victor Frankenstein e te trouxe de volta à vida. Você me deixará famoso. Espere só até Lizzie te conhecer.

Um gemido lamentoso foi a única resposta.

Angelika foi visitar seu querido sentindo borboletas se agitando em sua barriga.

— Não vai demorar muito, meu docinho.

Ele era, de fato, de qualidade superior. Angelika se valera da seguinte justificativa: se fosse remontada, ia querer que seu criador selecionasse melhorias onde fosse possível. E, embora sentisse uma pontada de culpa ao entregar partes do corpo perfeitamente satisfatório dele para Victor, estava profundamente feliz com o que via agora.

Este era um espécime masculino inigualável.

Ela realmente deveria estar ajudando Victor, mas não conseguia impedir seus olhos de descer pelo corpo do espécime. O peito do ferreiro era todo musculoso e definido. Seu empenho valera a pena. Angelika continuou a revisar a própria criação. Decidira usar o segundo maior pênis disponível no inventário deles, o que fez o irmão rir alto, zombando de seu súbito senso de economia. Contudo, o órgão selecionado provavelmente ficaria de um tamanho bem bom ao enrijecer, se algum dia ela lhe despertasse tal reação. Não tinha como saber. A essa hora da noite, com suas olheiras escuras, parecia um *se* imenso.

Nos lugares em que a placenta respingara, os pontos pareciam estar cicatrizando.

— Preciso transferi-lo para a câmara cheia — ela disse a Victor. — Ande logo.

— Tudo bem então, venha me ajudar — disparou Victor.

Quando ela deu a volta, a criação de Victor estava com os pés no chão. Conforme ele começava a se aprumar, escorregando feito um potro recém-nascido, Angelika podia ver os erros que os dois tinham cometido.

— Essas pernas não combinam com esse tronco.

O homem estava se endireitando e chegando a dois metros e quinze de altura.

— Nada combina — retrucou Victor, sem disposição para ouvir críticas construtivas. — Fique parado, homem. Está tudo bem.

O homem uivou; um ganido terrível de dor, que provavelmente foi ouvido em todo o vilarejo.

— Geleka, venha ver se consegue acalmá-lo.

Victor se abaixou quando sua criação tentou golpeá-lo com um dos braços.

— Psiu — murmurou ela, ampliando sua presença feminina. — Está tudo bem. Angelika está aqui. Você está a salvo.

Por um momento de parar o coração, a fera ficou em silêncio, considerando a silhueta dela com olhos vidrados, demorando-se nos seios e nos quadris.

— Muito bom. Começarei meu exame e a entrevista...

Victor foi interrompido por gritos tão altos que as velas dos candelabros até pingaram gotas de cera. Aquele homenzarrão aparentemente nunca contemplara nada tão horrível quanto a senhorita Angelika Frankenstein e começou a se debater para chegar até a porta, evadindo as garras de seu mestre.

— Que rude — Angelika conseguiu dizer.

— Ele ficou maluco — gritou Victor, exasperado. — E eu já perdi a paciência.

— Precisa da minha pistola? — ofereceu Angelika, na dúvida se seria assassinato matar alguém que já estava morto, mas o irmão recusou com um gesto, irritado.

O par desencontrado de criatura nua e criador dândi dispararam celeiro afora se engalfinhando. Ela podia ouvir os dois rolando na lama, grunhidos de esforço e gritos angustiados que ficavam cada vez mais fracos.

— Certo. Sua vez — disse ela para seu projeto, recusando-se a se intimidar. — Para dentro, meu amor. A tempestade está bem em cima de nós.

Angelika passou faixas por baixo dos ombros dele e ao redor da cintura e, com dificuldade e muita gosma pingando, usou a roda e as polias para transferi-lo para o recipiente mais profundo.

— Que forma mais embaraçosa de nos conhecermos. Assim como eu sou sua última esperança, acho que você também é a minha. — Ela fechou os olhos e a verdade dessa declaração penetrou em seu ser. — Eu me recuso a ser uma velha solteirona aos vinte e quatro anos. Victor vai se casar com Lizzie em breve, em seguida um bebê vai chegar e eu serei a babá não oficial, depois governanta. E, então, uma tia velha e murcha.

Claro que ficaria feliz pelo irmão, mas seria difícil sorrir em meio à inveja. Em seus sonhos, por anos, Angelika ouviu o chamado do amor verdadeiro; um anseio herdado de seus pais loucamente devotados um ao outro.

— Hummm. Não sei muito bem o que vem a seguir...

Talvez deveria ter ficado acordada por mais tempo enquanto Victor fazia a próxima parte. As anotações dele estavam espalhadas pelas mesas ao redor, tudo escrito em suas abreviações peculiares, sendo, portanto, inúteis para ela. Agora era sua chance de provar que era uma colaboradora plena.

— Farei o melhor que puder.

Embora orações de qualquer tipo fossem proibidas na casa deles, suas palavras seguintes soaram muito próximas de uma prece. De olhos fechados e mãos entrelaçadas, Angelika disse:

— Querido senhor, farei qualquer coisa por você. Para ter você, mudarei o que for preciso em mim. Farei sacrifícios e te deixarei orgulhoso... — Aqui, os olhos dela marejaram, e Angelika se debruçou sobre ele, suas lágrimas caindo dentro da câmara. — Eu me cortarei em tantos pedaços quanto você foi cortado.

Houve apenas o silêncio em resposta, mas ela sentiu que ele havia compreendido.

Angelika respirou fundo algumas vezes para tomar coragem.

— Acho que devo conectar este fio aqui.

Ela puxou um cabo elástico do alto e deslizou um anel metálico em torno da testa dele.

— E aí eu aperto isso, assim, e o raio atinge a vara no teto do celeiro, desejo-me sorte e...

O ribombar assombroso de um trovão abafou as palavras que ela disse em seguida. Houve um estalo, tudo ficou branco e, então, o mundo se encheu de faíscas e fogo de estrelas.

E um cheiro de cabelo queimado.

— Maldição! — gritou Angelika, angustiada. — Ele era tão perfeito. Nunca mais vou encontrar outro tão perfeito.

Aqueles lindos olhos castanhos nunca mais observariam este mundo. A perda quase a virou do avesso. Lá fora, o irmão ainda fazia algazarra com sua criação, enquanto seu amado ardia em chamas.

— Bem, ficarei sozinha para sempre — disse consigo mesma, os olhos cheios de lágrimas começando a se ajustar à penumbra.

Então seu coração parou.

Levantando-se em agonia da câmara de gel encontrava-se o homem mais lindo que ela já vira. Ele cuspia bocados de líquido antes de inspirar fundo algumas vezes, áspera e ruidosamente.

— Meu amor? — Angelika aproximou-se e tudo o que pôde ver era como tinha se saído bem. Ao contrário do homem de Victor, seu olhar afiado para a costura e a harmonização resultara em um fruto verdadeiramente primoroso. Ele era perfeitamente constituído, com proporções ideais.

Era um rosto de matar em um corpo de viver.

Ela aproximou-se ainda mais, alisando a frente da blusa e levantando e aprumando o peito.

— Meu amor?

Depois de um acesso portentoso de tosse, o homem nu conseguiu dizer:

— Onde estou?

Capítulo Três

Angelika ensaiara um discurso de boas-vindas à vida três vezes antes desta, mas o esquecera completamente.

— Ah, minha nossa. Senhor, você é lindo!

— Meus braços estão esquisitos. — Ele tentou esfregar o rosto no ombro. — Ah, que dor! O que aconteceu comigo?

Angelika tirou um lenço do bolso da calça.

— Permita-me ajudar.

Limpou os olhos dele e, quando eles se abriram e fitaram os dela, Angelika poderia jurar que sentiu outro raio cair. Sentia seu sangue e seus ossos fervilhando como uma supernova.

— Você está vivo. Mal posso acreditar.

O homem fez uma careta e se mexeu, quebrando o clima. Ele estava ocupado tentando se orientar, o olhar selvagem e desfocado enquanto observava o recinto em torno de si e o próprio corpo.

— Quem é você? Onde estou?

— Você morreu, mas eu o trouxe de volta. Bem, meu irmão e eu. Sou sua nova… — Ela hesitou quanto ao termo que usaria. Criadora? Admiradora? Amiga? Ele esperava uma explicação, então ela se saiu com: — … mestra, e meu irmão, Victor, é seu mestre. Agora você pode morar aqui conosco pelo tempo que desejar.

— Mas *onde* é aqui? — O homem estendeu a mão para a borda da câmara e ficou paralisado ante a visão de si mesmo. — Este não sou eu — disse ele ainda em transe, olhando para o próprio braço, e então começou a se debater, atrapalhado como a criação de Victor. — Estou todo pesado, gelado. É uma dor como jamais senti antes me atravessando ao meio. E você não quer me dizer onde estou.

— Mansão Blackthorne. Bem, o laboratório, pelo menos, onde antes ficava o celeiro.

— Essa informação não é tão útil quanto você parece achar que é — respondeu ele.

Com uma quantidade imensa de placenta entornando pela borda, ele se retirou da câmara e postou-se ao lado de Angelika, os músculos cintilando sob a luz das velas, mas ela não podia admirar o corpo dele agora. Ele tremeluzia em agonia, e isso a deixava aflita. Ela colocou a mão no cotovelo gosmento dele, mas ele a afastou, irritado, olhando para a janela em vez de olhar para ela. Foi na direção da janela, grunhindo resoluto, a dor nítida em sua expressão ao ambular rigidamente. As duas criações desta noite pareciam obcecadas em fugir.

— Não, fique aqui, está chovendo — gritou Angelika.

Ela reparou no traseiro excepcional de um jeito abstrato enquanto ele se debruçava para fora da janela. Entretanto, ele não fez nenhum outro movimento para sair por ali e, quando ela se aproximou, viu que ele observava Victor lutando no gramado debaixo da chuva pesada. Victor tinha conseguido passar uma corda em torno do homenzarrão e o continha o melhor que podia, a outra ponta da corda enrolada em volta de uma árvore para contrabalançar. Nas sombras da casa, um porco de orelha caída assistia à comoção.

— Aquele é o meu irmão. Desculpe interromper, Victor! — chamou Angelika da janela.

— Estou ocupado!

— O meu também deu certo!

Victor virou-se de súbito, chocado. Sua criação aproveitou a deixa, desamarrou-se e fugiu, perseguido pelo porco.

Victor emitiu um rugido ininteligível. Estava empapado, exausto e tinha perdido uma bota.

— Ele está vivo e falando. — Ela apontou para o homem a seu lado. — Deixe o seu ir embora, você nunca conseguirá detê-lo. Volte para dentro.

Mas Victor não podia aceitar isso.

— Ele pode se machucar. — E saiu correndo noite afora.

O homem olhou para Angelika.

— O que você quis dizer com o "seu também deu certo"? — Ele tremia muito de frio, a pele ainda em um tom nada sadio. — Eu sou como aquela... coisa gigantesca? O que você fez comigo?

— Ele não é uma coisa, é um hóspede, exatamente como você. Eu te falei o que fiz. Salvei a sua vida. Agora vamos.

Dessa vez, quando ela o pegou pelo cotovelo, ele permitiu ser conduzido de volta ao relativo calor do salão.

— Pedirei à nossa criada que acenda a lareira para nós e aqueça um pouco de água.

Ela puxou uma alavanca marcada MARY na parede — outra das grandes invenções de Victor —, mas convocá-la a essa hora da noite era perigoso.

— Venha, vamos para a casa comigo. Aqui, deixe-me encontrar algo para você vestir — disse Angelika, amaldiçoando sua falta de organização. — Enrole-se nisto aqui.

Ela lhe passou um pedaço longo de musselina e, juntos, eles o amarraram no quadril do homem.

— Não vou a lugar nenhum até você me explicar tudo. — Ele batia os dentes audivelmente. — Isso é tudo um sonho, nada mais. Eu enlouqueci, foi isso que aconteceu. Estou no manicômio Bedlam. Estou no inferno.

— Está tudo bem. Você está na Inglaterra. A Mansão Blackthorne fica a três quilômetros de Salisbury. Explicarei tudo quando você estiver em um bom banho quente.

Um estrondo distante pôde ser ouvido. Um tiro? Pior: Mary batendo uma porta.

— Mas eu não tenho memória alguma. Foi um acidente? — Ele olhava de novo para seus braços, deslizando o polegar por uma fileira de pontos se curando. — Isto é um manicômio? Estive em coma? — Ele começou a implorar. — Por favor, meu nome. Diga-me meu nome.

— Eu não sei o seu nome.

Uma sombra escureceu o salão. Era Mary, em seu roupão ensopado, uma carranca no rosto desgastado pelas intempéries. Tanto Angelika quanto o homem deram um passo para trás.

Angelika recuperou o ar primeiro e disse, em sua melhor voz de senhora da mansão:

— Mary, meu hóspede finalmente chegou.

Mary já vira esquisitices demais naquela casa para ficar chocada.

— A quarta vez é a que vale — disse, sarcástica. — Quando é o casamento?

— Ora, Mary, que piada! — respondeu Angelika, empalidecendo sob o olhar desconfiado do homem. — Precisamos de água quente. Suficiente para duas banheiras, no mínimo.

— Você sabe quantos anos eu tenho? — começou Mary, antes de se lembrar que era uma criada. Então saiu do celeiro, berrando uma obscenidade quando julgou estar fora do alcance do ouvido deles.

— Estou preocupada com Victor — disse Angelika, quando o homem simplesmente a encarou. Ela retornou à janela. — Se você prometer ficar na banheira, eu poderei sair para ajudá-lo.

O homem se uniu a ela e contemplou o gramado onde a cena violenta ocorrera. Então avaliou o céu tormentoso e deslizou a mão molhada em torno da cintura dela, puxando-a para junto de si. Para Angelika, aquilo foi como um toque marital, possessivo, dizendo-lhe para ficar dentro de casa e fora de perigo.

Bem quando o prazer do momento irradiava pelo corpo dela, o homem pareceu notar o que havia feito e reagiu com surpresa. Ele a empurrou para longe com tanta força que ela se chocou contra o caixilho da janela, batendo a bochecha com o impacto.

— Desculpe — soltou ele, chocado. — Eu não sou forte assim. Meu corpo não me pertence.

Para somar à humilhação, sob o tecido de musselina, seu pênis estava ficando ereto. Ele olhou para a cintura de Angelika, as coxas evidenciadas naquelas calças, e a situação ficou mais proeminente.

— Eu não pretendia te empurrar. O que está acontecendo?

A dor em seu malar era um lembrete da realidade. Aquilo não tinha nenhuma semelhança com seus devaneios de menina, e Angelika se recusava a laçar sua criação da mesma forma que o irmão fizera.

— Cabe a você decidir se vem comigo agora, mas a vida será difícil para você sem roupas, dinheiro ou abrigo. Se os habitantes do vilarejo te virem assim, vão presumir que você fugiu de um manicômio e te espancarão até a morte. Se vier voluntariamente, eu lhe darei abrigo quente, cama, comida e respostas.

Em silêncio, ela deixou o recinto e ele a seguiu.

Enquanto atravessava o gramado que separava o celeiro da mansão, o homem continuava atrás dela, mancando e contendo gemidos. Ela sentia o olhar agudo dele em suas costas. Tirando a reação circulatória involuntária de seu novo pênis, não havia qualquer indicação de que a achasse remotamente atraente.

A conexão surgira somente da parte dela, situação que lhe era familiar.

Se Angelika via um homem mais de duas vezes e dava um jeito de estimar onde e quando poderia tornar a vê-lo, caía em uma paixonite arrebatadora. O entregador do padeiro, cheio de marcas de varíola, não fazia ideia de que fora o astro das fantasias mais românticas da senhorita Frankenstein; o mesmo podia ser dito do lacaio do vizinho, do criador de ovelhas que usava a viela dos fundos da mansão e, por um período vergonhoso, o ancião que encadernava os livros de Victor.

Angelika tinha um coração passional; porém, enquanto atravessava o vestíbulo escuro da mansão e subia a escadaria curvada à esquerda, finalmente lhe ocorreu o quanto isso era nada romântico. Em vez de ser paciente e deixar o destino decidir, à maneira típica dos Frankenstein, ela fora proativa demais.

— Você ficou deveras quieta — disse o homem atrás dela.

Ela se virou na escadaria e viu que ele estava só no segundo degrau, lutando para levantar cada perna.

— Está difícil? — Ela desceu até lá e passou o braço dele por cima de seu ombro. — Eu te ajudo. Apoie-se em mim.

— Acho que estou morrendo. — Ele foi pragmático a respeito. — Estou ficando azul.

O homem resistiu à ajuda de Angelika o máximo que pôde, mas aí foi ficando mais pesado contra ela, até que os degraus que faltavam parecessem se estender para o alto como o cume de uma montanha. Não reclamou nem uma vez sequer, e a jovem ficou assombrada com a pura força de vontade dele.

Agora que estavam pressionados um contra o outro, ela podia ouvir um chiado nos pulmões dele. *Eu fiz isso com ele*, disse para si mesma, atordoada. *Eu o coloquei nessa agonia terrível, e para quê? Para ter um homem bonito pela casa com quem tomar o chá da tarde? Com o que eu estava brincando?*

— Mil perdões por tudo isso. Meu irmão é uma má influência para mim.

Para cima e para o alto eles pelejaram, até parar, ofegando de exaustão, no patamar, logo abaixo do retrato da mãe de Angelika. A expressão da pintura mudava dependendo do ângulo e da circunstância.

Naquele momento, Caroline Frankenstein mostrava-se profundamente indiferente.

— Estou claramente fazendo o melhor que posso, Mamã — disse Angelika para a moldura. — Vamos lá. — Chamou, guiando o homem para a esquerda. — Meu quarto fica no final do corredor; só precisamos chegar até lá.

— Seu irmão pode não aprovar.

— Um homem na minha banheira não será o evento mais esquisito a acontecer hoje.

O corpo dele se inclinou para mais perto do dela, como se quisesse sentir e cheirar Angelika. Encostado no quadril dela, o membro dele mantinha sua rigidez.

— Por que meu corpo continua fazendo isso? — Ele recuou com desagrado evidente nas feições e empurrou a si mesmo com a palma da mão. — Quero que saiba que, do pescoço para baixo, não sou eu.

Ele estava absolutamente correto, mas, mesmo assim, magoou os sentimentos dela.

— Minhas mãos querem te tocar, mas eu não quero, e meu… — Ele olhou para baixo outra vez. — Tudo está diferente. Eu não tenho lembranças, mas sei que este não sou eu. O que você fez?

No final do corredor, Mary apareceu com baldes balançando, abençoadamente interrompendo a conversa. Ela disparou:

— Finalmente! Faz um século que estou esperando. Anda, coloque-o para dentro. Não desperdice meu trabalhão.

Ela saiu marchando e resmungando. O homem observou-a indo embora.

— Devo ajudá-la?

— Como eu disse, você é meu hóspede. — Angelika se maravilhou com a consideração dele enquanto o conduzia para dentro de seu quarto, mas ele travou diante da porta. — Vamos, você vai se sentir muito melhor.

Ele analisava o quarto com um vinco na testa. Observou a cama de baldaquino sufocada em sedas finas e as joias largadas pela cômoda. Reparou no biombo bordado imitando estilo chinês, os tapetes persas de 250 anos e a alcova junto à janela cheia com uma banheira de cobre e samambaias em vasos.

— Você é rica — disse ele, em tom acusatório.

— Sou.

— Você mora aqui sozinha, só com seu irmão? Qual é o seu nome mesmo? — demandou ele.

— Angelika Frankenstein. É latim para "angelical". Mas meu nome se escreve com κ, não com c. Mamãe queria ser criativa, mas eu queria que ela não tivesse se dado ao trabalho.

Ela foi até o banheiro e encontrou uma lata de sais. Enquanto os agitava na banheira, disse:

— Você tem razão: sou uma herdeira rica e uma órfã. Nós perdemos pai e mãe muito depressa, um depois do outro, quando eu tinha treze anos. — Ela pigarreou para limpar o nó na garganta. — Depois disso, Victor fez o melhor que pôde para me criar, então meus defeitos são culpa dele. Esses sais são de Paris. Eles podem pinicar seus pontos, mas ajudarão na cura.

— Por que eu tenho pontos? — Ele não conseguiu resistir ao vapor e se aproximou, ainda batendo os dentes. — Eu realmente não deveria estar aqui.

— Pediremos a Mary para arrumar o quarto de hóspedes aqui ao lado. Victor deixou uma das fantasias teatrais de Lizzie estendida na cama. É um urso-pardo enorme.

Ele estava confuso demais para se interessar por isso. Quando colocou o pé na água, soltou um urro.

— Está quente demais, é uma agonia, uma agonia! — repetia, reclamando, aborrecido, mas continuava mergulhando na água.

Recostou-se na banheira e olhou para o teto com um sofrimento genuíno nos olhos. Então encarou Angelika, agora com aquela mesma expressão feroz de batalha que ela vislumbrou no necrotério.

— Se você fez isso comigo, eu te odeio.

— Então acho que você me odeia. — Ela foi até a prateleira pegar uma barra nova de sabonete e uma escova de unhas. — Foi rápido. Talvez seja meu novo recorde.

Mary tinha voltado para o quarto e dessa vez sua audição não lhe falhou.

— Você a odeia, hein? — Ela jogou um balde de água no rosto dele sem cuidado algum. — Quer dizer que preferiria estar mortinho no chão, sendo jantado por vermes? Você está de molho feito um lorde em uma mansão. Uma das mulheres mais ricas da Inglaterra quer esfregar suas unhas. Tome tento — Mary o censurou e, com esforço, levantou o segundo balde, jogando o conteúdo sobre ele. — Considere-se sortudo por ela não ter te mandado de volta para o lugar de onde você veio.

As palavras da criada surtiram efeito. Quando Angelika puxou um banquinho para junto da banheira e ergueu a escovinha, ele lhe estendeu a mão com uma piscada contrita.

— Eu realmente estava morto?

— Sim. Eu te encontrei no necrotério. Achamos que você morreu ontem. — Ela começou a esfregar as unhas. — Está se sentindo melhor, meu amor?

Ele ficou abalado com a novidade.

— Por que você me chama assim? Nós nos conhecíamos antes?

— Eu chamo todo mundo assim — mentiu Angelika. — É um hábito meu. — Ela lhe devolveu a mão esfregada e ele a levantou para fazer a própria inspeção. — E você tem razão: do pescoço para baixo, foi construído com partes de vários homens.

Ele se ergueu de súbito, derramando água fora da banheira e ensopando a calça de Angelika.

— Rá! Eu sabia que esse não era o meu pau! — Vociferou, antes de afundar na água.

Angelika teve a impressão de ver o primeiro indicativo de rubor no rosto dele.

— Não consigo me lembrar de nada, mas disso eu sei — resmungou consigo mesmo.

Ela mentiu outra vez:

— Você foi esmagado por uma roda de carroça. Eu tive que improvisar.

Ele passou os dedos sobre seu corpo de uma maneira que fez Angelika corar.

— E este é o corpo que você fez para mim?

Ela acompanhou as pontas dos dedos dele deslizarem sobre os pontos ao redor de seu pescoço, das juntas dos ombros, do peito pesado e do abdômen musculoso. Ele ergueu os joelhos e notou uma cicatriz antiga que o dono anterior tinha. Havia assombro na expressão dele ao olhar para ela outra vez.

— Você fez isso?

— Eu fiz a padronização e a costura. Pode ser complicado e bagunçado na parte das artérias, mas o procedimento de Victor, em última instância, foi o que te trouxe de volta. Ele é um gênio.

— Você também é um gênio — disse o homem com admiração. — Se o que você diz é verdade e eu deveria estar morto e enterrado, então eu te devo um muito obrigado.

— Disponha. — Ela não conseguiu se conter; pegou uma esponja marinha e começou a limpar o rosto dele. — Meu amor, você já está com uma aparência muito melhor.

E cheirava infinitamente melhor também. Fechou os olhos de um jeito que parecia ser de prazer enquanto ela passava a esponja por sua testa, suas bochechas, sua mandíbula e seu pescoço. Angelika repetiu o padrão diversas vezes mais, colocando todo carinho e cuidado no movimento.

A mão dele segurou seu punho.

— Mas por que eu?

— Por quê? Somos cientistas. — Ela se soltou dele e, para evitar aqueles olhos castanhos como conhaque e tão penetrantes quanto, ficou de pé. — Ah, estou ensopada.

Isso o distraiu.

— Eu nunca vi uma dama usando calças. — Suas pupilas se dilataram bastante e ele empurrou a parte inferior da mão por baixo da água, na altura da cintura. — Pelo menos, acho que não.

— Não consigo costurar pessoas com a mesma facilidade se tiver uma saia enorme me atrapalhando. — Sentiu-se subitamente embaraçada e recuou, afastando-se dele. — Vou trocar de roupa. Ah, Mary, meu amor, aí está você. Colocou tijolos quentes na minha cama?

Mary reparou no apelido carinhoso e assentiu, desconfiada. Em seguida, foi até a banheira e analisou a água, ignorando o homenzarrão de molho dentro dela.

— Ele estava tão sujo e fedido que a água está marrom — disse Mary, maliciosa, antes de enfiar a mão entre os pés dele e retirar a tampa do ralo da banheira. — Invenção do Victor — explicou ela, distraída, enquanto Angelika ia para trás do biombo com roupas secas.

— Invenção? — ecoou o homem.

Mary se gabou:

— Mestre Victor tem uma mente brilhante.

— Tem mesmo, pergunte para ele — interveio Angelika, sarcástica.

— Ele instalou um cano de cobre que esvazia a água para fora da casa. É um presente divino. Agora, só falta inventar algo para carregar a água escada acima… Tenho certeza de que vai inventar.

Ouviu-se um gorgolejo e então Mary começou a encher a banheira outra vez.

— Já está com uma cor melhor — ela disse a ele. — E dá para ver que o sangue está fluindo bem para o seu pau.

— Madame, isso está fora do meu controle — protestou ele.

— Qual é o seu nome, afinal? — Mary lhe perguntou. — Como posso te chamar?

— Não consigo me lembrar — disse o homem.

— Bem, escolha um nome ou eu escolherei por você. Humm… Você veio do celeiro lá fora. Celly? — Mary juntou os baldes vazios. — A mestra está nua atrás daquele biombo. Nem pense em dar uma espiadinha.

— Jamais faria isso — retrucou ele, horrorizado. — Não estou nem remotamente interessado nela.

— Ah, *milady* — disse Mary, com um pesar profundo. — Acho que este aqui não vai dar certo.

Victor era, na maior parte do tempo, autossuficiente, mas a irmã mais nova não passava de trabalho puxado. Dava para ouvir Mary resmungando enquanto partia, algo sobre *solteira* e *inacreditável*. E era verdade. Tudo verdade. Para sempre. Angelika vestiu uma camisola.

— Desculpe — disse o homem. — Isso foi grosseiro de minha parte.

As lágrimas dela ensoparam seu lenço limpo em um fluxo contínuo. Quando inspirou, soltou uma fungada sem querer.

Houve uma movimentação na banheira.

— Senhorita Frankenstein? Você está bem?

Ela tentou fazer a voz soar normal.

— Vou pegar roupas para você e pedirei a Mary que lhe dê um fardo de suprimentos. Também lhe darei dinheiro e um cavalo. Vou liberá-lo de minha companhia.

— Você está chateada. Volte aqui, por favor, Angelika. — Ele pediu, em tom bondoso.

— Não — respondeu ela, com uma fungada mais ruidosa. — Vou ficar aqui atrás sozinha, para sempre.

— Se é o que você deseja — disse o homem. — Mas eu gostaria de saber o que você está vivenciando.

— Eu sinto dor. De um tipo diferente. — Ela esperou pela bronca que merecia. *Pirralha egoísta, mimada.* Ela não veio. — Pensei que estava fazendo algo bom, mas agora vejo que você não queria que eu ajudasse. Deveria tê-lo deixado em paz.

— Estou contente que não tenha feito isso.

— Você se lembra como foi? Estar morto? — Ela hesitou e então fez a pergunta que Victor teria proibido. — Existe algo... além?

— Antes de ver o seu rosto, era só... — Ele ficou em silêncio por tanto tempo que Angelika deu uma espiada de trás do biombo, alarmada. Entretanto, ele estava só descansando, a luz das velas brilhando em seus olhos enquanto pensava. — Antes de você, havia uma escuridão absoluta. Não fui arrancado do paraíso. Desculpe se te aborrece ouvir isso.

— Nem um pouco. Paraíso e inferno não são conceitos muito científicos. — Ela observou enquanto a expressão dele se fechava em uma carranca. — Isso é ofensivo para você?

Ele suspirou e sua expressão se acalmou.

— Não sei com que ficar ofendido. A sua aparência é tudo que conheço. Não consigo nem me lembrar do próprio rosto.

Angelika deixou seu esconderijo ao ouvir tal confissão.

— Buscarei um espelho para você depois. Confie em mim quando digo que você é extremamente bonito. Acrescentarei alguns sais à sua água. Pinica?

— Você nem imagina o quanto — respondeu ele, os olhos no rosto dela, antes de se desviarem para analisar sua camisola em uma descida rápida, dos ombros até os dedos dos pés. Ele mal estava submerso agora e exibia um tom rosado nos lábios, para alívio dela. — Era verdade. Eu cheirava à morte.

Angelika riu, surpresa, enxugando os cílios molhados, e ele deu seu primeiro sorriso. Foi adorável. Os dentes dele eram ainda melhores do que ela se recordava.

— Escolha um nome até que consiga se lembrar do seu — ela o encorajou, puxando o banquinho mais para perto da cabeça dele. — Vou lavar seu cabelo.

— Obrigado — disse o homem, quando ela começou a fazer espuma em seu couro cabeludo. — Realmente não sei como vim do necrotério para cá. Meu nome… — ponderou, os olhos se fechando conforme ela começava a massagear. — Liste alguns e talvez eu consiga me lembrar do meu.

— George. Charlie. John. David. Francis. Edward. Liam. Ted. Hubert. Howard. Hugh. Horatio.

— Chega de nomes com H, não é por aí — ele ordenou, áspero, mas com o riso evidente nas ruguinhas em torno dos olhos.

Angelika se lembrou do anel que ele portava no necrotério. Será que ainda se encontrava na mão da criação nua que se encontrava atualmente correndo e uivando pelos montes? Aquilo poderia conter uma pista da identidade dele.

— Mais nomes? — pediu ele, suspirando.

— Albert. Lawrence. Edgar. Chester.

— Chester? Eu tenho cara de Chester?

Os lábios do moço ainda tinham um esgar levemente divertido, e o coração de Angelika se agitou e tornou a sossegar no peito.

— Você tem cara de quem poderia ser o homem que quisesse ser.

Mary retornou pouco depois com mais água. Ela estava bem cansada a essa altura, chiando e tossindo, o rosto brilhando de suor. Quando colocou os baldes no chão, não conseguiu tornar a endireitar as costas, o que alarmou tanto Angelika quanto seu hóspede.

— Sente-se, Mary — disse Angelika.

Ao mesmo tempo, ele disse:

— Descanse, por favor.

— Podem despejar a água vocês mesmos. Estou voltando para a cama. Já se lembrou do seu nome, meu filho? — Mary estreitou os olhos para ele. — Que tal William? Era como meu marido se chamava. Ele pode ser Willy ou Will.

Angelika ficou surpresa.

— Eu não sabia que você já tinha sido casada.

— Você nunca perguntou, mocinha.

Angelika voltou a pensar no cadáver dele na mesa, na expressão desafiadora mesmo então.

— Acho que Will combina perfeitamente. Ele já me mostrou quanta força de vontade* tem. O que você acha?

O homem ponderava o nome.

— Will... É, Will vai servir até eu recuperar minha memória. Obrigado, Mary. Você também salvou minha vida esta noite.

— O desjejum é às sete — retrucou Mary, mas a gratidão dele a fez sorrir antes de lhe lançar um olhar desconfiado: — Nada de gracinhas por aqui, entenderam?

E então, olhando para Angelika, balbuciou uma frase familiar: *Sem hesitação, sem educação, corra.*

Era um código antigo entre as duas. Não parecia, porém, que este homem tentaria dominá-la.

— Obrigada, Mary, eu me lembro bem. Boa noite — grasnou Angelika para as costas encurvadas da idosa que já se retirava, com o rosto ardendo de humilhação.

— Tenho certeza de que não foi para isso que você me ressuscitou. — Will arqueou as sobrancelhas. — Eu não seria vaidoso a ponto de presumir isto.

Angelika o calou jogando um balde cheio de água sobre sua cabeça. Engasgando, ele empurrou o cabelo para trás.

— Onde estão os outros criados? Dá dó vê-la fazendo tanto esforço assim.

— É só ela. Nós precisamos de bastante privacidade. — Diante do olhar incrédulo dele, Angelika emendou rapidamente: — Mas eu contratarei mais gente, caso seja de seu agrado. Como se sente?

— Acho que estou bem. Bastante cansado, mas a dor diminuiu.

— Eu lhe darei um pouco de láudano e o colocarei na cama, meu amor.

Angelika foi buscar uma toalha. Atrás dela, o homem se levantou e saiu da água.

---

* Um dos significados de "will" é força de vontade, determinação. (N. T.)

— Não faz sentido ficar tímido, creio eu — disse ele enquanto ela estava de costas. — Você já viu tudo antes. E construiu meu corpo com muita consideração.

Ele não estava flertando. Quando ela virou, ele estava inclinado, admirando a linha de costura em seu abdômen. A ereção permanente apontava alegremente na direção dela.

— Seja lá quem era o dono desse pênis, ele era decididamente louco por você.

— Espero que não tenha sido do amigo pelado de Victor — disse ela, fazendo-o rir. — Eu não sabia que as partes diferentes teriam emoções diferentes. Talvez retenham as memórias de seus donos.

— Meu corpo antigo foi estropiado, você disse?

As regras de Victor para uma reanimação que superasse o padrão de referência estabelecido por Schneider agora pareciam um motivo mesquinho para desmembrar a estrutura original de Will, esguia e organizada. Mas ela não admitiu a verdade para aquela carinha esperançosa.

— Tente não pensar muito nisso.

— Mas eu preciso saber por que você fez isso. Por favor, me diga, ou não conseguirei dormir. — Ele enrolou a toalha oferecida em torno da cintura e um bocejo fez seu maxilar estalar. — Dormirei no chão.

— Você pode dormir na minha cama; é bem quentinha. Precisa se recuperar.

Angelika ignorou a expressão chocada dele e saiu em busca de algumas roupas de dormir no quarto de Victor. Na verdade, até ela estava chocada com seu atrevimento.

Em suas mais sonhadas fantasias, teria sido amor à primeira vista e ele a teria deitado sobre as colchas para uma noite de paixão exploratória, e Mary definitivamente colocaria de molho roupas de cama manchadas por sua virgindade perdida na manhã seguinte. Como podia ter sido tão presunçosa a respeito de tudo e tão otimista?

Encontrou algumas roupas de dormir limpas na cômoda de seu irmão.

— Aqui — disse ela ao retornar. — Vista-se, se conseguir.

Ele desapareceu atrás do biombo e ela lhe deu privacidade para se secar e vestir.

Angelika afastou as cobertas e Will subiu na cama, sem dizer uma palavra, emitindo um gemido profundo que fez as coxas dela estremecerem. Angelika lhe deu algumas gotas de láudano e ele estremeceu com o sabor enquanto se afundava nos travesseiros.

— Aqui, olha — disse ela, erguendo o espelho de mão prateado para que ele pudesse ver a si mesmo. — Não concorda que você é muito bonito?

Ele se observou, a droga começava a fazer efeito e sua visão ficava turva.

— Não acredito que sou tão bonito quanto você acha.

— Vi todo tipo de homem que existe — disse ela, relembrando as milhares de avaliações rápidas que fizera em todas as multidões. — Seu rosto é o meu preferido.

— Posso dizer honestamente — disse ele, exalando devagar — que o seu também é o meu preferido.

Angelika finalmente compreendeu o termo *agridoce*.

— Isso porque você não conhece mais ninguém.

— Mas olha só você — disse ele, roucamente. — Quando abri os olhos, pensei que estava no paraíso.

Com esforço, ela resistiu ao impulso de pedir a ele que elaborasse.

— Durma bem.

— Eu lhe permito dormir junto a mim, mas devo alertá-la… — A voz dele foi sumindo, perdendo o fio da meada, e seus olhos se fecharam. Em seguida tornaram a se abrir, com uma intensidade espantosa. — Direi agora, antes que me esqueça. Você me viu por inteiro. Eu quero, em troca, conhecer o seu corpo. Eu tocaria toda e qualquer parte de você. Quero te pegar no colo, sentir seu peso. Quero testar meu corpo. — As pálpebras dele tremularam até quase se fecharem. — Obviamente, eu vou resistir. Deite aqui, chegue mais perto. Mais. Não vou morder.

Ela obedeceu, abalada pela confissão sensual. Bastava uma leve puxada do linho para cima e estaria nua. Seria este o primeiro beijo dela? Will apenas inclinou a cabeça para junto do pescoço de Angelika, cheirando sua pele. Ele segurou aquela respiração antes de exalar o sopro quente dentro da camisola dela.

— Posso te fazer um pedido?

— Claro — disse Angelika, um pouco temerosa, o coração pulsando na garganta.

— Pode ajudar minhas mãos? Elas estão doendo muito.

— Está com câimbra?

Ela pegou uma das mãos dele nas suas duas e novamente ficou espantada com o tamanho. Tudo em que podia pensar era: *Ele poderia me pegar no colo com facilidade, e onde será que seguraria primeiro?* Corando, massageou as mãos tensas, aplicando-se à tarefa com tanta diligência que ele sorriu.

— Por que me trouxe de volta? Tem certeza de que não estávamos apaixonados? — Will lutava para manter os olhos nos dela enquanto o opiáceo o arrastava para o sono. — Do jeito como você cuida de mim e olha para mim, eu acho que estávamos. Lamento muito por não me lembrar.

— Nós não estávamos apaixonados — Angelika lhe disse, enquanto ele mergulhava na prisão sombria do sono. — Mas eu queria que estivéssemos.

Capítulo Quatro

Victor entrou mancando na sala de jantar. Estava imundo e ainda calçava uma bota só.

— Bom dia — Victor saudou Angelika e Will, que já estavam na metade do mingau. — Mary me disse que devemos chamá-lo de Will. Prazer em conhecê-lo. Não estou de pé cedo assim desde que era pequeno.

— É verdade — Angelika confirmou para Will. — Eu tomo café sozinha. E às vezes almoço também.

— Eu trabalho até tarde — Victor se defendeu. — E que noite maluca foi essa?!

— Tenho que concordar com você — respondeu Will.

Ele não dera nenhuma indicação a Angelika de que se lembrava de sua confissão da madrugada, mas ela ardia com a lembrança. Sem notar as bochechas rosadas dela, Will perguntou a Victor:

— Conseguiu pegar seu amigo?

— Infelizmente não. — Victor caiu em sua cadeira com um gemido. — Quase o peguei no pomar, mas ele estava subindo a colina bem depressa. Eu segui os gritos por um bom tempo, mas é um terreno pedregoso.

— Vai continuar procurando? — Angelika passou uma cesta de pães para o irmão. — Ele está completamente indefeso lá fora.

— Eu vou encontrá-lo. Só preciso comer, selar Atena e encontrar uma bota nova.

— Tem um par novo na parte de baixo do seu armário. — Angelika gesticulou, indicando Will. — Ele é tão bonito que até consegue fazer as suas roupas parecerem respeitáveis, Vic.

— Obrigado pelo empréstimo — disse Will.

Angelika reparou que ele agradecia cada cortesia que lhe era feita.

A moça se aprumou na cadeira e, quando Mary voltou com um pote de manteiga, ela agradeceu graciosamente. E recebeu um olhar de soslaio desconfiado como resposta.

Victor respondeu a Will, bocejando:

— As roupas? Não se preocupe. Geleka vai arranjar outras para nós.

Mas, em seguida, concentrou-se no rosto da irmã com interesse agudo. Aquela encarada de olhos verdes, tão similar à dela, era desconcertante.

— Como arranjou esse hematoma?

Angelika olhou para Will por reflexo, o choque com o caixilho da janela do laboratório ainda era uma lembrança dolorida de sua rejeição instantânea.

Victor o confrontou com uma carranca mortal, segurando sua faca com força.

— Você fez isso com ela?

— Foi um acidente, e eu lamento muitíssimo, Angelika — disse Will com remorso genuíno. — Ainda estou entendendo este novo corpo e fui descuidado. O que me pareceu uma reação leve acabou sendo mais forte do que eu esperava.

— São esses ombros de ferreiro — observou Victor, relaxando de volta na cadeira. — Bem, espero que você tenha sido gentil com ela à noite.

Dirigindo-se novamente a Angelika, Victor perguntou:

— Foi tudo o que você esperava?

— Não aconteceu nada — ela disse, tentando completar com os olhos: *Mude de assunto.*

— O que você esperava? — indagou Will.

Ignorando o olhar fulminante dela, Victor disse alegremente:

— Você, meu amigo, foi criado puramente para o uso particular da senhorita Angelika Frankenstein. Ela ia furunfar com você até quase te matar de novo.

— Victor! Cale-se! — As bochechas de Angelika estavam escarlates.

— Eu não ia, não. Você está contribuindo para o progresso científico, Will.

ANGELIKA FRANKENSTEIN

A compleição de Will não traiu um rubor, mas seus olhos dardejaram entre os irmãos Frankenstein tentando entender essa provocação.

Victor continuou:

— Agora que o meu próprio feito fantástico está provavelmente na metade do caminho para Glasgow, talvez eu precise te pegar emprestado para algumas avaliações científicas. — Diante da expressão de Will, Victor gargalhou a valer. — Não me entenda errado; será tudo muito apropriado. Eu tenho um arqui-inimigo chamado Jürgen Schneider e ele está prestes a ficar muito deprimido por causa de minha habilidade.

— Uso particular? — Will se apegara àquele detalhe. — Tenho certeza de que não compreendi direito.

Victor retrucou:

— Você compreendeu corretamente. Geleka, precisarei de um relato completo de como você o reviveu sozinha. Precisaremos fazer alguns testes. Isso com certeza justifica um novo microscópio.

Ele abriu um sorriso amplo com essa ideia.

Will parecia estar inquieto com essa revelação quando olhou para Angelika. As pupilas estavam dilatadas, tornando os olhos castanhos quase pretos, e ela se lembrou da noite anterior e de como ele farejou o pescoço dela, como se ambos fossem animais acasalados.

— Por que simplesmente não ir até o vilarejo e encontrar um voluntário vivo?

— Ela já tentou isso várias vezes — disse Victor, com todo o tato de um irmão. — Ela praticamente foi para Salisbury em dia de feira e se colocou nos leilões de gado. Nenhum comprador.

— Por favor, deixe para lá. — Ela implorou.

Will fez suas observações:

— Angelika, você é muito bonita com sua coloração impactante.

— Obrigado — respondeu Victor em nome dela, pois partilhava exatamente as mesmas madeixas de um tom entre a cor de mel e o ruivo. — Uma vez, eu recebi uma carta de amor que descrevia meus olhos como "portais de céladon que se abriam para campos de sálvia iluminados pelo sol".

— Uma escrita terrível que não faz sentido algum — disse Angelika, olhando o próprio reflexo em uma colher. Mesmo à luz do dia e com seu decoro restabelecido, Will ainda a julgava muito bonita? Encorajador. — Você provavelmente escreveu uma carta de amor para si mesmo.

— Pergunte a Lizzie. Ela lhe dirá.

— Não faço ideia do que ela vê em você. Nem quero saber.

Will continuou a se dirigir a Angelika.

— Você é inteligente o bastante para derrotar as leis dos vivos e dos mortos. Este casarão e o que imagino ser um belo dote seriam um incentivo.

— Ah, a casa é minha, a menos que Atena me arremesse contra uma parede — disse Victor, mordendo uma maçã.

Deveria ser lisonjeira a perplexidade de Will ao se virar para ela e perguntar:

— Como é que você pode ter permanecido sem um marido?

Em vez disso, Angelika imaginou que o subtexto da pergunta era: *Qual é o problema com você?*

— Ela tem um certo quê... — disse Victor, lentamente, respondendo ao que não lhe fora perguntado. O que fez a irmã fugir para a janela na ponta mais distante da sala com um pãozinho na mão. — Um ar a que os homens locais não reagem bem. Eles querem mulheres simples, diretas. Candidatas à procriação. Boas ovelhinhas frequentadoras da igreja. Donzelas sem graça que saibam cozinhar repolho e coisas assim. Minha irmã é excepcional em todos os aspectos, e eles sentem isso. Sabem que não podem se comparar a ela, então escolhem rir ou chamá-la de solteirona ou de bruxa.

— Obrigada, meu irmão, muito gentil — respondeu ela, com um nó na garganta, olhando pela janela.

Angelika não se sentia muito excepcional. Abaixo da janela encontrava-se uma porca; Beladona era marrom-avermelhada, manchada, grande o suficiente para ser montada, e tinha um semblante permanentemente esperançoso. Um leitãozinho solitário — o menor da ninhada, lento para desmamar — focinhava as folhas caídas atrás dela.

A moça abriu a janela e se debruçou para dar seu pãozinho à leitoa.

— Victor, sua admiradora secreta está aqui. Aquela que acha que seus olhos são portais de céladon.

— Diga a ela que não estou.

A voz de Victor fez as orelhas do animal se levantarem.

— Mas vocês dois são ricos — disse Will, mantendo-se valentemente no assunto. — Com certeza, ela teve vários pretendentes. Volte aqui, Angelika, está tudo bem.

Era bom estar com alguém que permanecia sendo gentil, em vez de zombeteiro como Victor. Se pudesse, ela se sentaria no colo convidativo de Will e repousaria o rosto no pescoço dele. Talvez ele acarinhasse suas costas, para cima e para baixo, até aliviar a solidão. Então ela poderia se endireitar e ele colocaria a mão no queixo dela, incentivando um beijo...

Victor prosseguiu.

— Ah, pretendentes vieram de quilômetros de distância, de várias cidades, países e até continentes. Eles chegam em carruagens para visitar e decifrar a extensão de nossa fortuna. Aqueles que são religiosos fervorosos são rapidamente conduzidos à saída. Outros me matam de tédio. Acho incrível a quantidade de homens que não têm interesse algum em ciência.

— Você não está procurando um marido para *si* — relembrou Angelika, azeda.

Victor sorriu.

— Ela então lhes faz perguntas muito criativas, tiradas de uma lista preparada com antecedência. Eles não aceitam uma segunda xícara de chá.

— Eu aceitarei uma segunda — disse Will, caridosamente, estendendo sua xícara.

Victor serviu e derramou.

— Ela é focada demais no resultado de seu experimento amoroso. Como cientista, eu lhe digo que coisas inesperadas podem acontecer o tempo todo. Ela vai encontrar o seu par ideal. Os Frankenstein sempre encontram. — Victor considerou Will demoradamente. — Além do mais, ela é a única em quem confio para ser minha assistente e faz tudo exatamente segundo minhas exigências.

Will assentiu.

— Percebi isso em primeira mão.

Eles se puseram a comer e mastigar, relaxados como dois amigos. Angelika resolveu esperar junto à janela até o rubor deixar seu rosto.

— Como está se sentindo? — Victor perguntou a Will.

— Como se tivesse bebido destilados. Estou com dor de cabeça. Agora estou com frio, embora sua irmã tenha me mantido aquecido a noite toda. — Will disse essa última parte com uma pitada de humor.

— Eu deveria avisá-lo, não consegui mantê-la fora da minha cama.

— *Minha* cama — ela o corrigiu, sorrindo.

— Claro — respondeu ele, afundando no assento. Seu semblante mudou em um instante. — Acredito que não haja espaço para mim nesta casa.

— Mary está preparando o quarto do outro lado do corredor, em frente ao meu, como conversamos. Ele será o seu.

Angelika viu como ele só relaxou quando Victor concordou com um aceno de cabeça. O homem tinha um brilho de suor na testa agora.

— Não o traríamos para nossa casa se você não fosse muito bem-vindo.

— Fico grato por tanta hospitalidade — retrucou Will, em uma voz fraca.

Então ele era alguém que demandava o próprio espaço pessoal garantido? Angelika realmente deveria ter dormido no outro quarto na noite passada, mas a cama estava desfeita e fria, e havia uma fantasia de urso por cima. Ela se encolhera na beirada do colchão e empilhara travesseiros entre os dois para lhe conceder alguma dignidade.

Eles acordaram enroscados um no outro, os travesseiros jogados no chão, a bochecha dela encaixada perfeitamente no ombro forte dele. Ela olhou para cima. Contato visual ocorreu em seguida. Em algum ponto da noite, a camisola dela havia subido e sua coxa estava por cima da dele. O pau dele estava mais duro que ferro.

Eles se apartaram rolando violentamente, cada um para um lado.

Como se estivesse revivendo a mesma lembrança, Will perguntou a Victor em um murmúrio:

— Você é médico, correto? Tem algo errado com meu... é particular.

Ele depositou o guardanapo sobre o colo.

— Geleka instalou isso em você, então é melhor perguntar a ela o que ela fez. — Victor recostou-se na cadeira, gargalhando. — Somos cientistas, não médicos. Devo dizer que estou contente por tê-lo aqui. É bom ter alguém novo com quem conversar. Fico contente por você não estar gritando floresta afora.

Will também riu.

— Angelika apresentou um argumento excelente contra isso. Eu não tenho nada. Nem mesmo minha memória. Temo que precisarei depender da sua generosidade até recuperar forças suficientes para ir embora.

— Ir embora? — Angelika foi puxada de volta à mesa com tal declaração. — Aonde você vai?

— Encontrar minha vida antiga — retrucou Will. — Quando tiver a chance de ver de onde vim, minhas memórias retornarão.

Angelika ficou horrorizada.

— Eu o proíbo. Aqui, prove o presunto.

Will estremeceu ante a fatia de carne que ela colocou no prato.

— Não tenho estômago para isso.

— Ontem mesmo ele era praticamente carne — Victor relembrou a irmã. — E cabe a ele decidir se quer ou não nos deixar. Vamos tentar encontrar algumas pistas a seu respeito. Você fala como alguém instruído. Aqui, o que você acha disso?

Ele vasculhou em suas roupas e estendeu uma folha descolorida e bem dobrada.

Will estreitou os olhos para o papel e então olhou para Victor.

— Você carrega seu testamento no bolso do casaco?

Victor tomou o documento de volta.

— Ótimo, você sabe ler.

— Talvez eu deveria ter feito o mesmo — disse Will, olhando para seu desjejum quase intocado.

Victor respondeu:

— Você não dispunha de um bolso. Logo, deduzimos que você deve, de fato, ser um cavalheiro. Mas encontrá-lo em um necrotério público levanta dúvidas.

— Não pensei que ficaria tão interessado em seu passado. Talvez pudesse, em vez disso, pensar no que o futuro tem a oferecer? — Angelika contemplou a sala de jantar, vendo as coisas pelo olhar renovado de Will.

Eles estavam sentados sob um lustre francês de dezesseis velas, cujos cordões cintilantes de contas delicadas podiam se quebrar sob o peso de uma libélula. Quando recebia hóspedes, Alphonse, o pai de Angelika, com frequência apontava para o alto e contava a história do dia em que o lustre foi entregue. Oito pessoas caminharam quase cinquenta quilômetros desde o porto de Bournemouth carregando os cristais do lustre em cestas. Eles eram frágeis demais para suportar o sacolejo de uma carruagem ou carroça. Angelika abriu a boca, pronta para compartilhar essa anedota, mas tornou a fechá-la, lembrando-se da preocupação de Will com Mary carregando os pesados baldes de água para o banho.

Mal o conhecia, mas pensou que Will provavelmente não gostaria daquela história.

As paredes da sala de jantar estavam abarrotadas até o teto de retratos de ancestrais sisudos. Uma pintura de um tio-tataravô, apelidado de "Pobre Peter Pestilento", encontrava-se semiaberta em uma dobradiça na parede. Atrás dela havia um cofre aberto, e dava para ver o ouro reluzindo à luz da manhã, o que não passara despercebido por Will. Por um segundo, Angelika sentiu medo.

Será que ele estava sendo honesto quanto à sua memória e quanto a quem era?

Havia outras doze caixas-fortes escondidas pela casa, desde a adega no porão até a chaminé mais alta no telhado, e agora um desconhecido se sentava à mesa com eles. Tesouros escondidos, torres com tesouros, tesouros empoeirados e esquecidos — o bastante para uma centena de vidas extravagantes, no mínimo —, todos tinham sido trazidos até ali por pessoas desconhecidas, para serem colecionados sob o mesmo telhado de ardósia preta.

Era uma bela melhoria em relação ao necrotério. Não era? De fato. Um vigarista podia estar sentado ali agora mesmo, com o guardanapo da mãe dela em seu colo. Quando ela fez contato visual com Will de novo, não viu nenhum dolo, nenhuma dissimulação, e se forçou a abrir mão de seu terror e seu apego ao ouro. Tudo o que podia fazer era torcer e confiar.

Angelika abriu um sorriso.

— Que tal você começar a fazer uma lista de tudo o que gostaria que eu comprasse para o seu guarda-roupa?

Will ignorou a sugestão e respondeu ao comentário de Victor.

— Talvez pudéssemos voltar ao necrotério. Eles devem ter um registro meu. Eu poderia estar em casa antes do anoitecer.

— É mais provável que, se você tiver uma família, eles não saibam onde você está — disse Victor, cautelosamente. — Ou não tiveram outra opção além de te deixar lá, em vez de enterrá-lo na igreja. Vamos, bom camarada! É tão ruim assim aqui?

Ele gesticulou para a mesa, depois para a sala ao redor deles e, finalmente, para sua irmã.

— Eu estou grato. — O olhar de Will demorou-se sobre os lábios de Angelika. — Não há nada de ruim aqui, absolutamente.

Angelika viu a hesitação dele.

— Como acha que sua família reagirá quando você surgir como uma aparição na porta da casa deles? Você foi todo costurado. Eles não vão entender.

— Eu farei com que entendam — disse Will, tomando um gole de chá e fazendo uma careta, com a mão na barriga. — Desculpem, mas, no interesse da ciência, devo avisar que estou prestes a destruir um penico. Tenho medo do que vai acontecer em breve.

— Mary ficará muito contente — disse Victor, após soltar uma gargalhada retumbante. — Pode ir, pode ir. Nós o ajudaremos a encontrar sua vida antiga — acrescentou ele, com mais seriedade, quando Will ficou de pé.

Will fez uma mesura polida.

— Farei o melhor que puder para não incomodar.

Victor não tinha terminado. Ele levantou um dedo.

— Somos uma casa nada convencional, mas devo ser antiquado em um aspecto. Se você deflorar minha irmã com esse pênis imprevisível, temo que ficará preso a ela em definitivo. Eu insistirei nisso, meu cunhado.

— Não há chance alguma de isso acontecer — disse Will, deixando a sala.

A expressão de compaixão no rosto de Victor era insuportável.

— Não diga nada — pediu Angelika, baixinho.

Victor desobedeceu.

— Eu sempre pensei que reconheceria seu futuro marido assim que o visse. Quando entrei agorinha e vi vocês dois sentados juntos no desjejum, pensei: *Sim, é ele*. Alguém constante, paciente e razoável, para contrabalançar sua extravagância teimosa. Will é absolutamente perfeito para você.

Angelika sentiu borboletas no estômago, feliz com a certeza na voz do irmão.

— Eu me certifiquei disso. E eu também soube, desde o momento em que ele se levantou.

— Entretanto — continuou Victor, pesaroso —, temo que ele jamais saberá que é o seu par ideal. Desista desse sonho em particular, querida irmã.

— Eu não quero desistir.

— Se insistir neste rumo — alertou Victor, indicando o corredor com a cabeça —, encontrará apenas sofrimento. Ele voltará para casa, para a família dele. Mas você sempre terá a mim e a Lizzie, e será a tia Geleka para nossos filhos. Nós todos viveremos felizes aqui, juntos, para sempre.

— Mas não há lugar para mim nesta casa — disse Angelika, ecoando a declaração que Will fizera mais cedo. — Onde eu vou me encaixar nessa vida, uma vez que as crianças comecem a chegar?

— Eu vou retirar alguns inventos — foi tudo o que Victor disse em resposta. — Agora, vamos voltar ao laboratório. Precisamos escrever um relato completo de tudo o que aconteceu na noite de ontem.

— Por favor, vá tomar um banho primeiro, seu moleque fedido. — Angelika bebeu da xícara de Will. Será que isso contava como primeiro beijo? — E tem uma pergunta que preciso lhe fazer. Você usou partes do corpo original de Will. Por acaso, retirou o anel da mão esquerda dele?

Victor olhou para ela, surpreso.

— Não me dei ao trabalho de encontrar alicates para isso. Minha criação ainda está usando o anel. A gravação nele é uma pista, sem dúvida — murmurou, olhando para o corredor. — Eu deveria ir contar a ele...

Angelika foi severa.

— Sua lealdade reside comigo, irmão. Quando encontrarmos aquele anel, quero que o entregue a mim. Prometa. Ele é meu. Eu o fiz, e tudo o que ele tem também é meu.

— Está enganada, sua pirralha — disse Victor, em tom de alerta. — Ele pertence a si mesmo. Ou a uma bela viúva que está chorando sem parar em algum lugar. Estou achando tudo bastante divertido. Você finalmente encontrou o único homem para quem não pode fazer uma centena de perguntas.

Angelika enfiou o rosto entre as mãos.

— Não consigo acreditar que nenhum de nós se deu ao trabalho de olhar direito o anel dele. Que belo par de tontos.

— Este é o tipo de coisa que deixaria um sujeito muito zangado.

— Lidarei com isso se isso acontecer um dia. Não faz sentido cultivar a esperança dele. Pelo que sabemos, a sua criação nua já foi abatida a tiros e está deitada em uma mesa de necrotério por aí outra vez.

— Deveria pedir a meus colegas que fiquem de olho nos necrotérios do condado — retrucou Victor, pegando outra maçã da tigela prateada na mesa. — Você é um gênio, Geleka.

Capítulo Cinco

Mary, onde estão minhas camisolas? — perguntou Angelika à velha senhora do topo da escadaria. Ela levantou a mão segurando um punhado de seda escorregadia. — Isto não é o que eu costumo vestir.

— Não machucaria tentar — disse Mary fazendo lentamente uma careta.

— Você está tentando piscar para mim?

— Já faz uma semana que você passa por ele usando uma camisola de flanela abotoada até as orelhas — Mary falou tão alto que a casa inteira pôde ouvir. — Esses negligês eram da sua mãe. Peguei lá no porão para ver se eles animavam um pouco as coisas. Ainda vou fazer você se casar, menina — disse em tom de ameaça.

Em sua moldura dourada, Caroline Frankenstein concordou com este novo plano.

— Ele não vai notar nem se importar. — Angelika franziu o cenho. Imaginou Mary no porão escuro e empoeirado, percebendo então que foi a primeira vez que se preocupara com a senhorinha. Mary sempre parecia tão capaz. Angelika falou com sua melhor voz de patroa: — Com Lizzie chegando em breve e Will se juntando a nós por tempo indeterminado, precisamos contratar uma camareira para você supervisionar. Precisamos também de um criado, um cozinheiro, um cavalariço, um jardineiro…

— Opa, vamos devagar — disse Mary, mas não estava descontente. — Talvez uma criada alivie a carga. Alguém jovem para subir e descer as escadas. Posso perguntar para minha irmã mais velha, que administra a pensão, se ela sabe de alguém adequado em quem se pode confiar na discrição.

— Uma irmã mais velha? — ecoou Angelika horrorizada, imaginando que a tal mulher devia ser positivamente uma relíquia. — Eu nem sabia que você tinha uma irmã.

— Você nunca perguntou — disse Mary, mas estava sorrindo enquanto gesticulava para a camisola de seda. — Agora vista isso aí, seja uma boa menina.

Angelika balançava a cabeça enquanto a porta de Will se abria no fim do corredor.

— Por favor, Mary.

Tarde demais. A velha senhora já tinha ido embora.

— O que está acontecendo? — perguntou Will ao se aproximar. Ele usava seu pijama e um robe borgonha bordado, o cabelo seco a toalha e bagunçado de forma atraente. Cheirava a sabonete de limão.

— Mary decidiu abastecer minhas gavetas apenas com negligês na esperança de que eu atraia seu interesse. Besteira dela — suspirou Angelika.

— Muito astuta — concordou Will, mal olhando para a peça de seda que ela pendurou de forma desajeitada no corrimão da escada. Ele superara seus problemas de ereções espontâneas, visto encontrar-se calmo na presença dela. — Seja lá quem municiou meu guarda-roupa fez um bom serviço, obrigado.

O elogio foi muito gratificante.

— Fui eu, é claro. Victor não compra as próprias roupas a não ser que eu o arraste ao alfaiate. Quando Lizzie finalmente se casar com ele, terei um guarda-roupa a menos para me preocupar. — Angelika fez pouco caso, mas se traiu com o desalento em sua voz. — Onde ele está?

— Está guardando o cavalo dele.

— Toda essa procura infindável. Ele vai acabar ficando doente.

— Você me deixaria por aí? — perguntou Will.

— Mas é claro que não. — Ela não pôde resistir a dobrar a lapela do robe dele. — Eu só voltaria para casa depois de te encontrar.

A jovem adorou a tarefa de fazer compras para Will e passara metade do dia só escolhendo tecidos para camisas. Pagou uma pequena fortuna para que as costureiras trabalhassem dia e noite. Sentiu-se como se estivesse cumprindo seu dever de esposa e foi assim que agiu com o funcionário, mesmo enquanto o mesmo pensamento a perseguia pela loja: *Um homem tão adorável provavelmente já é casado.*

Will era um excelente hóspede: discreto, educado e organizado. Quem quer que observasse de fora, acreditaria que ele era um velho amigo da família. Ele virava qualquer conversa habilmente de volta a seu interlocutor. A forma como ouvia era fascinante. Victor já o havia declarado o *cavalheiro mais fino que ele já conhecera*, porque ele agora tinha uma audiência cativa.

Angelika sorriu para Will.

— Você terá de ir até a cidade, para tirarem suas medidas para o guarda-roupa de inverno.

— Eu não estarei aqui a essa altura. — Will hesitou e então disse: — Acho que ainda não entendi direito esta situação. Sua participação em tudo isso e por que você… me fez. Não faz sentido. Não consigo dormir de tanto pensar nisso.

— Eu queria meu próprio projeto, para provar minha habilidade a Victor, para fazer história e ajudar a humanidade… — Ela se interrompeu quando Will ergueu uma sobrancelha questionadora. — E se fosse um homem bonito, melhor ainda. Eu gosto de coisas bonitas e, acredite, você é tudo de que eu mais gosto. Mas, em termos de seu *uso*, eu não tinha nenhum plano. Só pensei que…

— Por favor, seja direta. — Will interrompeu. — Para não te odiar por ter feito isso comigo, eu preciso entender.

— Odiar? — Mas ela merecia isso, sim. — O que eu fiz para você?

— É difícil suportar a dor. Imagine uma estaca de madeira — explicou ele, colocando um dedo na junta do ombro dela —, pressionando fundo aqui e aqui — ele tocou o cotovelo dela —, aqui, aqui, aqui — punho e nós de dois dedos. — Eu sinto cada dobra e cada junta. Cada movimento é uma agonia e eu sinto muito frio.

Angelika Frankenstein

— Você gostaria de mais láudano? — ela sugeriu, ignorando o prazer que sentiu com o toque dos dedos dele.

— Ou me esforço para me acostumar com isso ou vou acabar tomando uma garrafa todo dia. Por favor, só me deixe entender o porquê, Angelika.

Will permitiu que ela pegasse sua mão e observou conforme ela começou a massageá-la. A pele macia da palma dela já lhe era familiar, e seus dedos frios esticaram enquanto ela trabalhava com os polegares, apertando, relaxando. Grata pela tarefa que lhe mantinha ocupada, ela disse, olhando para a mão dele.

— Eu te fiz do jeito que você é, tão perfeito para mim em todos os sentidos, porque pensei que poderia ficar aqui por algum tempo, recuperando-se, e poderíamos criar uma conexão. O último pretendente que apareceu foi há mais de um ano, e Victor não tem mais me ajudado. O tempo está passando e eu encontrei uma ruga aqui perto do olho — Angelika mostrou para ele, mas Will sorriu, como se ela fosse encantadora. — E o tempo passa em conta-gotas, lento como melaço, aqui nesta colina.

— Victor pediu que... — atrapalhou-se Will em como dizer o que queria. — Ele pediu para me *usar*, para fazer inveja a Schneider. Uma viagem a Munique era parte do acordo. Eu recusei e ele aceitou sem perguntas. Não entendo por que ele não me botou para fora. Eu não tenho utilidade para ninguém.

— Você só tem que se preocupar em se recuperar e descansar — disse ela, passando para a outra mão. — E, se ele te botar para fora, eu faço as malas e vou junto contigo. De todo modo, ele vai querer a casa só para si e Lizzie.

— Ele nunca te colocaria para fora. É uma perspectiva tão ruim assim permanecer aqui? Nunca lhe faltará nada.

— Faltará, sim.

Os dedos dos dois entrelaçaram-se, uniram-se e apertaram-se.

— Estou começando a entender. A solidão é uma dor própria. — Will parecia conseguir enxergar os pensamentos mais profundos dela, e era como se eles começassem a se desenrolar. Angelika soltou a mão dele. — Conte-me mais sobre seus planos para nós — convidou ele, escorando o ombro na parede.

Seria esta a última chance de lhe explicar sua oferta?

— Eu te vestiria com as melhores roupas, encheria seus bolsos de moedas de ouro. Navios, cavalos e carruagens. Temperos, tapeçaria, vinho.

Will ficou aturdido.

— Como alguém que voltou dos mortos, posso te garantir que não preciso de nada disso.

Angelika sentia um calor crescendo dentro de si, e seus dedos ainda estavam vermelhos de massagearem a pele dele.

— Viajaríamos para cada cidade e país que eu pudesse imaginar, comeríamos, beberíamos e dormiríamos fartamente.

Ele deu de ombros, perplexo.

De tão irritada, ela deixou a ousadia falar.

— Eu descobriria exatamente o que te dá prazer e te daria esse prazer. Nunca mais me faltaria nada. — Ela o poupou do constrangimento de ter de rejeitá-la e acrescentou: — Mas, como disse, você não sente necessidade de nada disso.

— Eu sinto com frequência. Sem minha memória, sou apenas meu corpo. — Ele manteve a compostura, mesmo quando disse: — Meu corpo te deseja selvagemente, e isso me assusta.

Ele ofereceu uma das mãos a ela, buscando seus cuidados mais uma vez, mas rapidamente se deu conta disso e a colocou no bolso.

— Penso que você deveria procurar os conselhos de Victor quanto a isso.

— Eu procurei. Ele me disse para "bater umas" para limpar o sistema. Essas são palavras dele, não minhas.

Angelika ficou boquiaberta e agarrou a camisola de seda na intenção de se abanar.

— E?

— Não ajudou. Tenho certeza de que você entende. Querendo tanto quanto você quer.

Will olhou para a seda nas mãos dela e observou-a deslizar o tecido vagarosamente pela palma da mão.

Será que a lua havia caído do céu e as velas se apagado? Esse corredor sempre foi assim tão escuro e isolado? Angelika tentou se manter no assunto.

— Eu me mantenho bem cuidada. Se estivesse interessado, você seria uma feliz adição à minha vida e à minha cama. Mas posso seguir a vida, como antes.

Ele estava adoravelmente nervoso.

— Acho que entendi por que você não é casada. Homem nenhum consegue lidar com esse nível de honestidade.

— Foi precisamente por isso que busquei o defunto perfeito. — Só para ver o que ele faria, Angelika balançou a camisola para admirar a renda. — Os homens ao menos gostam destas coisas?

Ele nunca responderia àquilo.

— Você sabia que tem uma bolsa de moedas na minha cômoda?

— É a sua liberdade, para você usar na hora que quiser.

— Então — ele prosseguiu, um tanto cético —, se eu quisesse, eu poderia pegá-la e simplesmente ir embora, sem despedidas e sem confusão? Já vi o quanto seu irmão procura freneticamente por sua criação perdida. Eu não sou a única prova da técnica dele?

— Não pensamos em você como prova. Você é nosso amigo. E, se for mesmo embora, eu esperaria que se despedisse primeiro. — Angelika não tinha certeza se estava sendo sincera. Se Will partisse, ela provavelmente iria atrás, mesmo que só para garantir que ele ficaria em uma situação segura. Mas isso foi o que ela combinou com Victor, e citou as palavras dele agora. — Nós não acreditamos em enjaular criaturas que não desejam ficar.

— É por isso que vocês têm um porco à solta? — Will sorriu com a lembrança. — Tomei o maior susto da minha vida quando eu o vi, de pé nas patas traseiras, olhando pela janela da cozinha.

— Aquela é a Beladona. Ela é apaixonada pelo Victor.

— Ela não sabe que ele está noivo?

— Vai ser uma conversa difícil. É isso o que acontece quando você joga com frequência caroços de maçãs para uma leitoinha. Eu acho que ela é uma princesa desventurada.

— Amaldiçoada para sempre e esperando o beijo de seu verdadeiro amor. — Will deu risada e olhou na direção do quarto de Victor. — Talvez devêssemos deixá-la tentar.

Angelika estava muito contente por ele ser um homem que entrava nas brincadeiras.

— Exatamente. Ela tem um olhar inteligente, então preferimos ser cautelosos, e ela nunca vai acabar em cima da mesa de jantar.

— Prudente.

— Certifique-se de fechar bem todas as portas. Ela sobe as escadas. — Angelika olhou para o retrato da mãe. — Mamã, seria melhor eu partir para Espora e deixar toda esta loucura para trás?

— Onde fica Espora? — Em vez de achar estranho, Will encarou o retrato e o saudou com elegância. — Madame, fico honrado em conhecê-la.

— Caroline Frankenstein, este é Will. Pelo menos até segunda ordem. O Chalé de Espora é nossa casa no lago e está fechada há muitos anos. Um dia será o presente de casamente de Victor para Lizzie, assim como foi o presente de nosso Papá para Mamã. Aparentemente, agora é uma tradição de família. Mas a propriedade só tem um caseiro e deve estar em um estado horrível.

— Ei, eu poderia tomar conta disso por vocês dois. — Will se animou. — Poderia ir até lá e tirar as teias de aranha de Espora.

— Era para você tirar as teias de aranha de outro lugar, mas vimos no que isso deu — berrou Victor enquanto subia as escadas.

Will deu risada. Angelika resmungou.

— Por falar em teias de aranha, olha só o estado deste lugar — continuou Victor, pegando uma aranha do corrimão da escada. — Minha irmã está falando de Espora, não é? Não sei por que você gosta tanto de lá, Geleka. Não tem um laboratório. A vida é tediosa, nada além de banhos de lago e rosas. E muitas aranhas! — acrescentou para sua nova amiga, deixando-a andar nas costas de seus dedos. — Tenho calafrios só de pensar no estado do lugar quando eu levar Lizzie para nossa lua de mel.

Angelika odiava a expressão de desgosto no rosto do irmão.

— Toda lembrança boa que tenho é daquele lugar. Espora é um paraíso.

— Nós não acreditamos em paraíso — Victor relembrou a irmã com um bocejo. — Eu vou para cama. Cheguei há poucas horas de um avistamento de uma pessoa enorme que andou roubando de um campo. E você vai sair pela janela, minha boa companheira — disse para a aranha enquanto a levava para fora. — Boa noite. Lembre-se, Will: se for para a cama com ela, ela é sua para sempre.

Victor entrou em seu quarto, chutando a porta atrás de si.

— Eu adoraria nunca mais ouvir uma porta batendo. — Angelika fechou a cara, feliz em esconder seu constrangimento.

Will também estava irritado com Victor.

— Você pode acreditar no paraíso se assim quiser. Ele não pode policiar suas crenças.

— Ele não policia. (Policiava, sim. Com frequência.)

— Victor acha que religião é controle mental, mas é exatamente o que ele faz contigo. E você nunca discute. Simplesmente concorda. E, apesar de conhecer muito pouco a seu respeito, sei que isso não combina com você.

Angelika sufocou uma onda de atitude defensiva, mordendo a língua até que doesse. Então, pensando bem, achou que Will tinha razão.

— Às vezes eu não sei quem sou. Sem o Vic…

Will ofereceu sua análise:

— Sua verdadeira capacidade intelectual, direcionada tão somente para seus próprios interesses, seria um uso muito mais gratificante de seu talento e sua criatividade. Qual é a sua ambição, além de gastar dinheiro e perseguir o objetivo de ser adorada?

A moça não tinha resposta. Sempre havia sido Angelika e Victor, juntos, o tempo todo. Ele fazia os experimentos, ela auxiliava.

— Talvez não sejamos tão diferentes — observou Will. — Por favor, permita-me ir até Espora para refrescar minha cabeça.

Ela suspirou para mudar de assunto.

— Toda vez que você ri de uma das péssimas piadas dele, eu não gosto de você. O comentário sobre teias de aranha — ela relembrou em tom fulminante.

Will tentou. Ele realmente se esforçou.

Mas a lembrança foi demais; seus olhos se fecharam, seus ombros chacoalharam e ele caiu na risada. Angelika gritou enfurecida.

— Peço desculpas — Will balbuciou, recobrando controle momentâneo, mas não soava arrependido. Seu olhar recaiu sobre um espanador de penas que Mary deixara no aparador do corredor por engano e riu até chorar.

Teias de aranha em suas partes íntimas. Era o tipo de piada que faria o povo do vilarejo gargalhar muito em uma taverna, exatamente assim. Ela saiu batendo os pés pelo corredor. Para o inferno com tudo isso! Angelika ia vestir um negligê, arrumar o cabelo, pintar os lábios e rolar pela cama lendo um livro picante. Ela mesma tiraria suas teias de aranha. Desfrutaria de um banho tarde da noite com óleo francês caro. Mary teria um faniquito, mas, até Lizzie chegar, Angelika ainda era senhora desta casa.

Uma casa que Will estava se coçando para deixar.

— Ele precisa refrescar a cabeça? — resmungou consigo mesma enquanto apalpava as roupas de dormir escorregadias que agora ocupavam quase um quarto de toda sua gaveta. Ela então passou a seda negra por cima de sua cabeça. — Ele tem um belo quarto e um belo guarda-roupa com as mais finas roupas que pude encontrar. Se quer tanto refrescar os pensamentos, por que não volta para o necrotério e deixa um estudante de medicina arrancar sua cabeça do pescoço para deixar o vento entrar?

— Angelika, consigo ouvi-la me repreendendo — disse Will do outro lado da porta. — Eu não deveria ter rido da piada de Victor.

Dava para sentir o sorriso em sua voz.

— Vá embora. — Havia até mesmo um pequeno par de chinelos com penugem de coelho. — Estou tendo uma noite de mimos a sós. Vá conversar pela porta com meu irmão.

— Eu esqueço que sou apenas um convidado e não um irmão sem graça — disse Will.

— É exatamente ele quem você me lembra quando faz essas gracinhas. Está passando tempo demais com Victor.

O espelho confirmou: a camisola de renda era um escândalo, com decotes profundos na frente e atrás e mal chegando ao meio de suas coxas no comprimento. Era tão velha e frágil, que mal resistiria a um cochilo.

— Eu gosto muito do seu irmão. É por isso que eu deveria ir para a casa no lago, para ganhar alguma perspectiva. Para lembrar a mim mesmo que não serei parte desta família — confidenciou Will.

— Você não parece se ressentir nem um pouco do papel de Victor em sua ressurreição. Ele estava lá, sabia? Ele me ensinou o que fazer. E, ainda assim, vocês almoçam juntos e saem para caminhar. Mas, quanto a mim, você parece não conseguir superar o meu papel nisso tudo.

Victor era o melhor amigo dela e agora ele preferia outro. Ela pediu a eles que a esperassem, mas os dois estavam ocupados demais conversando e rindo para ouvi-la. Will tinha razão. A solidão é uma dor própria.

— Se você tivesse deixado a natureza seguir seu curso, eu não estaria tendo que lidar com toda essa… frustração — disse Will.

Ela o importunara salvando a vida dele, mas Victor não tinha culpa nenhuma?

— Você preferiria estar morto a encarar a perspectiva de ficar comigo? — Naquela noite tempestuosa, a criação de Victor fugira aos berros ante a simples visão dela. Ao que tudo indicava, Will só tinha um pouco mais de tato.

Angelika escancarou a porta do quarto.

— Você prefere ser uma maçã no pomar, largada para apodrecer?

Will olhou para o corpo de Angelika e seus olhos quase saíram rolando.

Capítulo Seis

Ela enfiou o dedo no peito dele.

— Meu crime, além de roubo de cadáver, é o fato de ser solitária. Estou envelhecendo a cada dia que passa. Vinte e quatro anos, nunca fui beijada, nunca fui tocada. Não posso viajar sem meu irmão e, a não ser que o destino tenha um laboratório completo, ele não está interessado. Eu tenho dinheiro que não consigo gastar porque estou ilhada em uma colina. Eu sou uma mulher! — Ela levantou a voz. — E uma mulher tem certas necessidades, por mais que a sociedade queira negar.

— Eu... — foi tudo o que Will conseguiu responder para a camisola dela.

— Você sabe do que os homens me chamam na taverna? Meu apelido que nem mesmo Victor sabe? — Angelika fez uma pausa, ponderando se ele usaria esta informação contra ela.

— Pode contar para mim — disse Will. — Eu guardarei segredo.

— A "prinseca". Um trocadilho com princesa. Porque eu sou rica e seca, suponho? Mas como podem saber? Até onde *eu* sei, sou extremamente fértil, recebendo o tratamento apropriado.

Will estava tendo um caso de mau funcionamento pessoal.

— Eu...

— Tirando aquela noite em que dormimos juntos, eu jamais me deitei com um homem. Agora, se o senhor puder me dar licença, vou deitar em minha cama e ficar de mau humor. A não ser que queira se juntar a mim. Minha oferta final para você, antes que eu murche e morra de vergonha.

O corpo todo dele estremeceu. Will deu um passo na direção dela. O rosa de sua língua era obsceno, lambendo o canto da boca.

Mas então ele pestanejou, dando-se conta e sendo perfurado pela realidade em seu ponto mais fraco.

— Serei forçado a pertencer a você. Meu orgulho não me permitirá ser mantido como um cachorro de rua. Ou pior, um vira-latas, mas tratado como um poodle. Eu sou um homem, e eu sou alguém. Só preciso descobrir quem.

Angelika pensou que, seja lá quem ele fosse, tinha princípios extraordinários.

— Você poderia ser Will Frankenstein, mais rico do que seus sonhos mais malucos. Mais exausto da noite anterior do que jamais pensou ser possível.

— Mas eu não sou um Frankenstein. Você não pode simplesmente abrir sua casa para um estranho e oferecer tudo a ele assim. E se eu for uma pessoa ruim? Uma pessoa perigosa?

— Você não é.

— Nós não sabemos quando minha verdadeira natureza vai se revelar. Preciso encontrar a vida que deixei para trás. Até saber quem eu realmente sou, não posso fazer escolhas para meu futuro. Você não vai me distrair com sua beleza nem com a forma como a seda cai sobre seu corpo. — Ele fechou os olhos e engoliu seco. Parecia atormentado. — Você não vai me distrair com seu perfume em todo cômodo da casa ou com a forma como balança para cima e para baixo nas escadas.

— Parece que eu sou realmente uma distração.

Will viu o sorriso dela e ficou sisudo.

— Estou bem resoluto.

Deu as costas para ela, atravessou o corredor e fechou sua porta, trancando-a audivelmente. Estaria prevendo que talvez ela se esgueirasse para lá durante a noite, como Mary instruiu?

As bochechas de Angelika queimaram.

— Você não precisa trancar a porta!

Uma porta se abriu, mas não aquela à sua frente.

— Vocês dois, calem a boca — bradou Victor de sua ponta do corredor. — Durmam um com o outro ou fiquem quietos. Will, iremos ao necrotério amanhã à noite para resolver esta bagunça, e talvez eu tenha alguma paz.

— E talvez eu pegue um marido novo para mim enquanto estiver lá — Angelika disparou de pronto. Nenhum dos dois homens respondeu. E ela gritou mais alto: — Mary, traga água quente. Eu vou tomar um banho longo, distrativo e muito nu, com a porta destrancada.

— Aff... — Victor se encolheu, horrorizado, e bateu sua porta mais forte do que nunca.

†

— Vocês dois terão que ir ao necrotério sem mim esta noite — disse Victor enquanto prendia a capa com uma das mãos, a outra agarrando as rédeas sob o queixo de sua maldosa égua cinza. — Lamento muito, mas este avistamento é muito promissor. Atena, pare de empinar. Ajude-me a montar, Will.

Um mensageiro trouxera a notícia de que um homem de mais de dois metros, pálido como cera, fora visto vários quilômetros a oeste, roubando repolhos.

— Ficarei fora por dois dias, possivelmente três — grunhiu Victor enquanto Will o impulsionava pela perna para cima do cavalo. — Cuide de minha irmã. O necrotério é perigoso, mas não é com os mortos que você deve se preocupar.

— Will pode ir sozinho — disse Angelika, desdenhosa. — Ele declarou que não precisa de mim.

— Você tem que ir, Geleka — disse Victor, fazendo círculos em sua montaria ao redor deles. — Ele não tem prova de identidade até eu encontrar minha realização perdida. Se Will entrar em apuros, apenas você e seu honorável sobrenome Frankenstein podem mantê-lo seguro. Andam circulando alertas de assaltantes e ladrões de estrada. Todo estranho passará pelo escrutínio da patrulha noturna.

— Tudo bem, eu o acompanho — disse Angelika. — Mesmo ele não me querendo por perto.

— Então, resumindo, quero que vocês dois cuidem um do outro — aconselhou Victor aos dois, mas seus olhos estavam em Will. — Você está encarregado de proteger a casa em minha ausência.

Atena girou, empinando e fazendo piruetas, atirando cascalho em seus sapatos.

— Como você pode delegar essa função a mim? — Will olhou para a casa atrás de si, desconfortável, talvez notando sua grandiosidade desbotada pela primeira vez.

— Porque minha irmã confia em você. — E, com isso, Victor deu um pouco de rédea e galopou pela larga estrada ladeada por teixos. Gritou para ambos: — Minha irmã te criou, e isso tem o seu valor, irmão.

A partida grandiosa foi levemente prejudicada pela perseguição de Beladona, seguida por seu pequeno leitão.

— Irmão — ecoaram cinicamente tanto Angelika quanto Will, mas ele parecia satisfeito. Então se lembrou de algo. — O que Victor quis dizer? Ele disse que não temos prova de minha identidade até encontrarmos a criação dele.

— Eu nunca sei do que ele está falando — evadiu Angelika.

A imagem do anel surgiu por trás de suas pálpebras, mas logo dissipou-se quando notou como Will estava bonito na tênue luz do crepúsculo.

Ela não era a única que estava distraída. Will ainda não havia se recuperado de tê-la visto de negligê. Toda vez que se viam, ele dava um jeito de obscurecer sua porção inferior. Um chapéu. Um punhado de cenouras. Um troféu de caça. Qualquer coisa que estivesse à mão ele usava. Eles tiveram uma discussão sem graça sobre a lareira fumarenta no quarto dele enquanto Will se escondia atrás do busto de Leonard Frankenstein, o tatataravô dela.

Um fato havia ficado dolorosamente claro: o cérebro de Will a abominava, mas o corpo dele a adorava. Era uma pena que as faculdades da porção superior do corpo dele sempre vencessem.

— Eu deveria ter acompanhado Victor — disse ele, desviando o olhar dela.

— Não fazemos nem ideia se você sabe cavalgar — lembrou Angelika.

— Na verdade, eu monto até que bem. Victor me deu um ótimo capão; foi muito generoso da parte dele. E estou extremamente honrado pelo fato de ele e você confiarem o bastante em mim para permanecer aqui e administrar a casa. Sem vocês dois, eu não teria nada. Nem mesmo a vida. É uma lição de humildade.

Foi um belo pedido de desculpas, mas Angelika não o queria. O pedido continha os primeiros ecos de um adeus.

Will tentou novamente.

— Você é uma cientista. Com certeza entende a curiosidade intensa de saber tudo, em vez de fazer suposições, não?

Ela tinha que confessar uma meia-verdade, porque o desejo de colocar esperança nos olhos dele de repente tomou precedência sobre as aspirações egoístas dela.

— O homenzarrão que Victor procura tem suas mãos transplantadas. Você usava um anel quando o encontramos. Agora está com ele.

A novidade revigorou a energia de Will.

— Um anel! Descreva-o para mim.

Angelika podia antecipar qual seria a reação dele caso admitisse a verdade: que os Frankenstein eram tão descuidados com bugigangas de ouro puro que nenhum dos dois prestara muita atenção. Ela queria esquecer a possível existência de uma esposa, e Victor fora preguiçoso demais para andar dois minutos e pegar um alicate. A possibilidade de um brasão ou uma gravação aumentaria as esperanças dele, só para vê-las destruídas caso o anel tivesse sido perdido para sempre.

— Estava muito escuro, então não faço ideia dos detalhes. Por isso estamos tentando tanto recuperá-lo para você, mesmo que não se dê conta disso. Victor localizará seu grande feito e o trará para casa, e você, por sua vez, poderá descobrir uma pista sobre sua identidade.

Will anuiu, radiante.

— Desculpe por ter sido tão difícil. Então, podemos tentar ser amigos? E você me ajudará hoje à noite no necrotério? — Quando ficava feliz, ele se iluminava.

— Sim — ela concordou, pensando adiante. — Se você me levar até a taverna para tomar uma bebida depois. Sempre quis fazer isso. Sele seu cavalo e partiremos ao pôr do sol. — Angelika sorriu na direção em que Victor partira, na esperança de parecer calma e indiferente à proximidade de Will. — Talvez eu finalmente me divirta um pouco. Não estava brincando. Acho que vou mesmo procurar um novo marido enquanto estiver lá.

Ele não gostou daquilo.

— Onde? No necrotério ou na taverna?

— Você não me conhece mesmo, não é? — Angelika deu risada e se afastou. — Vou procurar nos dois.

✝

Eles conduziram seus cavalos sobre o topo de uma colina. Angelika apontou com seu chicote.

— Vou te dar uma visita guiada por Salisbury. É um vilarejo bem agradável, com muita história. Victor diz que estamos em localização ideal, a um dia de viagem de Londres, de carruagem, e podemos facilmente cavalgar até as planícies para ver o grande templo de pedra dos druidas. Podemos levar uma cesta de comida e uma garrafa de vinho. É um passeio maravilhoso.

— Tenho certeza de que é tudo muito bom mesmo — disse Will. — Você não precisa ficar preocupada de que não gostarei de seu lar. Eu já gosto.

Os dois pararam suas montarias e contemplaram as lamparinas do vilarejo à distância. O céu tinha cor de pêssego e lavanda. Rolinhas arrulhavam nas sebes e a fragrância de madressilva perfumava o ar. Os cavalos deram um passo para o lado, de modo que as pernas de seus cavaleiros se tocassem. Foi um momento encharcado de romance, mas apenas na imaginação de Angelika. Ela olhou de lado e constatou que ele realmente tinha uma postura fabulosa de montaria. Aquele cavalo era uma criatura de sorte.

Will abordou um novo assunto com cuidado.

— Victor usou minhas mãos para seu monstro, mas você disse que meu corpo não era aproveitável devido a um acidente. Pode me explicar o que houve, para que eu possa parar de pensar no assunto?

— Ele não é um monstro. Eu queria testar minhas habilidades em transplantar partes de corpos, e Victor precisava provar sua superioridade como cientista em relação a Jürgen Schneider.

Ciência era um assunto que Will raramente discutia.

— A forma como Victor fala sobre aquele homem é doentia. Acho que ele teria paz se pudesse simplesmente perdoar as ofensas passadas. Sejam lá quais forem.

Angelika deu de ombros.

— A rixa entre eles é o que motiva Victor. Vai além da ciência. Schneider já foi um pretendente de Lizzie. Victor vira um monstro quando está com ciúmes.

— Como eles se conheceram? Por favor, não me diga que Lizzie também é…

Ele gesticulou vagamente na direção do pescoço, onde o peitilho escondia seus pontos.

— Minha nossa, não. Victor foi prometido para Lizzie desde que eram crianças, mas, quando Papá faleceu, ele se esqueceu disso. Um dia, ficou bêbado e escreveu uma espécie de manifesto, condenando o casamento como instituição. *Rejeitando o programa de reprodução da elite britânica* era o título do manifesto.

— Eu vi o manifesto na sua penteadeira. Eu o li. Senti-me terrível pela intromissão.

Will realmente parecia se sentir culpado.

— Não dá para considerar uma intromissão, uma vez que, a esta altura, o manifesto já viajou o mundo umas dez vezes. Victor sempre quis ser famoso; agora, com certeza ele é. O pai de Lizzie ficou furioso. Ameaçou expulsá-lo de sua sociedade secreta. Viajamos para a Rússia

ANGELIKA FRANKENSTEIN

para lidar com a situação. O grande plano dele era ser tão entediante que ela o rejeitaria.

— Não acredito que ele conseguiria ser entediante por muito tempo.

— Não, de fato. — Angelika sorriu. — Lizzie é uma dramaturga, engraçada e linda. De qualquer forma, fomos até lá para que ela o rejeitasse, mas acabamos em uma caravana seguindo sua trupe de atores por algumas partes remotas da Rússia. Sua primeira peça se chamava *A Duquesa e o Urso*. Ela forçou Vic a vestir a fantasia de urso, noite após noite, enquanto os moradores dos vilarejos jogavam gravetos nele no palco. Meu emprego de bilheteira era muito melhor.

Will deu uma gargalhada incrédula.

— Aquela fantasia de urso no canto do meu quarto é dele?

— Ela é a duquesa. Ele é o urso. Algumas coisas estão destinadas a acontecer, mesmo que se apaixonar por ela seja, intelectualmente falando, uma catástrofe para Vic. Para se casar com Lizzie, ele terá que se declarar um hipócrita. Será motivo de chacota. O homem anticasamento tomando uma esposa. Mas ele não liga mais para isso.

— Suponho que você procure algo tão dramático quanto para si. — Will agora olhava para Angelika como se estivesse com medo. — Sinto que sou uma bela decepção.

— Por favor, lembre-se de como nos conhecemos e reexamine sua declaração.

— Tenho quase certeza de que sou uma pessoa maçante, comparativamente. Não consigo me ver viajando com uma trupe russa.

— Todas as minhas histórias interessantes incluem meu irmão. Eu meramente me convidei para ir junto dele em tudo o que pude. É assim que é para uma mulher. Mal posso esperar para sair de baixo das asas dele. Mas enfim! Estamos vivendo nossa própria aventura hoje à noite.

Will moveu sua montaria mais para perto da dela.

— Sua roupa para ir ao necrotério é bem especial. Essa cor combina com você.

Era um traje de equitação azul-turquesa, com uma saia rodada. Hediondamente cara, claro.

— Eu sempre me visto como se tivesse um encontro com o destino — disse Angelika, alisando a manga.

Foi uma referência à sua caçada a um marido, e Will não ficou contente.

— Os moradores do vilarejo fazem algum comentário por você cavalgar como um homem?

— Se cavalgar de lado ou de frente é o que ocupa as conversas patéticas deles, então sinto pena. Fique agradecido por ter sido eu a fazer experimentos em você, meu amor. Os moradores do vilarejo teriam usado seu corpo como alvo para praticar tiro.

Will suspirou, achando graça.

— Às vezes sinto que você faz o mesmo.

— Eu não te uso para praticar nada, infelizmente. Agora vamos, antes que o lugar fique lotado. — Ela sorriu ante a expressão dele e bateu os calcanhares contra os flancos de Percy, apressando-o. — Aliás, que nome você deu para seu cavalo?

O sorriso dele sumiu.

— Não consigo pensar em nenhum nome para ele.

Os dois cavalgaram o resto do caminho em um silêncio amistoso. Ela tinha uma pistola no embornal, mas suspeitava que Will sempre a faria se sentir segura. Victor costumava cavalgar na frente, o que fazia o cavalo dela puxar e ficar aflito, mas Will mantinha sua montaria ao lado da dela e conferia para se certificar de que ela tinha visto galhos baixos ou algum buraco na estrada.

E, quanto mais Angelika era *ela mesma*, mais Will olhava para ela. Não havia necessidade de fingir incompetência feminina ou de conter um xingamento quando Percy tropeçava. Um tronco no caminho? Ela saltava. Ele gostava do lado selvagem nela. Ela via prova disso na curva em seus lábios e nos olhares que ele lançava.

E mais um detalhe: parecia que eles eram iguais. Eram um belo par, montados em um belo par de cavalos, cavalgando ao anoitecer por campos fragrantes de alfafa cortada. Estar com Will parecia um sonho do qual ela não queria acordar, e lamentou o fato de o vilarejo ser tão próximo. Lá no alto, sua constelação favorita parecia normal. Ela contou as estrelas duas vezes.

— Victor tinha razão, como sempre — resmungou consigo mesma. — Eu estava enganada nessa.

Foi só quando chegaram a uma bifurcação no caminho e Will olhou de esguelha para ela que Angelika compreendeu que ele cavalgava ao seu lado porque não sabia o caminho.

Ah, Angelika, disse para si mesma, *sempre enxergando coisas onde não existe absolutamente nada.* Quando chegaram ao necrotério, amarraram suas montarias. Will parecia assustado e ficou para trás, conferindo desnecessariamente algo no equipamento de seu cavalo.

Ela foi tomada por uma onda de compaixão e passou a mão com firmeza pelo cotovelo dele.

— Você já esteve aqui antes. Lembre-se, nem uma palavra sobre a ciência que Victor e eu realizamos. Seríamos trancafiados como hereges. Para esse homem, somos médicos em treinamento.

— Mas isso vai dificultar muito as coisas — disse Will com uma careta.

— Seja criativo. Impressione-me com seu raciocínio rápido.

— Você de novo, não — disse Helsaw de forma austera ao vê-la se aproximar. — Já não conseguiram o suficiente para seja lá o que vocês fazem?

— Não é da sua conta — rebateu Angelika, colocando um lenço de renda sobre o nariz. — Como vão os negócios, Helsaw?

— Os preços foram lá para o alto — avisou, lançando um olhar para Will, que estava atrás dela. — Mas eu trato sobre isso com seu irmão. Quem é esse daí?

— Este é meu bom amigo Will.

Eles não haviam pensado em um sobrenome.

Will improvisou com desenvoltura.

— Sir William Black. Estou aqui para lhe fazer algumas perguntas, se me permitir.

— Não permito. Você sabe que eu não autorizo qualquer um aqui dentro, senhorita Frankenstein — balbuciou Helsaw, até Angelika erguer um xelim. — O senhor tem permissão de perguntar o que desejar, senhor Black — corrigiu-se, em tom muito mais simpático. — Se eu souber a resposta, responderei honestamente.

— É você o homem que traz os corpos aqui?

— Sou eu, sim. — Helsaw assentiu.

Will aproximou-se da claridade da lamparina.

— Já me viu antes?

— E deveria? — Helsaw estreitou os olhos, pensativo.

— Meu irmão gêmeo idêntico morreu e foi trazido para cá. Fomos separados e estou procurando por ele há anos. Eu o rastreei por intermédio da senhorita Frankenstein e agora procuro os registros dele para poder levar a informação de volta à nossa família e para me conectar com a dele.

Angelika estava admirada com a mente rápida dele, os nervos inabaláveis e a forma como a luz do luar fazia sombra sob seu malar e seu maxilar. Ela poderia tranquilamente ficar com a mão enfiada no cotovelo dobrado dele pelo resto da vida.

— Um gêmeo. Já ouvi falar, mas nunca vi um. — Helsaw pensou nesta explicação fechando um olho. — Não presto atenção aos rostos. Não guardo registros. Eu nem sei ler. Aqui é onde passam os pobres — explicou, condescendente. — Se seu irmão era um cavalheiro, teria ficado na igreja local dele. Estes corpos aqui são de trabalhadores.

Will realmente esperava que houvesse algum tipo de livro de registros.

— Você não sabe nada sobre onde coletou cada falecido?

— Foi um dia depois de a mina de carvão desabar — disse Angelika, para refrescar a memória do homem. — Eu conferi nos jornais.

— Bem pensado. Você é muito inteligente — Will a elogiou, com um brilho nos olhos que a fez inchar de orgulho.

Helsaw tossiu e cuspiu, estragando o momento.

— Não recebi ninguém daquela mina. Eles só taparam o buraco. Mas me ajuda a lembrar o dia — acrescentou quando Angelika fez menção de colocar a moeda de volta no bolso. — Teve um grupo de rapazes que morreram lá para os lados de Dunmore. Às vezes, eu me pergunto o que eles fazem por lá — acrescentou, conspiratório.

Para o benefício de Will, Angelika apontou na direção aproximada.

— A Academia Militar de Dunmore. Eu não sei o que eles fazem além de marchar por aí, elegantes em seus uniformes.

— Eles treinam para não perder a próxima guerra — respondeu Helsaw, fulminante. — E tem umas explosões de pólvora por lá de vez em quando.

— Angelika diz que o corpo de meu irmão estava todo estropiado. — Will estremeceu por si mesmo. — Isso se encaixaria na teoria de que ele veio da academia?

— Os Frankenstein são meus melhores compradores. Eles simplesmente teriam ido para a mesa seguinte se ele tivesse tão ruim. Eu enterro a mercadoria realmente avariada.

— E estaria algum desses corpos usando joias? — perguntou Will.

— Ah, com certeza, meu bom senhor. Vestimos nossos cadáveres com o melhor ouro e as mais finas pedras preciosas. Joias! — Helsaw olhou para Angelika com olhos cheios de humor. — Seu amigo novo não é daqui, é?

— Ele é bastante ingênuo — concordou ela, ácida. — Bom, já tomamos muito do seu tempo. Talvez eu desça só para ver se tem alguém que eu não consiga viver sem. — As portas estavam abertas para fora e escuridão era tudo o que podia ser visto. — Estou à procura de alguém excepcionalmente bonito para minha pesquisa.

— Claro — sorriu Helsaw assim que ela lhe deu o pagamento; o suficiente para alimentar sua família por semanas. — Posso até entregar em domicílio por um pequeno acréscimo. Cuidado com a saia no fundo da sala, mas você já sabe disso. O chão fica úmido — explicou de improviso para um Will estarrecido. — Leve minha lamparina, minha querida senhorita Frankenstein.

— Você vem? — Angelika perguntou a Will, que parecia prestes a montar no cavalo e sair a galope.

Pensou em seu ousado irmão e decidiu impressionar Will com sua bravura. Entrou pela porta sem esperar que ele a seguisse, mas seguiu. Ele respirava acelerado.

— Angelika — ofegou, horrorizado, quando ela levantou a lamparina. — Isto é algo saído de um pesadelo.

Ela viu pela perspectiva dele e teve que concordar. Sem a impetuosa presença mastigadora de maçãs de Victor, parecia bem pior. Havia fileiras de corpos estáticos estirados em mesas em volta deles, e ratos passavam pelo canto da visão. O medo começou a enrijecer os membros dela, a ponto de Angelika mal conseguir dar um passo.

— Serei rápida — disse para Will, mas seus olhos não enxergavam nada quando ela caminhou até a primeira mesa.

Não havia outro rosto que poderia interessá-la com Will parado tão perto atrás dela. Quando as mãos dele escorregaram para a cintura dela, a mão que segurava a lamparina estremeceu.

— Não deixe a vela apagar — gritou Will, apavorado, agarrando-se a ela. — Não me deixe aqui.

— Eu já não provei que nunca vou te deixar aqui? — Ela pegou a mão dele e apertou.

Ele a abraçou, bem, bem, bem apertado. Seria isso emoção ou sua força recém-descoberta? Ter alguém abraçando-a tão desesperadamente compensava o fato de quase não ter ar dentro dos pulmões. Eles se encaixavam de forma extraordinária, grande e pequena. Quando ele falou, foi com carinho.

— Meu amor, mostre-me onde eu estava quando nos conhecemos.

— Nesta mesa. — Eles andaram como um casal e então olharam para baixo, para o homem cinzento de meia-idade deitado diante deles. — Eu te vi e pensei...

— O quê? — perguntou Will depois de alguns segundos. Ele enfiou o rosto no cabelo dela e respirou profundamente. A prova de seu ardor a cutucou no traseiro. — Seu cabelo tem um cheiro incrível.

O romance acontecia em lugares inesperados para Angelika Frankenstein.

Ela prosseguiu depois de engolir seco.

— Eu vi seu rosto e você parecia muito indignado. Como se seu último pensamento tivesse sido: *Como eles ousam!* Ergui sua pálpebra e achei que você tivesse olhado para mim.

— Talvez eu tenha. — Will soava como se estivesse sorrindo.

— Tomei o maior susto da minha vida e tive que checar sua respiração. A teoria de Victor é de que você não estava morto há muito tempo, e por isso consegui trazê-lo de volta. Aquela noite eu... te fiz uma pergunta.

— O que me perguntou?

— Se você queria voltar. — Ela se virou nos braços dele, a lamparina balançando na altura de seus joelhos. — Eu senti que você, de alguma forma, havia dito sim.

— Isso eu tenho certeza de que fiz. Finalmente entendo a magnitude do que você fez por mim. Estou em dívida com você pelo resto de minha vida.

Ele pegou o queixo dela gentilmente com a mão fria, levantou-lhe o rosto e deu um beijo em sua boca. Pareceu uma repetição daquele momento: um sopro mágico de vento e uma profunda certeza de que aquilo estava certo. *Sim, sim, sim. Retribua meu amor.* Assim que a surpresa separou seus lábios, ele interrompeu o beijo e disse:

— Obrigado por me escolher quando você poderia ter qualquer um.

— Pode agradecer ao seu belo rosto por atrair meu olhar. Em todas as viagens que fiz até aqui, você foi o único que me tirou o fôlego.

— Sou bonito o suficiente para te inspirar a fazer um marido? Bondade da sua parte. — Ele afastou gentilmente alguns fios de cabelo do rosto dela. O cheiro limpo do punho dele era um alívio bem-vindo. — Sinto muito por seu plano não ter sido bem-sucedido.

Como devia ser fácil para ele ter tanta certeza da devoção dela e simultaneamente dizer que ela não significa nada. Will estava se comportando como um marido amoroso agora mesmo, quando, na verdade, provavelmente pertencia a alguma outra jovem mulher sortuda.

Sem notar como Angelika se tornara rígida, ele acrescentou:

— Nossa viagem não foi um desperdício total. Agora podemos investigar a academia militar.

Não foi um desperdício total? Ela acabara de dar seu primeiro beijo. O desejo de magoá-lo a fez dizer:

— Você não foi minha primeira tentativa de pretendente. Foi a quarta.

— Quarto? — ele disse, removendo as mãos dela.

— O que isso importa? — Ela se afastou, apertando o nariz por causa do cheiro. Ele não se moveu para segui-la. — Você achou que era o primeiro e único e se sentiu lisonjeado.

— Eu sou o quarto?

— Na verdade, você está no fim de uma longa fila de homens que me rejeitaram. Sabe aquele sentimento bom que você acabou de ter? De se sentir especial para alguém? Entenda, por favor, que eu nunca experimentei esse sentimento ser correspondido.

Sem se importar se ele a seguia, Angelika marchou até a porta para devolver a lamparina. Havia vários estudantes encostados na parede, esperando a vez deles.

— Alguém bom esta noite, senhorita F? — perguntou Davey Gurney, sem tirar o cachimbo da boca.

— Não. Se tivesse, ela não estaria de mãos vazias — disse amargamente o homem atrás dele. — Os Frankenstein sempre escolhem primeiro.

O sujeito ficou em silêncio quando Will apareceu atrás dela.

— Eu vou até a taverna. Você pode fazer o que quiser, Will. — Angelika desamarrou seu cavalo, lutando com suas emoções. — Me dê um impulso.

Ele deu, e ela considerou dar no pé antes que ele pudesse segui-la.

— Cuidado, senhorita — disse Davey. — Os canalhas estão à solta no vilarejo esta noite.

— Eles que deveriam ter medo dela — alguém gritou, e a fila inteira rugiu gargalhando.

Angelika estava quase chorando ao vestir as luvas de cavalgar. As palavras de Will ecoaram ainda mais altas em seus ouvidos. *Nossa viagem não foi um desperdício total.*

— Ouso dizer que vocês deveriam ter medo dela mesmo, afinal o intelecto dela é maior do que o de todos vocês combinados — disse Will, e a fila ficou em silêncio. — As coisas que ela pode fazer mudarão o mundo.

— Parece que ela mudou o seu mundo — alguém disse.

Seguiram-se mais risos estridentes.

— Sem dúvidas. — Will montou seu cavalo e, em seu perfil, Angelika enxergou um poderoso homem e de boa estirpe. — Que patéticos vocês são. Mostrem respeito pela senhorita Frankenstein.

— Tens coragem o bastante para cortejá-la, chefe?

— Não estou nem perto de ser digno dela. Ninguém é.

Com isso, Will alcançou o cavalo de Angelika e eles trotaram por algum tempo em silêncio.

— Vamos voltar para casa — disse ele brevemente. — Já tive o suficiente para uma noite. Nem pense em ir até a taverna.

— Quem é você para me dizer o que fazer? — Ainda assim, ela fez seu cavalo dar a volta para seguir o dele. — Conte-me mais sobre seu gêmeo idêntico. Ele é solteiro? Será que eu poderia persuadi-lo a me beijar ou isso seria um desperdício total de uma noite?

— Haha — respondeu Will, mal-humorado. — Você gosta de ter um substituto já preparado.

— Te magoa saber que você não foi o primeiro homem que fiz — Angelika lhe disse enquanto forçava Percy a um trote. — Coloque a cabeça no travesseiro e pense no motivo disso.

— Eu coloco a cabeça no travesseiro e penso em você usando seda.

As palavras dele ecoaram pelo campo, mas havia apenas raposas e corujas para ouvi-lo. Seus cavalos, indo para casa, começaram a disparar e aumentar suas passadas. Ambos os cavaleiros afrouxaram as rédeas ao mesmo tempo e agora eles estavam correndo.

Por que não?, pensou Angelika enquanto subiam pela estrada. *Os cavalos querem tanto correr. Qual é o sentido em segurá-los? Está na natureza deles.* E era emocionante, vir por dentro durante as curvas, deixando sua montaria menor e mais ágil ganhar alguns passos de dianteira naqueles momentos mais agudos e perigosos. Ela estava furiosa com Will. Ele beijara seus lábios como se já tivesse feito isso milhares de vezes antes, uma reação irrefletida e instintiva; e ela nem tinha certeza se ele se dera conta do que fez. O mundo dela havia mudado; o dele não.

Ele era tão comedido, mesmo nesta corrida perigosa, que a deixava louca. Era nas retas que o cavalo de Will fazia progressos expressivos. Quando galopavam pela larga estrada até a mansão, ele a alcançou, e Angelika viu luz de tochas nos arbustos ao lado da mansão onde ficava a biblioteca.

— Will — ela chamou, controlando seu cavalo. Agora tudo estava esquecido. — Tem alguém na casa.

Capítulo Sete

Ele diminuiu a velocidade e rodeou, parando ao lado dela, os cavalos bufando e resfolegando.

— É a Mary?

— Ela não usaria uma tocha. Parece que os ladrões do vilarejo notaram a nossa ausência. — Angelika desafivelou o embornal. Quando tirou seu revólver pimenteiro, o olhar que Will lançou para ela era uma mistura de horror e profunda admiração por sua autossuficiência.

— O que vai fazer?

— Vamos cuidar da casa, como Victor nos disse para fazer. Quem sabe, talvez meu marido tenha vindo se entregar para mim. Eu tenho seis tiros — acrescentou, segurando naturalmente a arma cara, com um A.F. gravado.

— Atire uma vez para cima para assustá-los. Angelika. Olhe para mim. Prometa que não vai se precipitar.

— Eu prometo. Vamos chegar por trás da casa, pela grama, para não fazer barulho.

A janela da sala de estar estava aberta, um homem jovem parado embaixo dela, com os braços levantados para alcançar um saco que estava sendo passado para ele.

— Ah, olá! — chamou Angelika com uma voz amistosa, levantando o braço. — Você está me roubando, não está?

Ela deu um tiro para o alto e deu um rodopio lateral com Percy. Quando se voltou para a casa novamente, havia apenas o saco abandonado embaixo da janela.

Uma janela se abriu no andar superior. O rosto de Mary apareceu.

— Graças aos céus você chegou, Mestre Will — disse ela, ignorando completamente Angelika de arma em punho. — Ainda tem um no andar de baixo. Estou trancada em meu quarto. Vamos, ligeiro, faça-o ir embora. Tenho que esquentar a água do seu banho.

A janela se fechou.

Will pegou a arma de Angelika à força.

— Chega de disparos.

Angelika achou bastante irritante o fato de Mary não a considerar uma salvadora. Abruptamente, estava farta de todos.

— Pode ir ser o homem da casa, como Victor queria. — Ela olhou para a janela de Mary acima fazendo uma careta. — Mas, por favor, saiba que não sou uma donzela indefesa.

Eles desmontaram e levantaram os estribos. Will lhe entregou as rédeas dele.

— Eu nunca teria pensado isso de você. Fique aqui fora até que eu diga que está tudo seguro.

Angelika tirou as selas dos cavalos e os soltou no pomar como um pedido de desculpas por não os escovar. Eles dispararam, empinando, nervosos. Ela sentou-se na mureta de pedra, com as rédeas quentes dos cavalos penduradas no braço.

Não se sentia particularmente preocupada com Will. Ele estava com a arma dela, e os ladrões aparentavam ser adolescentes. Na realidade, se aguçasse os sentidos, podia praticamente ouvir as negociações calmas que aconteciam do lado de dentro.

Ele explicaria a nosso ladrão por que roubar era errado, mas que entendia seus motivos. Angelika imaginou os infelizes moradores do vilarejo de Salisbury. Odiava cavalgar por lá; para todo lugar que olhava, via uma criança chorando, uma mulher de olhos tristes, um homem em farrapos. *Ele vai dizer que os tempos estão difíceis e que está difícil encontrar trabalho; e a colheita foi péssima; e a febre escarlate levou até mesmo o mais forte deles. Os estômagos estão vazios em Salisbury.* Ela enxugou o suor de sua têmpora. *Se conheço Will, ele avaliará que um saco com candelabros e prataria seria uma doação adequada. E esta noite, pensando no assunto, estou inclinada a concordar.*

Angelika se pegou em um estranho devaneio sobre o que um candelabro de prata poderia comprar. Pão quente, um pouco de manteiga, pedaços de queijo? Um saco de maçãs, como aquelas amadurecendo nas árvores atrás delas?

— Minha nossa! Estou aqui sentada sonhando acordada com as despensas dos moradores do vilarejo e não em meu primeiro beijo? — Bateu com os nós dos dedos em sua têmpora. — O que aconteceu comigo esta noite?

Estava se preparando para levantar, tentando ouvir o chamado de Will, quando escutou o estalo de um graveto atrás de si.

— Quem está aí? — sussurrou com a boca seca.

O silêncio foi sua resposta, mas sentiu que tinha alguém lhe observando. Retirava a declaração que havia feito mais cedo: ela *era, sim,* uma donzela indefesa. Havia patifes à solta no vilarejo, estranhos estavam em sua casa e tinha alguém atrás dela. Congelada, podia ouvir as pisadas vagarosas se aproximando e o tilintar das fivelas das rédeas em seu braço trêmulo.

— Eu entrego o que você quiser — disse ela para o ar noturno. — Não me machuque.

Quando uma mão tocou o topo de sua cabeça, Angelika fechou os olhos e quase perdeu a consciência. Foi um afago lento, do topo de sua cabeça, descendo pelas costas, até a ponta de seus cabelos. Quando a mão se levantou, ela deixou escapar um soluço.

— Não.

Aconteceu novamente. Estava sendo afagada como um cavalo no campo. Homem ou fantasma? Impossível saber. O momento em que o contato do toque desapareceu foi a pior parte. Onde seria o próximo toque? Em seu ombro, descendo suave até seu peito? Ou seriam mãos envolvendo o seu pescoço? Ela se encolheu quando o toque voltou para o topo de sua cabeça. Com certeza, era uma piada antes que as roupas começassem a ser rasgadas. Ninguém do vilarejo tinha carinho por ela.

— Ele virá — disse com a mandíbula cerrada, estremecendo durante o afago seguinte. — Ele virá atrás de mim.

— Angelika! — chamou a voz de Will, à distância.

O toque parou. Quando Will caminhou até ela, encontrou-a ainda sentada na mureta.

— Está tudo acabado. O garoto na biblioteca estava aterrorizado. Dei a ele uma moeda e tivemos uma conversa, ele prometeu não voltar mais. — Ele pegou as rédeas do braço de Angélica e as colocou de lado. — Você está bem?

— Não. Não estou. Não estou... — Ela começou a soluçar para respirar e Will a envolveu em seus braços. — Alguém estava aqui e...

— Alguém? Quem?

— Estava atrás de mim. Bem atrás de mim. E estava me tocando. — Ela sentiu um suspiro de terror estufando as costelas de Will. — Meu cabelo. Uma mão, afagando meu cabelo. Foi a coisa mais nojenta que já senti. Mas também parecia com minha mãe. — Ela deu uma risada histérica e súbita. — A pessoa podia ter quebrado meu pescoço ou cortado minha garganta. E eu só fiquei aqui parada.

— Vamos para dentro — ele pediu e, quando percebeu que ela não conseguia andar, passou um braço debaixo das pernas dela, levantou-a e carregou-a em direção à Mansão Blackthorne. — Quando amanhecer, procurarei por pegadas. Talvez houvesse um terceiro ladrão que ficou para trás. Ou poderia ter sido... — Ele olhou em direção ao celeiro.

— Victor o está perseguindo a quilômetros daqui. Além do mais, ele está bravo conosco. Tenho certeza de que não teria sido tão gentil.

— Mary, ajude — chamou Will, agora já na porta da cozinha.

Angelika ainda respirava ruidosamente quando foi deitada em uma cama e viu um urso de lado. Este era o quarto de Will.

— Ela está em choque — disse Mary. — Vou buscar sais aromáticos e uísque. Não é de hoje que digo a Victor que tem alguém no pomar.

— Angelika — chamou Will desamarrando as botas dela. — Volte a si, por favor. Ele te tocou em algum outro lugar?

Quando ela negou com a cabeça, ele soltou um suspiro trêmulo.

— Sinto muito, eu tão preocupado em proteger a casa, mas não te protegi. Victor deveria me enforcar.

Quando Mary voltou, eles pediram a Angelika que se sentasse e bebesse vários goles de destilado.

— Está tudo bem com você — disse Mary bruscamente. — Mas o que é que eu sempre lhe digo?

Angelika sentia como se sua garganta houvesse fechado completamente. Não conseguia repetir o mantra que Mary havia martelado por tanto tempo, e a velha senhora repetia agora com uma força furiosa.

— *Sem hesitação, sem educação, corra.* Você fez isso? Angelika, você fez como eu disse?

— Ela estava apavorada — Will a defendeu. — Ficou paralisada no lugar. Não seja tão dura com ela.

— Alguém tem que ser — respondeu Mary. — Ela é uma tonta simplória.

— Eu… — Angelika não conseguia explicar. Tudo o que sabia era que a expressão de Mary quando deixou o quarto era de profunda decepção.

— Não fale — Will a instruiu, fechando a porta. — Não tente falar. Vamos lavar o seu cabelo.

Era maravilhoso ter alguém que entendia exatamente o que era preciso neste momento. Ele a guiou até a banheira dele, preparada mais cedo por Mary. Com mãos trêmulas, eles soltaram a roupa de montaria de Angelika, até que afundasse na água em sua roupa de baixo de musselina.

— Assim como quando nos conhecemos — ela resmungou.

Will fez a água morna deslizar por sobre os ombros dela, lavando-a com urgência. Ela não era a única que estava em choque. Seu cabelo foi ensaboado e enxaguado, e ele usou a esponja em cada um dos dedos dela.

— Sinto muito — disse para ela, e sua voz rachou com a emoção. — Você não merecia esse susto terrível.

— Podia ter sido pior.

Ela fechou os olhos e se concentrou em sua respiração. E, gradualmente, voltou a si, ouvindo o barulho da água, tomou consciência de que a musselina em seu corpo deveria estar translúcida. Mas confiava nele e na forma cuidadosa como lidava com seu corpo, e Will retribuiu essa confiança. Não havia nada lascivo em seus olhos enquanto os mantinha firmemente no rosto dela, checando seu estado mental.

— Eu estou bem. Acho que sou eu mesma novamente. Que experiência estranha. — Ele soltou um suspiro e um sorriso curvou seus lábios. — Eu estava lá sentada, imaginando você aconselhando o ladrão sobre o erro moral que ele havia cometido. Eu estava certa.

— Parece que você me conhece bem. — Will pensou nisso por um instante, esfregando a esponja pelo braço dela. — Como você pode me conhecer tão bem quando eu mesmo não me conheço? É um mistério.

— Eu não sei quem você é, mas eu sei *o que* você é. Você é bom. E você me faz querer ser boa. — Ela levantou a mão e tocou o maxilar dele, procurando sua atenção. E sentiu a pulsação dele acelerar sob seus dedos molhados. — Eu pensei em você, eu esperei por você e eu sabia que você viria atrás de mim. Você me salvou. — Não queria uma esponja pelo seu corpo, queria a mão dele. Seria isso o uísque em seu estômago? O desvanecimento do terror? A aderência úmida do tecido, por todo o corpo dela, enrolando-se em suas pernas como videiras? — Eu queria que você me beijasse de novo.

— Eu sei o que você quer — disse Will, sem se alterar. — Você não esconde. Seus olhos me contam tudo o tempo todo.

— Não tem muito o que possa esconder agora. — Através do tecido molhado, cada sarda de seu corpo estava visível. — Eu já vi tanto de você. Eu deveria deixar você me ver. É apenas justo.

Ele olhou para o corpo dela naquele instante com uma admiração tão masculina que fez as bochechas dela esquentarem.

— Se nossas posições fossem invertidas e eu estivesse fazendo a mulher dos meus sonhos, não há nada que eu substituiria ou mudaria em você, Angelika.

Um belo elogio, mas também uma censura gentil.

— Victor insistiu que te reconstruíssemos. Eu andei lendo um monte de livros de anatomia e, embora tenha dito que ficaria com você da forma que estava, ele me convenceu que algumas melhorias poderiam ser feitas.

Will arqueou uma sobrancelha.

ANGELIKA FRANKENSTEIN

— Esta é sua forma de dizer que eu tinha um pau pequeno?

— Você tinha um pau perfeitamente bom, e todo o resto era adorável também, mas a mimada senhorita Frankenstein saiu cavoucando como uma criança em um baú de brinquedos para ver se conseguia melhorar a perfeição. Eu pensei apenas na musculatura, não no espírito que estava dentro. E quero que saiba que, se eu pudesse voltar no tempo, eu também não mudaria nada em você.

— Mesmo minhas mãos, com um anel de casamento?

Então ele sabia esse tempo todo?

— Eu fiquei louca de ciúmes. Havia encontrado o homem dos meus sonhos, com um rosto que havia parado meu coração, e ele poderia pertencer a outra? Eu sei que foi errado mentir para você, mas quero que saiba disto: ela não te amava como eu amo. Ela não tentou te trazer de volta.

— Nem todo mundo tem seus recursos e seu intelecto — Will a relembrou com uma censura velada, sem reconhecer a declaração de amor dela. — As pessoas amam de formas diferentes. Só porque uma esposa sem conhecimento científico não vence a morte não significa que ela tenha menos carinho.

— Você está em meu mundo agora, e significa isso, sim. Por que não está mais surpreso por ser casado?

— Você só está confirmando algo de que eu já desconfiava. De que outra forma eu poderia resistir? — Ele gesticulou na direção dela ironicamente.

— No fundo, você sempre soube que pertencia a outra. É por isso que se sente infiel. Passe-me aquela barra de sabão, por favor. — Ela apontou para o lavatório. A mudança de assunto afastaria as ondas de emoções ruins dentro dela. — Quando Lizzie e eu arrastamos Victor para Paris, encontramos uma lojinha de sabão escondida em uma viela. Eles forneciam para Maria Antonieta.

— Se era bom o bastante para a rainha da França e para a princesa Angelika, é bom para Will, o sem-nome, o zé-ninguém — disse ele, pegando o sabão. — Tremo só de pensar no preço.

— Eu nunca havia sentido um cheiro tão divino quanto o seu sabão. — Ela fechou a barra entre as mãos e inspirou profundamente. — Posso sentir seu cheiro por toda a casa. Escolhi esta fragrância para você bem antes de tê-lo visto.

— É por isso que tenho dificuldade em confiar em você agora. Se sua primeira tentativa de conseguir um marido tivesse funcionado, teria dado a ele seu sabão favorito.

— Tenho certeza razoável que não. — Angelika tentou imaginar. Mas ela *realmente* tivera paixonites muitas vezes antes por totais desconhecidos.

Will foi paciente.

— Eu não tenho como saber se é a mim que você ama, já que não me conhece. Entendo por que não me contou sobre o anel a princípio. Mas isso muda a situação, e agora eu tenho que investigar os novos fios que me ligam à minha antiga vida. Minha morte pode ter sido uma catástrofe para minha família. — Ele hesitou e então admitiu. — Detestei saber que eu fui o seu quarto. Eu também queria te beijar outra vez. Mas esses pensamentos são seguidos pela ideia de que não sou livre para fazer uma nova escolha. Eu posso ter filhos que dependiam de mim, e agora eles podem estar roubando para sobreviver.

Angelika sentia um redemoinho de emoções dentro de si, pois Will era realmente um homem muito bom.

E despejou toda a verdade.

— Seu anel tinha uma gravação, mas fomos tão descuidados que nem olhamos para ela. Pronto, agora você sabe tudo. Todas as minhas transgressões e mentiras. Você foi encontrado pela pior pessoa possível. — Ela deitou a cabeça sobre os braços dobrados e tremeu quando ele derramou água por suas costas. — Perseguiremos aquele anel até o fim do mundo, e com ele eu espero que você desvende todo o seu passado. Sua família, sua esposa… e então irá para casa com eles.

Ela acrescentou algumas lágrimas salgadas à água da banheira.

— Provavelmente irei. Mas não se preocupe com isso hoje. Encoste.

Quando Angelika obedeceu, ele acomodou a cabeça dela em seu antebraço.

— Meu pobre amorzinho, você tem carregado tantos fardos, tem estado tão solitária aqui no alto desta colina — disse Will com total compreensão, e ela verteu lágrimas em abundância. Depois de esconder esses detalhes, esperava uma bronca, mas ele apenas lavava cuidadosamente seu rosto agora, limpando as lágrimas como se não pudesse suportá-las. — Você fez bem em confessar toda a verdade, e, melhor ainda, eu nem precisei pressioná-la. Você me entrega tudo, a cada chance que recebe. A propósito, adorei minhas novas botas.

— Fico muito feliz — ela deleitava-se com seu toque enquanto ele passava a esponja pelo rosto dela.

— Foi isso que você fez por mim naquela primeira noite. Eu estava com a dor mais indizível, chegando até meus ossos. Foi a forma como você lavou o meu rosto que me fez querer continuar vivendo. Quem diria que uma esponja e água morna poderiam ser tão calmantes?

Angelika tentou fingir descontração.

— A esponja é da loja em Paris também. Apenas o melhor para você.

Mas Will não permitiu que ela evitasse as próprias emoções.

— Eu senti o quanto você se importava comigo.

Talvez ele estivesse pedindo a ela que sentisse aquilo agora, também, então Angelika fechou os olhos, e tudo pareceu tão real. Ele estava traçando e acariciando com a esponja sua testa, suas bochechas, seus lábios e seu pescoço. Repetidamente.

Era amor eterno, até que a morte os separasse.

— Eu vou dizer o que sei agora, neste momento. Você é a mulher mais bonita que já existiu — disse ele, com uma certeza tranquila. — A mais brilhante, a mais espirituosa, a mais corajosa.

Angelika não conseguiu encontrar uma resposta.

— Quero que saiba que eu tenho consciência de tudo o que você é — continuou ele. — Mesmo as partes ruins em você. Mas esse seu passatempo de ressurreição não é uma brincadeira. Precisa dar à vida e à morte o respeito que elas merecem. Não cabe a você tomar essas decisões. Você não é Deus.

Angelika não estava acostumada com uma repreensão tão meiga.

— Posso ver isso agora e vou melhorar. Eu prometo.

Ele passou mais uma vez a esponja no rosto dela.

— Eu gostaria de vê-la fazer algumas mudanças em sua vida. Olhe ao seu redor. Veja seus privilégios. Encontre formas de ajudar as pessoas deste vilarejo que estão tendo dificuldades para sobreviver. Demonstre piedade e bondade para com elas, porque você tem condições para tanto.

A voz de Angelika soou baixinho.

— Eu sei que tenho vivido uma vida egoísta.

— Eu sei que vai melhorar. Tenho fé em você.

Fé.

Em algum lugar do caminho, a desconfiança dos Frankenstein em relação à igreja apagara essa palavra do vocabulário deles. Will aceitou todas as suas partes, boas e más, cuidou do seu corpo quase nu como se fosse arte e tinha confiança de que ela podia, e iria, agir melhor. Angelika sonhou a vida inteira com uma declaração de amor.

Esta foi monumental.

Parecia uma previsão do que a vida deles juntos poderia ser: cavalgar pelos campos como iguais em aventuras, um apoiando e salvando o outro. Banhando-se amigavelmente, um debate, uma risada e então ficar juntinhos em lençóis de linho francês para profanar deliciosamente um ao outro. Nenhuma outra pessoa poderia invadir esse mundinho que eles criariam juntos, e nenhum homem jamais poderia substituí-lo.

E, bem na hora em que ela esticou o braço na direção dele para tocar-lhe os cabelos, para trazê-lo até a sua boca, ele fugiu dela.

— Você não esconde o que quer — Will repetiu. — Mas eu gostaria que escondesse. Do pescoço para baixo, eu não acredito que devêssemos esperar. E eu tenho que sair agora, antes que perca a cabeça de vez.

Will saiu do quarto, fechando a porta silenciosamente, e Angelika foi deixada para trás, de molho na água congelante da banheira.

Capítulo Oito

Dois dias depois, no caminho para a Academia Militar de Dunmore, Will perguntou a Angelika:

— De quem é esta carruagem? Você fez estes criados ontem à noite no seu laboratório?

— Nosso vizinho nos empresta criados em troca de permissão para usar nossos campos para suas cabras e ovelhas. É um bom acordo. Como você sabe, Victor não gosta de passeios formais para lugar algum. Pessoalmente, eu adoraria ver o mundo de dentro de uma carruagem puxada por oito cavalos.

Will tinha empatia genuína em sua expressão.

— Desejo de verdade que um dia você possa fazer isso. Pergunto-me como será que Victor se saiu. Ele vai mandar um mensageiro ou vai simplesmente voltar para casa?

— Ele levou um pombo consigo. Vic os treinou para voar de volta para casa trazendo uma mensagem em um tubo preso na pata e esperar no parapeito da janela. É incrivelmente empolgante. Da última vez, ele me mandou este colar de prata. — Angelika enganchou o polegar na corrente que tinha no pescoço.

— Que agradável ser tão rico a ponto de poder se dar ao luxo de confiar a uma pomba uma entrega assim. — Ele refletiu sobre isso e um sorriso radiante espalhou-se por seu rosto: — Outra invenção dos Frankenstein.

— Sinto muito por você ter sido enredado em nossas bobagens.

Will estava sentado de frente para ela, os joelhos dos dois às vezes se roçavam e as botas dela firmemente encaixadas entre as dele.

Era outro daqueles momentos *queria que isso durasse para sempre*. No devaneio instantâneo de Angelika, eles haviam acabado de se casar e estavam prestes a chegar ao cume de uma colina, o oceano espumando lá embaixo contra a costa. Um barco estava ancorado, pronto para levá-los a novos mundos. Ela sentia que poderia viajar por centenas — milhares! — de dias, antes que a angústia de estar presa à mansão fosse aliviada. E faria isso com prazer, segurando a mão de Will, com um delicioso cansaço nas coxas e o beijo dele em sua boca.

Um fato era realidade: desde que seus lábios se tocaram no necrotério, parecia impossível parar de olharem um para o outro. Ser abandonada dentro da banheira na outra noite, após literalmente levar um balde de água fria, deveria ter bastado para esfriar a paixão de Angelika. Em vez disso, ela estava constantemente em calores por ele.

Ela arriscou uma piada para quebrar o silêncio.

— Compre uma carruagem e cavalos para mim quando nos casarmos. Prometo ficar bastante surpresa com o presente. Mas… você está se sentindo bem?

Will agarrava firmemente o assento. Seu rosto parecia pálido, e o pomo de adão subia e descia à medida que engolia.

— Algo neste espaço fechado está acabando com meus nervos — admitiu, olhando pela cortina de renda para a floresta que estavam atravessando. — Acho que eu prefiro sair e ir andando.

— O ar fresco vai ajudar… respire fundo e conte até cem. — Angelika ficou feliz ao ver que, depois de um minuto respirando fundo, a cor dele melhorou. — Talvez este seja um medo de sua outra vida.

Agora outra preocupação o afligia.

— Victor mencionou que têm ocorrido assaltos na estrada e que a presença militar é a única coisa que mantém isso sob controle.

Angelika não queria deixá-lo mais aflito, mas era verdade.

— Carruagens têm sido paradas ou tombadas. Os passageiros, roubados ou coisa pior. Mas não adianta ficar pensando nisso. Estou com minha pistola e tenho certeza de que eles também têm uma — acrescentou, indicando os cocheiros. — Está tudo bem, e estamos perto de Dunmore, a julgar como a estrada agora é de paralelepípedos. Se temos apenas alguns minutos, é melhor discutir nossa estratégia.

— Estratégia? — repetiu Will, olhando de novo no rosto dela. — Não pensei nisso. Você está linda hoje. Está com cheiro de lilases.

— Pelo jeito, você é especialista em flores — ela brincou. — Por favor, mantenha o foco. Você não pode usar a história do irmão gêmeo novamente.

— Por que não?

Angelika começou a conferir sua aparência em um pequeno espelho.

— Porque não sabe o nome dele. Não é remotamente crível. Esses homens da academia militar são mil vezes mais espertos do que Helsaw do necrotério. Eles vão querer ouvir a história completa e, meu amor, você não concebeu uma.

Will ficou em pânico.

— Estou vendo os portões externos — disse ele depois de colocar a cabeça para fora da janela. — O que vamos fazer?

A maioria dos homens seriam orgulhosos demais para pedir ajuda, mas Will não, e ela gostava disso.

— Eu pensei em uma história. — Angelika pegou uma relíquia de família de sua valise. — Esta medalha pertenceu a meu avô. Estou aqui para pesquisá-la. Ouvi dizer que as mulheres hoje em dia ocupam seu tempo pesquisando sua genealogia. Este é meu projetinho mais recente. Fiquei cansada do ponto-cruz.

Will esfregou a mão nos pontos cicatrizados em sua clavícula.

— Ninguém poderia conversar contigo por mais de dez segundos e se convencer de que você preenche seu tempo com bordados estúpidos.

— Você se esquece, meu amor, de que sou uma mulher rica. E isso me garante acesso à maioria dos lugares. Tenho uma reunião com o novo comandante dessas instalações. E, enquanto estiver aqui, descobrirei tudo sobre a tragédia que recaiu sobre os homens dele.

— Você tem uma reunião. Enquanto isso, o que devo fazer? Talvez eu possa ir até a cozinha e falar com alguns dos criados, descobrir o que eles sabem.

— Não, espere na carruagem. — Angelika vestiu suas luvas.

— Então por que me trouxe? — Will protestou.

— Porque adoro olhar para seu rosto e tinha a esperança de ganhar outro beijo. — Ela se inclinou para a frente e deu um beijinho rápido na bochecha dele. — Se puder suportar o confinamento, fique aqui e não seja visto. Alguém pode pensar que viu um fantasma.

As pequeninas botas cinza de Angelika bateram no chão e ela partiu sem olhar para trás. ACADEMIA MILITAR DUNMORE estava escrito no arco sob o qual ela estava passando, junto de um lema em latim que dizia: O DEVER ANTES DE TUDO.

Will gostaria desse lema, ela pensou. *E cá estou, ajudando-o a encontrar o caminho de volta às suas responsabilidades familiares. Sou mesmo uma idiota.*

Não teve muito tempo para ponderar sobre isso porque foi conduzida por vários assistentes e subordinados até ser deixada a sós do lado de fora de um enorme par de portas de nogueira, com, pelo menos, três metros e meio de altura.

— Que bela árvore deve ter sido esta aqui — disse para si mesma, no exato momento em que elas se abriram.

— Costumo pensar a mesma coisa com frequência — concordou o homem à sua frente. — Senhorita Frankenstein, eu presumo? Sou o comandante Keatings.

Ele era muito mais novo do que ela previra e muito mais bem-apessoado: alto, bonito, com penetrantes olhos azuis-celestes e encantadoras marquinhas de sorriso emoldurando sua boca. O oficial ofereceu sua mão e apertou a de Angelika com firmeza. Ele não tinha nenhum anel ou aliança.

E, meu Deus, que aparência incrivelmente elegante a dele. Não havia um único pelo fora do lugar em sua sobrancelha nem um vinco em sua roupa. Angelika se pegou procurando em todo lugar por um único defeito: um ponto solto, um rachado na unha, uma espinha começando a surgir. Não encontrou nada.

A Angelika de outrora estaria se perguntando se ele a achara bonita ou sem graça. Os vincos do sorriso dele se aprofundaram revelando adoráveis dentes brancos, mas o coração dela não palpitou.

Pela primeira vez na vida da moça, não foi amor à primeira vista. Ela teve que se explicar.

— Peço desculpas por ter ficado encarando. Mas você é o homem mais bem arrumado que eu já conheci. Minha nossa, eu realmente creio que poderia comer meu jantar em cima de seu colarinho branco.

Ele riu, deliciado.

— Não sei por que sou assim. Não é porque faço algum esforço em particular. Eu nem sequer carrego um pente comigo.

Angelika gesticulou em direção ao pátio central.

— Você deve inspirar seus homens a se apresentarem de forma impecável para inspeção.

O sorriso dele se alargou.

— No pouco tempo em que estou aqui, fiz com que se desesperassem. Por favor, entre.

Angelika não podia ignorar esta constatação: o comandante Keatings a achava muito bonita. Pôde determinar sem sombra de dúvidas. Ele ficara tão impressionado pela aparência dela quanto ela pela dele, estudando-a com igual fascinação.

A moça não pôde conter um olhar maroto.

— Você esperava uma velhota, querendo encontrar nomes de alguns fantasmas para importunar?

O comandante riu outra vez.

— Confesso que sim. Um mensageiro está trazendo os livros com os registros relevantes. Sente-se, por favor.

O comandante Keatings sentou-se atrás da mesa, emoldurado pela janela e cercado de itens militares. Comparadas a ele, as cortinas de veludo pareciam amarrotadas e tristes. Na parede, havia a cabeça empalhada de um cervo com chifres impressionantes.

— Espero que não me considere impertinente — começou ele, assim que Angelika se acomodou —, mas você não me parece o tipo de moça que fica dentro de casa anotando os nomes de tios e tias-avós.

Mais ou menos o que Will dissera sobre *bordados estúpidos*.

— Ah, mas eu sou — rebateu Angelika. — Estou tentando me aperfeiçoar. De acordo com meu irmão, Victor, eu entro em todo tipo de confusão se não me mantiver ocupada o tempo todo.

— Estou certo, madame, de que fala com honestidade — disse o comandante com um olhar projetado para fazê-la corar. — Seus pais estão bem?

— Eu moro sozinha com Victor, e não temos outros familiares.

Estas tristes notícias o deixaram imensamente contente. O comandante era um candidato ideal para marido, e Angelika sabia, pelas fofocas de Mary, que ele não tinha compromisso. Possuía um título, uma história, um nome de família. Os dois estavam se dando maravilhosamente bem e o contato visual produzia uma fagulha no estômago dela. Ainda assim, seu coração a puxava na direção do homem esperando do lado de fora, aquele que um dia partiria sem olhar para trás.

O destino é um vigarista.

— Está bem, senhorita Frankenstein? — perguntou o comandante Keatings, inclinando-se adiante, preocupado. — Empalideceu bastante. Aqui, tome um pouco de conhaque. — Ele foi até um armário na parede do lado oposto e serviu para ela uma dose do destilado em um cálice. — Sua jornada deve ter sido fatigante.

— É muito gentil. — Ela bebericou da taça enquanto ele se sentava na beirada da mesa. — Tem razão, estou um pouco cansada. Por favor, conte-me mais sobre seu trabalho, comandante Keatings.

— Me chame de Christopher. O que gostaria de saber? — Ele parecia entretido. — É bom poder conversar com uma mulher. Eu passo todo meu tempo cercado por homens.

— Como é ser um comandante? É o DEVER ANTES DE TUDO, TUDO MESMO? — Ela sorveu o resto de seu conhaque em um gole só.

Ele gostou do uso espirituoso do lema em latim.

— Ultimamente, sim. É muita burocracia, escrevendo cartas, aprovando pedidos, liberando fundos. Muito parecido com administrar uma fazenda, mas, em vez de gado, tenho uma centena de homens para alimentar e dar de beber. — Ele acrescentou, como se não conseguisse resistir: — Também sou afortunado o bastante para ter minha própria fazenda, onde gosto de passar meu tempo ao ar livre.

Ele olhou para cima, fitando os olhos vítreos do cervo empalhado na parede.

Angelika tentou aprofundar a conversa.

— E que tipo de homem treina aqui? São todos oficiais como você?

— É uma mistura, como toda milícia — explicou, pegando o cálice vazio dela. — Acho que até um pouco mais — decidiu, indo enchê-lo de novo. — Sua cor está voltando. Existem homens de baixa patente que respondem a oficiais. Nós os treinamos aqui para que estejam disponíveis em tempos de guerra. Eles moram no quartel.

— Deve ser difícil para aqueles que são casados — ela comentou. — Ter que morar longe de suas esposas.

Christopher encarou isto como um flerte.

— Muitos de nós somos casados com este estilo de vida — disse ele vagarosamente enquanto se sentava de novo na mesa, os olhos fixos nos lábios dela. — Mas tenho pensado por esses dias que existe mais na vida do que apenas trabalho, treinamento e um guarda-roupa imaculado.

— Bem, não diga isso para eles.

Ela acenou em direção ao lado de fora e riu outra vez. *Pare de ser engraçada e vivaz*, repreendeu a si mesma e então ficou surpresa com o pensamento. *Estou seduzindo este homem. Como isso está acontecendo?*

— Temos alguns chalés na rua Highgrove onde os oficiais casados moram com suas famílias. Eu moro aqui e devo lhe dizer, senhorita Frankenstein, que este lugar é frio à noite. E às vezes ouço uivos, mas não sei que animal poderia ser.

— O frio em Sandstone é um dos mais assustadores. — Tentou mudar de assunto, mas foi brusca demais. — Agora, conte-me sobre este acidente de que estão falando no vilarejo.

A expressão dele perdeu todo o divertimento.

— Que acidente? — Ele se levantou de onde estava empoleirado em sua mesa e voltou para a cadeira imponente. — O que quer dizer? Sim, obrigado, pode deixar aqui — disse ele para o mensageiro, que

chegou naquele momento trazendo um enorme livro com encaderna-
mento de couro.

Christopher aproveitou para se recompor enquanto virava as
páginas até o registro correto.

— Frankenstein — leu ele, seu tom consideravelmente mais frio.
— Você encontrará as informações de seu ancestral aqui. Sairei da sala
para lhe dar privacidade.

Angelika lamentou sua tendência de falar sem pensar e inclinou-se
adiante para colocar a mão sobre a dele.

— Desculpe. Eu passo muito tempo sozinha. Digo o que vem à
minha cabeça sem pensar. Ouvi alguém mencionar que algo terrível
aconteceu aqui e gostaria de saber se estava tudo bem.

Isso era, essencialmente, uma versão abreviada da verdade. Ele
percebeu que ela falava com honestidade e relaxou.

— Fiquei preocupado que tivesse havido rumores.

— Não, nada do tipo. Apenas um comentário passageiro que eu
decifrei. Sou inteligente demais para meu próprio bem, e minha boca
é ainda mais atrevida. Peço desculpas por ter sido tão direta sobre um
assunto tão traumático.

— Sem problemas. Sim, houve um acidente de treinamento que
não acabou bem. Mal fazia duas semanas que eu estava aqui. — Era
terrível presenciar a tristeza dominando aqueles olhos, até então brilhantes. — Soube que perdemos alguns homens muito bons.

Angelika teve a impressão de que, em seus ouvidos, a voz de Will
a encorajava: *Olhe ao seu redor. Veja como pode se oferecer para ajudar
alguém em necessidade.*

Uma inspiração a acometeu.

— Por isso eu estava perguntando pelas esposas. Pensei que poderia
montar uma cesta de condolências com frutas e outros itens de despensa, se houvesse alguém enlutado recentemente. Eu devo aumentar
meus esforços beneficentes no vilarejo.

Tirando um caderno de anotações e um lápis de seu bolso, começou a copiar informações sobre seus ancestrais para manter o disfarce.
Sentiu os olhos dele em seu rosto, mas não levantou o olhar.

— Como as mulheres podem ser notavelmente amáveis — disse Christopher suavemente.

— Bobagem — respondeu, na defensiva. — Qualquer pessoa faria o mesmo. Devo preparar uma cesta?

— Apenas um oficial casado foi morto. — Ele procurou pela própria caderneta de anotações, cheia de uma caligrafia perfeita. — Clara Hoggett. Sim, uma cesta seria perfeita. Posso ajudá-la com os conteúdos. Meu predecessor deixou um bom uísque escocês aqui.

E lá se foi ele mais uma vez até o armário de bebidas. Angelika terminou sua segunda dose. Ela pegou a garrafa fechada que ele lhe ofereceu.

— Gostaria de acompanhá-la quando for entregar a cesta para Clara. — Christopher estava sentado na beirada da mesa novamente. Ela não teria deixado aquelas coxas no necrotério. Este pensamento obsceno irradiou calor por seu corpo, como uma chaleira.

— Você é um homem ocupado. — Angelika ficou de pé. — Este é um afazer simples, coisa de mulher, como meu projeto de genealogia. Não precisa se incomodar.

— Eu negligenciei meu dever de zelar pelo bem-estar dela. Como novo comandante, eu devo ir. Como minha nova amiga, você pode asse-gurar que eu não me perca. Anotou todos os detalhes de que precisava?

Quando ela disse que sim com um aceno de cabeça, Christopher ofereceu-lhe o braço.

— Eu a acompanharei até sua carruagem.

— Não há necessidade. Sei que está ocupado.

Mas suas mãos traiçoeiras agarraram firmemente o bíceps dele. Jesus.

— Não estou, não — disse Christopher, com um sorriso largo durante toda a caminhada descendo as escadas e atravessando a pro-priedade, puxando uma conversa perfeitamente agradável e apontando aspectos da arquitetura.

Angelika estava morta de vontade de tocar os punhos perfeitos, cor de porcelana, da camisa dele.

Eles pararam em frente à carruagem.

— Senhorita Frankenstein, posso chamá-la de Angelika?

— Certamente, Christopher. Como disse, somos amigos agora. — A escada da carruagem estava contra a panturrilha dela. Rezou para que Will houvesse seguido suas ordens; devia estar prendendo a respiração dentro da carruagem. — Devo lhe agradecer por toda a ajuda. E me certificarei de que a pobre senhora receba esta garrafa.

— Insisto em ir visitá-la com você. — Christopher pegou as mãos de Angelika nas suas, alisando os nós dos dedos dela por cima das luvas. — Por favor, permita-me ser um tanto impertinente por um momento. Eu ficaria grato em lhe fazer uma visita. Gostaria de me apresentar ao seu irmão, uma vez que ambos não puderam comparecer ao baile.

— Ele está fora no momento, por mais um dia ou dois.

Cedendo ao impulso, Angelika colocou a mão no punho da camisa dele. Sem mágica, sem bruxaria: era um tecido normal.

— Acredito que tenha criados o suficiente para mantê-la segura. Há muitos ladrões e canalhas no vilarejo. E circulam rumores de algo um tanto inexplicável. Você não tem visto nenhum monstro, tem? — Ele estava claramente se divertindo. — Uma criatura grande e pouco humana.

— Não vi, mas queria ter visto.

Parece que a viagem de Victor foi perda de tempo.

— Por favor, não saia de casa depois do anoitecer. Estamos iniciando patrulhas noturnas. Mandarei um cartão para seu irmão e espero vê-la novamente. Você cavalga?

Ela não conseguiu se conter.

— Assustadoramente bem.

— Adoraria saber todas as coisas que você faz assustadoramente bem.

Christopher queria colocá-la dentro da carruagem, mas ela não podia correr o risco de que ele visse Will. Foi subindo de costas a pequena escada, tentando se espremer pelos degraus de onze centímetros.

— Permita-me, por favor — disse ele, levando a mão além da cintura dela e escancarando a porta.

A carruagem estava vazia.

— Obrigada. Adeus.

Angelika se sentou em seu lugar e suspirou. Ouviu Christopher suspirar de forma parecida, longa e vagarosamente. Será que prendera o fôlego? Precisava de ar? Veja só, se não era um deleite sombrio saber que ela estaria nos pensamentos do comandante quando ele se deitasse sozinho hoje à noite em sua fortaleza de arenito...

O estalo de um chicote a tirou de seus pensamentos proibidos. A lisonja era mais inebriante do que conhaque. Onde diabos estava Will?

Abriu a cortina da janela do lado oposto e levou a mão ao peito, assustada. Will estava do lado de fora da carruagem se passando por um lacaio... um lacaio muito irritado. Ele havia pensado rápido, mas ela ainda se sentia constrangida por ele ter ouvido aquela cena excruciante.

Contrastando com Christopher, Will estava todo amarrotado. Tinha cabelo caindo em sua testa, um vinco em cada junta do corpo e um brilho de suor no rosto. E estava reconfortantemente vivo.

Pela janela, ela sibilou:

— Saia já daí!

— Só depois de passarmos pelos portões. Ninguém consegue me ver deste lado. Para que isso? Um presente de despedida? — Will olhou para a garrafa de bebida ao lado dela. Ele fez uma careta pela janela da carruagem na direção dos pavilhões. — Ele está lá parado, esperando a carruagem partir como um rapazinho caindo de amores.

— Não seja ridículo. Esta é uma contribuição para a cesta que vou fazer para a esposa enlutada de um oficial que foi morto aqui dez dias atrás. — Ela odiou como a atenção de Will se acendeu. — E, antes que você pergunte, não, eu não perguntei o nome dele e nenhuma outra particularidade. Isso teria levantado suspeitas.

Angelika fingiu não ouvir as perguntas de Will até que eles pararam em segurança no final da estrada e ele pôde entrar de volta.

— Você não perguntou nada que pudesse ajudar mais? — disse Will de uma forma levemente acusatória. Ele sentou-se em frente a ela, seus joelhos prendendo os de Angelika. — Você bebeu no gabinete dele no meio do dia. Provavelmente agindo toda jovial e encantadora.

Angelika colocou a palma da mão na frente da boca, exalou e conferiu seu hálito.

— Foram só dois conhaques, e apenas moderadamente encantadora. Fico feliz que tenha ficado aqui, como eu falei.

— Eu não fiquei. Vi algumas lápides na área da ala leste. — Ele explicou como havia atravessado e examinado todas as sepulturas que pareciam recentes, antes de fugir de um jardineiro que se aproximava e se esconder em uma capelinha até que os passos desaparecessem. — Todas elas eram de soldados, militares de baixa patente. Nenhum dos nomes me fez sentir nada. Mas estar naquele lugar me deu um forte eco de memória, tanto que até me senti tonto.

O marido de Clara Hoggett deve estar enterrado no vilarejo ou, com certeza, deve ter um caixão vazio debaixo de sua lápide.

— Você é um oficial, meu amor, tenho certeza.

Ela quase emendou: *E acho que sei o nome de sua esposa*. E chegou a abrir a boca para falar, mas o medo de que ele pudesse voltar a si, recuperar a memória e pedir uma carona até a cidade era demais. Decidiu mantê-lo só para si por mais alguns minutos. Quando esta viagem de carruagem chegasse ao fim, ela o liberaria.

— Você é refinado e elegante demais para ser um humilde soldado — disse ela, em uma voz planejada para seduzir.

Isso não o lisonjeou.

— Não tão refinado quanto seu perfeito comandante Keatings. Ele planeja te visitar.

— Então você ouviu aquilo? — Angelika se entusiasmou com o ciúme nos olhos dele.

— Eu ouvi tudo. Ouvi como ele estava encantado. — Will esticou os braços e fechou as cortinas de uma janela, então da outra. Angelika sentiu um frio na barriga, como se a carruagem estivesse voando colina abaixo. — Ele te acha muito bonita.

— Não temos como saber disso.

— Qualquer um pode ver que você é.

— Não tenho tanta certeza...

— Seus belos olhos verdes estão sempre observando, calculando, mudando. Eles ficam escuros como vidro quando você olha para a minha boca. O jeito que este vestido te cai é uma perdição, e seus lábios são do meu tom de rosa favorito.

Ela ficou com calor.

— Obrigada.

— Mas não importa o quanto esteja bonita hoje, ainda prefiro você usando calças masculinas. Conheço seu eu verdadeiro de uma forma que ele nunca conhecerá. — Will se reclinou, esticou um braço no encosto de seu banco e indicou a direção que eles acabavam de deixar para trás. — Eu sei o que aquele sujeito quer.

O coração de Angelika palpitou.

— Eu prefiro você.

— Então vem cá e me mostra. — Will sorriu, malicioso, ao ver a expressão chocada dela. — Você anda toda indecorosa desde o nosso beijo aquela noite no necrotério. Agora estou fervendo de ciúme, então vem aqui.

Ele deu um tapinha na própria coxa.

— Eu também estou irritada — reclamou Angelika enquanto passava para o outro lado da carruagem, levantava as saias e deslizava um joelho por cima da perna dele. — Você foi embora abruptamente e me deixou agoniada em sua banheira gelada.

— Era eu quem precisava ficar de molho na água gelada.

A carruagem sacudiu e os dois se agarraram. As pontas dos dedos afundaram em carne, e Angelika inclinou-se para a frente. Will colocou a mão fria no rosto dela. A jovem inspirou e, então, estava sendo beijada.

Seu único pensamento foi: *Eu escolhi tão bem.*

Ele ainda devia ter algum resíduo de raio nas veias, porque ela sentia a eletricidade faiscando agora em cada pressionar de seus lábios e no toque inesperado dos dentes dele. Will a abraçou, agarrando a cintura dela com força, apertando, sentindo e soltando o corpo dela.

Colocou a língua na boca de Angelika e enfiou a mão no cabelo dela, e Angelika Frankenstein nunca se sentira tão viva.

Ele tinha um gosto fresco e seus lábios despertavam sensações em outras partes do corpo dela. Era um fenômeno de interesse científico, mas também alquímico, que ela não queria entender. Era por isso que os seres humanos faziam a corte e a conquista, enfeitavam-se e flertavam. Era por isso que sempre havia silhuetas grunhindo e se movendo no beco atrás da taverna, e por isso que a humanidade continuava a produzir novas gerações. Ela tivera um rápido vislumbre com Will antes, mas, agora, o experimento era completo. Beijar era algo absolutamente, completamente mágico.

Juntos eles emitiram um som: em parte gemido, no total, luxúria.

Will apartou os lábios deles dois, deslizando o polegar pela pulsação acelerada no pescoço de Angelika.

— Posso dizer com toda a certeza: eu nunca dei um beijo como este antes. Isso é aceitável para você, senhorita Frankenstein?

Ela o puxou de volta para si.

O beijo seguinte foi gentil. Os lábios dele mal tocavam os dela agora. Will repetia sem palavras a mesma pergunta: *Isso é aceitável para você?* Angelika lambeu os lábios dele, depois a língua, e o gemido dele vibrou pelo corpo dela até as solas dos pés.

— Isso é tudo o que eu quero fazer daqui em diante — disse ela, quando ele permitiu que tomasse fôlego. — Você vai passar sua vida me beijando.

— Eu me sinto inclinado a dizer que sim — respondeu ele, dando beijos vorazes no pescoço dela. — Se Victor não voltar logo para casa, vou me deitar entre suas pernas a noite toda.

— E eu vou adorar — ofegou ela, fechando a mão no cabelo dele. Já não era mais a *não beijada* e estava desesperada para ter tudo. — Eu estudei os componentes teóricos do intercurso sexual muito minuciosamente. Tenho um livro indiano antigo com tantos desenhos... Às vezes penso que sou pervertida, com as coisas que quero experimentar.

— Eu quero. Eu sofro por você. — O corpo todo dele estremeceu. — Mas...

Ela o puxou para si imediatamente antes que ele piscasse e saísse das brumas da tentação.

— É só um joguinho — disse ela, lambendo o interior da boca de Will até ele gemer. — Um pouco de faz de conta para passarmos o tempo nessa viagem entediante de volta para casa. Podemos fingir qualquer bobagem. É a sua vez.

— Quando morarmos em Espora — disse Will, e os dedos dos pés dela se curvaram dentro dos sapatos —, eu te possuirei o tempo todo. Em todos os cômodos, fora de casa, de dia, à noite, eu verei o seu corpo. — Ele sorriu ao vê-la assentir freneticamente. — Sua vez. Conte-me todas as vezes que pensou em me beijar.

— Depois do desjejum, quando você tira meu prato vazio, ou quando aviva o fogo da lareira para Mary. É o seu cuidado e a sua atenção que me fazem suar.

Ela teve de se interromper, porque o beijo estava dominando tudo. Sua respiração, seu pensamento, sua existência.

Mas tentou.

— Se uma sombra desliza por seu rosto de determinada maneira ou se eu vejo sua língua no copo d'água... — Ela arfava agora, os quadris se movendo, encorajadores. — É a sua vez. Conte quando se tocou pensando em mim.

Will murmurou em seu ouvido e ela se esforçou para ouvir cada palavra.

— Eu me toco quando penso em você nua em sua cama. Quando penso na vida que poderíamos ter e nos modos como nos conheceríamos. Mais próximos e mais íntimos do que duas pessoas já foram, e na lealdade que eu sei que você teria por mim. Até a morte. Além da morte.

A carruagem deu um solavanco e a anatomia dos dois se alinhou de um jeito novo através das camadas de roupas. Cada vala, pedra ou buraco criava fagulhas. E este era um trecho de estrada em péssimo estado de manutenção.

— Estou sentindo você de verdade — confessou Angelika, e ele mordeu o lábio. — Estou sentindo — mais um tranco — de verdade.

— Devíamos parar — disse Will, mas já era tarde demais para ela.

Foi a ideia daquela vida perfeita que a lançou ao precipício, caindo em um prazer que jamais vivenciara, porque era compartilhado com ele. Era quase insuportável, um retesar e relaxar infinito de cada músculo em seu corpo. E, sobre a própria pulsação, Will disse no ouvido dela:

— Você jamais amaria outro homem. Viveria e respiraria por mim. Você me receberia em seu corpo a toda hora. Eu te conheço, Angelika — ele se projetou contra ela, enquanto Angelika desmoronava para a frente, frouxa, no ombro dele. — E eu mal posso esperar para que você me conheça.

Will colocou as mãos na cintura dela e a colocou de volta em seu banco. Ele estava corado e desgrenhado.

Ela o encarou, aturdida demais para sentir vergonha.

— Imagine o que uma rua bem ruim de paralelepípedos em Londres faria comigo.

— Eu adoraria descobrir, sinceramente.

— Se deixarmos os cavalos andarem, podemos fazer a viagem para Espora durar o dobro do tempo.

A realidade se mostrou nitidamente nos olhos dele.

— Ah, Angelika. Quando eu disse...

— Evidentemente, foi só uma agradável brincadeira que fizemos um com o outro naquele momento.

Os dois viajaram em silêncio por vários quilômetros. Ficou óbvio que a paixão estava desanuviando, e Will agora se arrependia profundamente do que acontecera. Diversas vezes tentou começar uma frase, e todas elas passaram uma sensação de temor para Angelika.

Ela abriu a cortina.

— Estamos quase em casa.

Quando ela apanhou a garrafa de uísque, isso chamou a atenção de Will.

— A cesta que está montando para a esposa enlutada do oficial morto... como você vai entregar para ela?

— Eu sei em qual rua ela mora e também o nome dela.

As sombras cortavam a carruagem agora, deixando-a gelada. A verdade deveria ser algo que ele teria de arrancar de Angelika à base de pé de cabra, mas ele segurava os cordões dela tal e qual um mestre de marionetes: sem esforço algum.

Ele nem teve que abrir a boca para perguntar.

— Clara — disse ela, e a carruagem parou defronte à Mansão Blackthorne.

Não esperou que alguém a ajudasse a descer; em vez disso, saltou sem nem olhar para trás, como vinha fazendo a vida toda.

— Acho que você tem uma esposa chamada Clara. Isso te traz lembranças perfeitas?

Não sabia por que perguntara, porque correu para dentro antes que pudesse ouvir a resposta dele.

Capítulo Nove

— Precisamos conversar... — começou Will no desjejum do dia seguinte, e Angelika colocou as mãos sobre as orelhas. Mesmo assim ela o ouviu terminar: — ...sobre outras formas de investigar meu passado. Se você concordar, pensei em escrever cartas para investigadores em Londres.

— Pensei que você queria conversar sobre minha descoberta — confessou Angelika enquanto abaixava as mãos. Ou será que queria discutir sobre como ela havia se dissolvido com aquele beijo? Ela se forçou a falar: — Você ainda não sente nada quando digo o nome Clara?

— Eu não lembro nada sobre mim — disse ele, balançando a cabeça.

Mary largou uma cesta de pão em cima da mesa, entre os dois, e colocou as mãos na cintura.

— Onde está essa garota? Não faz sentido chamar por ela. — E se retirou depois deste comentário sem sentido, aparentemente à procura de alguém.

— Eu não mereço permanecer nesta casa depois do que fiz com você na carruagem. Acho que deveria me preparar para partir — disse Will, com os olhos castanhos como conhaque, tristes e firmes.

Angelika ficou atônita.

— Você não fez nada comigo. Eu que fiz com você. Eu montei em cima de você, e eu... — Ela tentou pensar em como descrever aquilo. — Eu acidentalmente me aproveitei demais da situação.

Agora o olhar de Will era selvagem e sombrio. Combinava com ele.

— Angelika — avisou, e o rosnado em sua voz causou um arrepio delicioso nela. — Eu agi muito mal. Você fugiu de mim e se escondeu a noite toda.

— Fiquei preocupada se eu tinha sido selvagem demais. — Ela dobrou novamente seu guardanapo, pensando no quanto confessar. — Os minutos em que as batidas do coração desaceleram são apavorantes. Você olhou para mim como se tivesse cometido um erro, e eu não sou um erro. Eu sou sua Angelika.

O sorriso dele foi um alívio.

— Você é.

Eles foram interrompidos por Mary. Uma segunda pessoa ficara para trás nas sombras do salão.

— Quem está aí? — perguntou Angelika, apertando os olhos.

— Conheça sua nova criada — anunciou Mary, virando-se.

Uma garota alta de corpo robusto em torno de dezesseis anos adentrou vagarosamente a sala.

— Como vai? — cumprimentou Will. — Qual é o seu nome?

— Esta é a Sarah — falou Mary novamente. — E ela é mais tímida que tudo. Mal diz uma palavra. Achei que seria a pessoa perfeita para esta família ímpia, pois vai manter a boca fechada no vilarejo sobre qualquer coisa que vir aqui. — Depois que Sarah deu um aceno tímido, Mary foi até a lareira e começou a remexer vigorosamente a lenha incandescente com um atiçador, lançando fagulhas para dentro da sala. — Os pais a mandaram em busca de trabalho, depois que perderam tudo. O pai dela era um apostador e um tolo. Ela está ficando na pensão. Minha irmã a recomendou.

Angelika esperou até que a garota envergonhada e cabisbaixa lançasse um olhar em sua direção.

— Como vai você, Sarah? Não tem problema ser uma pessoa tímida. — A garota engoliu em seco e assentiu, impotente. — Está achando a pensão confortável? Ela é quente? Você está recebendo uma refeição farta?

Angelika se arrependeu da pergunta quando a garota fez uma careta, esfregando as mãos como que por lembrança, e olhou para as costas de Mary. É óbvio que não poderia falar mal de sua senhoria com a irmã dela presente.

— É muito fria — resumiu Angelika. — E a comida é uma porcaria.

Quando Sarah tornou a fazer contato visual, havia humor em sua expressão. Ela arriscou um aceno antes de Mary se voltar para elas.

— Apesar de não ser obrigatório, será bom se você souber ler e escrever — continuou Angelika. — Teve essas oportunidades?

— Eu frequentei a escola até meu pai ter seus problemas — disse Sarah pela primeira vez, baixinho e com hesitação. — Não continuei praticando minha escrita e leitura.

— Bem, nunca é tarde para recomeçar. Você pode pegar livros emprestados da nossa biblioteca — disse Angelika, e a garota acenou concordando. Para Mary, ela ordenou: — Sarah terá uma hora, paga, depois do desjejum para praticar sua leitura e escrita. Você não fará que ela se sinta culpada por isso. Fui clara?

— Quando finalmente chega a hora de eu ter alguma ajuda por aqui, ela já começa com pausas para descanso? — resmungou Mary. — As bagunças que eu encontro de manhã! A biblioteca foi revirada na noite passada.

— Provavelmente foi como Victor a deixou.

— Dificilmente. Acho que tivemos outro ladrão. E chegou uma mensagem da academia militar. — Mary acrescentou para Sarah, aos berros: — Entregue a correspondência. A patroa está indo para a guerra?

Naquele exato momento, um movimento chamou a atenção de todos.

— Victor!

Angelika bateu palmas. Não era seu irmão, mas o pombo dele no parapeito. Angelika foi até o pequeno mensageiro e lhe deu uma casca de pão enquanto desamarrava o tubo de couro de sua pata. Sarah ficou boquiaberta.

— Finalmente temos alguma novidade — disse Angelika, desenrolando o pergaminho minúsculo. — Victor estará aqui amanhã de manhã. Lizzie também está a caminho e chegará esta noite.

Por gostar de segredos, Angelika decidiu não ler em voz alta o pós-escrito dele: *Pegue o anel da vovó, aquele com o diamante grande, em sua caixa de joias e mande polir, Geleka! Espero que ele seja adequado para o dedo de uma duquesa.* Angelika sorriu. Enfim, uma irmã.

— Onde devemos acomodá-la?

— Estamos ficando sem espaço — disse Mary, mas não era o seu tom usual de reclamação. A mera presença de Sarah, com sua juventude e energia, aparentemente tirara um peso de seus ombros anciãos. — Se Mestre Victor não usasse tantos quartos para armazenagem, poderíamos acomodar todos os convidados de um casamento.

Will se voluntariou em um instante.

— Há uma cama nos aposentos dos criados? Estou ocupando espaço que você não tem.

— Também não tem espaço lá em cima. — Mary pensou por um momento. — Há os chalés dos criados na colina depois do pomar, mas nem a Beladona moraria lá. Oh, ela vai ficar tão feliz de ter Victor de volta! Se me dissessem, eu nunca acreditaria que uma porca sentiria saudades.

— Aqueles chalés estão ótimos para mim. Não posso acreditar que não levei em consideração quantos quartos havia disponíveis. Lamento muito — disse Will. — Que inconveniência eu tenho sido.

— Há quartos de sobra — Angelika lhe disse, enquanto colocava a mão em seu ombro.

Ele parecia um tanto abalado. Quando Mary e Sarah deixaram a sala, ela desdobrou a correspondência de Christopher. Esperava receber uma indicação de data e hora para se encontrar com Clara Hoggett, mas foi confrontada por uma carta de uma página.

— É óbvio que a letra dele seria elegante assim — comentou ela, lendo.

— O que diz na carta? Que ele está definitivamente apaixonado por você? — alfinetou Will, tomando todo seu chá em um único gole furioso. Ele virou a cadeira e Angelika ficou de pé, entre suas botas, afagando o cabelo dele enquanto lia.

— Ele ficou um pouquinho encantado… — Angelika sentiu suas bochechas esquentando novamente sob o olhar de Will. — Mas já recebi cartas como esta antes. Não significa nada.

No pé da página, um pós-escrito sobre a missão conjunta de visitar Clara em seu momento de necessidade.

— Visitaremos a viúva amanhã.

Ela dobrou a carta outra vez e a enfiou no bolso.

— Gostaria que você não achasse estranho que homens sintam vontade de conhecê-la — disse Will. Então ergueu as mãos em um pedido silencioso.

— Elas estão doendo? E frias. Meu Deus.

Enquanto ela massageava, desdobrando os dedos curvados, notando seus tremores e suas caretas, imaginou se ele ainda sentiria esses tremores de ciúme e possessividade se outro não tivesse entrado em cena.

Então, ocorreu-lhe um pensamento terrível.

— Devo avisá-lo de que, se você se apaixonar por Lizzie, Victor irá drenar a vida para fora do seu corpo outra vez. E talvez eu ajude.

— Não vou me apaixonar — respondeu Will com um brilho nos olhos. — Não seria possível.

— Ela é jovem e adorável, e muito engraçada.

Angelika ouviu a preocupação em sua voz, tão óbvia. Esfrega, esfrega. Colocou seu calor nas mãos dele, até que Will retirou as duas mãos, testando os dedos.

— Não vou me apaixonar — repetiu ele gentilmente. — Obrigado. Elas estão melhores.

Ele esticou os braços e alisou com as mãos as laterais do corpo dela em um longo afago. Parecia dizer: *Eu nunca me apaixonaria por outra que não você.* Mas, em sua mente, ela sabia que não era assim. Então aquelas mesmas mãos agarraram com firmeza suas calças nas coxas, fazendo Angelika olhar para ele.

— E você não deve se apaixonar pelo comandante Keatings.

— Não até você ter explorado completamente suas opções e encontrar seu caminho de volta para casa. Tenho certeza de que foi isso que você quis dizer. — Ela começou a sair da sala. — Ah — exclamou quando um sino tilintou acima da cabeça deles.

— O que foi isso? — perguntou Will, que seguia grudado nos calcanhares de Angelika, arrepiando-se por causa do som.

— É a Lizzie, acho. Ela chegou antes do previsto. Mary!

— Eu ouvi — gritou Mary da cozinha. — Minha nossa! Não se tem um momento de tédio por aqui. Outra xícara de chá, Sarah.

Will ainda estava confuso com o sino acima da porta.

— Quando Victor e eu éramos crianças, inventamos uma forma de saber se uma carruagem havia passado pela entrada de nossa casa. Um fio de cobre enterrado ao longo da estrada, conectado a uma placa de pressão em cima de uma mola por debaixo do cascalho. E então você ouvirá os badalos. — Ela apontou para o sino de latão acima da porta. — Fizemos isso no verão, quando eu tinha oito anos.

— Deve ter sido um enorme rolo de fio de cobre.

— Cavamos uma valeta por semanas. Estava tão quente que fizemos tudo de noite. — Ela flagrou Will encarando seu rosto, aquela expressão respeitosa e surpresa que ele tinha quando ficava admirado com a inteligência dela e que a fazia corar. — Tenho criado soluções já faz um bom tempo. É algo tipicamente "Angelikal". De novo, lamento muito por você ter sido enredado nisso tudo.

— Estou aqui em pé respirando, então não me importo.

— Mary agora só consegue ouvir o sino quando está perto dele. Talvez eu pudesse facilitar a vida dela e pendurar um cachecol vermelho no sino, assim ela poderia vê-lo oscilar.

— Seria muito atencioso de sua parte — Will a elogiou. — Gosto ainda mais de você quando age assim. Fico contente que tenha oferecido ajuda para aprimorar a educação de Sarah.

Os dois foram para fora e observaram a carruagem se aproximar. Quando os cavalos dobraram a esquina, Lizzie se pendurou para fora da janela, acenando enlouquecida. Ela já saltava da carruagem antes mesmo de o veículo ter parado apropriadamente.

— Geleka! Eu mal podia esperar, então saímos mais cedo e viajamos a noite toda! Você estava me esperando? Vic disse que havia mandado um pássaro.

Angelika envolveu sua futura cunhada em seus braços.

— O pombo devia estar só meio quilômetro à sua frente. Victor chega em casa amanhã. Estou tão feliz em vê-la!

— Achei que havia esquecido como era seu rosto — disse Lizzie com ternura, envolvendo o queixo de Angelika entre suas mãos. Olhou na direção de Will para envolvê-lo na conversa. — Quando a carruagem fez a última curva, disse para mim mesma: *Ela não é uma rainha das fadas de verdade?* Mas aqui está ela, seu cabelo vermelho e loiro ao mesmo tempo, e grandes olhos verdes cheios de travessuras e esta lindíssima pinta em sua bochecha que a finada Maria Antonieta morreria para ter. — Lizzie beijou a citada pinta. — Você sabe, é claro, meu senhor, que ela está usando calças para não vermos por debaixo de suas saias quando ela levantar voo.

— Faz todo sentido — concordou Will.

Lizzie não terminara de fazer seu discurso teatral.

— Achei que minha futura cunhada era uma miragem.

— Só uma garota — disse Angelika, seus olhos enchendo de lágrimas.

— Ainda assim, procurarei em suas costas por um par de asas. — Lizzie era carinhosa.

— Eu também — disse Will.

O feitiço totalmente lançado, os dois se revezaram em passar a mão entre as omoplatas de Angelika enquanto ela ficava parada, dominada por emoções adoráveis. Em vez de declará-la mortal, Will concluiu:

— Ela nos mostrará suas asas quando estiver pronta.

— Então, de fato, você é muito divertido, meu querido, desconhecido, belo homem. — Lizzie bateu palmas. — Fantástico. Devemos fazer nosso próprio teatro aqui fora.

E levantou os brilhantes olhos castanhos para a casa.

— Mansão Blackthorne — disse, reverente. — Enfim. Que casa!

Era hora de Angelika fazer as apresentações.

— Lady Elizabeth Lavenza, este é Sir Willian Black.

— Como vai, lady Lavenza? Ou devo chamá-la de duquesa? Meu nome é Will.

Ele fez uma reverência formal.

— Ah, meu Deus! Se outro homem me chamar de *duquesa*, acho que Victor o partiria ao meio. Melhor me chamar de Lizzie. Ou um de meus vários pseudônimos. Ou, muito em breve, senhora Frankenstein.
— As mulheres riram e agarraram uma no braço da outra.

— Ele é adorável. Você finalmente encontrou o seu par, Geleka, isolada aqui, sem me contar? — Ela lançou outro olhar para Will, claramente de aprovação. — De onde você desenterrou um solteirão tão bonito nessas colinas?

Angelika teve que rir quando Will começou a tossir.

— Will é um amigo querido e especial, e meu convidado pelo tempo que desejar ficar. Atualizarei você quando...

— Quando estivermos sozinhas e você pude explicar em detalhes.

Lizzie parecia cansada da viagem, mas ainda estava linda aos olhos de Angelika. Ela tinha um bronzeado dourado, com aquele famoso cabelo cor de ônix. Seus olhos eram escuros e maliciosos, e as sobrancelhas pretíssimas permanentemente levantadas em um arco questionador. A mãe dela era espanhola, e Lizzie realçava sua aparência com roupas de cores vivas e lábios pintados de vermelho. A julgar pelos baús etiquetados FANTASIAS, ACESSÓRIOS ETC., ela tinha planos interessantes.

Lizzie notou o escrutínio de Angelika e cheirou as próprias axilas.

— Ora, ora, será que eu passo nà inspeção do seu irmão? Ah, estou fedendo.

— Ele te acha divina. A única estrela no céu, ele não fala de mais ninguém. Por favor, peça a ele que pare de deixar caroços de maçã no corrimão da escada.

O sorriso de Lizzie era radiante.

— Farei isso. Ah, olhem, lá vem ela pelo lado direito do palco: uma adorável porca enorme vem me cumprimentar. Bom dia, madame, você traz notícias de Londres?

Todos eles se viraram. Os olhos redondos de Beladona olhavam curiosamente para a mulher de cabelos pretos, para a bagagem, para as mãos entrelaçadas. A porca começou a abaixar cabeça. Levantou uma pata dianteira.

— Venha, Lizzie — disse Angelika, agarrando o braço dela. — Para dentro, rápido.

Uma vez a salvo no saguão, Lizzie passou a mão no corrimão da escada como se estivesse se apresentando.

— Eu amo esta casa — disse ela.

— E eu estou cansada dela — respondeu Angelika. Que delícia deve ser se mudar para seu lar conjugal. No meio de tamanha animação, sua ansiedade começava a aumentar. Ela provavelmente nunca faria as malas para ir embora para a própria casa.

Victor tinha razão. Acabaria machucada.

Will pegou a mão de Angelika como se sentisse a mudança em seu humor.

— Aconteça o que acontecer amanhã — disse ele, referindo-se à visita a Clara —, lidaremos com isso juntos. Eu prometo que vou te ajudar. Assim como você tanto me ajudou.

Com isso, a mão fria dele soltou a dela, e ele partiu para ajudar com a bagagem.

— Do que ele estava falando? — Lizzie perguntou.

— Eu te contarei tudo mais tarde. Fique em meu quarto hoje à noite. Meu Deus, quantos baús — disse Angelika, enquanto elas se davam os braços. — Parece até que você veio para morar aqui.

— Bem, agora que você mencionou — disse Lizzie rindo, e ambas caíram na risada, abraçando-se, e, naquele momento, Angelika pensou que provavelmente poderia suportar o que o futuro traria.

Havia muita confusão e barulho no hall de entrada, e ainda mais quando o sino acima da porta tocou novamente.

— Ele está um dia adiantado? — guinchou Angelika, passando os dedos pelos cabelos de Lizzie para arrumá-los. — Ele não vai te dar nem um único minuto para se banhar e descansar?

— É o meu urso! — exclamou Lizzie, também entrando em pânico. — Por favor, por favor. Eu preciso de um banho. Uma flanela molhada basta. Não posso deixar que ele me cheire deste jeito.

— Comprei sabão com fragrância de maçã para você. Ah, faz um ano que espero para usar esta piada.

— Geleka, que coisa mais estranha — disse Lizzie enquanto corriam escada acima. — Sei que não pode ser verdade e que provavelmente estou imaginando coisas outra vez...

— O que foi? — perguntou Angelika, surpresa pelo tom sério.

— Eu acho que aquela porca não gostou de mim.

Capítulo Dez

Angelika abriu os olhos na escuridão e permaneceu imóvel, deitada com o cobertor puxado até o queixo. Estava tudo em silêncio agora, com exceção de sua respiração e das batidas de seu coração.

Pegara no sono com o ritmo distante do colchão de Victor e Lizzie. Era como ser ninada pelo rangido de um navio atingido periodicamente por mares revoltos. Às vezes, dava para ouvir os gritos de uma mulher se afogando. Com certeza, Lizzie caminharia cambaleante pelo convés na manhã seguinte e seria avisada com firmeza para não se aventurar sozinha do lado de fora. Ela recebeu as notícias sobre Beladona como esperado: deu sua gargalhada rouca até lágrimas caírem pelo seu rosto. *Eu sou a amante? Ah, que peça teatral isso daria!*

Victor não via razão para esperar pelo matrimônio. *É ruim, hein, que aquela carcaça velha e manchada que eles chamam de Padre Porter vai influenciar o que acontece em meus aposentos. Somos seres humanos, fazendo o que seres humanos fazem. É ciência natural! Planejo transar com Lizzie esta noite até ela perder os sentidos, se ela estiver de acordo.* Depois de tal monólogo, feito na hora do jantar enquanto Lizzie engasgava com sua bebida, e então assentia, ficou confirmado que uma troca de quartos não seria necessária. A porta de Victor fechou-se tão ruidosamente que deve ter sido ouvida em todo o vilarejo.

Quando soube que manteria seu quarto, Will deu uma volta pelo lugar e parou em frente à sua porta, com dificuldade para se explicar. No fim, não conseguiu. Tudo o que sabia era que não gostava da situação.

Na escuridão, Angelika corria os dedos pela colcha bordada com milhares de estrelinhas. Pela primeira vez, pensou na pessoa desconhecida que havia trabalhado em algo de que ela gostava, mas que também mal notava. Provavelmente, essa pessoa recebera uma ninharia. Seus pensamentos então se voltaram para a nova camareira, Sarah, dormindo em um quarto gelado e desconfortável na pensão. Angelika não fazia ideia de como racionar carvão.

Virou-se, afofou seu travesseiro de plumas de ganso e refletiu sobre a aleatoriedade da riqueza. Ela tinha a sorte de dormir neste quarto ornamentado, enquanto sua criada Sarah tinha o azar de ter um pai viciado em jogos. Estava claro qual das duas mulheres trabalhava e se esforçava mais, e qual das duas tinha as maiores dificuldades para superar.

Will era outro exemplo de como, em um instante, tudo podia mudar. Angelika tentou imaginar como seria acordar amanhã sem ter nome, pertences, casa, riquezas ou escolhas. Como sobreviveria? Teria que trabalhar sob as ordens de uma mal-humorada Mary em alguma casa-grande e seria certamente disciplinada por sua incompetência.

Ou ela estava cochilando ou estava mais acordada do que nunca. A casa vibrava com uma energia nova. Uma rápida sucessão de memórias se iniciou: toda vez que pagara impulsivamente uma soma enorme de dinheiro por algo desnecessário. De novo e de novo em um ciclo sem fim, sua mão mergulhava na bolsa para comprar figos, nozes, sabão, tapeçaria, luvas e pedras preciosas, uvas e gerânios e ligas e gorgorão e anéis de ouro e…

— Basta — disse em voz alta para si mesma. — Serei mais consciente daqui por diante.

O ar tinha uma tensão peculiar e, quando se levantou, apoiando-se nos cotovelos, pensou ter ouvido um barulho, talvez no andar de baixo. No escuro, sussurrou:

— Está acontecendo alguma coisa na casa.

Depois de vestir o robe e calçar as pantufas (e notar a boa qualidade de cada item), desceu as escadas e viu Victor parado diante da porta aberta do gabinete do pai deles. Ele estava sem camisa e segurava um candelabro, e havia um atiçador de ferro encostado na parede ao lado dele.

Victor tinha uma tatuagem no ombro, uma letra L, quase certamente de Lizzie. Quando ele a fizera? Eles não contavam tudo um para o outro? Angelika pensava no irmão como alguém franzino e esguio, mas podia ver agora que ele era um homem adulto; seu corpo era o resultado da execução de aproximadamente dez mil barras fixas no laboratório.

Era um nojo admitir isso, mas Lizzie deve ter ficado *muito* impressionada.

— Vic, não seja imprudente — disse Angelika, concentrada de novo no atiçador.

— Psiiiu — sussurrou Victor. — Olhe, é o Will.

Ele levantou o candelabro e os irmãos puderam ver Will nas estantes atrás da mesa do pai deles. A sala, já desordenada, parecia ter sido revirada. Havia gavetas puxadas para fora da mesa e um caixote abarrotado de papéis no chão.

Victor apontou para o atiçador.

— Desci aqui preparado para enfiar isso no cérebro de um ladrão e o encontrei assim. Estou observando faz uns dez minutos, no mínimo.

O coração de Angelika batia desconfortavelmente. Parecia muito que seu amado era um ladrão noturno.

— O que ele está fazendo? Por que não se vira para cá?

— Está sonâmbulo. Ele faz isso normalmente? Fala durante o sono?

— Eu não tive a sorte de descobrir. — Angelika lançou ao irmão um olhar fulminante. — Lizzie fala?

— Lizzie foi deixada absolutamente sem palavras para o resto da vida. — disse Victor, alongando os ombros em movimentos circulares. — Veja, ele está realmente revirando a sala de ponta-cabeça.

— Vou chamá-lo… — Angelika avançou, mas o irmão a bloqueou.

— Se você o acordar, não descobriremos o que ele está fazendo. Use a cabeça, Geleka. Este é o subconsciente dele trabalhando. O verdadeiro Will.

Angelika, então, recostou-se no batente da porta.

— Mary tem reclamado de bagunça em vários lugares, mas achei que ela estava exagerando.

— Então ela merece um pedido de desculpas. — Victor falou com certa secura. — Will me perguntou outro dia quando ela vai parar de trabalhar para nós. Eu, honestamente, nunca nem tinha pensado nisso. De fato, ela já passou e muito da idade de ainda trabalhar.

Angelika se retraiu.

— Temos sorte de nunca termos precisado pensar em como vamos viver, sobreviver ou pagar por qualquer coisa. Nunca precisaremos trabalhar até a idade de Mary.

Victor estava boquiaberto.

— Nunca te ouvi falar assim. Normalmente, você vem até mim pedir mais dinheiro, com as mãos estendidas.

— É o Will. Ele está abrindo meus olhos e me faz querer ser… melhor. Quero que ele tenha orgulho de mim. E quero ser capaz de acordar no meio da noite e saber que sou tão boa quanto posso ser.

Angelika ficou tensa, esperando a provocação.

Victor, no entanto, apenas assentiu.

— Sinto o mesmo em relação a Lizzie. E, quando encontrar minha própria criação e a trouxer em segurança para casa, acho que terei uma chance de ser meu melhor. Eu até me importo menos com Schneider agora. Aquela pobre criatura, perdida lá fora. — Ele fez uma pausa, estremecendo, tentando escolher as palavras. — Estou muito orgulhoso de você por começar a pensar dessa forma e devo fazer o mesmo. Acho que perdemos os nossos pais antes de podermos aprender a importância de economizar.

— E da caridade. E da comunidade. Will sempre pensa nos outros. Pergunto-me o que será que ele está procurando aqui agora. Ele sabe que eu daria qualquer coisa que ele deseja.

Victor levantou um pouco mais o candelabro.

— Não podemos acordá-lo de forma repentina. O susto poderia ser demais para ele.

Eles observaram Will apalpar uma pilha de papéis.

— Ouvi falar de uma técnica chamada mesmerismo, segundo a qual podemos tentar conversar com uma mente adormecida. Eu gostaria do consentimento dele primeiro, e também requer mais pesquisa se quisermos tentar — disse Angelika.

Victor não tinha a mesma ética da irmã.

— Vejamos se conseguimos uma pista. Will. Eu disse, Will. — Não houve resposta. — Não é o nome verdadeiro dele, por isso não responde. Meu amigo, o que está procurando aqui?

Os irmãos estremeceram quando Will puxou de forma brusca as gavetas da mesa do pai deles. Foi bem difícil para eles não intervirem.

— Você precisa de dinheiro? — Victor perguntou.

— Não — respondeu Will tal e qual um morto-vivo.

Angelika deixou escapar um gritinho e se escondeu atrás do irmão. Ele parecia ter levantado do necrotério por conta própria.

Victor começou a conjecturar:

— Um mapa. Um pergaminho em que escrever. Uma lembrança do seu passado. Um instrumento musical. Um livro favorito. — Will ergueu o olhar. Victor se apegou à última sugestão. — Você quer um livro. Diga-me o autor. Nós o temos ou posso obtê-lo.

Will voltou-se para a estante e então começou a tocar as lombadas dos livros na escuridão quase total. Eles ainda tentaram interagir com ele por vários minutos. Cada pergunta que Victor fazia era recebida com um aceno de cabeça irritado, indiferença ou o mesmo *não* vazio. Eles não conseguiram determinar o nome, a idade, o lugar de nascimento ou a fruta favorita dele.

—Talvez ele esteja procurando o livro-razão da propriedade dele — sugeriu Angelika. — Ou um certificado de propriedade.

A vela estava acabando, e Victor chiou quando a cera começou a escorrer em sua mão. Já era o bastante.

—Você não consegue encontrar o que procura porque está escuro demais — disse Angelika para Will, entrando na sala.

Ao ouvi-la, ele virou a cabeça para trás na direção dos irmãos, sua busca esquecida. Seu coração se entusiasmou pela forma como ele reagiu à sua presença, atraído como uma mariposa pela chama, seus olhos escuros sobre ela.

Suavemente, ela perguntou:

— Você está bem, meu amor?

— Estou bem — respondeu Will.

Victor a cutucou.

— Não finja que não quer ouvir o que ele secretamente pensa de você. Perguntarei a ele. Você conhece minha irmã Angelika?

— Eu a conheço — respondeu Will.

— Encontramos o assunto favorito dele — Victor disse e continuou. — E o que acha dela? Acha que ela é bonita? — Will fez que sim com a cabeça, um grande vinco em sua testa. — Ela é esperta, divertida e talentosa?

— Ela é tudo isso — disse Will.

(Angelika suspirou com modéstia e também desejou que essa linha de interrogatório jamais terminasse.)

Victor sorriu maliciosamente para a irmã.

— E você gostaria de torná-la sua esposa?

— Eu não posso — disse Will.

— Por que não? — perguntou Angelika, magoada. Não podia mais ignorar a certeza que tinha sobre seus sentimentos e podia confessar tranquilamente, sabendo que ele não se lembraria pela manhã. — Eu te amo, Will. Eu me casaria com você, se você pedisse. — Quando ele não disse nada, ela pressionou: — Você já tem uma esposa?

— Eu não posso e não irei me casar com você jamais — respondeu Will.

— Eu entendo — disse Angelika.

Tudo ficara muito claro esta noite. Ela era uma herdeira fútil e esbanjadora, habituada ao seu mundinho de privilégios, afundada até os tornozelos em maçãs podres enquanto os moradores do vilarejo passavam fome. Ela não era boa o bastante. Seus olhos se encheram d'água.

Will viu isso e se aproximou, talvez querendo se desculpar ou consolar, mas caiu por sobre a bagunça no chão. Quando ele se apoiou sobre as mãos e os joelhos, os irmãos perceberam que Will estava totalmente desperto e desorientado.

— Onde… onde eu estou?

— Acalme-se. Você esteve sonâmbulo — Victor lhe explicou. — E usaremos esta ocorrência para descobrir quem é você. Aqui, pegue minha mão, eu te ajudarei a se levantar. Espere, Geleka, aonde você está indo?

Angelika conseguiu conter as lágrimas até chegar ao topo das escadas. Lá embaixo, podia ouvir um confuso Will perguntando:

— O que eu fiz para ela?

Não aguentaria a expressão no rosto dele se ela explicasse, então ignorou as batidas de Will na porta de seu quarto dela até ele desistir.

Angelika pensou que talvez ela também devesse desistir.

Capítulo Onze

Clara Hoggett, a viúva do oficial militar falecido, estava prostrada pelo luto. Ela ficou chocada ao encontrar Angelika e o comandante Keatings em sua porta, e logo desatou a chorar.

Ausentou-se duas vezes para encher uma chaleira e, em ambas as vezes, esqueceu-se dela.

Comandante Keatings, *Christopher*, como insistia em ser chamado, deu uma olhada para a lareira e saiu para cortar um pouco de lenha.

Na sala de visitas abarrotada, Clara movia-se de uma bagunça para outra, desculpando-se profusamente.

— Eu recebi o cartão do comandante avisando que viria, é claro, mas não consigo me lembrar mais dos dias. — Ela apanhou algumas roupas infantis nos braços, mas não conseguia decidir onde as colocar. — Não sei se é dia ou noite.

Angelika estava alarmada com os movimentos cada vez mais frenéticos da mulher.

— Por favor, acalme-se. Você não precisa arrumar nada. Eu não me importo se sua casa está impecável ou não. — Ela pegou a braçada de roupa da mulher.

Angelika se sentia agradecida por ter deixado a Mansão Blackthorne. O incidente do sonambulismo deixara farpas em seu coração, e elas espetavam toda vez que Will olhava para ela.

O que eu falei para você na noite passada?

O bastante.

Christopher reapareceu interrompendo a lembrança ruim e trazendo lenha cortada em seu antebraço. Quando o fogo crepitou brilhante,

Angelika não conseguiu ver um só vinco no casaco dele. Ele entendeu o motivo do olhar dela e sorriu. A natureza dele, felizmente, não era tão rígida. Do contrário, ele seria insuportável.

Juntos, convenceram Clara a sentar-se na cadeira junto ao fogo e fizeram chá para ela.

— Vocês são os primeiros visitantes em, bem…. — Clara não precisava terminar a sentença. Era bastante óbvio que ela não tinha apoio algum. — Fico feliz que meu garoto esteja dormindo. Muito obrigada — repetiu enquanto se inclinava para abrir a tampa da cesta de vime com que eles a presentearam antes. — Faz séculos que eu não como carne.

A julgar pela despensa da cozinha, ela não comia quase nada.

— Mantemos nossos porcos no pomar de maçãs, e eles comem as maçãs que caem. Isso dá à carne um sabor maravilhoso, e eles vivem felizes.

Angelika sentou-se em um banco baixo. Ela começou a tentar dobrar a roupa, algo em que não tinha muita experiência. Essas roupas eram tão pequenas e com formatos tão estranhos. Christopher seria mais adequado para essa tarefa. Ela levantou uma túnica.

— Quantos anos tem o seu bebê?

— Ele acabou de completar um ano. Você tem filhos, senhorita Frankenstein? Ai, meu Deus. — Clara ficou vermelha. Foi a primeira vez que viram alguma cor no rosto dela. — É óbvio que não, você é uma mulher solteira. Peço desculpas. Ando tão confusa.

— Está tudo bem. Estou atrasada para ter um, eu admito. — Angelika sorriu.

— Você precisa se organizar nesta frente. Se eu puder ajudar de qualquer maneira, me avise — Christopher incentivou com um sorriso fácil. O clima da sala dependia de como Angelika responderia.

— Que impertinência chocante — respondeu Angelika e todos eles riram.

Christopher deixava mais leves os espaços que ocupava; foi uma surpresa perceber que ela também podia fazer isso.

Enquanto Clara retomava a grata avaliação de sua cesta, Angelika tentou pensar em como entrar no tópico do falecido marido sem arruinar o clima alegre recém-instaurado.

— Gostaria de ver seu bebê, se ele acordar antes de partirmos.

— Não tenho dúvidas de que ele acordará. — Clara sorriu. — Nós nos mudamos para cá e não conheço muitas pessoas. Eu tinha tanta sorte de ter um marido como meu Henry. Ele sempre acordava de noite quando Edwin chorava. Agora... — As lágrimas haviam retornado aos olhos dela.

— Me fale sobre Henry, se puder. Talvez ajude falar sobre ele.

Angelika envergonhou-se de sua astúcia e aplicou-se a dobrar o resto das roupas o melhor que pôde.

— Ele era um bom homem — disse Christopher, preenchendo o silêncio enquanto Clara chorava. — Apesar de eu ter acabado de chegar, isso eu posso dizer. Um excelente oficial, conforme me disseram, e sempre de riso fácil. Em meu baile de recepção, ele fez a mesa toda rir.

Clara sorria agora, mesmo enquanto chorava.

— Ele tinha o riso fácil, com certeza. A casa sempre parecia viva.

Ela dirigiu-se a Angelika, tentando pensar em como descrevê-lo.

— Ele era um bom dançarino. Era um grande atirador que sempre trazia para casa um ganso ou um faisão. Comíamos bem. Ele era o único que conseguia fazer o bebê parar de chorar e não se furtava de fazer as tarefas domésticas que normalmente são reservadas às mulheres. Inventamos uma música boba que cantávamos juntos. Ele era meu maior ajudante e meu melhor amigo.

Angelika pensou em Will. Ele era rápido e irônico, sempre pronto a ajudar com as tarefas dos criados, e conseguia imaginá-lo divertindo uma mesa de convidados entretidos. Olhou pela sala outra vez, procurando algum retrato de Henry Hoggett. Não havia nenhum medalhão no pescoço de Clara.

— E ele era um homem alto e imponente? Ou baixo e encorpado? Loiro ou moreno? Gostaria de imaginar como ele era.

— Excepcionalmente bonito — disse Clara com emoção. — Sua aparência era impressionante. Não concorda, comandante? Tenho certeza de que foi a primeira coisa que o senhor notou nele.

Christopher concordou, acrescentando:

— Um bom sujeito em todos os sentidos. A missa na igreja foi uma homenagem muito bem-feita, você não acha? O padre Porter fez uma bela homenagem aos feitos dele, e eu sinto como se o conhecesse bem agora.

— Foi bonita mesmo — disse Clara, porém uma sombra atravessou sua expressão.

— Mas não é isso que você quer dizer — respondeu Angelika, sem pensar.

Clara olhou para ela, surpresa por sua expressão ter sido lida tão facilmente.

— Não pude me despedir de Henry como eu queria. — Ela demorou um minuto para se recompor antes de continuar. — Pedi para o padre Porter por um instante à parte antes de iniciar os trabalhos, mas ele não permitiu que o caixão fosse aberto. Eu implorei e fiquei bem aborrecida. — Ela lambeu os lábios nervosamente. — Ele disse que eu não gostaria de ver.

Pelo jeito, parecia que o padre Porter não tinha um corpo dentro daquele caixão.

Ao lado dela, Christopher se ajeitou no sofá.

— Talvez ele estivesse certo — começou, mas foi interrompido.

— Ele estava errado. — Os olhos de Clara faiscavam. — Agora eu tenho que imaginar o que meu Henry sofreu e, acredite, minha imaginação me fornece coisas que têm me feito passar a noite em claro. Se não fosse pelo padre Porter, eu teria visto pessoalmente e saberia, e beijaria seu rosto uma última vez.

Angelika declarou para Will em certa ocasião que a esposa dele não o amava, porque não tentara trazê-lo de volta. Mas sabia agora que estava completamente errada em julgar a profundidade do amor de outra pessoa.

— Eu não teria sido tão educada quanto você — disse ela, inclinando-se para a frente e pegando a mão de Clara. — Teria o empurrado de lado. — Ela fez uma nota mental para visitar a igreja e descobrir em que tipo de esquema de venda de corpos o bom padre estava envolvido. Sua própria parte na transação a deixava enojada agora.

— Eu não diria que fui educada — admitiu Clara. — Ele me acusou de histeria. Não sei se sou bem-vinda de volta.

— Eu vi Henry depois do acidente, Clara — disse Christopher. — Ele parecia estar apenas dormindo. Nenhuma marca em seu rosto.

Tais palavras a reconfortaram consideravelmente, e Clara deu umas palmadinhas na mão de Angelika antes de soltá-la. Estava exausta por seu desabafo.

— O padre Porter também prometeu que viria me ver, mas não veio. Ninguém veio, com exceção de vocês dois.

Os lábios de Angelika curvaram-se de desgosto.

— A não ser que tenha uma moeda de ouro na bolsa para o pratinho de coleta deles, você é logo esquecida e abandonada com seu luto. Sei disso em primeira mão.

Os olhos cansados de Clara se focaram novamente em Angelika.

— Não sei bem por que você tem sido tão gentil, considerando o fato de nunca termos nos encontrado.

Era uma boa pergunta, e Angelika pensou em Will por reflexo. Não em seu mistério pessoal, mas nas palavras que ele lhe dissera: *Eu tenho fé em você.*

— Eu percebi que deveria fazer mais pelo nosso vilarejo, como minha mãe fazia. E, mesmo que uma cesta não seja muita coisa, achei que deveria tentar fazer você sentir que não está sozinha. Também fui atingida por uma perda inesperada e me senti sozinha por muitos anos, vivendo no topo da colina. Não é agradável. Eu não desejo a ninguém se sentir daquele jeito. — Angelika estava surpresa pela facilidade com que esse discurso surgiu; ainda mais porque cada palavra dele era verdadeira — Se você precisar de uma nova amiga, eu me voluntario.

— Fico agradecida — disse Clara através de novas lágrimas. — Eu não tenho uma única alma.

— Agora você tem.

Christopher estava envergonhado.

— Sinto muito por ter demorado tanto para vir visitá-la. E, como eu disse, Clara, pode ficar aqui pelo tempo que precisar; não temos pressa.

Esse comentário deixou Clara visivelmente preocupada, mas eles foram interrompidos por um grito agudo e, então, choro.

— Ele acordou. — Clara agora olhava para a porta. — Vou buscá-lo. Ele é a imagem perfeita do meu querido Henry. Será como conhecer o pai dele, de certa forma.

Angelika imaginou os belos olhos escuros de Will e os reflexos acobreados de seu cabelo castanho, e pensou: *Será que ele geraria um filho parecido consigo?* Tinha certeza de que sim e preparou-se para a dor que sentia se aproximar.

Christopher aproveitou-se da ausência de Clara e voltou-se para Angelika.

— Gostaria de ir à taverna comigo e tomar um copo antes de cavalgarmos para casa? Prometo que é um lugar bastante respeitável.

Angelika sentiu um pulso de energia em seu estômago quando ele olhou nos olhos dela, mesmo sentindo culpa pela lembrança de Will em casa, esperando ansiosamente pelas novidades. Mas sempre quisera ir até a taverna, e a vida não apresentava muitas oportunidades para isso. E, francamente, se esse bebê fosse prova da vida pregressa de Will, ela ia querer beber todas as garrafas que eles tivessem.

— Eu gostaria, sim. — Ela mal havia dito isso quando a porta se abriu e Clara a atravessou segurando um bebê manchado de lágrimas.

Sem cerimônia, ela entregou o bebê para Angelika.

— Este é Edwin.

— Exatamente como o pai — comentou Christopher, sorrindo, enquanto uma Angelika surpresa aceitava a criança em seus braços. — Tem até o mesmo cabelo ruivo.

Capítulo Doze

Angelika e Christopher cavalgaram de volta para a Mansão Blackthorne no escuro e um tanto quanto bêbados.

— Estou muito desconfiada do padre Porter — comentou Angelika com a voz arrastada para Christopher. Ela segurava as rédeas pela fivela frouxamente e não transmitia muita informação para Percy, sua montaria, que felizmente conhecia o caminho para casa. — Eu me pergunto que segredos ele está escondendo.

Enquanto admirava a pele branca como leite do bebê, o cabelo cor de cenoura e os olhos de um azul quase lilás, Angelika se pegou repetindo uma prece reflexiva de agradecimento. Para quem, não tinha certeza. Estava apenas grata ao universo. Clara não era a esposa de Will nem Edwin era filho dele, e ela tivera uma tarde surpreendentemente agradável. Era uma trégua das tensões da Mansão Blackthorne. Para compensar aquilo, planejava encomendar um caixote de vegetais e carne para ser entregue na casa de Clara às segundas-feiras.

E maçãs. Mandaria um saco de maçãs para ela toda semana, salvando as frutas de seu destino.

Beber na taverna anestesiou a ferida de saber que Will, no fundo, acreditava mesmo que nunca se casaria com ela. Agora, porém, sob a lua crescente, usando uma expressão de Christopher, ela estava juntando suas tropas.

Falou firmemente consigo mesma.

Reagrupe-se, Angelika. Não é cabisbaixa e chorando que você conquistará Will. Dê tempo a ele. Pense nos milagres que já testemunhou! Um pedido de casamento não está fora de cogitação.

Christopher a trouxe de volta para a conversa deles.

— O padre Porter é um homem de Deus. — Então ele sorriu e apontou para o céu. — Seu maior segredo é que ele não tem um chefe de verdade.

Ela concordou com um aceno de cabeça. Outro ateu.

— Se meu próprio pai não tivesse sido tão manipulado pela igreja, teríamos dez vezes o nosso patrimônio. Eles o sangraram lentamente, por vários anos. E quando Mamã... — Ela se interrompeu, a emoção engasgando sua voz.

— Ela morreu quando você era jovem? — quis saber Christopher.

— Quando eu tinha treze anos e Victor, dezesseis. Papá queria trazer um médico para casa, porque ela tinha escarlatina. Em vez disso, o padre Porter o convenceu a rezar pela alma de minha mãe. Não funcionou, é claro, e Papá morreu de uma tristeza profunda três meses depois dela. Não há nada que eu despreze mais do que um ladrão, e é isso que, lá no fundo, eu acho que o padre Porter é. Ele roubou a última chance de salvá-la. E é por isso que não vamos à igreja aos domingos. Não seremos feitos de tolos. Pagãos e bruxas, sim. Tolos, não.

— Ouvi dizer que ele será substituído em breve. Espero que por alguém mais jovem e com um pensamento mais progressista.

Angelika bufou.

— Ele já era velho quando eu era criança, então alguém mais jovem não seria difícil.

— Sinto muito que isso tenha acontecido. Perder o pai para a tristeza é especialmente trágico — Christopher soava meio incerto.

— Faz parte do temperamento dos Frankenstein. — Angelika deu de ombros. — Somos pessoas passionais. Quando meu amado um dia morrer, imagino que também morrerei.

Eles cavalgaram em silêncio por alguns minutos.

Se o corpo de Henry Hogget fora vendido para o necrotério, como ela seriamente suspeitava, com quem mais o bom padre teria lucrado? Ela investigaria esta nova linha para Will.

— Eu devo gostar mesmo de sofrer... — pensou em voz alta.

A postura de Christopher relaxou-se consideravelmente nos últimos quilômetros, e Angelika pensou que talvez estivesse prestes a presenciar um raro vinco sobre sua pessoa imaculada. Devia ser por isso que os olhos dela retornavam sem parar para ele. Era um fato inegável: ele tinha coxas maravilhosas. Absolutamente fantásticas.

— Não falta muito agora — disse ela. — Posso prosseguir sozinha daqui.

— Depois da história que você me contou, sobre um brutamontes em seu pomar, acariciando seu cabelo? Sem a menor chance.

A atenção dele estava totalmente focada nela. Era assim desde que os dois se sentaram na taverna, e a primeira e a segunda canecas de cerveja se tornaram a terceira e a quarta. Angelika gradualmente revelou mais de si para ele; as partes que sabia serem menos atraentes.

Seu hábito de vestir calças? Ele sorriu.

Seu interesse em ciência? Ele perguntou se ela sabia alguma coisa sobre química. Eles discutiram as várias formas porque a pólvora pode ser pouco confiável e os artigos científicos que ela havia lido sobre o assunto.

Seus ex-pretendentes? Sua imitação do conde suíço idoso o fez chorar de rir.

E é por isso que eu estou na prateleira, concluiu ela.

Alguns homens não sabem lidar com armamento de alta periculosidade, Christopher respondera, e Angelika não tinha dúvidas de que ele saberia. Mas, assim que passaram pelos portões da mansão e ela guiou Percy para passar por cima da placa de pressão enterrada para sinalizar sua aproximação da casa, novos sentimentos começaram a aparecer. Ela perdera o jantar e, embora Victor provavelmente estivesse aos beijos com Lizzie em algum canto escuro, Will devia estar muito nervoso. Ele se preocupava com as perturbações recentes no vilarejo e o tipo de gente que dava as caras depois do anoitecer.

— Eu provavelmente causei preocupação em casa — disse, fazendo seu cavalo ir mais rápido. — Deveria ter mandado uma mensagem. Posso ir sozinha daqui.

— Eu gostaria de conhecer o seu irmão.

Angelika ergueu uma sobrancelha.

— Fedendo a cerveja e com a camisa para fora da calça? — Ela gargalhou quando ele reagiu com violência, apalpando-se em vão, e então olhou feio para ela. — Acalme-se. Eu apostaria todo meu dote que você não tem um único pelo de cavalo em sua calça. Victor está sempre desalinhado, você foi avisado.

— Já ouvi o suficiente sobre Victor para saber que ele é extraordinariamente informal e creio que gostarei bastante dele. Posso ser arrumado, mas não exijo que os outros sejam.

Angelika pensou com desespero que Christopher era muito, muito, *muito* bonito.

Mais do que sua excepcional apresentação pessoal, ele era divertido, másculo e fora cordial com o taverneiro e bondoso com o pedinte. Tinha um brilho de aventureiro beijado pelo sol, belos dentes e um sorriso que deveria fazer a pulsação dela responder. Ele era tecnicamente perfeito. Onde é que estava há um mês? De súbito, pareceu ser absolutamente imperativo cuidar e proteger e lutar pelo que sentia por Will, para que as coxas de Christopher não enfraquecessem sua determinação.

— Posso fazer uma pergunta um tanto pessoal? — Christopher tocou cuidadosamente as costas da mão dela com seu chicote para chamar a atenção. — Por que você chorou quando segurou o bebê de Clara?

— Eu chorei? — perguntou ela para as pernas dele.

— Chorou — disse ele, gentil.

A lembrança que Angelika tinha daquele momento era o choque por um bebê ser tão pesado. A criança desafiava as leis da física. Pesava como um saco de areia molhado em seus braços. Clara lhe mostrara como segurá-lo e, enquanto ela e Christopher conversavam perto do fogo algo sobre o chalé de Clara e quanto tempo restava para ela ficar lá, Angelika se perdeu olhando nos olhos do bebê por um longo tempo.

A vida e as possibilidades brilhavam dentro do pequeno Edwin. Sua pele era perfeita e tinha um cheirinho que ela gostava. Sua mãozinha pegajosa em forma de estrela do mar puxava o cabelo dela. Angelika se pegou balançando de um joelho para o outro e, quando

Clara declarou que ela "tinha instinto maternal", sentiu-se profundamente lisonjeada e ficou sem palavras pela vergonha.

E também sentiu um vazio por dentro.

Era aquilo que Victor sempre repetia: ciência natural. Uma alavanca havia sido puxada. A hora tinha chegado. Não havia nenhuma relação com Will ou com suas esperanças de um futuro com ele nesta memória; apenas a sensação do pesado amigo ruivo em seus braços.

Mas precisava responder a Christopher.

— Eu nunca havia segurado um bebê antes.

E não queria mais devolvê-lo. Na verdade, já havia planejado em sua cabeça um manto xadrez que faria de presente para ele, da lã mais macia. Talvez um gorrinho escocês combinando, com um pompom no topo — não ficaria adorável, colocado no topo da cabeçinha dele? Angelika pensou nas infinitas combinações que o bebê precisaria para as estações sempre mutáveis, apenas mimos extravagantes, por anos a fio. Os tecidos mais finos e as mais adoráveis cores. Macacões de veludo com um patch servindo de bolso no peito, em tons avermelhados para o outono...

— Deseja ter o próprio filho? — perguntou Christopher, interrompendo o devaneio.

Angelika contemplou fazer Percy sair a galope em vez de responder. Mas se viu, em vez disso, dizendo:

— Eu acho que acabei de perceber que, com certeza, amaria ter um. Mas ando um pouco desorganizada nesta frente — ela o lembrou.

Mas dessa vez ele não sorriu e confidenciou:

— Eu já desisti há muito tempo de formar uma família. Sou remanejado para um novo posto a cada dois anos para treinar recrutas. É difícil encontrar alguém aventureira que gostaria de recomeçar em uma nova cidade, possivelmente no exterior, várias e várias vezes. Já me disseram que sou intimidantemente engomado, o que as pessoas confundem com falta de humor. E também já estou com trinta e sete anos. — Ele admitiu a sua idade como se fosse um idoso.

— Você não parece velho demais para mim.

— Nem você para mim.

Eles se olharam com curiosidade. Então Christopher ergueu uma sobrancelha e ambos uivaram inexplicáveis risos ébrios, assustando os cavalos. Quando finalmente chegaram à escada na frente da Mansão Blackthorne, a primeira coisa que Angelika reparou foi que a casa recebera um corte de cabelo.

— Aconteceu alguma coisa aqui fora — disse ela, espremendo os olhos em direção ao parapeito visível da varanda. Havia folhas no chão e alguns sacos cheios de folhagem. — Acho que alguém andou jardinando.

Subitamente, deu-se conta da aparência envelhecida da casa.

— Ela já foi tão grandiosa... Nos últimos tempos, está deprimente.

— Parece grandiosa para mim. — Christopher era bondoso.

— Não à luz do dia.

Blackthorne era uma mansão gótica de três andares, mais o porão e o sótão. Fora construída com tijolos pretos, tinha janelas em arco e os painéis de vidros grossos brilhavam, iridescentes como bolhas de sabão. Agora que o abraço das trepadeiras e roseiras havia afrouxado, talvez as gárgulas estivessem visíveis novamente.

— Deve ter vinte e cinco cômodos, no mínimo — disse Christopher. Ele olhava as janelas e fazia contas.

— E cada um deles está abarrotado até o teto com curiosidades e invenções. Acredite, eu mal tenho espaço para guardar uma caixa nova de chapéu. O celeiro daquele lado foi convertido no laboratório de Victor. Estábulos, pomar e tudo mais. — Ela gesticulou na direção da escuridão. — A floresta parece saída de um pesadelo. Quem andou trabalhando aqui fora? — Perguntou-se novamente. — O chão está coberto de pétalas.

Outro fato estranho aconteceu quando um adolescente apareceu pela lateral da casa e pegou as rédeas do cavalo dela assim que Angelika desmontou.

— Sou seu novo cavalariço, Jacob. Como vai, senhorita Frankenstein? — A voz do garoto estava fina pelo nervosismo.

— Olá. — Ela apertou a mão dele com firmeza. — Quem contratou você?

Angelika não conseguia imaginar Victor se incomodando com isso. Ele geralmente deixava os cavalos soltos para perambular.

— Sir Black me contratou. Este é o Percy? — O jovem tirou uma cenoura do bolso. Ele mal olhou novamente para Angelika.

Ela riu do empenho dele em se familiarizar com sua responsabilidade.

— Sim, este é o Percy. Ele é um puro-sangue árabe. Foi trazido da Pérsia para cá de barco quando ainda era um potro.

E, enquanto dizia isso, ela se ouviu: a ostentação casual e o privilégio que tinha. Pobre Percy; como deve ter sido assustadora a jornada. Ele sofreu para ser o presente de aniversário de uma menina mimada? Ela era má. Passou a mão pelo pescoço reluzente do animal como se dissesse: *Eu sinto muito, muito mesmo.*

— Já o tenho por metade da minha vida, e ele é importante para mim. Seja bondoso com ele. Tenho certeza de que fará um ótimo trabalho.

— Ele é um ótimo par para Salomão; os dois têm uma mancha branca. O cavalo de Sir Black — informou Jacob quando ela pareceu não entender.

— Will finalmente deu um nome ao seu cavalo — disse Angelika, radiante. — Por favor, faça uma placa com o nome para a baia dele.

— Assim farei, com certeza. Senhor, eu o levo. — Ele levou os dois cavalos consigo, amarrando o de Christopher por perto. — E senhorita? Eu sinto muito. Pelo que eu fiz — disse Jacob ao partir escuridão adentro. Ele já havia sumido antes que ela pudesse perguntar o que havia feito.

— Será que ele já fez alguma asneira? — Angelika retirou suas luvas. — Mais criados aparecendo por aqui. Isso provavelmente é bom.

— Quem é Sir Black? Um tio ou sobrinho que eu tenha que impressionar? — indagou Christopher, examinando o punho de sua camisa. — Não tenha medo, farei o meu melhor.

— Ele é um colega de meu irmão — disse Angelika no momento em que a porta se abria. — Ah, aqui está ele.

Will saiu para se juntar a eles e os dois homens se encararam.

Era como comparar a luz do dia com a escuridão. Christopher era um loiro e brilhante dia de sol; um lençol impecável no varal. Mas Angelika sempre se sentiu atraída para a calma, o frio e as estrelas. Gostava de relâmpagos e do padrão fulvo nas penas das corujas. A intimidade do que fizera com Will, como o havia criado e visto respirar pela primeira vez, não podia ser comparada a nada.

O choque da justaposição dos dois homens se misturou a uma nova preocupação: este era um risco grande demais para Will correr caso tivesse realmente vindo da academia militar. Mas se seguiu um silêncio sem graça.

— Como vai? Sou o comandante Christopher Keatings.

— Will Black. Estou bem, obrigado. Um pouco tarde para chegar em casa, hein, Angelika? — disse Will, como se fosse um marido superprotetor, um papel que ele parecia assumir sempre que lhe convinha. — Você não está vestida para o frio.

Normalmente se deleitaria com a preocupação dele, mas esta não era em benefício dela.

— Eu não sou uma criança. Está contratando cavalariços para mim agora? E um jardineiro? — disse, passando a mão sobre a madressilva podada.

O olhar de Will se intensificou.

— Eu moro aqui, então vejo quais são as necessidades da casa. Você também tem uma cozinheira começando amanhã.

— Contratar funcionários é o dever de uma esposa. — disse Christopher, desconfiado, mas Will não mordeu a isca.

— Tudo o que eu quero é que Angelika viva confortavelmente. — A parte final da frase não foi dita: *Quando eu for embora.*

— Eu sempre estive confortável — ela respondeu irritada.

Will continuou com sua resposta para Christopher.

— Não dependemos de patentes, todos nós contribuímos. Homens e mulheres trabalham de forma igualitária por aqui.

— Que moderno — respondeu Christopher. O ar entre os dois homens estava tenso agora. — Qual é mesmo a relação entre vocês, Angelika?

Era óbvio que o rótulo *colega do irmão* não tinha colado. Quando ela hesitou em responder, e Will não disse nada, Christopher decidiu deixar o soldado raso de lado e tratar diretamente com o general.

— Gostaria de conhecer seu irmão.

Antes que Angelika pudesse responder, uma voz feminina acima deles disse:

— E pensar que eu estava preocupada com a falta de teatro no interior.

Todos eles olharam para cima e viram Victor e Lizzie debruçados para fora de uma janela aberta. Ele estava sem camisa e Lizzie parecia estar enrolada em um lençol.

— Então você é o comandante — disse Victor com a boca cheia após morder sua maçã. — Geleka tem sido toda evasiva a seu respeito. Sujeito bonitão — ele acrescentou para Lizzie em um aparte. — Caramba, nem um fio de cabelo fora do lugar e, enquanto isso, Geleka parece que dançou em uma cerca-viva.

— Cale a boca — Angelika praguejou. — Lizzie, pareço mesmo?

— Você está etérea — assegurou-lhe Lizzie. — A luz do luar nunca lhe caiu tão bem.

— Você está verdadeiramente adorável — confirmou Christopher. Will cruzou os braços, o rosto rijo pelo desagrado.

— Cerca-viva — repetiu Victor.

— Lorde Frankenstein, é um prazer conhecê-lo. — Christopher fez uma mesura para ele. — Eu sou o comandante Christopher Keatings.

Conhecer um casal totalmente despido e corado um andar acima não o perturbou.

— E boa-noite para a senhora, madame.

— Olá, me chamo Lizzie. Quase duquesa Lizzie Frankenstein.

Isso lhe valeu uma mordida de amor voraz no ombro, e sua risada rouca ecoou pelos jardins.

— Trouxe Angelika para casa em segurança — prosseguiu Christopher. — Estávamos nos divertindo muito, e o chá da tarde se tornou jantar.

— E ele quer transformar em desjejum. — O gracejo sussurrado de Lizzie flutuou lindamente no ar noturno. — Ai, convide-o a entrar, Urso. Vamos todos jogar cartas.

Então ela cochichou alguma coisa, e Victor respondeu com outro cochicho. Eles começaram a se beijar.

Angelika bufou ante a falta de consideração social deles.

— Você encontrou o homem que estava procurando, Vic?

— Eu não saí hoje — disse Victor, depois de largar Lizzie a contragosto. Ele parecia devidamente envergonhado. — Eu andei... ocupado.

— Bem, parece que vai chover, então muito bem. Ele vai ficar molhado e com frio.

— Talvez eu possa ajudar — ofereceu-se Christopher, olhando da irmã para o irmão. — Por quem vocês estão procurando?

Victor hesitou e então pareceu tomar uma decisão.

— Venha jantar conosco, Chris. Assim podemos nos conhecer melhor. Um pouco de entretenimento nos faria bem. Aqui, Beladona.

Ele jogou o miolo de sua maçã no jardim abaixo, o que deu início a uma série de farfalhar e grunhidos, mas Christopher nem piscou.

— Enviarei o convite oficial muito em breve — disse Victor.

— Ficarei encantado — disse Christopher, mas seus olhos estavam em Will. — Adoraria a oportunidade de conhecer todos vocês muito melhor.

Capítulo Treze

Pouco depois de Christopher ir embora, Will saiu todo emburrado dizendo apenas um *não* para Angelika.

Ter passado uma tarde bebendo afrouxou a rolha de suas emoções, e ela precisava desesperadamente de um ouvido, mas a porta do quarto de Victor estava fechada. Angelika bateu e chamou baixinho por Lizzie.

— Cai fora, Geleka! — gritou Victor sem fôlego do lado de dentro. — Estou mostrando algo muito, muito, muito importante para Lizzie.

— Ecaaaa — respondeu Angelika.

Então saiu chorando em vários pontos do saguão: debruçada no corrimão, no topo da escada, depois embaixo do retrato da mãe. Sem receber absolutamente nenhuma solidariedade, rastejou como uma lesma em seu rastro de água salgada para se encostar no batente da porta de Will.

A ideia de Lizzie se tornar a senhora da Mansão Blackthorne não era o que incomodava Angelika. Ela não tinha nenhuma afeição especial por esta casa e já havia passado muito tempo nela. Mas o Chalé de Espora era como uma safira esquecida na gaveta, e a perspectiva de perdê-lo, mesmo que para uma pessoa que ela amava, cortava-lhe o coração.

Ela pensou: *Por favor, Lizzie, se eu puder pedir uma coisa, seria o Chalé de Espora.*

Depois de mais lágrimas catárticas e uma enxaguada ensaboada de suas áreas mais urgentes, e depois de tirar as várias folhas de seu cabelo (Victor estava certo, como de costume; que morte horrível), ela lembrou que era a responsável por vigiar Will esta noite. Considerando-se que ele agora tinha propensão de andar por toda casa e sua inclinação aos livros, ela se oferecera mais cedo para dormir no térreo, na biblioteca.

— Ele vai me evitar até mesmo enquanto dorme — disse para si mesma, vestida com uma das roupas de seda da mãe, mais um roupão e as pantufas. — Pobre Angelika, dormindo na espreguiçadeira encaroçada — resmungou enquanto descia as escadas, levando consigo um cobertor e um travesseiro. — Pobre Angelika, depois do dia que tive…

Levou um susto com a sombra no pé da escada.

— Ah, é você — disse ela quando reconheceu a silhueta.

— Sou eu, o colega do seu irmão. Eu ouvi direito? Pobre Angelika?

O tom de Will era claro: ele a achava ridícula. Ela passou por ele sem dizer uma palavra, o cobertor escorregando sobre os pés dele como um véu de noiva.

— Pobre Angelika? Não me faça rir — disse ele, seguindo-a.

— Você veio finalmente me perguntar se é um homem casado? Estou atônita que tenha conseguido se segurar até agora. — Ela entrou na biblioteca e começou a preparar sua cama. — Bem, vá em frente então. Pergunte-me se tem uma esposa chamada Clara.

Will fechou a porta, então colocou mais lenha na lareira, que estava apagando.

— Não é isso que está no topo da lista.

— Faça sua pergunta mais premente, então — disse Angelika, sentando-se na espreguiçadeira e cruzando as pernas.

Ele virou o rosto para encará-la.

— Como você espera que eu aguente um jantar com ele olhando para você daquele jeito?

Pela primeira vez, Angelika sentiu medo dele. Não fazia ideia de quem Will realmente era e, naquele momento, os olhos negros dele pegavam fogo. Seus cabelos se encaracolavam como chifres. Ele estava demoníaco, o que era mais um contraste com o loiro angelical de Christopher. Mas como ele tinha o descaramento de fazer essa pergunta para ela, enquanto ativamente tentava voltar para sua vida anterior?

— Victor odeia compromissos formais. Conhecendo ele, comeremos linguiças no jardim, sentados em caixas de maçã — disse ela e foi surpreendida pelo pensamento que lhe ocorreu a seguir: *O que Christopher acharia disso?*

Will leu a mente dela, e seu olhar era afiado como uma lâmina.

— Pobre Angelika. A mulher que sempre tem um substituo a postos.

— Pobre Will, largado em uma mansão. Você nem se importa em saber como estou me sentindo depois do que descobri hoje.

Ele passou a mão pelo cabelo, ajeitando-o com os dedos de forma mais civilizada, e então se virou para ela.

— Sim. Pobre Will, ou seja lá quem eu sou. Arrastado de volta do inferno só para ter que ficar sentado durante um jantar vendo você ser lentamente seduzida por aquele homem impecável.

— Eu invento uma desculpa para você não ir.

— Imagine como me senti conforme o dia passava e você não retornava. Mas você teve uma tarde agradável, não teve? Eu pude ouvir você rindo alto bem antes de chegar à porta. Christopher Keatings deve ser um sujeito engraçado.

— Ele é.

E ela havia bebido demais.

— Venha aqui e me beije até não se sentir mais zangado.

— Acredite, é meu primeiro impulso. Você tem sorte de eu não ter te jogado sobre os ombros quando chegou nas escadas da entrada. Mas eu não queria te dar essa satisfação. — Will apoiou um braço na cornija da lareira e olhou para o fogo. — Quando te ouvi rindo à distância, meu primeiro pensamento foi que você não havia encontrado minha esposa hoje.

— Então, o que realmente aconteceu foi…

Ele prosseguiu, falando por cima dela.

— Então um novo pensamento me ocorreu. Depois de confirmar que ela era minha esposa, você ficou triste por meia hora. E daí decidiu seguir em frente com sua próxima opção.

— Eu lhe contarei tudo. Clara Hogget é…

Will a interrompeu novamente.

— Me deixe ser seu só mais um tempinho.

A raiva se dispersou da sala como fumaça, deixando os dois em um silêncio cansado.

Quando o encontrou na mesa do necrotério, ele ainda tinha vida nos olhos castanhos. Quando ela o arrastou nu escada acima, ele declarou que talvez estivesse morrendo, mas ainda tinha aquela tensão teimosa na mandíbula. Essa noite, observando o fogo, ele parecia completamente derrotado. Sem respirar e sem piscar.

Talvez, neste único momento, ele não pudesse encarar a perspectiva de uma vida sem Angelika.

— Você ainda é meu. — Ela o observou absorvendo o que dissera.

— Isso é uma notícia boa ou ruim?

— Boa. E eu deveria me sentir mal por admitir. — Ele sentou-se pesadamente ao lado dela na espreguiçadeira. — Angelika, estou no meu limite hoje. Minha cabeça dói. Minhas mãos doem. Meu coração está ainda pior.

— Deite-se — pediu Angelika para ele.

Depois de alguma persuasão, ele se deitou com a cabeça no colo dela. Ela penteou o cabelo escuro dele com as mãos, admirando os brilhos acobreados, pensando que, se pudesse ter momentos como este, ficaria feliz em nunca mais ver a luz do dia.

— A Clara está bem? — perguntou Will.

— Não, Clara não está nada bem. Mas eu mandarei uma cesta de mantimentos para ela toda semana, e o bebê gorducho dela, Edwin, encontrou uma nova benfeitora. Você deveria ter visto o cabelo ruivo dele. Já montei mentalmente um guarda-roupa inteirinho para ele.

Ela pegou a mão de Will e ele submeteu-se à massagem carinhosa de seus dedos.

— Você realmente sente prazer em mimar demais as pessoas. Eu que o diga. Ele é um bebê de sorte. — O primeiro sinal de um sorriso tocou os lábios dele. — Gosto quando você gasta seu dinheiro em boas causas. Foi sua primeira vez visitando um morador do vilarejo? Como foi?

— Eu me sinto uma pessoa ligeiramente melhor. E agora sabemos que você não é da academia militar; pelo menos Christopher não o conheceu. Mas não se desespere, tenho um novo ângulo de investigação para seguir, e ele envolve a igreja.

Will olhou fixamente do colo dela.

— Nunca imaginei que você começaria a procurar ativamente por minha origem. Quer que eu saia desta casa agora ou pela manhã?

— Ah, para com essa encenação birrenta. Você sabe muito bem que, se dependesse de mim, você nunca sairia do meu quarto. — Ela sentiu-se aliviada quando ele sorriu outra vez. — Você só está cansado demais, meu amor. O que andou fazendo hoje?

— Eu me mantive ocupado.

Ela inspecionou as mãos dele mais de perto.

— Você tem alguns arranhões. — A pele dele ainda estava tão fria. Ela adicionou mentalmente luvas de pele de cabra à sua lista de compras. — O que o manteve tão ocupado?

— Trabalhei no jardim o dia todo. Não faça essa cara de ultrajada. Hoje foi uma espécie de epifania. Acho que trabalhei em ambientes externos na minha vida antiga. Eu sabia como aparar roseiras e transportar uma colmeia de abelhas. Preparei um spray de parafina para os pulgões sem nem pensar na receita. Estou contratando alguns garotos locais para colocar este lugar em ordem. Quem sabe alguém pode até me reconhecer. Tenho feito perguntas discretas da melhor forma que posso.

— Mas você não precisa fazer por merecer seu lugar aqui. Você não é meu jardineiro. — Ela deu um beijo nos machucados na mão dele. — Você é minha pessoa especial. Por favor, não se machuque. — Ela inclinou a mão dele na direção da lareira e percebeu dois pontos feitos com a tinta roxa de seu irmão em cada lada do machucado. — Para que Vic fez isso?

— Você repara em tudo. — Will estava irritado e tirou a mão das mãos dela. — Ele está medindo os ferimentos e a velocidade com que eles se curam. Por falar nisso, seu irmão encomendou aquele microscópio especial novo. Eu não sou mais um homem, apenas um experimento científico.

Angelika fez uma careta.

— Lamento muito que tenha de passar por isso.

— Melhor que estar morto, eu acho. E agora o sonambulismo é mais uma preocupação. Algumas manhãs, acordo com terra nos pés. O que estou procurando? — perguntou para si mesmo. — Não é para menos que estou tão cansado.

— Acho que você está procurando um livro. Por isso, estou dormindo aqui hoje à noite. Por favor, não vá se perder andando por aí. — Angelika ficou alarmada pelo pensamento. — Devo te amarrar ao pé da minha cama?

— Era só uma questão de tempo para você sugerir isso — Will respondeu, com um olhar que fez saltar o coração de Angelika. Enquanto se olhavam, os dois pensavam em todas as possibilidades de alguns metros de um cordão de seda. Então, ele ficou sério. — Eu fiz Victor prometer que manteria tudo envolvendo os estudos dele sobre mim confidencial para você.

Angelika fez uma careta para o teto, em direção ao quarto do irmão.

— Achei que havíamos estabelecido que você é meu.

— Ser de interesse científico para ele já é difícil. Agora, para você? Eu não toleraria. — Will suspirou longa e profundamente. — E, sim, sou seu. Por mais uma noite pelo menos.

Ela procurou no rosto dele por sinais de doença. Ele parecia muito cansado.

— Você se sente mal?

— Eu estou bem. Prometa-me, Angelika, que nunca olhará os arquivos de Victor.

A forma como ele repetiu fez com que ela concordasse, apesar de não gostar de ser deixada de fora.

— Não consigo entender as abreviaturas dele. Vic as fez propositalmente à prova de Geleka. Mas, ainda que eu entendesse, eu lhe daria essa privacidade. Sei que você não tem muita.

Ela percorreu o pescoço dele com o polegar e teve um *flashback* vívido: ela pedindo a opinião de Victor sobre a melhor maneira de reconectar essas artérias, que agora pulsavam. Eles discutiram, insultaram um ao outro, caíram na risada, e ela continuou com o processo. Ocorreu-lhe novamente: esta pessoa respirando e piscando era um milagre. Esta sensação de admiração e apreço era tão avassaladora, que tudo que ela pôde fazer para se expressar foi pegar as bochechas dele com as mãos.

Mas ele olhava para cima do colo dela, como se a entendesse perfeitamente.

— Você está bonita hoje.

— Você sente minha falta pela casa? — Ela riu quando ele bufou, exasperado, e se sentou. — Você sentiu mesmo minha falta e desejou olhar meu lindo rostinho. Por favor, me diga exatamente o quanto ficou solitário e com ciúmes. Os minutos escorriam como melado?

— Você é propensa à empolgação excessiva. — Ele era brusco, mas sorriu quando ela passou uma perna por cima do joelho dele e sentou-se em seu colo. A centímetros de distância, eles olharam um para o outro enquanto a lenha na lareira estalava e o mundo desaparecia. A expressão de Will ficou séria novamente enquanto passava o polegar no queixo dela. — Não consigo me imaginar preferindo outro rosto ao seu.

— Eu sinto o mesmo.

— Saiba, por favor, que você é mais que beleza. Você é… energia.

Foi o melhor elogio que Angelika já recebera. Seus olhos se encheram de lágrimas e um nó se formou em sua garganta, impedindo qualquer resposta.

Ele prosseguiu:

— Eu te observava da janela quando você se aproximava da porta. Você inclinou este rostinho perfeito para a lua, e eu nunca te vi tão feliz quanto naquele momento. Você estava livre da preocupação e da tristeza que sente sempre que está comigo. E, sim, estou contratando empregados e resolvendo alguns problemas de manutenção desta velha casa para que você possa viver com tranquilidade. Isso é tudo o que posso fazer por você, e você deveria permitir.

— Antes que você se vá?

Quando ela piscou, as lágrimas transbordaram. Já sabia a resposta.

— Antes que eu descubra qual será meu próximo capítulo. — Ele inclinou a cabeça, observando as lágrimas escorrerem pelo rosto dela. — Acredite, Angelika, queria que o resto de minha história fosse escrito com você.

— Tenho certeza de que há projetos suficientes no Chalé de Espora para te ocupar pelos próximos cinquenta anos. Há um jardim de rosas enorme, cheio de espinhos — respondeu ela, irreverente, apesar das lágrimas em suas bochechas. — Há também umas variedades raras. Ele precisa do trabalho duro de alguém.

Sentiu uma pontinha de esperança quando percebeu que a oferta o tentava.

— Achei que o chalé fosse o presente de casamento de Lizzie — Will a relembrou.

— Eu estava tentando fazer nosso jogo de faz de contas. O lugar em nossas imaginações onde podemos ficar juntos para sempre.

Angelika tentou, sem sucesso, dar-lhe um beijo.

Will limpou as lágrimas dela com o polegar.

— Christopher te falou sobre a vida dele? — Ela fez que sim com a cabeça, e ele continuou. — A infância dele? Alguns eventos absurdamente engraçados que aconteceram na academia? Do que ele gosta ou não? Quantas vezes ele passa a camisa pela manhã?

Will colocou a boca no pescoço dela. Angelika esperava uma mordida, mas o que se seguiu foi apenas gentileza.

— Sim, ele me contou todo tipo de coisa. Mas eu só pensava em você. — Sentiu uma pontada de culpa; por várias vezes esta tarde, havia pensado somente em si mesma.

— Ele é tudo o que eu queria ser: um homem solteiro e independente com boa posição. Um ser descomplicado que se conhece. Ele é um bom partido para você, e pretende descobrir tudo sobre mim neste jantar.

— Diga a ele para cuidar da própria vida. Mais... — ela implorou, e sentiu os lábios dele sorrirem junto à sua pele.

— Não terei uma única resposta para as perguntas que ele me fará. Ele vai perguntar a colegas e conhecidos, na tentativa de descobrir quem é este desconhecido misterioso na Mansão Blackthorne. Surgirão rumores sobre mim e ficarei prestes a ser exposto. Talvez eu tenha que ir embora rapidamente. Você deve se preparar para qualquer possibilidade.

— Cancelaremos. Não sei por que Victor está planejando isso.

— Para me forçar a tomar uma decisão — disse Will, tirando-a de seu colo. Ele deitou Angelika na espreguiçadeira e ajeitou o cobertor sobre ela. — Talvez eu sobreviva ao jantar, lembrando que você me olha desse jeito.

Angelika mordeu o lábio.

— Sim.

— E que me deseja assim. — O polegar dele roçou o lábio inferior dela, e Angelika abriu a boca. Conseguiu apenas provar da pele dele, apenas uma mordidinha e uma lambida, antes que ele recuasse com um gemido na garganta.

Quando ele se virou para sair, ela disse:

— Seu autocontrole é o que menos gosto em você.

— Não sei como ainda me resta algum.

Will mudou de assunto quando se recostou na porta fechada.

— O que eu te disse na noite em que estava no gabinete de seu pai? Sei que foi algo ruim o bastante que nem mesmo Victor quer me contar. Eu queria me desculpar.

— Você disse que nunca, jamais, se casaria comigo. É nisso que você acredita, do fundo do seu coração. E estou começando a acreditar que eu deveria te ouvir. Mas, por favor, nunca se esqueça disto: você é o meu par ideal. Cada centímetro e cada sutura. Acredite, eu me certifiquei disto.

Will parecia não saber se ria ou se chorava.

— Acredito que se certificou, sim. Boa noite, Angelika.

Capítulo Catorze

—Por favor, me diga se entendi direito essa situação com Will — disse Lizzie, deitada em um cobertor na grama ao lado de Angelika. — Bem, não a parte sobre de onde ele veio. Vic prometeu não criar nenhum outro interesse amoroso para você até que a situação esteja resolvida.

Angelika fechou a cara.

— Ele tomou todos os créditos por Will? Típico.

Era uma tarde quente e as moças estavam descalças em suas combinações de musselina. Até Will, sempre tão certinho, havia se despido até ficar só com o colete de algodão que usava por baixo da camisa bem antes de as duas montarem seu piquenique com o chá da tarde, e a pesada definição muscular de seus braços arrancou gritinhos e risadinhas em uníssono das damas.

Agora o suor escorria pelo corpo dele, deixando o colete escuro e colado.

— É ainda melhor do que eu me lembrava — disse Angelika, a voz engrolada de desejo.

— Ele tem trabalhado bastante — disse Lizzie, seu tom deliberadamente brando, mas ela tinha olhos e também estava olhando. E então virou a cabeça, procurando. — Tem certeza de que Beladona não vai arrancar meu nariz a mordidas?

Angelika deu tapinhas na vassoura que trouxera consigo.

— Eu te protegerei.

Will estava no meio de uma poda agressiva da hera que havia tomado conta da lateral da casa. Ao fundo, alguns rapazes locais que ele contratara cortavam, podavam, cavavam e queimavam. Havia até alguém em uma escada, pintando os caixilhos das janelas. De outra janela aberta, uma das novas camareiras batia poeira de um tapete. Desse ponto exato, deitada na grama cortada, Angelika podia ver o formato da casa reemergindo, e aquilo lhe pareceu um tipo de retomada da dignidade do velho edifício.

Também a fez sentir saudade dos pais.

— O que é esse livro antigo? — perguntou Lizzie, apanhando o volume encadernado em couro que Angelika trouxera para fora. Leu a lombada do livro: — *Institutiones Rei Herbariae*, de Tournefort. Ah. É botânica.

Ela deu uma folheada rápida para admirar as ilustrações de florações, botões e vagens.

— É um presente para Will. Estou supondo que é isso o que ele tem procurado durante os episódios de sonambulismo. É a paixão dele.

Angelika pegou o livro de volta antes que Lizzie pudesse ler sua dedicatória.

> *Ao meu amor: Um dia eu hei de escrever seu verdadeiro nome aqui.*
> *Com tudo o que sou,*
> *serei sempre*
> *a sua Angelika*

Will se abaixou para juntar cipós caídos no chão, mas, quando se endireitou, apoiou a mão na parede, deixando a braçada de plantas cair. Os ombros subiam e desciam em respirações profundas.

— Você está bem? — chamou Angelika, mas ele chacoalhou a cabeça, irritado, e a ignorou. — Ele parece prestes a desfalecer.

Lizzie a cutucou para voltar à conversa.

— Eu sei que Will foi obra sua, porque Vic não consegue fazer o que você faz. Você é mais esperta do que se dá conta. Prometa para mim que, se Beladona me derrubar da escada e quebrar meu pescoço, você também vai me trazer de volta.

Will ainda estava inclinado e com alguma dificuldade. Angelika deixou o livro de lado, ponderando se devia se levantar.

— Existe o risco de perda total da memória, esteja ciente. Você teria que se apaixonar por Vic de novo, desde o começo. Talvez escolha alguém mais normal da próxima vez.

Lizzie soltou uma risadinha.

— Duvido. Eu poderia contar coisas sobre o seu irmão que te deixariam impactada. Ele é totalmente... — Ela buscou por uma palavra apropriada durante um tempo desconfortavelmente longo, conformando-se com: — Inventivo.

— Eu te imploro, por favor, nunca, jamais elabore. Não sei como você suporta beijar aquele bafo de maçã.

Angelika estava deitada de barriga para baixo, apoiada nos cotovelos. Estava contente pela companhia de Lizzie, que apenas parecia possível quando Victor cavalgava floresta adentro, procurando sua criação. E, mesmo então, Lizzie só queria tagarelar sem parar sobre seu irmão. Pessoas apaixonadas eram um tédio.

Angelika observou Will retomar o trabalho, com o peito ainda tenso de medo. Será que ele se sentia tonto com frequência?

— O que mais Vic te contou sobre Will?

— Posso ver por mim mesma que ele é muito bonito. Ah, não me olhe assim.

Lizzie exalou pesadamente sobre seu anel de diamante novo e o poliu em seu colarinho. Pelo visto, este era um impulso frequente.

— Tem certeza de que não se incomoda que eu fique com isso?

Ela estava sem graça desde que Victor mencionara que o anel residia previamente no porta-joias de Angelika.

— Absoluta.

— Porque eu posso devolvê-lo.

Mesmo enquanto dizia isso, sua mão se fechava em punho. Aquela aliança seria cortada de sua mão fria e morta.

Para Angelika, aquele anel parecia um pedaço de vidro. Não entendia por que motivo Lizzie o amava tanto.

— Desde o momento em que Vic te conheceu, essa aliança sempre foi sua. Fica horrível em mim e perfeita em você. — Ela sorriu enquanto Lizzie se recostava nela em um agradecimento silencioso. Mas o Chalé de Espora lampejou em sua mente quando ela piscou. — De volta ao assunto. Will é desesperadamente lindo e perfeitamente dotado. Eu me certifiquei disso.

Lizzie soltou uma fungada de riso.

— Ele te acha muito bonita e tem razão. Você brilha com uma nova magia, rainha das fadas. Eu nunca te vi tão bem. — Ela esfregou uma das mãos entre as omoplatas de Angelika. — Os rapazes cuidando do jardim também acham.

Angelika voltou a se dedicar a despedaçar dentes-de-leão em pilhas amarelas de cheiro azedo.

— É, ele me acha bela, mas não se lembra de nenhuma outra mulher. Sou sua única favorita, atualmente.

Lizzie continuou.

— Você está na idade de casar.

— Talvez velha demais.

— Não está, não. Quando ele te beija, você tem ganas de arrancar a roupa dele. — Lizzie jogou um dente-de-leão no rosto de Angelika.

— Definitivamente, sim.

Lizzie revelou o seu argumento:

— E você está passando seu tempo tentando encontrar a esposa dele. Eu não entendo. Ele deveria estar rastejando de joelhos para te conquistar. — Ela levantou a voz nessa última parte e Will virou a cabeça. — Que bom. É para ele ouvir mesmo — resmungou Lizzie, colocando o antebraço sobre os olhos.

Angelika se ouriçou, protetora.

— Deixe-o em paz.

— Detesto te ver assim, Geleka. Você está recaindo em seu antigo padrão de se apaixonar por homens que nunca vão te notar nem corresponder. Não pense que eu me esqueci daquele encadernador velho.

— Você jurou que nunca falaríamos nisso! — guinchou Angelika.

Um rapazote no alto de uma escada deixou cair sua lata de tinta. Lizzie prosseguiu.

— Will é um homem bonito e educado, mas eu não vejo nenhum fogo no coração dele. Você precisa de alguém que lutará até a morte por você, e, me desculpe, minha querida, mas acho que essa pessoa será o comandante Keatings.

— Foi ideia *sua* convidá-lo para nosso grande jantar. — A suspeita foi confirmada quando o lábio de Lizzie se curvou. — Sua bruxa! Mary está com faniquitos por causa disso. Sarah está polindo toda a prataria, parecendo prestes a cair no choro.

Angelika se abaixou para deitar de barriga para baixo e fechou os olhos, sentindo o sol quente nas costas e o cobertor de lã no rosto.

— Mas não terá nada de grandioso com Victor no comando do espetáculo. Será esquisito, e Christopher saberá que nós somos… estranhos.

— Você se importa com o que ele pensa… — comentou Lizzie, reflexiva. — Ele deve ser o primeiro pretendente seu com quem você se importa.

— Christopher não é meu pretendente. Will que é.

— Então, se estou entendendo direito, o comandante Keatings é o primeiro homem lindo de toda a sua vida por quem você não se apaixonou à primeira vista? Ele é a exceção. Não é interessante? Se eu fosse Will, estaria muito preocupado.

Angelika fungou.

— Ele não precisa se preocupar com nada.

Lizzie continuou pressionando.

— Eu quero que você saiba como é ser desejada com desespero. É isso que é o amor, Geleka. Saber que ele lutará por você… e eu não vejo Will lutando. O que Vic faria se outro homem bonito estivesse farejando em volta das minhas saias em um jantar?

Angelika cogitou a pergunta.

— Ele provavelmente quebraria a própria mão de tanto socar o camarada, e depois eu não veria vocês por uns dois dias.

Os olhos escuros de Lizzie se acenderam de energia.

— Três dias. Eu não vejo essa paixão em Will. Eu o vejo calmamente aparando hera que cresceu demais e sendo polido no desjejum.

— Cada amor é diferente. — Angelika ainda podia sentir as mãos dele apertando sua cintura e o sacolejo indecente da carruagem. — Ele não beija de um jeito polido.

— E por que ele deveria poder te beijar?

— A situação dele é complicada. Eu revivi alguém sem nenhuma memória, mas com moral e ética elevadíssimas. Seja como for, é assim que as noivas ocupam seu tempo hoje em dia? Entretendo-se com os casos das amigas?

Seu mau humor estava espertamente embutido nessa agulhada. Will ardia por ela; Angelika sabia disso.

Lizzie prosseguiu:

— Eu quero que nos casemos ao mesmo tempo, depois gingaremos por aí com barrigonas combinando. A essa hora, no ano que vem, poderíamos ter nossos bebês deitados aqui conosco e poderíamos aprender a ser mães juntas. Acredite em mim, Vic está trabalhando duro nesse projeto. — Ela suspirou de um jeito estranho e ficou corada. — Eu queria poder contar a alguém o que acontece entre nós. É demais para guardar só para si mesma.

— Por favor, fique quieta.

— Tudo é como uma produção teatral. Ai, e os músculos dele. Os *músculos*. Ele tirou a camisa e eu não consegui falar por dez minutos. Ele é absolutamente…

— Por favor, não me faça essas confidências — disse Angelika, com as mãos cobrindo os ouvidos. — Conte à porca, não a mim.

— Mas você é minha melhor amiga! — Lizzie estava frustrada e fez uma carranca na direção de Will. — Ele pode ter filhos? Ou será que as belas e grandes partes dele ficaram mortas por tempo demais?

Eis uma questão que mantinha Angelika acordada à noite, quando se flagrava acariciando sua fronha. Seda era macia… mas não tão macia quanto o rostinho de um bebê. Ainda que Will lhe desse esse presente, a criança não teria os lindos olhos cor de âmbar do pai. Uma tristeza profunda a deixou oca, e ela sabia que merecia se sentir assim.

— Não temos ideia se é possível. Eu não pensei tão adiante.

Lizzie se reclinou sobre os cotovelos, fechando os olhos para o sol.

— Se o comandante Keatings se dedicar plenamente a te cortejar, quero que o deixe tentar. Mantenha-se aberta a essa opção. Logo, logo você teria um rebanho de meninos loiros e asseados. Imagine só o quartinho deles. Os tranqueirinhas o manteriam impecável.

Angelika imaginou. E então visualizou uma criança mais quieta, de cabelo bagunçado e com afinidade por plantas.

— Eu acho que você se esquece de quem é, Geleka. A moça mais cobiçada deste condado. Os homens deveriam lutar por sua causa. — Uma sombra caiu sobre ambas. Lizzie disse, em uma voz diferente: — Ah, que meigo!

Angelika rolou para se deitar de costas e ver Will, quente e suado, pairando sobre elas com flores soltas na mão. Algumas ainda tinham as raízes e terra. Ficou tocada por ele entendê-la tão bem e gratificada por ter Lizzie como testemunha.

— Você quase desmaiou agora há pouco? — Quando ele não disse nada, ela incentivou: — Sempre preferirei flores do campo a rosas de estufa. Ah! Tenho um presente para você em troca.

Angelika estendeu o livro para Will, que o pegou e leu a lombada, o reconhecimento iluminando seus olhos.

— Eu acho... eu conheço este livro — disse ele, parecendo perturbado, segurando as flores, agora esquecidas, com mais força.

Com alguma dificuldade, abriu a capa e passou direto para as ilustrações. Leu em voz alta enquanto virava as páginas:

— Momordica... Melão-de-são-caetano... Xilema... Algodão... Conheço esses desenhos.

— Geleka, sua espertinha — Lizzie a elogiou. — Tenho que dizer, ninguém no mundo te supera na arte de presentear. Aliás, preciso de mais daquele sabão de maçã; ele deixa o Vic doidinho.

— Humm — murmurou Angelika, sem se comprometer, melancólica por Will não ter notado sua carinhosa dedicatória.

Will levantou a cabeça da página.

— Sim, eu já tive um livro como este, tenho certeza. Eu consigo ler.

— Francês e latim. Excelente. — Lizzie abriu um sorriso enorme. — Estamos estreitando as possibilidades de sua formação e, sem dúvida, você é instruído. Talvez fosse um botânico. É excitante estrear esse papel misterioso? — Ela apanhou seu caderninho e começou a anotar. — Uma peça sobre alguém sem memória. Intrigante. Tenho a sua permissão para me inspirar?

— Se pensar em um final apropriado para o meu personagem, por favor, me oriente.

Will fechou seu livro relutante em parar de ler e, para Angelika, disse:

— Muito obrigado.

— Por nada. Tudo e qualquer coisa que você possa querer eu te darei. — Angelika realmente queria suas flores agora. — São para mim?

Will pareceu muito embaraçado, olhando de relance para Lizzie. Ouvira as palavras dela mais cedo.

— Elas não são um presente adequado em troca deste.

Angelika franziu o cenho.

— São um presente seu, então é claro que são.

— Elas não pertencem a mim para te dar. Pertencem a você, como tudo aqui.

Ignorando a mão estendida da moça, ele as colocou no cobertor ao lado de Angelika, da mesma forma que alguém colocaria flores em um túmulo, e se retirou antes que outra palavra fosse dita.

— Pobre coitado — disse Lizzie, com empatia. — Ele fez o melhor que pôde.

Angelika pegou suas flores.

— Ele escolheu cada uma delas pensando em mim. Não vê que isso é algo que não pode ser comprado? Tudo o que eu sempre quis foi alguém que pensasse só em mim e que me permitisse mimá-lo. Eu estava certa sobre o livro. Acho que ele pode repousar mais tranquilo agora.

Enquanto arrumava as flores em um buquê, notou que havia dúzias de esporas de um púrpura profundo. Ela se perguntou se o subconsciente dele sabia ou se era um sinal do cosmo.

Estava na hora de tomar uma atitude assustadora.

— Lizzie, quero conversar com você sobre algo importante para mim. Algo que provavelmente te pertence agora. — Lizzie já estava agarrando sua aliança com medo. Angelika apressou-se a esclarecer: — O Chalé de Espora.

— Eu não sei onde fica isso — disse Lizzie, perplexa. — Nunca ouvi falar.

— É a nossa casa no lago, a seis horas de carruagem daqui. Há muitos anos que só tem um caseiro e está largada e mal-amada, coberta de plantas que cresceram demais. Posso até me identificar com ela — acrescentou Angelika, tentando descontrair. Não foi muito bem-sucedida. — É possível que eu esteja destruindo uma grande surpresa, e peço desculpas por isso.

— Uma surpresa?

— Quando você se casar, será seu presente, que você tem todo o direito de aceitar. Mas quero que saiba que eu amo aquele lugar desesperadamente e que é o único lugar onde acho que poderia decidir o que fazer com o resto da minha vida. Tornar-se cientista era a ambição de Victor. Eu quero usar meu talento — explicou ela, hesitante — para algo que seja meu.

Lizzie bateu em seu caderninho, intitulado IDEIAS PARA PEÇAS.

— Quando encontrar seu papel, o resto de sua vida se encaixará no lugar. Eu prometo.

— Eu não gosto de pedir nada, mas, caso você decida, de repente, que seis horas é muito, muito longe…

— Você quer ficar com Espora. — Lizzie segurou a mão de Angelika na sua. — Falarei com Victor. Seria uma honra ver esse presente ir para você. Em troca, porém, quero que esteja aberta para ser cortejada por qualquer um dos dois homens. Permita a eles que compitam entre si. E pense a que ocupação cheia de significado você se dedicará em seu novo lar. Este é o nosso trato. Prometa para mim.

Com Espora em suas mãos, Angelika se viu dizendo:

— Eu prometo.

Capítulo Quinze

Angelika conhecia seu irmão muito bem, porque, assim que os convidados para o jantar terminaram a sobremesa, Victor jogou seu guardanapo na mesa e disse:

— Vamos lá fora. Meus colegas me disseram que há alta probabilidade de uma chuva de estrelas cadentes esta noite. É muito chato ficar sentado dentro de casa, como nossos pais faziam. As madames também. Pegue seu casaco, Lizzie. — Na porta, ele berrou: — Mary! Mary!

— Já estou levando — disse Mary, com uma garrafa de destilado debaixo de cada braço e uma bandeja de copos de cristal. Ela também conhecia Victor muito bem.

— Acenderei uma fogueira — disse Victor ao pequeno grupo. — Também tenho alguns fogos de artifício chineses e um pedaço imenso de queijo. Vamos inventar histórias de assombrações e dar risada.

Enquanto todos empurravam suas cadeiras para trás, Angelika observava Christopher. Se tinha achado essa jornada para o ar livre esquisita, não demonstrou — exceto por um lampejo nos olhos, que podia ser de frustração. Ele provavelmente contava com a parte do licor para ter a oportunidade de encurralar e interrogar Will.

Angelika observava Christopher, e Will observava Angelika.

A noite toda tinha sido agradável e tensa ao mesmo tempo.

Christopher chegara cedo, com um enorme buquê de impecáveis rosas de estufa que Angelika admirara devidamente por cerca de um segundo antes de se virar para olhar a carruagem de onde sua outra convidada, Clara Hoggett, emergia com um embrulho muito importante.

— Passe-o para cá — implorara Angelika, de braços levantados, e o buquê foi esquecido por completo em favor do bebê.

Christopher, ainda bem, levou tudo com bom humor e, rindo, disse:

— Ela é louca pelo camaradinha.

Will, recostado nas sombras do alpendre, de início, não se aproximou para admirar Edwin. Quando instado a fazê-lo, ofereceu um meio sorriso tenso e deixou o bebê segurar seu dedo. O momento de parar o coração e dar coceira no útero foi apenas ilusório, mas Angelika se agarrou a ele e o costurou a uma realidade alternativa na qual ela também era uma pessoa boa.

Convidar Clara não fora um ato de bondade, mas de egoísmo.

Angelika se esqueceu de todos no recinto que não fossem Edwin. Falou apenas com ele, balbuciando bobagens sem sentido. Sentara-se com o bebê no colo por todo o primeiro prato, beijando a cabeça do menino enquanto ele brincava com a colher dela e sua sopa esfriava. O cheiro dos cabelos finos dele era uma droga mais forte que o ópio. Ele era pesado e úmido, e ela o amava perdidamente. A certa altura, ele começou a soluçar, e Clara o levou para trocar de fraldas e colocá-lo para dormir em sua cestinha na sala de estar. Angelika quase chorou também.

Quando piscou e saiu de seu enlevo para estar plenamente presente pela primeira vez, notou que a situação não andava conforme o planejado. Por exemplo:

Ela havia arranjado a ordem dos assentos para manter Will e Christopher separados; entretanto, alguém (Lizzie) alterou a ordem para que se sentassem de frente um para o outro, como enxadristas adversários, com Angelika entre os dois na cabeceira da mesa. Christopher assumira o fardo de manter a conversa fluindo e tentara repetidamente envolver Will em diversos assuntos, mas as respostas dele eram sempre curtas.

Christopher:

— Em que condado o senhor cresceu, Sir Black?

Will:

— Creio que você não conheceria.

Christopher:

— E seus pais? Ainda estão entre nós?

Will:

— Ambos faleceram, infelizmente.

Christopher:

— O rosbife não é de seu agrado?

Will:

— Eu não como carne.

Christopher:

— Algum motivo em particular?

Will:

— Cheira a morte.

Clara estava quieta e deferente, observando a enorme sala de jantar ao seu redor com olhos preocupados, tentando cobrir o vestido surrado o máximo que podia com o guardanapo.

Lizzie e Victor tinham bebido demais. Baixavam as vozes a cochichos com frequência e então irrompiam em risadinhas obscenas. Victor estava distraído pelo decote fundo de Lizzie, e ela tinha ciência disso. Ele nunca terminava uma frase e duas vezes saiu da mesa para olhar pela janela porque achou ter visto morcegos.

Os Frankenstein não eram bons anfitriões. Mas não era tarde demais para dar a volta por cima.

Agora, enquanto todos se agasalhavam para ir lá fora, Clara abordou Angelika.

— Muito obrigada mais uma vez por me convidar. E obrigada por suas entregas tão gentis. O presunto é tão gostoso quanto você disse, e suas maçãs são as melhores que já provei.

— Não foi nada, mas espero que você não esteja indo embora ainda — respondeu Angelika. — Obrigada por me emprestar seu bebezinho gostoso. Ele está bem quieto, não? Acho que vou dar uma olhadinha nele, bem ligeira.

Mary disse no mesmo tom proibitivo de um carcereiro:

— Sarah está sentada com ele agora. Cuide dos seus convidados, senhorita Frankenstein.

Clara sorriu.

— Foi bom dar um descanso aos meus braços. Como você sabe, ele é espantosamente pesado. E foi uma bela distração me arrumar e desfrutar de uma refeição adorável. Sinto-me quase como meu eu antigo esta noite. Fez-me lembrar de quando Henry estava aqui; nós sempre íamos a bailes e jantares. Sua casa é bem grandiosa. — Clara sorriu para Christopher quando ele se adiantou para ajudá-la a colocar o casaco por cima dos ombros. — Ela faz os lares que vi para alugar parecerem bem decaídos, de fato.

— Mas por que está procurando outra casa? — perguntou Angelika, perplexa. — Seu chalé é bem aconchegante, e tenho certeza de que Edwin gosta de tudo como está.

Clara sorriu, mas estava triste.

— Meu chalé pertence à academia. O comandante Keatings tem sido muito paciente. E também foi muito gentil em me buscar com sua carruagem.

— O prazer foi meu — respondeu Christopher. — Venha, vamos ver que aventuras nos esperam lá fora.

Galante, ele ofereceu o braço para Clara. Segurar naqueles músculos devia ser outro belo deleite para ela esta noite. O oficial acrescentou:

— Espero que não esteja frio demais para as damas.

Atrás de Angelika, Will disse, em tom irônico:

— Victor sempre constrói fogueiras grandes demais. Acho que vocês estarão com calor daqui a minutos.

— Isso é verdade — concordou Angelika, surpresa por Will ter notado essa característica. — Você já o conhece como um irmão, acho.

Conforme Christopher e Clara iam para fora, Angelika reparou que eles ficavam muito bem juntos, o que lhe despertou uma emoção rápida e calorosa que ela não teve tempo de examinar, porque Will já embrulhava a pequena capa de veludo em torno dos ombros dela.

— Obrigada — agradeceu, distraída, vendo o rosto de Clara se erguer para o de Christopher conforme eles saíam noite adentro.

Mesmo em seu luto, Clara decerto notava que ele era excepcionalmente belo. Angelika teve ímpeto de segui-los, mas continuou emoldurada pelos braços de Will enquanto ele amarrava a fita em seu pescoço. Os arranhões nas mãos dele ainda não haviam sarado, ela reparou.

O jardim agora tinha uma aparência maravilhosa, e a casa brilhava como um botão preto, mas a que custo?

Ela perguntou para ele:

— Como tem se sentido ultimamente? Mais alguma tontura?

Mary havia se retirado e ambos estavam sozinhos no saguão escuro. Com uma quantia heroicamente pequena de censura, Will replicou:

— Estou achando muito chato falar só de mim.

Angelika se virou para ele e arrumou as lapelas de seu casaco de lindo corte.

— Sinto muito por tê-lo deixado por conta própria.

Will franziu a testa na direção do pátio.

— Você não precisa cuidar de mim. Mas eu esperava ao menos alguma ajuda de Victor para lidar com aquela conversa. — Os olhos castanhos eram irônicos quando tornaram a fitá-la. — O que te dominou era evidente. Gorducho, cabelo em tufos, um tanto fedegoso a certa altura... refresquei sua memória?

Angelika fez uma careta.

— Eu queria ter um temperamento misterioso.

Will suspirou pesadamente.

— No momento, seu comandante está testando a teoria de que eu sou um caçador de fortunas que veio para sugar tudo o que você tem. E eu não tenho como me desviar das acusações.

Agora ele a pressionava, lenta e gentilmente, contra a parede, levantando o queixo de Angelika com a palma da mão.

— Ele não é *meu* comandante — disse ela em um suspiro.

— Espero que não. E você não é dele. — Will examinou o rosto dela, mas, em vez do beijo que ela antecipava, ele disse: — É uma lástima que ele não saiba a verdade sobre mim.

— Por quê?

— Ele te julga meramente bonita, rica e solteira. Ele não conhece seu intelecto e suas capacidades por completo nem o que você realizou. Eu sou a prova.

— Bondade a sua... — começou Angelika, mas os lábios dele se movendo no lóbulo de sua orelha roubaram seu fôlego.

— E ele definitivamente não conhece o sabor da sua boca nem como você fica quando está até o pescoço mergulhada na banheira. Ele não sabe como você fica com a respiração presa na garganta quando está prestes a se desmanchar nem a facilidade com que consegue fazê-lo.

Nesse ponto, ele mordeu o lóbulo e a realidade derreteu.

Os únicos pensamentos de Angelika eram fantasias com ele: o ângulo das coxas de Will enquanto ela se ajoelhava entre elas, o reflexo dela no brilho da bota de couro dele, os nós dos dedos dele em sua nuca, as mãos mergulhadas por baixo das cobertas, tocando entre as pernas dela.

Esse ponto de contato em sua orelha era um lembrete e um alerta: *Não se interesse por outros homens quando você sabe o que eu posso fazer por você.* A mordida gentil agora era aliviada pelo toque da língua de Will, e, quando ele a soltou, Angelika emitiu uma arfada que ecoou ao redor deles.

— Ele não sabe que você gosta disso, sabe?

Agora Will colocava a boca no pescoço dela, e cada beijo sobre a pulsação deixava-a mais ofegante, embora ela tentasse silenciar. Angelika sentiu que ele respirava fundo, ávido pelo cheiro do corpo dela.

A passagem para o pátio estava aberta, e ela podia ver uma sombra comprida e asseada.

E conseguiu dizer:

— Só você me conhece.

Will beijava Angelika agora, rápido e desesperado. Os lábios dele abrindo os dela, e ambos se abraçavam. Línguas deslizando, a ponta de um dente. A ereção dele pressionou o ventre dela, relembrando o corpo de Angelika do quanto estava vazio.

Quando interromperam o beijo, Will disse:

— Eu sinto pena dele. Nunca irá te conhecer como eu conheço. *Nunca.*

— Mas ele quer conhecer. — Ela pegou o queixo de Will em sua mão, como ele fizera com ela. E manteve sua bravura quando viu o ciúme perigoso queimando nos olhos dele. — Eu fiz uma promessa para Lizzie. Por toda minha vida, gostei de homens que não gostavam de mim. Você me faz elogios tão estonteantes que deve me julgar digna de admiração. Portanto, eu vou permitir. Você e Christopher terão que competir. E, se não quiser, então nem se dê ao trabalho.

Will ficou espantado.

— Devo competir com um homem bem-sucedido, que sabe tudo a respeito de si mesmo, enquanto simultaneamente tento encontrar minha vida antiga? Isso é absolutamente injusto. E, a cada minuto que passa, você nota mais as qualidades dele e vai se afastando de mim, da mesma forma que sou afastado de você.

— Eu não estou me afastando de você — disse Angelika, confusa. — Você tem vantagens consideráveis em comparação a ele, como acabou de ressaltar. Eu já te amo. E você tem uma escolha se quer participar ou não.

Will estava chocado.

— Você... me ama?

— Mas é claro. — Ela viu a emoção mudar nos olhos dele. — Pensei que eu fosse transparente ao extremo. Você me disse que eu sou, várias vezes. Eu te amei desde o momento em que te vi.

— Eu também te amo.

— Por quanto tempo? Para sempre? Apenas faça que sim com a cabeça — instou ela. — Minta para mim.

— Pelo tempo que eu puder.

— Seu eu verdadeiro pode nunca voltar. Já teve alguma lembrança?

Ele não respondeu.

— Você não faz ideia do quanto custa ao meu orgulho pensar no que me falta e em como ele é superior a mim. — Will engoliu seco e sua aura toda esmaeceu. Suas palavras seguintes pareceram cortar e grudar no interior de sua garganta. — Conversei longamente com Victor. Não podemos garantir que eu serei capaz de ter filhos. Não existe um precedente. E eu sei que é isso o que você quer, mais do que tudo no mundo. Não negue — interveio, quando ela fez menção de responder. — É óbvio e não precisa ficar com vergonha. Você está pronta, e eu sou um risco catastroficamente grande para você assumir.

Angelika afagou o maxilar dele.

— Você não é um risco. Você é o meu amor.

Ele soltou o ar em um sopro.

— Parece que estou me convencendo a pensar que Christopher é a melhor escolha para você. Se tivesse ido àquele baile de boas-vindas para ele, o que podia ter acontecido?

— Eu provavelmente teria pegado um caminho banhado pelo sol, isso é verdade. Mas você me encontrou primeiro.

Will achou graça.

— Você me encontrou morto.

— Então nós dois tivemos um timing perfeito. Estou começando a ver que cada pessoa tem vários caminhos, com escolhas e encruzilhadas. E, por você, eu pegarei o caminho que leva à floresta escura. Uma vez você me disse algo, depois de ter visto o que há de bom e de ruim em mim. Eu lhe direi o mesmo agora e quero que escute, porque é importante.

Will se preparou.

— Diga-me.

— Eu tenho fé em você.

Angelika beijou o rosto dele e desvencilhou-se de suas mãos.

Um cenário estranho e acolhedor se formara lá fora. Uma fogueira imensa ardia, lambendo as estrelas no alto. Cadeiras com almofadas e cobertores para o colo tinham sido arranjadas em torno dela. Clara e Lizzie estavam sentadas conversando. Victor segurava uma maçã mordida na boca e lutava para quebrar um galho grande sobre o joelho.

— Podemos confiar em Victor para acender um inferno casualmente. — Angelika balançou a cabeça para o irmão. — Já basta, acho.

— É melhor eu não me sentar muito próximo do pomar — provocou Victor, depois de engolir seu bocado. — Nunca se sabe quem pode aparecer para tocar meu cabelo, que é ainda mais irresistível do que o seu, Geleka.

O grupo apenas ouviu a piada dele, mas Angelika sabia que ele ficara profundamente transtornado pelo incidente.

Christopher esperava Angelika como um noivo no altar. A jovem foi até ele e, antes que ele pudesse falar qualquer coisa, ela perguntou em voz alta, na frente de todos:

— Você pretende me cortejar?

— Pretendo — respondeu Christopher, firme e sereno. — Mas queria dar a seu irmão a cortesia de ter essa conversa com ele primeiro.

— *Quertesia* — repetiu Victor, desdenhoso, com a boca cheia de maçã outra vez, grunhindo com o esforço enquanto o galho finalmente se partia e ele o arremessava no fogo. Morder, mastigar; ele decidiu que a maçã estava muito azeda e a lançou na escuridão. — É apenas a opinião de Angelika que importa. Mas, tudo bem, bancarei o irmão antiquado. Eu lhe farei três perguntas.

Christopher assentiu.

— Por favor.

— Faça valer a pena, Vic — Lizzie incitou, com um sorriso insolente.

Clara estava ou deliciada ou perturbada.

Victor levantou um dedo.

— Você é um homem cristão e temente a Deus?

Christopher não cairia nesta armadilha.

— Não.

Victor ficou surpreso e não havia preparado uma questão complementar. Pensou por um instante. Dois dedos subiram.

— Você é um jogador ou ladrão?

— Não.

Ele levantou três dedos com um sorriso malicioso, e Angelika sabia que entrariam em apuros.

— Você é especialmente talentoso no quarto? Pergunto isso como um favor a Geleka.

Christopher respondeu sem nem sombra de um sorriso.

— Sim.

Victor se dobrou ao meio de tanto rir.

Angelika sentiu um frio na barriga, mesmo enquanto procurava por Will. Ele estava diante da porta da mansão, na penumbra, os braços cruzados. Angelika pensou que ele havia se virado para ir embora e podia entender por que faria isso. Achou tê-lo visto fechar a mão com força. Mas não. A luz do fogo estava brincando com a visão dela. Energia irradiava dele como uma nuvem de raios e trovões.

— Sente-se, Geleka — disse Lizzie. — Você parece meio indisposta.

Victor estendeu a mão como se tivesse chegado a um acordo.

— Está bem, Chris. Pode ficar à vontade para cortejá-la. Espero que não viva para se arrepender dessa decisão. Agora, devo dizer que ela é rabugenta, principalmente de barriga vazia.

— Você fala como se fosse a venda de um cavalo — protestou Angelika, enquanto eles apertavam as mãos.

— Não sou um incauto qualquer — disse Christopher, sem nenhuma gabolice na voz. — Estou pronto para o desafio de uma mulher excepcional.

— Bem, eu diria que ela é mesmo. Angelika é uma potranquinha temperamental — continuou Victor —, mas, se você conquistar seu respeito, ela vai se empenhar ao máximo por você.

— Espere aí — interveio Will, e o riso de todos morreu. — Eu quero dizer uma coisa. Acredito que você tenha notado minhas respostas evasivas esta noite, comandante.

Christopher assentiu.

— Notei, sim.

O que Will disse a seguir surpreendeu a todos:

— Eu não sou colega de Victor. Se nos sentarmos, eu explicarei tudo.

Capítulo Dezesseis

— O que está fazendo? — sibilou Angelika para Will enquanto eles iam até a fogueira.

— É o único jeito — retrucou ele.

Quando todos estavam sentados e debruçados adiante em seus assentos, Will começou um relato que mais parecia uma história de assombração.

— Faz mais ou menos um mês que Victor e Angelika estavam cavalgando à noite e me encontraram na beira da estrada. Eu tinha sido espancado e largado sem uma peça sequer de roupa. Tudo o que eu pudesse ter havia sumido. Eles me resgataram e me trouxeram para cá e, quando acordei, eu não tinha absolutamente nenhuma memória. O rosto de Angelika foi o primeiro que vi. — A expressão dele se suavizou com afeição quando olhou para ela. — Ela me dizia que o nome dela era Angelika e que eu estava na Mansão Blackthorne. Fui bastante grosseiro com ela.

Angelika riu.

— Ele foi, é verdade.

— Que assustador — disse Clara, alarmada. — Minha nossa! Você se recuperou?

— Sim, mas ainda não tenho minha memória. E preciso saber quem eu sou.

— E o que descobriu a seu respeito até agora? — indagou Christopher, sem revelar mínimo sinal de espanto ou surpresa diante das novidades.

Adaptabilidade era um traço atraente em um homem.

Enquanto cortava uma fatia de queijo, Victor respondeu:

— Ele é instruído, sabe ler e escrever, tem boas maneiras e uma mente ótima. Boa dentição. Sem marcas de varíola. Sabe latim. Consegue navegar com base nas estrelas e eu apostaria que é capaz de te dizer o nome científico de todas as plantas neste pátio. Sabe montar melhor do que eu e municiar uma pistola. Acredito que seja um cavalheiro de excelente estirpe.

Christopher claramente não gostou dessa análise.

— Certo.

Will percebeu e continuou sua explanação.

— Os Frankenstein têm feito tudo em seu poder para me ajudar a descobrir de onde eu vim e me deram até as roupas que estou usando. Mas acho que precisamos de sua ajuda, comandante.

A expressão de Christopher não deixou transparecer nada.

— O que você imagina que eu poderia fazer?

— Você tem recursos que seriam inestimáveis para minha busca. Pode conversar discretamente com magistrados, com vigias noturnos, militares, a igreja.

— Nós tentamos investigar o melhor que podíamos — concordou Angelika. — Mas não é suficiente.

— Foi por isso que você visitou meu gabinete a princípio — disse Christopher lentamente, virando-se para ela. — Você me perguntou se tinha ocorrido algum acidente. Com certeza sabe que não deixaríamos um oficial ferido para trás, ainda mais em uma estrada da floresta. É por isso que nos conhecemos? Você podia ter me perguntado diretamente naquela primeira reunião e eu teria feito tudo o que podia.

— Agora eu sei disso — disse Angelika, baixinho. — Mas era confidencial, e esquisito, e eu não te conhecia. Por favor, não sinta como se eu o tivesse usado.

Todavia, a moça podia ver que era exatamente como ele se sentia.

— Gostaria de saber a data e a localização exatas. Visitarei o local amanhã. — A voz de Christopher havia mudado e, agora, ele era, em cada detalhe, um comandante militar. — Havia um coche virado? Algum destroço, sinais de luta?

— Nada. Apenas Will, caído lá, completamente nu e parecendo morto. — Victor tossiu após uma pausa. — Nós localizamos um anel com o que podia ser um brasão de família nele, mas, desde então, esse anel sumiu.

Will explicou:

— Seguimos todas as pistas que pudemos, mas, até o momento, não conseguimos descobrir nenhum episódio violento nessa área.

— Creio que não se empenharam muito. O vilarejo está infestado deles. — Christopher estava incrédulo. — Você pode ter vindo de uma dúzia de lugares. Este vilarejo fica em uma rota comercial, e a estalagem é onde os cavalos são trocados e os viajantes pernoitam. Tivemos mercadores roubados à ponta de facas, um grupo de meretrizes montou acampamento em uma ravina perto da estrada elevada ao sul, uma rede de ladrões de cavalo que se espalhou pelos cinco condados vizinhos...

— Você já está comprovando que pode nos ajudar — disse Lizzie, pegando seu caderninho e um pedaço de grafite. — Começarei anotando tudo isso. Daqui em diante, todos nós fazemos parte dessa investigação e devemos jurar que jamais contaremos nada a vivalma. Agora somos uma sociedade secreta.

Clara exclamou com um sorriso:

— Ora, mas que empolgante! — Em seguida, ficou ruborizada e emendou, gaguejando: — Desconsiderando, na-naturalmente, as terríveis circunstâncias.

— Tudo bem, é empolgante mesmo — Angelika concordou com ela.

Victor afirmou sabiamente:

— Eu já faço parte de três sociedades secretas. Não é tão interessante quanto seria de se imaginar.

Christopher gesticulou na direção da academia.

— Em minha mesa, neste exato momento, tenho um boletim de pessoas desaparecidas e criminosos procurados. Não entendo muito bem por que você arriscaria a possibilidade de tal resultado. Por que não simplesmente continuar morando aqui?

Will lhe respondeu:

— Estou vivendo em um luxo que não fiz por merecer. Durmo em um quarto em frente ao de Angelika, mas eu poderia ser qualquer um: um ladrão, um canalha, um assassino... e isso me perturba. Até que eu descubra se sequer sou digno de estar na presença dela ou se estou livre para cortejá-la, estamos em um impasse.

Christopher se apegou a um detalhe.

— Você dorme no quarto em frente ao dela?

— Você mencionou que não é de jogar — Victor disse, apontando para Christopher. — Mas eu acho que deveria fazer essa aposta. Qual é a probabilidade de um homem dessa idade, aparência, educação e aparente boa família não ser casado? O anel que encontramos estava no dedo da aliança de casamento.

Christopher encarou seu belo rival.

— Posso ser direto? — Will anuiu. — Acredito que exista uma possibilidade de você estar mentindo para essas pessoas generosas. Você não perdeu a memória; em vez disso, está aqui para se aproveitar da fortuna que conseguir extrair dessa situação. Eu já conheci golpistas nessa minha vida, inclusive bonitos e de boa família.

— Não é o caso — disse Victor. — Posso garantir com certeza que não.

Christopher, no entanto, não estava disposto a aceitar tal afirmação.

— Você não tem como ter certeza.

— Se assim fosse, eu já estaria casado com Angelika e me encontraria, neste exato momento, secando todas as contas, com a bênção entusiasmada da própria — disse Will, bastante sério.

Ele fez uma pausa longa para que ela emitisse qualquer negativa. As chamas estalaram e Angelika se encolheu, constrangida, sob o olhar de todos. Tinha sido tão audaciosa...

A seguir, Will continuou.

— De fato, isso é algo com que eu me preocupo. O jeito como os irmãos Frankenstein confiam, de coração aberto? Me apavora. E se eu for um criminoso de baixo calão, alguém cruel, alguém que, de fato, tiraria proveito dessa bondade?

— Você não é — disse Angelika. — Você é o melhor dos homens.

Christopher ouviu a ternura dela e aprumou a coluna. Dois fios de cabelo esvoaçando em sua cabeça flutuavam como antenas de insetos, iluminados pela tocha na porta dos fundos. Era o mais próximo de descabelado que ela já o vira.

— Pelo que depreendo, estou em considerável desvantagem neste cenário.

Ante tal constatação, Will deu risada.

— Foi o que eu disse a Angelika apenas alguns momentos atrás, mas falando de mim mesmo. Você, comandante, é quem está em considerável vantagem. Você sabe quem é.

— Mas Angelika te conhece. Você está por perto o tempo todo, e ela claramente gosta de você. — Christopher tomou uma decisão. — Se eu te ajudar a voltar para sua vida antiga e seus compromissos familiares preexistentes ...

Will completou:

— Eu ficarei contente sabendo que Angelika será capaz de seguir adiante com sua vida, com a reputação intacta, e que poderá se casar com um homem de status elevado. — A dor na voz de Will era evidente para o grupo. — Eu não a pediria em casamento, mesmo que fosse a vontade dela.

— Aparentemente, eu não tenho direito a opinião nesse assunto — disse Angelika, irônica. — A venda do cavalo se tornou um leilão.

Lizzie lançou-lhe um olhar de alerta e sussurrou: *Espora*.

— É a ciência natural — Victor informou ao grupo. — Na natureza, os machos competem pela fêmea. Aqui temos dois belos pavões fazendo pose para a simplória pavoa marrom.

— Eu era uma égua, agora sou uma pavoa? Eu te odeio do fundo do coração — Angelika disse a Victor.

Ele jogou um pedaço de queijo nela como resposta. Ela o comeu.

Victor prosseguiu.

— Eu vou te contar um segredo muito bem guardado a meu respeito, Chris. Não sou uma pessoa do tipo formal ou esnobe. — O grupo soltou uma gargalhada fragorosa. — Se for revelado que Will é um gari, mas ele pedir minha irmã em casamento e ela aceitar, eu não vou me colocar no caminho deles. A escolha é de Geleka.

Christopher respondeu:

— Tudo o que peço é que eu seja considerado de forma justa. Eu quero te conhecer, Angelika. Sinto que temos uma atração interessante. Você nega?

O fogo estalou mais.

— Pode confessar — Will lhe disse. — Não ficarei zangado.

— Eu não nego. Christopher, você é terrivelmente bonito. Eu gosto da seleção de destilados em seu gabinete e você é engraçado. Desde o segundo em que te conheci, tenho vontade de amassar um punhado da sua camisa perfeita em minhas mãos.

Os olhos de Christopher cintilaram à luz do fogo, e um novo tipo de energia zuniu entre os dois.

— Eu não me oporia. E como eu queria que tivéssemos nos conhecido no baile.

Angelika decidiu ser audaciosa mais uma vez.

— Mas serei clara em um ponto: eu prefiro Will. É ele quem tem meu coração.

— Você prefere um homem sem nome — Christopher apontou. — Estou disposto a esperar até que tudo seja revelado para ver qual é sua escolha final. Acredito mesmo que eu ainda sou uma boa opção.

— Isto é tudo o que sempre quisemos para Geleka. Que ela tivesse uma escolha. — Lizzie escrevia em seu caderno oficial da sociedade secreta. — Assumo o encargo de ser uma juíza imparcial na corte da rainha das fadas.

— Eu apostaria tudo o que tenho nisso — Christopher ameaçou Will. — Nenhum de vocês sabe, mas eu sou um caçador renomado. Não existe nada nem ninguém que eu não consiga encontrar: raposas, corças, cavalos perdidos ou oficiais em fuga. Encontrei tudo o que já procurei. A primeira coisa de que vou precisar é um retrato de Will.

— Acho que posso ajudar com isso — Clara soltou, surpreendendo o grupo. — Eu… eu sou muito boa em… — Todos eles se inclinaram adiante. Ela terminou, debilmente: — … desenhar.

— Excelente! — Lizzie a elogiou. — Volte para cá e faremos Will posar para um retrato. Você usa carvão, chumbo ou tinta a óleo? Providenciaremos o que você preferir.

— Eu não uso nada há muito tempo — retrucou Clara, a preocupação voltando a suas feições. — Talvez eu nem seja mais tão boa quanto era. Outra pessoa se sairia melhor.

— Nada disso — Angelika a encorajou com firmeza. — Você consegue. E poderia haver um modelo melhor do que Will?

Ela percebeu os olhos de Clara dardejarem para Christopher. Estava claro qual homem ela preferiria imortalizar.

— Traga Edwin, obviamente. Nós mandaremos o coche buscar vocês.

— Creio que temos um trato — declarou Will, porém se dirigia a Angelika quando perguntou: — Você também está de acordo?

Todos os olhos se voltaram para a moça. Ela hesitou. Em seguida, firmou sua decisão. Todos pensavam que ela era tão facilmente influenciável? Amaria Will, não importava seu passado. Se fosse um ladrão ou um malandro que se aproveitaria de todos? Ela podia reformá-lo. Se descobrissem que Will era um mendigo, ela o aceitaria. Se fosse um bêbado, um charlatão, um ricaço esnobe, um mero pobretão, ela o aceitaria.

— Bem, e então? — pressionou Will.

A ideia de um bebê era o único fator que a fazia parar para pensar.

— Este é o jeito de acabar com essa incerteza, meu amor — Will lhe disse suavemente, como se estivessem sozinhos. — Estou sofrendo. Não consigo descansar. Não tenho nada para lhe oferecer. Esta é a única forma de garantir que você saiba quais são as suas opções e de terminar com meu tormento.

Angelika assentiu.

— Concordo. E exijo confidencialidade total deste grupo todo. Christopher, você promete guardar o segredo de Will com sua vida?

O comandante anuiu, sério.

— E, Will, você promete que me contará no momento em que sua memória retornar?

Ele também assentiu.

— Então eu concordo.

Lizzie e Clara aplaudiram.

— Meu acordo com vocês tem um "porém" — Christopher interrompeu, dirigindo-se a Will. — Você está fora desta casa. Pode ter alojamento e alimentação completos no quartel. É mais apropriado.

O significado de tal condição ficou claro quando ele olhou para Angelika.

Will não ofereceu resistência e apontou na direção do pomar.

— Estou ciente de que a casa está na lotação máxima. Eu já andei limpando um dos chalés dos criados no alto da colina. Acho que me servirá muito bem.

— Está tudo combinado — anunciou Victor, batendo palmas tão alto que todos tomaram um susto. — Mas que belo anfitrião eu sou! Este é um jantar para os livros de recordes.

— Como assim? — indagou Lizzie, rindo, enquanto ele a puxava para seu colo.

— Geleka tem um pretendente e meio. Will, em breve, deve se reapresentar para nós. Chris está com a cara de um sabujo. Clara é uma artista secreta. Você fundou uma sociedade secreta. Eu sou um gênio. Quando encontrar minha prova... — Victor perdeu um pouco da fanfarronice ao olhar para os campos escuros que os cercavam. Em seguida, pareceu se chacoalhar e voltar a si. — Vamos disparar os fogos de artifício para celebrar! — Ele ergueu a voz e rugiu: — MARY!

— Já estou levando — disse Mary da porta, trazendo um caixote de madeira. — Mas isso aqui vai acordar o bebê.

— Ah, que pena — disse Angelika, com delícia evidente, e todos riram, exceto Will.

Ele se postou mais atrás enquanto todos olharam para o céu, deslumbrados pelas explosões estelares. Angelika se virou para falar com Will, mas ele tinha sumido, substituído pela silhueta de uma porca se esgueirando junto da parede.

— Você vai perder os fogos.

Christopher colocou a mão na parte de trás da cintura dela, virando-a para a frente. As pontas dos dedos dele a pressionaram, tão quentes e firmes que Angelika sentiu o estouro e a efervescência esplendorosa até os ossos.

Não podia negar.

Capítulo Dezessete

Mansão Blackthorne estava quieta como um túmulo.

— Olá — chamou Angelika, andando pela casa. — Cadê todo mundo?

Havia se passado quase uma semana desde a noite da formação da sociedade secreta sob as estrelas e, como sempre, Victor tinha razão. Estar em uma sociedade secreta não era muito empolgante. Nem ser cortejada por dois homens disputando entre si. Angelika não via Christopher desde aquela noite, e Will estava ocupado consertando seu novo chalé.

— Angelika Frankenstein, a mulher que conseguiu obter dois pretendentes, apenas para nunca mais tornar a vê-los — disse ela para o retrato da mãe. — Mamã, acho que os dois se esqueceram de mim.

Caroline não pareceu se importar.

Desesperada por uma conversa, foi até o quarto de Victor, onde a porta estava aberta. A pobre cama torta na parede. Que bom que ele estava dando uma folga a Lizzie de suas ardentes atividades de ciência natural; a menos que eles estivessem em outro canto. Lizzie certamente estaria esperando um filho em breve. Angelika sentia uma pulsação aterrorizada a percorrer seu corpo sempre que pensava nisso. Estava ficando para trás.

Não seria bom estar ocupada da mesma forma passional em uma casa no lago enquanto as rosas desabrochavam? O que a preocupava era isto: em seus sonhos eróticos diários, o rosto do homem mudava sem sua permissão.

Angelika parou na janela e assistiu a Jacob conduzir Percy em um círculo grande, fazendo-o trotar amarrado a postes aterrados. O animal reluzia e suas orelhas estavam voltadas para a frente.

— Todo mundo está ocupado hoje, até meu cavalo. O que eu faria com meu tempo se morasse totalmente sozinha? — Angelika perguntou a si mesma em voz alta. — O que eu faria se pudesse fazer qualquer coisa?

A recém-desenvolvida consciência de seus vários privilégios lhe disse que ela já estava em tal ponto de decisão. Não tinha nenhum impulso de ir até o laboratório, todavia, lembrou-se dos tecidos e dos aviamentos da mãe no baú ao pé de sua cama.

— Talvez eu tente fazer algo novo para Edwin vestir — decidiu, em voz alta. Parecia algo bom e alegre de se fazer, e Angelika partiu com um novo propósito: encontrar uma tesoura. — Eu poderia pagar ao alfaiate para que me desse aulas para retomar minhas habilidades. Poderia bordar minha própria colcha.

Tecnicamente, Will era o último projeto em que trabalhara, e seu comentário sobre *bordados estúpidos* ecoava na mente dela, mas ele estava caiando as paredes de seu novo endereço; o passatempo dele era melhor, por acaso? Will se afastava rápido e parecia tão ansioso em deixar a mansão que praticamente saíra correndo. Resistira à gana de visitá-lo ao menos umas cinquenta vezes.

Repetiu seu mantra em voz alta agora:

— Ele que faça o esforço. Eu devo receber um convite.

A busca pela tesoura a levou até o gabinete do pai, onde encontrou Sarah diligentemente completando sua hora de leitura e escrita obrigatórias. Ela estava sentada encolhida em um banquinho em um canto escuro, um livro no colo e uma lousa abandonada a seus pés. Retraiu-se quando a sombra de Angelika pairou sobre a página.

— Olá — Angelika a cumprimentou. — Como vão seus estudos? — Não precisou esperar pela resposta. Sarah parecia péssima. — Não se sente toda corcunda nesse banquinho. Venha, sente-se à escrivaninha. Mostre-me no que está trabalhando.

Ela escreveu o alfabeto e as duas leram e escreveram por uma hora.

Angelika sentiu um brilho correspondente em seu peito conforme Sarah trabalhava e, a cada minuto passado, a garota crescia em confiança para falar e se engajar. Ajudar as pessoas dava uma sensação maravilhosa. Não seria ótimo que Will entrasse durante uma sessão de estudos para testemunhar sua boa ação? Ele geralmente só testemunhava suas falhas abissais. Lembrou-se da pensão.

— Eu poderia comprar um saco de carvão para você, se quiser. Quanto custa? — perguntou, apalpando-se em busca de moedas.

— Eu me aqueço com a caminhada de volta à noite; não tem problema.

Angelika sempre via Sarah na hora de dormir e acendendo as lareiras ao amanhecer. Imaginou ravinas cheias de vilões.

— E qual é a distância dessa caminhada?

O interrogatório deixava Sarah cada vez mais desconfortável.

— Não estava reclamando. — Ela se levantou e deu a volta na escrivaninha. — Senhora, por favor, não pense que não sou adequada. Eu posso trabalhar mais. Meus pais precisam que eu trabalhe.

— Não é isso que eu estava pensando. Estou muito contente com você.

Angelika devia se chutar por seu descuido. Sarah era sua responsabilidade agora, enquanto ela fosse a senhora da Mansão Blackthorne.

— Onde está Mary?

— Ela teve outro de seus mal-estares. Mas não diga nada, por favor. Devo ajudar com o almoço.

Sarah saiu correndo do gabinete, indo na direção da cozinha.

— Alguém deixou aquela moça assustadiça, e acho que sei quem foi.

Angelika fechou a cara e começou a longa subida pelas escadas. Quando finalmente venceu o último degrau para os alojamentos dos criados no sótão da Mansão Blackthorne, estava sem fôlego e ofegou por um tempo embaraçosamente longo apoiada no corrimão, o coração martelando nos ouvidos.

— E pensar… que Mary faz esse percurso todos os dias.

Assim que podia respirar de novo e as gotículas de suor foram enxugadas de sua testa, Angelika se sentiu recomposta o bastante para discutir os arranjos de moradia de Sarah. Só tinha que reunir um pouco de coragem.

Angelika provavelmente se aventurara ali em cima uma vez quando criança, mas foi brutalmente censurada por Mary. Ela podia sentir os sopros de vento atravessando o telhado baixo de ardósia escura. Um salto de empolgação e Mary bateria com a cabeça.

Havia apenas uma porta ali, pintada de vinho escuro, com uma ferradura prateada pregada nela. Angelika bateu mansamente. Não houve resposta. Sabia-se por instinto que não se devia entrar na toca de um urso adormecido, e foi preciso coragem para empurrar a porta até ela se entreabrir. O cheiro de lã molhada foi liberado.

— Mary — disse Angelika. — Eu preciso falar com você. — Ainda nada de resposta. — Está doente?

Empurrou a porta até terminar de abrir e ficou ali, completamente atônita com o que viu.

O minúsculo lar de Mary era como Angelika imaginava que um ratinho devia viver. Toda superfície na parede era decorada com... restos. A senhorinha aparentemente guardava cada retalho de tecido, cada roupa descartada, embrulhos bonitos de sabonetes ou papéis decorados. Cores semelhantes estavam sobrepostas e agrupadas em uma harmonia agradável e, sob a parca luz vinda da trapeira, Angelika podia apreciar a arte aplicada a isto.

— Uma vida inteira de refugos Frankenstein foi reutilizada.

Angelika se maravilhou baixinho. Alguma vez já pensara em comprar um presente para Mary durante suas viagens a Paris? A senhorinha ficaria em êxtase com alguns metros de seda ou franjas douradas.

— Eis algo que temos em comum. Também sou apaixonada por tecidos finos. — Ela aventurou-se a entrar um pouco mais, mas não conseguia ficar totalmente de pé. — Será por isso que ela tem as costas tão curvadas?

Um prato de bolas de gude de vidro brilhava no parapeito da janela, debaixo de uma fileira de roupas de baixo secando, peças tão velhas que Angelika não julgava estarem à altura de enxugar a cara de Beladona. O hobby dela devia ser a fabricação de bonecas, porque havia uma fila de criações simples feitas de pregadores de madeira, cada uma com um vestidinho e um rostinho pintado que fizeram Angelika sorrir.

Não havia nenhum som ou movimento mais para dentro do quarto. Temendo o que poderia encontrar, aproximou-se de um par de cortinas e espiou dentro delas.

Mary estava deitada de barriga para cima, a boca escancarada e a pele frouxa sobre o crânio, e o coração de Angelika quase saltou para fora do peito. Mas aí ela respirou fundo, estalando, e tudo estava bem outra vez.

— Mary — chamou Angelika, sentando-se delicadamente na beira da cama baixa. — Mary, sou eu.

A velha acordou de supetão. A confusão deu lugar ao reconhecimento em seus olhos azuis embaçados, e uma carranca temível se espalhou no rosto dela. Esta era uma intromissão monumental, e a criança no interior de Angelika berrava para que ela fugisse para salvar a própria vida.

Mary perguntou:

— Que horas são?

— Pode se deitar. Você está passando mal? — Angelika chacoalhou a cabeça quando Mary tentou levantar. — Não, fique quieta, é uma ordem. Você teve um mal-estar?

Mary afundou no travesseiro, a expressão amotinada.

— Quem te disse isso?

— Eu supus. Que tipo de mal-estar é esse? Com que frequência isso ocorre?

— Isso é problema meu, mocinha.

As duas se encararam.

Buscando acalmá-la, Angelika disse:

— Sarah e a cozinheira estão cuidando do almoço; além disso, todo mundo está ocupado. Pode muito bem não haver ninguém para ser servido hoje.

Cedendo ao impulso de retroceder, Angelika amarrou as cortinas do quarto e foi até a janela. Ela se abaixou sob uma cantoneira esburacada para espiar lá fora.

— Posso ver a casa de Will daqui.

Era a primeira em uma fileira de cinco estruturas de pedra. Ela podia até divisar uma alegre coluna de fumaça subindo da chaminé.

— Talvez eu possa espioná-lo daqui.

Uma ideia grandiosa e otimista lhe acometeu então: quando aceitasse seu eventual pedido de casamento, Will poderia dar seu chalé para Sarah. Virou-se para compartilhar a sugestão com Mary, mas a idosa tinha uma expressão dura no rosto.

— Eu não vejo nenhum de meus pretendentes há um século. Talvez eles tenham mudado de ideia — gracejou Angelika com um meio sorriso, esperando que ela concordasse.

Mary, porém, apenas ficou ali com as mãos postas em cima da barriga, observando-a com uma expressão inescrutável.

— Eu não sabia muito bem o que esperar — continuou Angelika, polindo a janela de Mary com a manga. — Mas pensei que ser cortejada envolveria mais romance.

Silêncio. Talvez voltar a conversa para Mary fosse melhor.

— Com que idade a senhora conheceu seu marido, William? — Ela pegou uma bonequinha de pregador e a balançou na direção de Mary. — Elas são tão bonitinhas.

— Existe alguma razão para a sua visita, além de jogar conversa idiota fora? Se não existir, quero você fora daqui. — A senhora estalava de raiva agora. — O que te faz pensar que pode simplesmente entrar aqui?

Angelika teve que engolir uma resposta que talvez seguisse a linha de *Esta é a minha casa*. Um pouco desse sentimento estava, sem dúvida, em seu tom quando respondeu:

— É, então, na verdade, tem algo que eu queria discutir com você. Está evidente que não consegue mais manter o ritmo como antes. — Ela acenou com o braço, indicando o corpo supino de Mary. — Se estiver com problemas de saúde, está na hora de deixar que os novos funcionários assumam o controle.

Mary disse, incrédula:

— Como é que é?

— É ridículo ouvir que você está tendo mal-estares e se sentindo tão indisposta. — As duas não eram amigas, mas certamente não era algo que Angelika deveria ter que descobrir por outra criada. — Estou dizendo que precisamos discutir por quanto tempo mais você vai trabalhar em suas funções atuais.

— Quanto tempo mais? — Mary ecoou.

— E também queria discutir os arranjos de moradia feitos com Sarah, mas, como você está de mau humor, esse assunto pode ser tratado em separado.

— Eu trabalho aqui desde antes de você nascer.

— Posso ver isso — disse Angelika, olhando ao redor.

Ela estava pensando em como persuadir Mary a cogitar a aposentadoria — mais tempo para fazer bonecas e admirar a paisagem? — quando a senhorinha rolou para fora da cama em um movimento incrivelmente ágil e dobrou o braço de Angelika para trás das costas para arrastá-la para fora.

— Ai! — gritou Angelika.

— Eu comecei a trabalhar para o seu avô — sibilou Mary. — Assisti a seu pai conhecer sua mãe e se casar com ela. Eu vi Victor nascer, depois você chorando a ponto de derrubar a casa por anos. Guardei cada segredo, quando poderia ter feito vocês saírem daqui a ferros.

— Está me machucando!

— E agora você vem até meus aposentos particulares, mexendo nas minhas coisas pessoais, para me dizer que não sou mais necessária?

Angelika protestou com a bochecha colada no batente da porta:

— Eu não disse isso! As coisas vão mudar, isso é tudo, e não precisamos de você para o serviço pesado. Lizzie logo será a senhora da casa, e Will cuidou para que tenhamos a criadagem praticamente completa de novo. Pensei que você ficaria contente em pendurar o espanador e dormir até depois de o galo cantar. Você sabe que nós te compensaremos generosamente por seus anos de serviço.

Mary ignorou aquilo e perguntou:

— Quem será a encarregada da criadagem?

— Você já está treinando Sarah.

Se todo mundo aceitasse a mansidão tímida da garota e lhe permitisse cultivar sua confiança, não via motivos para que isso não desse certo. Com um grunhido de desprezo total, Mary empurrou Angelika para fora.

— Eu sempre soube que você não tinha coração, Angelika Frankenstein. Vá com Deus. E, só para constar — ela apontou o dedo na cara de Angelika —, eu rezo pela pobre alma que se casar com você.

E bateu a porta com toda a força na cara de Angelika, que ficou no patamar, aturdida, esfregando o punho ardido e girando o ombro.

Era provável que parecesse uma criança em fuga quando desceu as escadas. Certamente tinha passado por essa sensação tensa, aborrecida antes, e agarrava uma boneca na mão, agora e na época. Como é que pôde meter os pés pelas mãos desse jeito na conversa?

Angelika correu sob o retrato da mãe, mas manteve os olhos baixos.

— Eu deveria ter pedido que Lizzie tocasse no assunto com ela. Afinal, essa casa é praticamente dela agora. Porcaria. Eu devia ter deixado para lá.

Angelika atravessou a cozinha correndo, onde os odores quentes de comida a deixaram enjoada, e dirigiu-se para a trilha até o laboratório, mas não era Lizzie quem ela procurava. Aproximadamente uma vez por ano, Victor lhe dava um abraço genuíno. Talvez tivesse sorte.

Enquanto subia os degraus para o laboratório e atravessava o patamar, aguçou os ouvidos no caso de estar prestes a se intrometer em uma cena apaixonada que não seria capaz de apagar da mente. Foi quando ouviu Lizzie dizer:

— E quando você vai contar a Geleka?

Victor:

— Nada é certo ainda.

Lizzie:

— Mas se você tivesse que fazer uma previsão…

— Não é certo — repetiu Victor, mas agora seu tom era diferente. Mais sombrio. — Estamos em reinos totalmente novos da ciência. Ela sabe disso.

— Ela merece saber. Isso é todo o futuro dela. Ela não pode fazer uma escolha adequada sem saber disso.

— É inevitável que ela acabe chegando a essa conclusão; ela é uma criaturinha muito esperta. Mas vamos recomeçar com essa formulação. Preciso te treinar se vai ser minha nova assistente muito especial. Deixe-me lhe dizer exatamente como eu gosto.

O tom de Victor se tornou aveludado.

Angelika franziu o nariz. Era melhor deixar que soubessem de sua presença, e logo.

— Eu mereço saber o quê? — A voz de Angelika fez os dois darem um pulo. Lizzie deixou cair um tubo de vidro, que se espatifou a seus pés. — É sobre o Will?

— Geleka, não bisbilhote. — Victor apanhou Lizzie e a colocou sentada no banco, depois se abaixou para reunir os fragmentos de vidro. — Há quanto tempo está aí?

— Tempo suficiente para saber que estão guardando segredos. É sobre as perspectivas de paternidade para Will, não é?

Com atraso, lembrou-se de enxugar as lágrimas do rosto com as costas da mão.

— Tudo bem, ele já me disse. E eu acabo de ter uma briga com Mary.

— Essa declaração poderia ser aplicada a qualquer dia — disse Victor.

Não era um dia de abraços. Pelo menos, não para Angelika. Quando se endireitou, ele se postou entre as pernas de Lizzie e passou os braços ao redor dela. No chão havia uma caixa aberta e, na bancada, o novo microscópio. Victor nem contou para ela que o aparelho tinha chegado.

Lizzie usava o avental de trabalho de Angelika.

— Você está bem, Geleka? — perguntou ela. — Parece que viu um fantasma.

A visão de Lizzie usando aquele avental a atingiu da forma que o anel de diamante deveria ter atingido: foi um sentimento de ciúme--solidão-perda que agravou os sentimentos que Mary acabara de instilar. Podia ver na bancada oposta que um experimento químico simples tinha sido preparado, um que ela aprendera muitos anos atrás.

Havia vapor subindo de sua caneca habitual e seu lápis estava atrás da orelha de Lizzie, e o avental caía melhor nela. Mary não era a única se aposentando hoje.

— Geleka? Qual é o problema? — Lizzie tornou a perguntar.

— Você é oficialmente a nova assistente dele? — perguntou Angelika, tentando o melhor que podia sorrir e soar normal, mas era claro, pelo rosto deles, que não estava conseguindo. Mais lágrimas caíram. — Tenho certeza de que ele vai te manter incrivelmente ocupada, como fazia comigo. Certifique-se de que ele não precise se repetir ou com certeza vai gritar com você, e nunca mais derrube um tubo de vidro. Este é o único que você tem permissão para quebrar pela vida toda.

— Geleka... — Lizzie disse seu apelido como se fosse um pedido de desculpas.

Estava na hora de outra fuga — tão digna quanto possível. Esta piorada pela voz de Victor, cheia de indignação.

— Ela está querendo atenção, como sempre. — Ele tinha razão, é claro. Sempre tinha. — Deixe-a ir.

Angelika fugiu do local.

— Deixe-me ir — repetia ela, correndo pelo gramado na direção do pomar, de Will, de qualquer lugar que não ali.

Sentia que podia correr o caminho todo até o Chalé de Espora, para se deitar na verdadeira cama de sua infância, até decifrar qual era seu lugar neste mundo.

— Deixe-me ir, deixe-me ir...

E então ela o viu, nas bordas da floresta, com um brilho dourado em uma das mãos. O último homem que esperava ver, e ele olhava diretamente para ela. Ela teve a impressão de ver compaixão naquele olhar.

Era a criação perdida de Victor Frankenstein.

E, por não saber o que fazer, Angelika ergueu a mão em um aceno e caminhou até ele.

Capítulo Dezoito

Fazia todo o sentido no momento.

Se pudesse simplesmente pegar o anel de Will da mão deste homem, as coisas podiam acabar dando certo hoje. Melhor ainda se pudesse terminar o dia com este camarada enorme aconchegado em uma cama na mansão, com a barriga cheia de uma refeição quente. Entregou-se a determinados devaneios conforme o gramado virava clareira, depois touceiras, depois pedras.

Esta noite, a sociedade secreta toda poderia se reagrupar junto ao fogo para estudar o anel. Victor lhe daria um tapinha no ombro, e Will, um olhar agradecido. Christopher ficaria sem fala ante sua bravura. Clara exclamaria *Minha nossa!*. Angelika e Mary trocariam pedidos de desculpas no saguão e Angelika levaria uma xícara de chá para ela, para variar. Lizzie a pegaria pela manga depois e diria algo como *Eu jamais poderia te substituir*.

Tudo daria certo.

Se Angelika conseguisse essa coisinha de nada.

— Olá — arfou, escalando o terreno difícil. — Lembra-se de mim? Eu sou a Angelika.

O sol estava em um ângulo estranho lá no alto, lançando uma linha de sombra tão escura entre a floresta e a clareira que, por um instante, ela teve o horrível pressentimento de que o tinha imaginado ali. Levou a mão à testa para proteger os olhos e, em um segundo exame, viu que ele recuara mais para dentro das árvores.

A criatura levava algo até a boca, subindo e descendo. Era um ato profundamente familiar.

— Você está aqui para pegar umas maçãs.

Atravessou a linha de sombra e, uma vez que adentrou a área de luz parca e fria, pôde estudar o amigo de Victor apropriadamente.

O tamanho dele tirou-lhe o fôlego. Enquanto Angelika escolhia as partes corporais mais bonitas, Victor escolhia as maiores. Este homem estava vestido, e ainda bem que estava. Usava trajes roubados, com as calças chegando apenas às panturrilhas e duras de lama. A camisa de camponês, projetada para ser vestida solta no calor, neste homem era um colete. Ele não usava sapatos nem chapéu.

E estava em um estado lastimável: sujo, cansado, faminto e desesperado.

Também mudo.

— Posso, por favor, te ajudar? — perguntou Angelika, estremecendo ao ver os pés dele. Eles tinham caminhado tantos quilômetros difíceis! O avanço dela o assustou; balançou a cabeça e recuou contra uma árvore, mordendo a maçã furiosamente, mastigando até o miolo. Suco e sementes escorreram pelo queixo dele. — Está tudo bem, não se apresse. Por favor, fique tranquilo. Senhor, você tem um nome?

Ele não disse nada, mas olhou para as botas dela. Ela olhou também e viu uma maçã junto à ponta.

— Aqui.

Apanhou a fruta e a ofereceu. O homem tinha uma coloração que Angelika não achava que fosse sumir: um cinza pálido, com tons roxo como hematomas em torno dos olhos e da boca. Jogou-lhe a maçã, mas a fruta caiu na grama sem ser pega.

Aquelas mãos eram as mãos de Will. Ela se flagrou encarando-as atentamente quando ele caiu de joelhos para procurar na grama. Eram lindas, a despeito das unhas imundas e do tom cadavérico.

Ah, como queria viajar de volta àquele momento, sozinha com Will enquanto ele jazia na mesa. Deveria ter lutado com mais vigor contra Victor e mantido Will intacto, perfeito exatamente como era. Ela merecia perder as próprias mãos pelo que fizera com ele.

O homem de Victor comia a maçã apoiado sobre os joelhos e as mãos agora. O punho fechado estava logo ali, adornado com uma faixa grossa de ouro puro e brilhante. A insígnia estava tentadoramente próxima. Certa ocasião, Angelika vira uma tiara no cabelo de outra mulher e comprara o acessório no ato; isso deveria ser ainda mais direto. Aventurou-se mais para perto, assustando-o.

— Posso ver? — Ela tocou a ponta do dedo na mão oposta. — Senhor, por favor, posso ver seu lindo anel?

O homem emitiu sua primeira vocalização e, embora não fosse uma palavra, era definitivamente um não.

— Eu queria comprá-lo do senhor.

Não.

Ambos ouviram um grito ao longe:

— Angelika! Você o encontrou!

— Ignore isso — ela insistiu com o homem quando ele fez uma careta e recuou, agachando-se. — Venha, pegue minha mão, eu te ajudarei a ficar de pé.

O homem conseguiu se levantar sozinho, assomando sobre ela outra vez. Estava profundamente desconfiado agora, os olhos dardejando por cima do ombro dela, cobrindo o anel em um gesto de proteção. Ele tinha o dobro do tamanho de Angelika, e o fato de que a julgasse capaz de removê-lo à força despertou nela uma vergonhosa onda de poder.

— Entendo que é a sua única posse verdadeira e tenho certeza de que o ama muito — disse Angelika, dando um passo mais para perto. — Mas pagarei muito mais do que ele vale. Eu te darei um chalé e garantirei que um guarda-roupa inteiro seja costurado para você. Comida. Maçãs. Novos anéis de ouro. Qualquer coisa que quiser. É só dar seu preço.

— Angelika! — gritou outra voz, mais próxima; era Will.

— Angelika! — Victor outra vez. — Mantenha-o aí! Finalmente, meu amigo!

— Não, não, afastem-se — gritou ela em resposta, depois disse para o homem assustado, muito tranquilizadora: — Ignore-os. Posso ver que não vai negociar. Se puder apenas me deixar olhar para o anel, o bastante para fazer um esboço, pode ficar com ele. Vou te ajudar a ter uma vida confortável. Apenas venha comigo. Poderá tomar um banho, e estamos preparando o almoço.

Ela colocou a mão em volta do punho dele, e estava frio como a morte.

Com um grito potente de surpresa, ele agitou o braço e Angelika perdeu o chão; estava leve e a copa das árvores girava como fogos de artifício. Por um segundo, todos os ossos de seu corpo foram sacudidos e o ar em seus pulmões foi expulso pelo impacto.

Preto. Sem sonhos.

✝

Quando Angelika abriu os olhos, estava em uma cama em um quarto que não lhe era familiar. A primeira coisa que viu foram vigas de carvalho cruzando um teto branco. Havia um cheiro penetrante e ruim. Tentou levar a mão à testa, mas seu braço estava mole e ela agarrou o travesseiro em vez disso. A luz estava diferente agora, um tom de azul noturno. O tempo havia seguido adiante sem ela.

— O que aconteceu? — Sua voz era rouca. Ninguém respondeu. — Eu morri?

Podia ouvir vozes masculinas discutindo ao longe. Quando rolou a cabeça para o lado, viu um objeto que a fez se orientar no mesmo instante. Era um livro antigo de couro, com *Institutiones Rei Herbariae* impresso na lombada, colocado na mesa de cabeceira como se fosse uma Bíblia.

— Finalmente estou na cama de Will — resmungou e então riu e se arrependeu.

Não encontrou nenhum ferimento em seu couro cabeludo, apenas um galo. Afastou as cobertas e se sentou na beirada da cama, segurando a cabeça, que girava. Foi observando o lar de Will em breves lampejos, conforme abria e fechava os olhos e engolia o vômito.

O chalé era claro e espartano. O cheiro era a mistura fresca de cal. O piso era feito de ladrilhos marrom-escuro, limpos e esfregados, e a lareira estava com lenha fresca empilhada aguardando apenas o fósforo.

Um lavatório e uma jarra encontravam-se no amplo parapeito da janela, com uma única barra de seu sabão especial francês. Algumas prateleiras eram embutidas em um canto, revelando uma pequena coleção de cestos de comida, um tecido em forma de pão e um pote de conserva.

Outros pertences incluíam uma faca, um único copo de madeira, uma fileira de maçãs e uma porção de ervas pendurada de cabeça para baixo em um gancho. As roupas dele pendiam de uma barra entre a lareira e a parede. Tudo neste lugar era o exato oposto do quarto opulento de Angelika. Se era assim que Will preferia viver, agora ela entendia por que ele se sentia tão desconfortável na casa principal.

— Será que ele gostaria de uma pequena tapeçaria? — ela perguntou a si mesma entre grunhidos e gemidos.

— Você está acordada — disse Will, da porta, antes de se ajoelhar entre os pés dela em um movimento de entontecer. — Como se sente?

— Péssima — disse ela. — Como vai você?

— Como eu estou não importa — retrucou Will, breve, colocando uma das mãos no pescoço dela e incentivando-a a erguer a cabeça. — Angelika, o que estava pensando? — Ele não esperava uma resposta e ela não deu nenhuma. — Victor ficou maluco. Está correndo para todo lado procurando Mary. É ela quem saberá o que fazer.

— Tivemos uma briga; acho que ela está se escondendo. Eu só preciso de água. — Ela conseguiu tomar alguns goles antes de dar tapinhas carinhosos no rosto de Will e se aninhar de volta na cama dele. — Você vive como um monge — ela lhe disse, antes de cair outra vez no lugar preto.

Capítulo Dezenove

Angelika ficou na cama de Will e se agarrou a ela quando tentaram removê-la dali. Toda vez que ele ou o irmão tentavam questioná-la ou censurá-la por causa dos eventos na floresta, ela fingia estar mal e fechava os olhos.

Mas não era fingimento.

Seus ossos pareciam flexíveis, e o quarto se tornava inamistoso; as vigas do teto eram nauseantes, e ela pedia ar mais do que pedia água. As janelas ficavam abertas a noite toda, com uma vela tremeluzindo na brisa fria.

Todo mundo estava no quarto: Lizzie na beira do colchão, Victor no peitoril, Will apoiando o antebraço na cornija. O leitão de Beladona dormia junto da lareira.

— Estou bem — disse Angelika a certa altura, pegando-os de surpresa, mas tantos movimentos e perguntas simultâneos foram demais, e ela recaiu sob o abraço do opressor manto preto da inconsciência.

Quando despertou outra vez, chamou por Mary — certamente, uma de suas compressas frias divinas fariam com que ela se recuperasse —, mas a senhora não veio, e Angelika se sentiu sem esperanças. Era dolorosamente óbvio para si agora, enquanto jazia ali, tremendo: Mary era, para todos os intentos e propósitos, sua avó, e Angelika sentia a ausência dela de forma tão aguda quanto um luto. As memórias e os fragmentos que ela recuperava traziam todas as cores erradas: correndo para os braços abertos de Mary como uma criança de colo, aos tropeços, sendo carregada e alimentada, sendo aninhada na cama, e o tempo todo Mary a desprezava?

— Não chore — disse Lizzie.

— Diga a ela que eu entendo por que ela me odeia, e está tudo bem — Angelika insistiu para Victor, antes de vomitar em uma tigela no colo de Lizzie.

Foi uma noite interminável. A pior noite. Mas, como em qualquer situação horrível, havia alguns pontos de luz, se a pessoa soubesse para onde olhar.

Will teve seu turno na beira do colchão e leu para ela trechos de seu livro de plantas. Com certeza, o paraíso devia ser assim, a mão dele ocasionalmente afagando o braço dela e seu sussurro suave alternando entre francês e latim. Angelika sabia que ele provavelmente estava lhe contando sobre uma lista de fungos, mas podia acreditar que diria qualquer coisa que ela quisesse, desde que ficasse ali com a cabeça machucada repousando no travesseiro dele.

— Esse é um dos cogumelos grandes? — Ela tentou conversar. — Ou é uma das variedades menores?

— Venha me buscar se ela acordar — Victor disse para Will, erguendo em seus braços uma Lizzie sonolenta e fungando. — Se ela ainda estiver balbuciando sobre cogumelos de manhã, vou mandar chamar um médico. Vou retornar à floresta para procurar por ele. Agora não, Beladona, xô!

— Leve um pouco de comida para ele; ele está morrendo de fome — instou Angelika.

Ela tornou a se deitar e adormeceu.

Antes do amanhecer, Will perguntou no quarto silencioso:

— O que deu em você?

— Seu anel — respondeu Angelika.

— Você planejava marchar até lá, até aquele homem enorme e selvagem, e retirar o anel da mão dele?

— Isso.

Will soltou o ar em uma lufada, incrédulo.

— Como é se mover pelo mundo com a confiança de uma imperatriz?

— É bom. — Ela olhou para o quarto a seu redor com os olhos apenas entreabertos. — Como é viver como um pobretão?

Will ecoou em resposta:

— É bom. Você realmente faria qualquer coisa por mim, não é?

— E vou provar isso várias e várias vezes. Por que não estou no meu próprio quarto?

Will hesitou por alguns instantes.

— Eu fiquei fora de mim de preocupação. Eu... — Ele desviou o olhar, fazendo uma careta com a lembrança. — Victor mal pôde colocar a mão em você. Eu te peguei do chão e rosnei e te protegi feito um animal. E te trouxe até aqui.

— Você não perde o controle com frequência. Queria ter estado consciente — disse ela, provocando, mas ele continuou sério.

— Eu não fui mais civilizado do que aquela fera gigante. Você nunca mais deve fazer isso.

— Mas...

— Está me entendendo? — Will estava de joelhos ao lado da cama agora, os lábios se movendo nas costas da mão dela. — Nem por aquele anel, nem por mim. Nunca. Você podia ter sido morta. Ele te jogou como se fosse uma boneca. Havia uma pedra no chão perto de você. Quinze centímetros foi a diferença entre você deitada em minha cama tagarelando sobre cogumelos e você deitada em uma mesa naquele necrotério de pesadelos.

— Victor teria me trazido de volta.

— Não com uma pedra atravessando seu crânio. E se ele quisesse se vingar de Victor? Homens fazem coisas terríveis com mulheres. Ele poderia tê-la levado mais para dentro da floresta e... te machucado. Eu não conseguiria sobreviver.

O velho conselho de Mary passou pela cabeça de Angelika: *Sem hesitação, sem educação, corra.*

Ele tremia ao beijar a mão dela e então começou a falar. Latim se tornou inglês, e ficou claro como cristal: ele estava rezando. Eram palavras da infância dela; ele pedia ao Senhor que a mantivesse a salvo, que cuidasse dela e a guardasse.

Em território Frankenstein, era um sacrilégio absoluto. Sorte Victor não estar ali.

Will nem parecia consciente do que estava fazendo; um roteiro de longa data, vindo de sua vida passada, estava sendo recitado. Um marido devotado poderia se provar um problemão.

— Você não deveria fazer isso. — Ela soltou sua mão. — Como me encontrou?

— Eu estava indo até lá para te convidar para jantar comigo. Meu chalé está finalizado agora, como você vê — explicou Will timidamente. — Eu te vi do outro lado do pomar, fugindo do laboratório. Aí você parou de um modo muito peculiar e acenou feito uma criança, mas não para mim. O jeito como caminhou para a floresta fez todos os meus cabelos se arrepiarem. Eu corri atrás de você.

Angelika se lembrou do momento tênue com o desconhecido e dos gritos dos dois rapazes estragando tudo.

— E agora nós o perdemos. Eu queria que vocês tivessem me deixado cuidar disso sozinha.

Will notou o tom rabugento dela e acariciou o cabelo de Angelika para trás.

— Eu nunca te deixarei sozinha para cuidar de tudo por conta própria. Quando enfrentar monstros, quero estar com você. Desculpe por não estar lá para te amparar.

— Ele não é um monstro. Está perdido e sofrendo, e, ah, os pobres pés dele... Tenho certeza de que as mãos não funcionam direito. Ele precisa que as massageie. Precisamos encontrá-lo e ajudá-lo. Sinto que nunca mais poderei me sentir confortável, sabendo que ele está perdido por aí, que Sarah tem um quarto frio e que Mary se dobra no meio sob o beiral para não bater a cabeça no próprio quarto.

— A empatia te encontrou um pouco mais tarde, e acho que as crueldades da vida te atormentarão mais do que acontece com a maioria das pessoas. O que houve com Mary?

— Eu sugeri a ela que considerasse a aposentadoria, mas ela reagiu muito mal.

Angelika olhou para o chalé ao seu redor outra vez. Será que os outros quatro chalés vagos podiam ficar tão adoráveis quanto este com um pouco de esforço?

— O que acha de ter uma vizinha velha e irritadiça? — Angelika pensou nas pessoas trabalhando para si. — Acrescente Sarah, então, duas vizinhas? Ou três, se Jacob quiser morar mais próximo dos cavalos? Quatro, se persuadirmos o amigo grandalhão de Victor a ficar?

— Eis aí a minha Angelika. — Will estava profundamente contente com ela. — A generosidade é o adorno que mais combina com você.

— Jacob pediu desculpas para mim quando nos conhecemos. Eu não entendi o que ele queria dizer. — Angelika fechou os olhos e a verdade lhe ocorreu, conhecendo Will como ela conhecia. — Ele é o adolescente daquela noite, não é? Os ladrões dentro da casa. Ele é o que você censurou e deixou ir embora.

— É, sim.

Seu eu antigo estaria furioso. Teria corrido até os estábulos para conferir o estado de seu valioso cavalo e para mandar que o ladrão nunca mais pusesse os pés na propriedade dela. Agora, porém, apenas assentiu.

— Tudo bem.

— A família dele não conseguiu sobreviver…

— Está tudo bem. Eu o perdoo. Lamento muito que as coisas estejam ruins para ele.

Ele depositou um beijo na têmpora dela.

— Lamentar é uma coisa, mas ser pragmática é a melhor solução, tendo em vista a pobreza da família dele. Ele é muito bem pago para limpar as baias e desembaraçar o rabo de Salomão.

— Você fez muito bem. — Angelika se esticou contra ele. — Meu convite para jantar continua válido?

— Vamos esperar até seus olhos não estarem como duas estrelas enormes — disse Will e então ficou quieto por algum tempo.

Os dois foram interrompidos por um uivo distante. Se era humano ou animal, não tinham como identificar.

— Aquele pobre homem. O braço dele estava absolutamente gelado. — Angelika colocou a mão no punho de Will para demonstrar o que queria dizer e então se encolheu, apalpando-o por todo lado. — Você também está um tanto frio.

Ela analisou o rosto dele atentamente, aliviada em notar que a pele ainda mantinha um brilho saudável.

— Está bem frio. A janela está aberta. — Ele puxou as cobertas mais para perto do queixo de Angelika. — O que havia de errado com as mãos dele? Você disse que elas não funcionavam direito.

— Parecia que ele não tinha a habilidade de fechá-las em punho ou de usá-las da forma apropriada. Ele teve dificuldades para apanhar uma maçã. Você está preocupado que o mesmo vá ocorrer com você?

— É natural me preocupar com o futuro.

Will permitiu que Angelika tomasse sua mão nas dela. A massagem era agora um ritual entre os dois, e ela precisava do contato tanto quanto ele.

Ela beijou cada nó dos dedos gelados.

— Consegue sentir isso?

Ele continuou seu raciocínio com um sorrisinho.

— Quando se sai da progressão natural das coisas, como eu saí, cada dia é uma bênção e cada noite é um terror. Estou feliz que você esteja aqui. As horas antes do alvorecer são as mais difíceis para mim.

— Eu não sabia disso. Ficarei a noite toda.

— Eu sempre imaginei que seria difícil tirar você da minha cama. — Ele deitou de conchinha com ela. — Vou ficar por cima do cobertor, é claro, para manter o decoro nessa corrida para ganhar o coração de Angelika Frankenstein.

— Você já o ganhou — ela lhe disse, cansada agora. — É a minha vez de ganhar o seu. Além do mais, não acho que Christopher ainda esteja na disputa. Ele me esqueceu.

— Você está enganada a respeito disso. Alguns homens sentiriam repulsa por esse tipo de competição. Ele se sente revigorado. Está lá fora, rasgando essa região, caçando minha sombra. Ele vai te querer mais do que nunca.

— Não sei bem se você está certo.

ANGELIKA FRANKENSTEIN

— Ninguém poderia te esquecer. Além do mais, Victor mandou notícias de seu suplício para Christopher, caso precisasse do médico da academia. Acho que você receberá uma visita em breve.

— Eu não falei sobre cogumelos por muito tempo, falei?

— Muitíssimo tempo. E você achou que estava falando latim.

Eles ficaram deitados juntos, de mãos dadas, totalmente respeitáveis e castos, até que o sol nasceu e chegou a hora de Angelika ir embora.

Capítulo Vinte

Clara havia solicitado gradativamente, em uma variedade de formas educadas, que não ficasse todo mundo atrás dela enquanto trabalhava no retrato de Will. A cada traço que ela riscava na folha, alguém soltava um encorajamento.

— Maravilhoso!

— Retinha essa linha!

— Se eu já vi alguém com um dom, foi ela.

— A artista, definitivamente, está com a mão na massa.

— Bravo!

Foi somente quando ela ficou muito nervosa por quebrar sua ponta de lápis e depois bateu a cabeça ao recuperá-lo que Will fez um sinal com o polegar e disse à plateia:

— Fora!

Os seguintes espectadores saíram em uma fila submissa: Victor, Lizzie, Christopher, Sarah, Jacob e a nova criada em treinamento da cozinha, Pip.

Mary ainda estava desaparecida e, sem ela, a manutenção da casa capengava. Ninguém sabia onde nada estava guardado ou a que horas as tarefas deviam ser feitas. Roupas de baixo limpas eram um luxo raro. Angelika, porém, teve vislumbres de Sarah assumindo o comando.

— Fora! — disse Will outra vez, em um tom mais bondoso, para os últimos dois observadores.

— Nós não temos que ir embora mesmo, temos, Winnie? — disse Angelika para Edwin, dançando uma valsa pelo salão com ele, a mão do bebê fechada em torno da base do polegar dela. — Temos permissão para ficar e assistir.

Ela se recuperava de sua provação e o galo em sua cabeça estava menor. No entanto, no rodopio seguinte, ficou tonta e parou antes que alguém notasse.

Angelika ajustou a bainha da calça nova de flanela de Edwin. Costurar roupas de bebê era um dos únicos jeitos que ela tinha de tirar da mente o sumiço de Mary. Tinha a ideia de que, se pudesse provar que se ocupara de maneira útil, Mary voltaria e ficaria impressionada.

Clara já não sabia mais o que fazer.

— Senhorita Frankenstein, eu não consigo pensar com você rodopiando por aqui, quanto mais pegar no grafite para estragar outra folha limpa. Will, por favor — ela apelou para ele.

— Sem exceções — Will disse para Angelika.

— Eu já lhe disse repetidas vezes, Clara, me chame de Angelika. — Angelika então cantarolou para Edwin, carregando-o até onde Will estava sentado, permitindo que os pés do bebê chutassem o ombro dele. Talvez ele enfiasse um pouco de instinto paternal no homem desse jeito. — Suponho que se isso significa que este rosto será gravado para a eternidade…

— Em um esboço para o magistrado — interrompeu Will, irônico.

— Então eu me permitirei ser despejada. Clara, posso encomendar com você um retrato a óleo depois desse? E você pinta miniaturas?

Angelika estava com ciúmes de como Edwin choramingava e estendia os bracinhos para a mãe, mas o entregou de volta.

— Miniaturas? — ecoou Clara em desespero por cima da cabeça do filho. — Você não viu nenhuma prova de meu talento para merecer uma encomenda.

A folha no cavalete tinha uma linha de três centímetros.

Com os braços agora horrivelmente vazios, Angelika foi até Will.

— Meu amor, você é tão, tão, tão lindo que, por mim, eu teria seu retrato pintado no interior da tampa de meu caixão.

Ela arrumou o cabelo acobreado escuro e espesso dele, ciente do olhar azul-gelo de Christopher pela pequena abertura da porta.

— Muitíssimo lisonjeiro — Will respondeu. Sua compostura se rompeu com a bobeira dela e ele riu. — Você é tão extravagante com elogios, meu amor. Agora, bondosamente, deixe esta sala antes que eu precise ser severo.

— Aaah... — Angelika deu uma piscadinha. — Tudo bem, vamos indo, Winnie.

Mas Clara interveio:

— Edwin ficará sentado e brincando aqui junto aos meus pés, para você ter a chance de sentar-se um pouco com Christopher.

— Mas...

Clara a interrompeu.

— O homem está absolutamente desesperado por um único olhar seu.

Era impressão ou ela havia mesmo soado muito, muito zangada? Angelika analisou o rosto dela, mas qualquer traço de mau gênio nos olhos de Clara sumira em um piscar de olhos.

— Desculpe. Estou preocupada que vá fracassar nesse desenho. Vamos deixar para falar sobre um retrato a óleo ou uma tampa de caixão depois que eu terminar isso aqui.

— Ela tende a depositar sua fé nas pessoas de um jeito que vem com certa pressão — Will disse a Clara enquanto Angelika deixava o salão. Quando ela olhou para trás, ele observava Edwin. — Mas podemos apenas fazer o nosso melhor.

De pé, sozinho junto à janela mais distante, Christopher fazia um bom trabalho em fingir que não esperava por ela. Manteve a pose por cinco segundos, depois meio que correu por todo o saguão até ficar do lado de seu cotovelo.

— Angelika. Como eu ansiei por um momento a sós! Tem certeza de que está recuperada?

— Estou bem.

Ele se aproximou e arriscou um toque, pegando a mão dela. A dele estava agradavelmente quente e seca.

— Vou encontrar o homem que fez aquilo com você.

— Quando o encontrar, por favor, não o machuque nem o assuste.

Ela estremeceu pensando no quanto estava mal equipada para abordar o homem naquele dia e ergueu a mão automaticamente para apalpar a cabeça. Ainda perdurava certa sensibilidade. Também tinha uma pontada nas costelas e alguns hematomas assustadores.

— Ele é um homem simples, que não conhece a própria força.

O temperamento de Christopher se inflamou.

— Jogar uma mulher no chão daquele jeito? E, entre todas as vítimas, você? Ele terá sorte se eu não lhe cortar a garganta, isso se os moradores locais não o encontrarem antes. Ele tem roubado tudo o que pode. O vilarejo não fala de outra coisa a não ser da fera imensa se esgueirando na floresta. Eles não decidiram se é um doido ou um fantasma.

— Nenhum dos dois. É uma pobre alma que precisa de ajuda. Simplesmente pegue o anel que ele tirou de Will da forma menos traumática possível e eu compensarei o sujeito por isso. Uma recompensa, se preferir.

— Não consigo imaginar como você conheceria alguém assim. É um dos ladrões que esteve aqui? Ou é o homem no pomar que tocou seu cabelo? Por favor, explique essa conexão.

Angelika ignorou o pedido.

— Prometa que vai tratá-lo como meu amigo e convidado.

Christopher cedeu, assentindo.

— Com esses seus olhos, sinto que você poderia me fazer prometer qualquer coisa. Lamento muito por não ter podido cortejá-la como você merece. Ando trabalhando muito, tentando resolver o mistério que pode abrir meu caminho.

O oficial olhou para além dela, para o salão que tinham deixado. Um raro vinco apareceu no cenho dele.

Ela sabia qual era a preocupação dele.

— Para ser franca, eu pensei que vocês dois tinham se esquecido de que eu existia.

Começaram a passear pelo saguão claro e iluminado pelo sol, indo para a sala de estar. Victor e Lizzie haviam desaparecido, e Angelika rezou para que não pudessem ouvir o colchão dos dois dali de onde estavam. Sarah colocava na mesa uma bandeja de chá e apetitosos bolos em miniatura, cortesia da nova cozinheira, a sra. Rumsfield.

— Obrigada — Angelika disse a Sarah, enquanto ela servia a ambos. — Nem sinal de Mary ainda? Não voltou para o quarto dela?

Sarah negou, balançando a cabeça, e acrescentou:

— Nem na pensão.

— O que houve? — perguntou Christopher, intrigado, depois que Sarah saiu.

Ambos se acomodaram confortavelmente nas pontas opostas da namoradeira azul-pavão. O rangido da poltrona era vagamente obsceno. Depois de tudo o que acontecera, ficar sozinha com um homem em uma peça de mobília era o suficiente para aumentar sua pulsação?

Angelika respondeu:

— Apenas alguns probleminhas sobre a manutenção da casa com os criados. Minha criada mais antiga, e digo isso tanto figurativa quanto literalmente, desapareceu. Possivelmente com o broche de esmeralda de minha mãe, que sumiu do meu quarto.

— Mais roubo? — disparou Christopher, indignado, mas Angelika dispensou a indignação com um gesto, escolhendo um lindo bolo lilás.

— Nós tivemos uma briga tão feia que, honestamente, eu devo-lhe uma esmeralda. Se eu voltar a vê-la e ela estiver com ele preso no xale, não direi nenhuma palavra além de "perdão".

Angelika agia com calma agora, mas, na verdade, quando percebeu o vão em seu porta-joias, temporariamente regrediu a seu eu mais primitivo. Sua visão ficou vermelha: ela partiu uma escova de cabelo ao meio, arremessou um vidro de perfume na lareira, criando uma bola de fogo pungente, e, para terminar o faniquito, gritou feito uma louca, tão alto que Will atravessou o pomar correndo.

— Você perdeu uma esmeralda — arfou ele, apoiando-se no batente da porta. — Seus problemas são invejáveis.

Fazia anos que ela não usava o broche, mas, agora que ele tinha sumido, Angelika o amava mais do que tudo o que possuía. Definitivamente, tinha sido Mary quem o pegara. Ela sempre comentava que era a joia mais elegante da coleção de Angelika. Foi preciso respirar fundo algumas vezes e ouvir os conselhos pacientes de Will para aceitar o despeito do crime.

Engraçado como Will a guiava por seus piores momentos, só para Christopher testemunhar os melhores. Bebericou seu chá e disse para ele agora:

— Vou considerá-lo como um presente de aposentadoria.

— Que extraordinário simplesmente aceitar esse tipo de notícia — disse Christopher, cruzando uma perna sobre a outra. — Uma vez você me disse que odiava ladrões.

— Acho que não odeio mais. Todo mundo tem uma razão para o que faz.

Aquelas coxas eram obras de arte gêmeas. Angelika mordeu seu bolo tão devagar e fundo enquanto as encarava que ele ficou ruborizado. O homem era tão limpo que ela podia sentir o cheiro de sabão e goma.

Estar a sós pareceu uma má ideia.

Depois de pigarrear, Christopher disse:

— Você enxerga o lado bom em absolutamente todo mundo. Sinto que preciso protegê-la desse aspecto da sua personalidade.

Angelika olhou para seu chá e ponderou isso.

— Se você tivesse me conhecido alguns meses atrás, teria dito que eu era uma jovem que via apenas o lado ruim das pessoas e provavelmente teria mandado alguém para a forca por um anel ou um broche. Não teria gostado de mim. Ninguém gostava.

— O que mudou? — A resposta ocorreu para ele de imediato. — Encontrar Will te colocou em um rumo novo. Tem certeza de que não foi ele quem roubou de você?

Apesar do sorriso, Christopher falava a sério.

Angelika rejeitou isso com um olhar arrogante.

— Aquele homem é um santo.

— Nenhum homem é. Acredite em mim.

Uma vibração de energia passou entre ambos, e a xícara de Angelika tremeu no pires. Os olhos de Christopher estavam agora no mesmo tom escuro de azul que a poltrona.

— Não temos ideia se ele é um santo ou um pecador. O que você fará se eu descobrir que ele é um ladrão?

— Eu o perdoarei.

— E se ele for um trapaceiro? E se fingiu a perda de memória para escapar de suas dívidas? Se for casado e tiver a própria prole? — Esta última atingiu seu alvo, e os olhos dele reluziram como os de um caçador. — Você está loucamente apaixonada por alguém, isso é uma certeza: Edwin Hoggett. Você será uma mãe excepcional. E isso requer a contribuição de um pai excepcional.

Ninguém jamais fizera a palavra *contribuição* soar tão indecente.

— Você quer mesmo um bebê? — Angelika perguntou, cética. — Ou está tentando fazer uma negociação à parte com meus órgãos femininos?

— Bem, isso seria muito impróprio. — Ele sorriu, olhando para a cintura dela. — Eu quero muitos bebês, sim, e acredito que os quero com você. Prometi ajudá-la a se organizar nessa frente, lembra-se?

— Eu definitivamente me lembro. E agora sinto que precisamos de uma acompanhante.

— É mesmo? — Christopher estava intrigado e equilibrou seu pires em uma de suas divinas coxas. — Eu fiz a ousada e corajosa senhorita Frankenstein corar? Agora fiquei satisfeito comigo mesmo. Deveríamos, talvez, aproveitar a oportunidade para ver se temos uma conexão viável? Um beijo é o que eu peço — acrescentou ele rapidamente, vendo a expressão no rosto dela. — Normalmente, eu não seria tão escandaloso, mas…

— Você está em uma casa um tanto escandalosa.

— Exato.

Ele merecia a verdade completa.

— Eu prometi minha mão a Will praticamente assim que ele abriu os olhos, ele me querendo ou não. Foi uma sensação de destino, encontrando-o da maneira que o encontrei. Temos uma conexão que eu não tenho como explicar para você. Sinto que ele é meu. Como se fôssemos uma família.

— Sua lealdade é um traço louvável. Mas você não tem todos os fatos sobre ele. Ele pode não ter uma boa reputação. Enquanto isso, eu sou um bom par para você em todos os sentidos. Eis o que eu sei: você está entediada e sem estímulo aqui no interior.

— Não posso negar que estou entediada na Mansão Blackthorne. Mas nunca ficava entediada no Chalé de Espora.

— Eu lhe prometo aventura. Em casa, em particular, você pode continuar tão anticonvencional quanto quiser, e espero que o faça. Para os deveres formais, terá os vestidos da moda e será a inveja de todas as outras esposas de militares. Você caça?

— Assustadoramente bem. — Angelika baixou o olhar para suas calças. — Você quer que eu mude.

Ele apressou-se para tranquilizá-la.

— Não. Eu quero que tenhamos sucesso. Você é inteligente e sabe como fazer o jogo da sociedade. Seria divertido, não, ter nossa vida secreta juntos, no fim do dia?

Christopher tinha bons argumentos. Ela não poderia ir a um banquete militar vestida de soldado e, de fato, usava vestidos no vilarejo. Ele não estava lhe pedindo nenhuma grande concessão.

— Onde moraríamos?

— A cada poucos anos, nós nos mudaríamos para um lugar novo e faríamos novos amigos. Mares, montanhas, planícies; tudo isso seriam paisagens em nossa janela. Nunca mais tédio ou solidão, para nenhum de nós dois. Bailes, jantares, danças.

A oferta dele lhe trouxe a lembrança do momento que tivera com Will do lado de fora do quarto de ambos, arrastando a seda da mãe sobre a mão. Ela lhe oferecera navios, cavalos, carruagens. Temperos, tapeçarias, vinho. Ele respondera com *Eu não preciso de nada disso*.

Angelika descobriu que tinha a mesma resposta na ponta da língua agora, embora não a emitisse.

Christopher deixou que ela considerasse a proposta por um momento antes de continuar.

— Tudo o que eu sempre quis foi encontrar alguém que me fizesse rir, pensar e desejar. Quando me mudei para Salisbury, nunca imaginei que encontraria você escondida em uma velha mansão em uma colina, como uma princesa esquecida.

Havia tanta admiração naqueles olhos azuis que a pulsação dela deu um salto.

— Devo considerar isso um pedido de casamento? — Ela se viu apavorada a respeito da resposta dele.

Mas Christopher a aliviou.

— Ainda não. Estou me contendo, e o pedido será muito mais romântico. — Christopher olhou para a boca de Angelika. — Você é corajosa o bastante para tentar comigo? Ninguém vai saber.

Angelika já tivera, quase com certeza, fantasias assim, e ele lia de um roteiro que deveria ter funcionado muito bem com ela. Mas Will estava logo ali, no final no corredor, e retratos não levavam uma eternidade para terminar...

Christopher colocou seu pires na mesa. Em uma voz baixa, que inspiraria um soldado cansado a fazer um último ataque, ele instou:

— Beije-me.

Capítulo Vinte e Um

Era impressionante como algumas palavras pairam no ar mais do que outras. Estas duas, *beije-me,* pairaram como uma nuvem de fumaça cor-de-rosa, e Will e Clara passaram bem no meio dela. Nesta casa quieta, a voz de Christopher definitivamente era audível.

— Eu só vim pedir uma opinião — disse Clara em um fiapo de voz, balançando Edwin um pouco mais alto no quadril.

Christopher não tentou dissipar o momento que se estendia. Ficou ali sentado, as esplêndidas pernas abertas, e encarou Will, que o fitava. O ar pareceu vazar da sala. Edwin riu do desconforto de todos.

— Só vim pedir uma opinião sobre meu esboço — Clara arriscou novamente, a voz ainda mais débil.

Foi o embaraço dela que fez Christopher voltar a si. Ele fez um esforço visível para se concentrar e dirigiu-se a ela com afeto.

— Está pronto? Mal levou um minuto! Ótimo. Vamos ver, então.

— Você me disse para manter a simplicidade. — Clara gesticulou para trás. — Eu o deixei no cavalete, caso vocês achem que não está parecido.

Os quatro (mais Edwin) voltaram para a biblioteca para ver os esforços de Clara.

— Está lindo — disse Angelika honestamente e com muito alívio. — Você o desenhou bem. Tenho certeza de que não é fácil fazer os olhos, mas você os captou com exatidão. — Havia, no entanto, algo de que ela não gostava ali. O desenho de Will tinha algo de assombrado; uma tensão na mandíbula e no olhar direto. — Mas eu preferiria um retrato mais feliz — acrescentou Angelika. — Se eu puder pedir a você que se sente para Clara uma segunda vez, seria ótimo.

— Ela representou meu nível de estresse com precisão — disse Will, passando a mão no cabelo.

— Deveríamos conversar lá fora? — Christopher perguntou para ele, em uma ameaça polida.

Angelika suspirou.

— Parem, vocês dois. Você se esqueceu de assinar — disse para Clara. — Artistas sempre assinam suas obras.

Clara escreveu *CH* na parte inferior do retrato.

— Eu me encontrarei com o magistrado local amanhã cedo — informou Christopher, enrolando o desenho e inserindo-o em um estojo de couro para retratos. — Enviarei uma mensagem depois para avisá-los sobre o resultado.

— Posso ter o retrato de volta quando você terminar? — perguntou Angelika.

— Não — Christopher respondeu, calmamente. — Clara, você e Edwin gostariam de voltar em minha carruagem?

— Oh, seria maravilhoso — disse Clara, pegando seus pertences e evidentemente querendo fazer uma saída rápida.

Angelika assistiu aos homens caminhando na frente e relaxou um pouquinho conforme eles começaram o que parecia ser uma conversa civilizada.

— Eu gostaria de pagar pelo seu serviço — Angelika disse a Clara enquanto elas atravessavam a casa.

Clara ficou surpresa e ofendida.

— Pensei que eu fosse uma participante igualitária da sociedade secreta.

— Você é e desempenhou um papel fundamental. Quero que seja compensada como minha prezada consultora.

— Eu não gosto de me sentir como integrante de sua equipe de funcionários.

Angelika havia previsto tal argumento.

— Os homens sempre são pagos por seus trabalhos e talentos; é importante para mim que as mulheres também sejam. Edwin exige que você diga sim. As coisas de que ele mais gosta no mundo custam dinheiro.

— O brinquedo preferido dele é uma pinha.

De seu bolso, Angelika tirou o envelope dobrado que preparara mais cedo, com dez libras dentro e selado com o brasão da família em cera. E fez Clara aceitar o envelope.

— Abra-o depois e sinta-se feliz por ser tão talentosa. Você fez por merecer, realizando algo que nenhum de nós conseguiria. Assim, desde já eu solicito outra encomenda, em tinta a óleo, e pagarei dez vezes o que está aí dentro.

Clara quase negou. Mas aí Edwin deu um gritinho e tentou pegar o envelope, fazendo as duas caírem na risada.

— Eu nunca esperei receber nada. Estava feliz só por me sentir incluída em alguma coisa. Obrigada. — Após uma pausa. — De quem seria o retrato a óleo?

Sem nem pensar, Angelika disparou:

— De Will, é claro.

Clara ficou compreensivelmente confusa.

— Pensei que você ainda não tinha decidido a favor dele.

— Permitirei que o vencedor lute até encontrar seu caminho para a moldura dourada em meu quarto. — Angelika desacelerou o passo, forçando Clara a seguir seu ritmo. — Quem você acha que me ama mais?

— Edwin — respondeu Clara, impassível, sem querer dar tal satisfação a Angelika.

Ao que Angelika sorriu:

— E eu, em troca, sou louca por ele. Já encontrou sua nova moradia? Estou costurando mais peças para o meu amorzinho e vou entregá-las pessoalmente a você.

— Isso é muito gentil, obrigada, do fundo do coração. Ele está crescendo rápido demais. — Clara guardou o dinheiro com relutância. — E isso ajudará na causa da busca por uma nova casa. Talvez eu tenha que voltar para minha cidade natal. Aqui, as propriedades só vêm em dois modelos: pocilga e mansão. E o vilarejo também não é mais um lugar seguro. Acredita que as mulheres estão com medo de sair depois que o sol se põe? Dizem que há um monstro vagando pelo bosque. — Clara hesitou e então acrescentou: — Mas eu desconfio que você já sabe disso.

Era por isso que Victor os mantivera isolados por tanto tempo. Quanto mais gente frequentando a casa, maior seria a chance de exposição. Bem quando Angelika já começava a entrar em pânico, Clara completou:

— Só estava fazendo uma piada. Você e Victor levam vidas tão aventureiras!

Angelika mudou de assunto.

— Devo falar com Christopher em seu favor? Talvez eu possa influenciá-lo a deixar você ficar com o chalé.

Christopher e Will agora conversavam junto à carruagem. Ouviu um deles rir. Sem brigas explosivas por hoje, então.

— Obrigada, mas não. É o correto que o chalé seja entregue a uma família militar. Encontrarei algo em breve. — Clara sorriu de leve para Edwin. — Eu nunca me dei conta do quanto era afortunada até que, um dia, tudo mudou.

— Apesar de suas dificuldades e de sua perda, você ainda tem sorte, mesmo agora. Tem algo que o dinheiro não pode comprar. — Angelika beijou o rosto de Edwin em despedida, adorando como ele agarrou seu rosto nas mãozinhas úmidas. — Você tem este anjo. A tia Angelika te adora, Winnie.

Será que este menininho sem pai cresceria para se tornar um adolescente desesperado, forçado a invadir mansões para sobreviver e sustentar a mãe? Seu coração se revirou lamentosamente no peito. Como levara uma vida em preto e branco até pouco tempo.

Clara ainda tinha uma expressão triste.

— As coisas mudam e o arrependimento é para sempre. Um erro pode ser pendurado em sua parede e assombrá-la por toda a vida.

Angelika ouviu o alerta dela, mas optou por responder alegremente.

— Se precisar de ajuda procurando casas, posso acompanhá-la para ajudar a fechar um bom negócio. Sou uma negociadora temível.

Os homens ouviram a gabolice de Angelika conforme as damas se aproximavam da carruagem.

— Cuidado — gracejou Christopher. — O que eu não pagaria para testemunhar a conversa entre Angelika Frankenstein e um senhorio. Seria melhor do que uma peça de teatro.

— Já posso até imaginar — concordou Will. — Ela estaria no galinheiro perguntando sobre os alojamentos para os criados e o gramado de croqué.

— Talvez a carruagem tenha espaço para manobrar se o sanitário externo for realocado — acrescentou Christopher, em um tom pensativo e zombeteiro.

Will apontou para um arbusto semimorto.

— Isto aqui pode ser podado na forma de um cisne, com um pouquinho de habilidade.

Clara decidiu tentar.

— O segundo andar do chalé fica em outro local?

— Ha, ha, ha, que grupo de pessoas hilárias — disse Angelika, enquanto todos gargalhavam alegremente às suas custas, até Edwin. — Fico feliz que minha *alta burguesia* possa ser tão divertida. Você verá, Clara. Eu posso ser útil. Vou me despedir em nome de Victor e Lizzie. É uma lástima ela não estar aqui para apreciar essa performance dramática.

— Para onde eles desapareceram? — indagou Clara, intrigada.

Will respondeu a isso.

— Eles estão lendo poesia.

Angelika fez uma carranca. O irmão estava tirando "descansos" bem longos entre sua busca pelas florestas e pelas ravinas do entorno. Ela fez uma anotação mental para pressioná-lo mais a respeito disso.

Christopher pegou a mão de Angelika e a beijou.

— Obrigado pela adorável xícara de chá. Pense no que lhe propus. — O toque dos lábios dele em sua pele agitaram as fagulhas entre os dois. — Caso algum dia deseje ler poesia comigo, sou seu obediente servo. Aqui, Clara, deixe que eu seguro Edwin enquanto você embarca.

Ele abriu a porta da carruagem e colocou o bebê sentado em um antebraço. Em seguida, virou-se para Angelika ver como o futuro poderia ser.

— Que tática militar suja — Will o censurou.

— Vale-tudo — retrucou Christopher.

— Bom saber — disse Will. — Te vejo da próxima vez que conseguir encaixar uma visita para cá em sua agenda lotada. Boa caçada, comandante.

Assistiram à carruagem partir.

— Você ouviu, não foi? Quando ele pediu que eu o beijasse?

Angelika pegou o cotovelo de Will, forçando-o a se virar.

— Ouvi.

Ele estava brando, e lembrar das risadas que ele deu com seu rival acendeu o mau gênio dela. Imagine só se Lizzie estivesse ali para testemunhar aquele acesso de ciúme.

— Ah, como eu queria ver um pouco de fogo em você, porcaria! Will parou.

— O que você esperava? Uma luta violenta em uma casa que não é minha, com móveis espatifados e ossos quebrados? Na frente de sua convidada, uma mulher muito gentil com um bebê no colo?

A jovem cerrou os dentes.

— Não, claro que não.

— Você quer ser lisonjeada. — Will a encarava com um olhar cortante. — Quer testemunhar o quanto dois homens te desejam. Quer nos ver ensanguentar nossos punhos, fingindo estar ofendida. Típico de Angelika, querendo ser adorada por um apaixonado além de qualquer razão.

As palavras descuidadas ditas para Clara penderam no ar como névoa. *Quem você acha que me ama mais?*

— Vou começar a achar que você não liga para mim. Me mostre! Lute por mim à sua própria maneira!

— E você acha que não estou lutando? — Ele deu alguns passos na direção dela. — Muito me custa lidar com cada momento de minha nova vida. Eu pego esses sentimentos e os enterro bem fundo dentro de mim, de onde eles não possam escapar. Faço isso porque, se não fizer, eles vão me matar.

— Eu não sabia...

— Não estou falando de maneira figurativa, Angelika. Acredito que eu tenha uma quantia limitada de força vital correndo por minhas veias. Tudo me custa. Eu tenho que me controlar mais do que você jamais saberá, e ter o seu marido número cinco andando pela casa, te olhando como se quisesse devorá-la por inteiro, está me drenando.

Angelika lembrou do mal-estar que ele teve no jardim.

— Você tem falado com Victor?

Will escarneceu.

— Qualquer homem comum acabaria com ele pelo que ele pede em nome da ciência, mas é claro, eu sou tudo, menos comum. Ou sou? E, agora, me vejo em um experimento romântico, um no qual, pelo visto, eu fracassei hoje, porque tive a decência de me controlar e confiar em você para não ser tentada pela perfeição personificada.

Ela estava frustrada pela evasão dele.

— Sua saúde está se deteriorando? Responda!

— Estou cansado de ser um objeto de estudo. Não consigo mais suportar isso.

— Você não respondeu à minha pergunta.

— E não responderei. Vou ao vilarejo continuar tentando descobrir mais sobre mim. Só fico decepcionado com a quantia ínfima de empatia que você demonstrou por mim. Espero que tenha tido um dia agradável hoje.

Will lhe deu as costas e saiu andando na direção dos estábulos.

Angelika ficou para trás e se sentou nos degraus da entrada, sozinha.

†

Angelika tinha um pedido de desculpas queimando no peito, porém, como não podia expeli-lo e ninguém queria ouvi-lo, ela foi para a floresta ao pôr-do-sol.

Levou consigo uma cesta de frutas, pão, uma linguiça, queijos e uma faca. No ombro, carregava um odre de água, e o braço doía pelo peso de um cobertor de lã. Ela foi até a clareira onde encontrou pela primeira vez o homem enorme e perdido.

Enquanto ajeitava seu presente em um tronco caído, reparou em algo.

No chão, onde seu corpo tinha perturbado as folhas douradas, havia uma porção de flores murchas.

Capítulo Vinte e Dois

— A duquesa está dormindo — disse Victor, quando Angelika entrou no laboratório. — Portanto, não faça bagunça.

E prosseguiu fazendo a maior bagunça ele mesmo, derrubando um espanador, e Lizzie se agitou na poltrona. Os irmãos ficaram imóveis enquanto ela resmungava, sonada, e então retomava a respiração profunda. Os lábios dela se moviam silenciosamente.

— Ela sonha que está se apresentando para uma audiência — disse Victor, achando graça. — Sabia que ela quer construir um anfiteatro, para montar peças para os moradores do vilarejo? Suponho que ainda vá sair mais barato do que seus hábitos com sabão.

Angelika observou Victor colocar o olho de volta no microscópio.

— O que está fazendo?

Em um tom que usava desde a infância, ele retrucou:

— Usando... um... microscópio... cérebro de geleia.

Ela cerrou os dentes.

— Para quê?

— Veja por si mesma.

Geralmente, ele a fazia se esforçar muito mais para usar o equipamento dele. Parecia um truque, mas Angelika se levantou na ponta dos pés para olhar pela lente.

— Para o que estou olhando? Bactérias? Bile? — Outro mundo fervilhava na lâmina de vidro. Angelika ajustou o visor. — Algum tipo de piolho?

— Espermatozoides — respondeu Victor. — Uma amostra que Lizzie coletou para mim alguns minutos atrás. Diga olá para seus sobrinhos e sobrinhas.

Angelika se afastou bruscamente.

— Substâncias para lavar meus globos oculares, eu suplico!

O fato de Victor não rir era uma preocupação.

— Seja mais madura — ele a admoestou. — Só estou fazendo isso para seu benefício. Esta é uma pesquisa altruísta.

— Ah, com certeza. Lizzie obteve a amostra com uma agulha?

Depois de um tremor violento, Victor continuou com seu nobre discurso.

— Eu procuro entender quais são as chances de paternidade de Will. Embora não me gabe de ser o espécime perfeito, sou a única linha de comparação a que tenho fácil acesso. Este microscópio novo é maravilhoso.

— Ah, então foi isso o que ele quis dizer quando falou de seus pedidos insuportáveis — disse Angelika lentamente, enquanto compreendia a escala total do experimento. — Você pediu a ele uma amostra para poder comparar.

— Pedi, e ele reagiu como se eu tivesse me oferecido para obtê-la. — Victor caçou em meio à desorganização da bancada e lhe entregou um béquer de vidro. — Esterilize isso aqui, depois veja como você se sai. Certifique-se de me trazer imediatamente. Não importa se for no meio da noite.

— Ele disse não. — Angelika cruzou os braços, recusando-se a aceitar o béquer. — Portanto, não vou nem pedir.

Victor insistiu.

— É o único jeito que temos de saber. Nosso outro objeto de comparação é o meu amigo lá na floresta, mas isso seria um desafio que prefiro não arriscar. A menos que você esteja disposta a conquistar um terceiro pretendente.

O sorriso no rosto bonito dele era enfurecedor, mas também colocou uma bolha feliz na barriga dela. Lembrava tanto os velhos tempos, tirando uma Lizzie roncando atrás deles.

— Acho que você já fez o bastante com ele.

Victor examinou de novo sua amostra pela lente.

— Estou pensando em trazer um carneiro morto de volta à vida como uma alternativa possível. — A testa dele se franziu enquanto pensava no assunto. — As coisas que fazemos pela ciência, hein?

— Deixe para lá. Podemos deixar esse assunto para… — Ela quase disse *Deus* sem pensar, mas rapidamente terminou com: — …os mistérios da natureza.

— E você pode fazer de Will sua escolha final, sem saber? — Victor se recostou em um cotovelo sobre a bancada e ambos observaram Lizzie dormir. — Ela está grávida, graças a meus esforços espetaculares.

Angelika sabia que isso era inevitável, mas ainda assim se sentiu aturdida.

— Tem certeza de que ela está? — Um lampejo de desespero culpado, embaralhado e invejoso a percorreu. A corrida para se deitar em uma manta de piquenique com os bebês delas tinha começado oficialmente. — Tem certeza absoluta?

— Ela anda cansada e muito implicante com a comida, e odeia cheiros ruins. Suas regras deviam ter vindo há duas semanas. Confira a lâmina de novo se duvida de mim. — Ele indicou o microscópio. — Sou uma pessoa muito produtiva. Eu é quem deveria estar dormindo.

— Seu maior experimento está começando. Que maravilha! — Angelika viu que o sorriso dele não chegava aos olhos. — Não está feliz?

— Estou muito feliz, mas isso está criando fricções entre nós. De acordo com ela, temos que nos casar o mais breve possível.

Mesmo durante o sono, Lizzie beliscava o anel de noivado.

— Ela se casaria com você hoje mesmo. Ontem, na verdade. Eu não vejo o problema.

Angelika teve o tato de não olhar, nem de relance, para o tratado antimatrimônio impresso e preso na parede, cheio de facas e dardos. Não precisou olhar.

— Eu sou famoso por minha posição a respeito do casamento. — Era incrível como Victor ainda podia se encolher. — O manifesto não morre. Ele se multiplicou e se espalhou, feito um germe. Cada vez que entro em um salão, ouço as risadinhas.

— Você é muito corajoso, enfrentando seu medo do ridículo mundial.

— Não sou corajoso. Ela só se casará comigo em uma igreja, para agradar aos pais.

— Ah...

— Eu não planejei até o final quando lhe dei o anel de diamante. E agora ela está amargamente decepcionada por eu ser tão difícil. Toda vez que olha para mim, é com frustração, tristeza e... dúvida. Nós, Frankenstein, somos propostas arriscadas.

Victor se afastou para a janela aberta, apoiando os cotovelos no parapeito.

Angelika se juntou a ele, copiando a pose.

— Você não pode simplesmente aguentar?

— Não posso, Geleka. Não posso me postar diante do velho que disse a Papá para simplesmente desejar que a saúde de Mamã voltasse.

— Rezar — Angelika o corrigiu, com igual amargura. — Ele disse ao nosso pai para rezar.

— Desejar, rezar, pensar com muita força, dá tudo na mesma. Rezar não cura escarlatina. — Os dedos dele se dobraram no peitoril. — Meu filho não terá avô nem avó. Você estará casada e longe a essa altura.

— Talvez não. Quem eu amo também olha para mim com dúvida e tristeza.

Victor teve uma ideia.

— Preciso que você pergunte a Mary se ela voltaria para nos ajudar quando o bebê chegar.

— Eu nunca disse para ela ir embora.

— Diga-me exatamente o que falou para ela.

Victor ouviu Angelika repetir a conversa.

— Ela acredita que você a demitiu naquele dia, Geleka. Você não disse que, mesmo aposentada, ela deveria ficar aqui pelo resto de seus dias?

Angelika examinou a lembrança outra vez.

— Eu pensei que estivesse óbvio. Você tem que entender, ela foi horrível comigo.

Angelika lhe contou sobre as decorações estranhas, as bonequinhas de pregador e as roupas de baixo em péssimo estado.

— Ela ficou sem graça com você no espaço pessoal dela. E aí você disse que Sarah seria a nova encarregada da criadagem. Ela fez as malas e se foi para sempre, a menos que consigamos trazê-la de volta.

O tom de Victor foi mais gentil do que ela esperava. Seria isso a influência calmante de Will?

Baixinho, ela disse:

— Ela me odiou desde o momento em que nasci.

— Bobagem. Ela arrancaria o próprio coração se você precisasse de um novo. Ela ficou magoada e chateada, mas vai nos perdoar. Também é culpa minha. Eu não deixei as circunstâncias claras para ela. — Ele ficou quieto por um tempo. — Gostaria que ela estivesse aqui quando eu me casar; ela é toda a família que nos resta. Mas Mary também vai insistir em um casamento na igreja.

— Será que poderíamos viajar para outra paróquia? Algum lugar onde ninguém nos conheça? Você poderia só fingir e dizer as palavras da igreja, e depois fazer seus próprios votos em particular para Lizzie.

— Acho que ela não se sentiria bem o bastante para ser sacudida por aí em uma carruagem. Eu pensei em pedir a Chris para usar a capela da academia, mas, mesmo que isso seja uma opção, corro o risco de abrir minha boca e nenhuma palavra sair. Eu sinto uma onda de pânico sempre que visualizo a cena.

Angelika raramente o via vulnerável.

— Você só precisa de algum tempo para se ajustar à ideia. Você é Victor Frankenstein, e eu estou sempre do seu lado para o assistir na invenção de uma solução. Obrigada por não gritar comigo por ter estragado as coisas com Mary.

— Não quero acordar Lizzie — ele respondeu, mas sorria. — Eu sei que você faz o melhor que pode. Desculpe ter feito você sair correndo daqui no outro dia. Esqueci que sou seu melhor amigo. Ainda sou, sabe? Você me assustou. Se algo acontecesse a você...

Vic deixou as palavras não ditas, mas Angelika sabia o que ele queria dizer. Eles encostaram um ombro no outro, rapidamente.

O sol pendia acima da colina, preparando-se para deslizar para trás dela, e, quando o fizesse, toda a propriedade seria mergulhada em um azul gelado. Era um horário melancólico. Angelika se debruçou mais para fora da janela e perguntou, em um impulso:

— Você pensa nas experiências terríveis que fizemos e se arrepende delas?

— Bom, quando você coloca desse jeito... — disse ele, mas aí ela viu que não era uma piada. — Nós salvamos Will. Ele estava morto. Agora está tomando uma bela xícara de chá e comendo um pãozinho.

— Por favor. Nós não fizemos isso para sermos altruístas. Você queria humilhar aquele seu arqui-inimigo, Schneider... — Aqui Victor abriu um sorriso amplo. — ... e eu escolhi as partes individuais de Will como uma herdeira fútil, esperando que, com o tempo, ele fosse se apaixonar por mim. E, mesmo que esteja tomando chá com pãozinho, ele vive no pior tipo de tormento mental e dor física que mantém escondidos. Somos pessoas *terríveis*.

— Somos, sim. Mas eu venho te observando desde aquela noite em que vimos Will sonâmbulo no gabinete. Eu sei que você vem dando aulas para Sarah, e ajudando Clara com comida, e fazendo roupinhas para o bebê dela. Você está mudando. É como testemunhar o momento em uma experiência em que a reação mais inesperada acontece. Tudo o que foi preciso foi a adição de Will. — Victor imitou o uso de um conta-gotas. — Quando penso em minha criação, perdida lá fora, e em como não consigo encontrá-la... — A voz de Victor se cortou um pouquinho e ele colocou o rosto entre as mãos. — Sim, eu sou uma pessoa terrível.

— O que mais poderia fazer para encontrá-lo?

Victor hesitou.

— Eu precisaria de mais gente para me ajudar. Procurar sozinho não está funcionando. Mas um grupo de homens bem pagos poderia facilmente virar uma turba, e um final violento é a última coisa que eu desejo para ele.

— Está fazendo tudo errado. Precisa atraí-lo até você. Eu sinto a presença dele — disse Angelika, e ambos olharam para o local do acidente dela. — Ele está aqui por perto. O mesmo com Mary. Nós só temos que descobrir do que eles mais precisam e trazê-los para casa.

Apesar do que dizia, ela ainda se viu hesitando em revelar suas entregas noturnas de refeições na floresta. Só uma vez, gostaria de demonstrar a Victor que podia resolver uma situação sozinha. Além do mais, seu irmão só irromperia ali, arruinando a confiança delicada que ela tentava construir.

— Acredito que ele possa tentar me matar — disse Victor, subitamente. — E eu não o culparia por isso.

— Quando você o encontrar, vai corrigir a situação. Está saindo de novo?

— Parece que é ao anoitecer que os moradores do vilarejo o veem. Levarei Lizzie para casa, irei deixá-la com o jantar e sairei a cavalo. — Ele sorriu para a irmã, irônico. — Fique feliz por ter persuadido Will a ir para casa naquela noite escura e chuvosa com a mera promessa de um banho.

— Você me perguntou se eu posso fazer minha escolha sem ter certeza da... viabilidade reprodutiva dele. Esse será o preço que eu pagarei por minha participação nisso, se ele me pedir em casamento. — Angelika hesitou na segunda parte. — Will mencionou algo sobre sua saúde. Ele acredita que tem força vital limitada. Eu não sei o que isso significa, mas não creio que sejam só as perspectivas de paternidade que lhe atormentem a mente. É algo mais sério. As mãos dele, Vic, a menos que eu as massageie várias vezes ao dia, elas se curvam e esfriam. Eu me preocupo com o futuro.

Victor respondeu com cautela hesitante:

— Eu não tenho liberdade para discutir sobre Will.

— Eu sei. Só estou dizendo que estou preocupada. Você tem medo de que eles não possam sobreviver às experiências que fizemos com eles em nome da ciência e do amor?

— Eu fico doente pensando nisso. É por isso que preciso trazer o meu para casa. — A expressão de Victor era austera. — Também tem algo mais que me preocupa.

— O quê?

Ele abaixou a voz para um sussurro.

— Eu não sei como ser pai. Não está em nenhuma literatura.

— Mantenha a fé na ciência natural. Os seres humanos têm sido pais há inúmeras gerações. E eu vi como você tem procurado seu homem perdido. Ele despertou um instinto protetor em você, acho eu.

— Isso é verdade — retrucou Victor, animando-se. — Falando em instintos, eu nunca te contei o que aconteceu quando Will te encontrou caída na floresta.

— Ele me disse que agiu de maneira um tanta incivilizada naquele dia.

— Quando ele te viu em perigo, saiu de sua forma presente e virou algo que eu nunca tinha visto antes. Seus sentimentos verdadeiros. Eu vi um homem violentamente apaixonado.

O coração de Angelika deu um pinote e então afundou.

— Mas não consegue me mostrar esse lado com facilidade. Se ele conhece uma emoção, é a culpa, e eu não sei por quê. — Ela teve uma súbita lembrança intrusiva: pedra escura, um edifício coberto de hera, uma cruz de porcelana branca. — E a nossa capela na colina? Case-se lá.

Victor ficou surpreso com a mudança de assunto.

— Acho que é lá que Beladona pariu seus leitõezinhos. — Ele se debruçou mais para fora da janela para apontar um local na metade da colina. — Deve estar totalmente em ruínas.

— Mas Will poderia nos ajudar a consertá-la, e você poderia se casar em casa. Você viu como o chalé dele está bonito agora, depois de um pouco de trabalho duro. — Angelika estava determinada a fazer seu irmão ser feliz. — Vou até lá analisar o lugar. Se pudermos fazer uma adorável reforma e pagar a alguém para ser tão discretamente religioso quanto possível, seria uma boa opção?

— Seria bom fazer algo tão difícil em casa. Obrigado — agradeceu-lhe Victor.

Quando os irmãos se endireitaram, ele abriu os braços. Aquele abraço raríssimo estava sendo oferecido e foi maravilhoso. Vic cheirava a maçã e arsênico.

Acima da cabeça dela, ele sussurrou:

— Leve um béquer de vidro contigo. Nunca se sabe o que você pode conseguir se deixar que ele se acostume com a ideia.

Foi esse pensamento que Angelika carregou consigo quando caminhava na direção dos fiapos de fumaça do chalé de Will. Às vezes, a pessoa só precisa de um pouco de tempo. Quando viu o homenzarrão na floresta a observá-la, acenou para ele e continuou andando.

Capítulo Vinte e Três

Quando Will atendeu à batida em sua porta, encontrou Angelika segurando um béquer de amostra. Sua expressão se afrouxou, consternada. Antes que ele pudesse dizer uma palavra, porém, ela mostrou algumas flores que escondia atrás das costas e transformou o béquer em um vaso. Depois de expirar em uma longa exalação, ele disse:

— Obrigado.

— Lamento muito que ele tenha pedido isso a você.

Angelika hesitou, sem graça. Será que ele ainda estava descontente com ela, depois da discussão na entrada de casa?

— Você lamenta? Pensei que apoiaria a ideia — disse Will, voltando para dentro do chalé. Da porta, ela o viu acrescentar água às flores. — Não fique aí fora. Entre.

Ela entrou, aliviada pela aura tranquila dele, e olhou para a decoração a seu redor. Não havia muito mais objetos que da última vez, mas, mesmo assim, o local era perfeitamente aconchegante e confortável. Junto ao fogo, ela notou uma cesta achatada preenchida com um cobertor dobrado e um prato vazio.

— Você tem um gato?

— Não exatamente.

— Não quero me intrometer, mas posso oferecer uma sugestão? Um vaso oriental alto naquele canto ali, cheio de penas de pavão, deixaria este lugar perfeito.

— Como poderia se intrometer em um lugar que é seu? — Ele posicionou as flores na cornija, parecendo o mais contente que ela já tinha visto. — Está perfeito agora. Um béquer cheio de esporas era tudo o que faltava.

— Este chalé não é meu, e nunca vou entrar sem um convite seu. Este lugar é seu, pela vida toda, se você quiser. Tenho que dizer às pessoas exatamente a que elas têm direito.

Will notou a expressão desgostosa dela.

— O que houve?

— Eu demiti Mary por acidente, em vez de lhe dizer que ela é uma estimada parte da família e que deve viver o resto de seus dias conosco. Típico da Angelika.

— Tenho certeza de que você vai encontrar uma solução engenhosa. Isso também é típico da Angelika.

A cama dele tinha uma marca de compressão no cobertor, e o rosto dele exibia um vinco.

— Você estava deitado?

— Eu ando cansado à tarde.

— Pelo sonambulismo?

Ele concordou.

— Vim perguntar se você queria vir em uma caminhada comigo. Tenho um projeto para avaliar, subindo a colina. Estamos pensando em casar a duquesa e o urso em casa. Mas posso ir sozinha, se você estiver cansado.

— Caminhar sozinha na floresta não dá muito certo para você.

Ele se sentou para colocar as botas e Angelika andou pela casa, admirando os pertences dele. O livro encadernado em couro, *Institutiones Rei Herbariae*, ainda estava em um lugar de honra ao lado da cama dele. Ela o abriu para reler sua dedicatória. *Ao meu amor: Um dia eu hei de escrever seu verdadeiro nome aqui. Com tudo o que sou, serei sempre a sua Angelika.*

— Eu mal posso esperar, de verdade — disse a ele. Will não entendeu. — Para escrever seu nome neste livro.

— Seria um sacrilégio escrever o meu nome em um livro tão especial. E, então, para onde estamos indo?

Era outra declaração de amor que passava sem ser notada por um homem que ela adorava cegamente; havia uma trilha de gestos similares ao longo dos anos. Este era o primeiro que ela registrara em tinta permanente. Imagine a compaixão gentil dele quando o notasse. Talvez tivesse que esconder o livro de sua esposa ou arrancar a página.

Angelika tentou soar animada, mesmo enquanto suas bochechas ardiam e a garganta fechava.

— Nós costumávamos ir à igreja do vilarejo, mas a propriedade, originalmente, tinha uma capela. Eu não a vejo desde que era criança.

Will levantou a cabeça, espantado.

— Eu sei onde é.

— Ela ainda tem quatro paredes e um teto?

— Eu nunca a vi à luz do dia, mas agora já acordei lá três vezes. Temos que nos certificar de voltar antes do anoitecer.

Angelika concordou.

— Sim, há algo que preciso fazer antes que escureça.

Angelika pedira à sra. Rumsfield que preparasse tortinhas de vegetais; seria bom o homem de Victor encontrá-las ainda quentes. Como Will, ele não comia carne, e as linguiças que ela deixara nos cestos foram jogadas nas folhas.

— Você fez algum progresso quanto ao seu mistério quando visitou a cidade?

— A informação de Christopher sobre a estalagem dos viajantes foi útil. Eu fui até lá e me encontrei com a estalajadeira, mas foi bem difícil me explicar. A história de meu irmão gêmeo está cada vez mais inacreditável. — Ele colocou as mãos nos joelhos e se levantou com um gemido. — Andei o suficiente por Salisbury para acreditar que sou desconhecido para o vilarejo. Às vezes, porém, vejo uma criada olhar para mim uma segunda vez e começo a duvidar de novo.

As sobrancelhas de Angelika se abaixaram.

— Isso é porque você é incrivelmente bonito. Irei contigo da próxima vez.

— Ciumenta — censurou Will, mas seus olhos brilharam de prazer por vários minutos enquanto eles começavam a caminhada. — Acho que talvez eu tenha que expandir minha busca por mim mesmo até Londres. Suponho que não esteja disposta a me acompanhar em minha viagem...

— Eu o acompanharia a qualquer lugar — Angelika respondeu e seguiu para dentro da floresta, que escurecia.

O caminho colina acima era grosseiro, feito de degraus de pedra desmoronando em alguns pontos, e, em outros, sem nada além de uma trilha de corças marcada nas folhas caídas. Eles caíram em um silêncio amistoso ao andar, e isso foi bom, porque Angelika logo descobriu que sua boa forma física não estava à altura daquele aclive.

— Estou torcendo... para que esteja... em um estado razoável... Victor e Lizzie...

Angelika se dobrou ao meio, as mãos nos joelhos, resmungando de forma incompreensível sobre o casamento.

— Sei como Victor se sente em relação a igrejas. Suponho que ele queira se esconder aqui em cima para se casar com Lizzie. — Will não foi afetado pelo terreno e se manteve pacientemente de pé até ela recuperar o fôlego. — Segure em meu braço.

Ela obedeceu muito contente, pressionando o rosto no bíceps dele enquanto seguiam para o alto e avante. Um ruído chamou a atenção dela; olhando para trás, viu um único leitãozinho solitário os seguindo.

— Aquele ali é o filhote de Beladona?

Will estava envergonhado.

— Ele é incrivelmente amistoso.

— É exatamente assim que começa. Um cesto. Uma tigela de água. Um miolo de maçã aqui e ali. — Para se distrair da subida, Angelika disse: — Diga-me quais plantas e árvores tenho aqui nesta colina.

Ele começou a dar os nomes.

— Esses aqui são arbustos de abrunheiro, mas nem pense em provar das frutinhas. São boas apenas para colocar no gim, mas eu fiz um xarope para tratar reumatismo. Não sei muito bem como eu sei fazer isso, mas fiz. — Ele deu-lhe tapinhas carinhosos na mão. — Quando Mary voltar para casa, acho que vai ajudá-la imensamente.

— Tenho certeza de que vai fazer com que se sinta melhor. — As tocas de coelho e folhas escorregadias eram fáceis de atravessar quando ela tinha os braços em torno do dele. — Talvez você seja um médico, meu amor. Eles têm que saber muito sobre ervas. Você certamente tem a disposição calma e cuidou de mim perfeitamente quando bati a cabeça.

— É uma possibilidade. — Will apontou mais árvores. — Você tem aveleiras ali em cima daquela crista e nogueiras no bosque. Essas árvores enormes e retorcidas se chamam teixo, mas acho que você já sabia disso.

Sim, ela sabia.

— Eu só gosto de ouvir você falar sobre o que ama.

Will deu-lhe mais tapinhas carinhosos na mão e continuou a aula.

— Teixos representam a imortalidade, mas também a morte. Eu me identifico muito com eles.

Will tocou em um deles quando ambos passaram por baixo de um galho.

— Talvez você seja um professor. Um professor de botânica.

— É possível enlouquecer se perguntando.

Era um alerta discreto para abandonar o assunto.

Na subida íngreme, esses teixos cobertos de musgo abraçavam o aclive, lançando galhos cujos formatos eram dignos de contos de fadas. Em diversos lugares da propriedade, eles formavam túneis. Eram de uma beleza assustadora.

Angelika perguntou:

— Por que simbolizam a imortalidade?

— Eles são antigos. Estes aqui devem ter centenas de anos, e eu poderia lhe mostrar alguns que parecem ter um milênio. Eles se regeneram. Dentro do tronco antigo e oco, cresce um teixo novo. Então o tronco antigo cai. Seus netos terão teixos renascidos sob os quais andar. Esta é a natureza da imortalidade deles.

Ele não dissera *nossos netos,* e a pontada foi aguda.

— E por que representam a morte?

— Existem muitas histórias na cultura popular, mas, principalmente, porque são venenosos. Os romanos acreditavam que havia teixos crescendo no inferno.

Angelika ficou abatida.

— Adivinhe só de que tipo de madeira minha cama é feita. Suponho que minha natureza faça sentido agora.

Will tentou alegrá-la.

— Deve ser por isso que eu acordei naquela primeira manhã depois de nos conhecermos me sentindo regenerado.

— Você mal podia esperar para escapar da minha cama infernal e venenosa. Preciso repensar meus aposentos. Jacarandá soa mais feminino.

Que tipo de árvore seria Christopher? Um carvalho sólido e descomplicado que perdia suas folhas em uma pilha e as nozes em outra. Por que ele tinha que brotar nos pensamentos dela com tanta frequência?

— Isso nos traz a esses sabugueiros: estas árvores aqui, que parecem rolha. — Will parou em outro tronco, pressionando a casca elástica para mostrar a ela. — Dizem que o sabugueiro mantém o diabo longe. Talvez elas equilibrem uma à outra aqui em cima.

Will olhou para trás, para o leitão, e os dois esperaram que ele os alcançasse. Ao longe, podiam ouvir cascos de cavalo batendo.

Angelika suspirou.

— Deve ser o Victor cavalgando. Ele está tão cansado! Acho que deveríamos plantar um círculo de sabugueiros em torno da casa. E do laboratório. Talvez um no meu quarto. — Ela ficou satisfeita ao ver o sorriso dele. — Mas, claro, eu me esqueci. Nós não acreditamos no diabo nem no inferno.

— Eu acredito.

Ele a ajudou a passar por cima de um tronco caído.

Dessa vez, ela notou que a mão dele estava muito, muito fria. Já havia estado quente algum dia, desde que o conhecera? Afastou tal pensamento.

— Eu já te contei que as maçãs que Victor come são uma invenção dele? Ele enxertou duas variedades juntas quando tinha dez anos. Elas são exatamente ao gosto dele.

— Terei que perguntar a Victor como ele fez isso. Como ele as chama? Tenho certeza de que a invenção tem um nome.

— Maçãs-conquistadoras.

Will foi ligeiro.

— Ah. Porque ele é Victor, o vitorioso. Você também criou a sua própria árvore?

— Como sempre, eu apenas o ajudei. — Ela respirou fundo. — Pensei no que você me disse um tempo atrás, que, sem Victor, eu atingiria meu pleno potencial. Acho que tem razão. Está na hora de eu deixar este lugar. Mas não sei qual é o meu potencial.

— Seu potencial pode ser encontrado em lugares onde você pode fazer a diferença neste mundo. É o seu dever e o seu privilégio. Gostaria de sugerir que pense na colheita das maçãs. Ainda há tempo de planejar antes da temporada. Mary me disse que tudo é desperdiçado, mas acho que agora você sabe que não está tarde demais para começar de novo.

Angelika estava cansada de falar sobre o futuro e árvores agora.

— Maçãs não são o meu forte. É mais a área de especialização de Victor, mas ele está saindo a cavalo com muita frequência para procurar. Você poderia cuidar disso? — Imediatamente, ela fez uma careta e se corrigiu: — Mas você não é meu jardineiro, então devo cuidar disso eu mesma. E não faça uma alusão ao fato de que você pode já estar longe quando chegar a hora de a primeira maçã cair no chão. Eu não aguentaria.

Eles caminharam em silêncio até Will apontar.

— Ali.

Angelika ficou ao mesmo tempo muito feliz e desalentada quando chegaram na frente da capela da família Frankenstein.

— A floresta tentou devorá-la.

Era impossível ver se ela permanecia intacta. As pedras antigas mal estavam visíveis sob a hera. Angelika tentou imaginar os participantes de uma cerimônia de casamento fazendo a caminhada colina acima para encontrar esta estrutura.

— Acho que isso não vai funcionar.

— A rainha das fadas, capaz de conceder ressurreições, está pronta para desistir antes mesmo de colocar os pés lá dentro?

Ele tinha razão. Ela guardou suas opiniões para si enquanto pisavam em meio a cogumelos de chapéus vermelhos pintalgados de branco e iam até a porta. Ela estava pintada no mesmo tom de vinho que a porta de Mary, e guinchou quando foi empurrada.

Uma vez lá dentro, Angelika se virou, observando tudo.

— Eu me lembro dela tão enorme por dentro, mas é minúscula, não é?

O teto com vigas estava tão sólido quanto no dia em que fora construído. Na extremidade mais distante, o vitral estava escurecido pela hera no exterior. Acima do altar pendia uma cruz de porcelana, ainda branca feito osso.

— Realmente, não está tão ruim quanto pensei que estaria. Você tem limpado por aqui?

— Talvez enquanto estava dormindo. Mas acho que não. — Will se sentou no banco estreito e a observou enquanto ela investigava. — Quando cortarmos a hera, o sol brilhará por aquela janela ao alvorecer. Não seria bonito?

Angelika deu uma fungada.

— Você sabe que Victor mal consegue descer para o desjejum.

Will deu um sorriso fraco.

— Por Lizzie, ele fará qualquer coisa. Até acordar cedo.

Ela se postou no altar e tentou imaginar como seria uma cerimônia com o que tinham por ali, menos o leitão.

— Lizzie ficará aqui, e Victor aqui… — Virou-se para o espaço em branco onde o oficiante obrigatório estaria à espreita. — Suponho que a igreja vá nos cobrar o triplo do valor para mandar alguém para cá. Ah, como eu queria ser qualificada. Vamos tentar.

Ela assumiu o lugar do padre e imitou o gesto de segurar um livro nas mãos.

— Você aceita? Você aceita? Ótimo. Agora podem se beijar. — Angelika esperava ver o sorriso de Will, mas ele desviou o rosto com a mandíbula tensa. — É só uma piada. E, então, como eu ficaria se estivesse aqui em um vestido branco?

Ela mudou as mãos para segurar um buquê imaginário.

— Você merece se casar em uma catedral, não nisso. — Ele gesticulou para as teias de aranha. — Você limita o que deseja para si por causa de seu irmão.

Angelika não conseguia encarar o que ele sempre tentava lhe mostrar.

— Mas como eu ficaria?

Com os olhos cheios de afeição e paciência, Will respondeu:

— Como a mulher mais linda que já viveu. Eu não te digo isso o bastante?

Angelika ficou radiante.

— Não.

— Você é energia. — Ele pressionou aquele elogio no fundo do coração dela. — Você é calor e juventude, e é tão, tão inteligente. E, sim — emendou, ao ver que ela ainda não estava satisfeita —, você tem o rosto mais lindo, mais inesquecível. Tem sido um privilégio poder olhar tanto para você. Eu queria poder fazer isso até o dia de minha morte.

— Eu me casaria com você aqui mesmo, agora mesmo. Você sabe disso, não sabe?

— Sei — retrucou ele, solene. — Seu coração é completamente transparente. Eu sei tudo o que você quer, garota linda.

Angelika sentou-se ao lado de Will e enfiou a mão na dobra do cotovelo dele, permitindo-se imaginar por um momento que eram casados há muito tempo.

— Preciso te pedir desculpas.

Ele cobriu os nós dos dedos dela com sua mão invernal.

— Não precisa, não.

— Eu fiquei sozinha com Christopher, sabendo que ele faria sua proposta. E ele fez, em detalhes.

Ela inclinou a cabeça de lado para olhar para ele, mas Will manteve o olhar fixo na cruz branca.

— Eu te perdoo. — Uma carranca se formou antes que ele piscasse e a afastasse. — Você deveria ouvir todas as opções que lhe estão disponíveis. Ainda tem escolha e sempre terá.

— Sempre pensei que romance seria algo como dois homens brigando na poeira por mim. Agora me dou conta de que receber confiança, do jeito que você confia em mim, é muito mais romântico. Obrigada por me ensinar essa lição, e me desculpe.

— Estamos nos confessando um para o outro? — Will esperou até que ela assentisse. — Você não vai gostar do que eu lhe direi agora... Eu sou religioso.

O coração dela afundou, mas Angelika não ficou surpresa.

— Como você sabe? Lembra de alguma coisa?

— Eu fico zangado quando você e Victor fazem esses comentários sobre Deus e aqueles que acreditam. Como há pouco, quando você disse que não acredita no inferno ou no diabo. Ou agora. — Ele indicou o altar com o queixo. — Eu não gosto desse tipo de piada.

— Nós não estamos falando sério — protestou Angelika. — Não nos importamos com quem pense de outra forma.

— Acho que eu acordo aqui tão repetidamente porque é um impulso reprimido que eu não consigo expressar na sua casa.

— Tem uma igreja no vilarejo. Você pode ir até lá.

— Um desconhecido aparecendo de repente só vai alimentar fofocas. Todos vão querer saber quem eu sou.

Angelika podia imaginar a agitação que ele causaria entre as jovens solteiras e as mães delas. Quase se ofereceu para acompanhá-lo — seria uma bela ocasião para usar trajes e chapéus extravagantes e para segurar no braço musculoso dele —, mas a oferta morreu em sua garganta quando imaginou a zombaria de seu irmão.

— Eles podem cuidar da própria vida.

— Não é assim que funciona em vilarejos. Pensei que você ficaria furiosa com isso. Não podemos contar a Victor.

— Mary é cristã e mora conosco. Morava — corrigiu Angelika, meio sem jeito. — Ela morou conosco por tantos anos, e nós permitimos que ela mantivesse suas crenças.

— Vocês *permitiram*. Porque ela esvaziava seus penicos e vocês não queriam fazer isso por conta própria. E ela era praticamente da família. Eu não sou da família nem sou um criado. Você se surpreendeu mais cedo, me dando a tarefa de cuidar da colheita das maçãs. Eu não te culpo. Sinto como se vivesse em uma fenda entre os mundos, e, de vez em quando, sinto que posso morrer dentro dessa fenda. — Ele suspirou, acrescentando baixinho: — Mas, quando você está comigo, fica tudo quieto dentro de mim.

— Você é da família. Eu te prometo. — Ela apertou os dedos no braço dele. — Eu estava contando a Christopher como me sinto sobre você. Sinto que nós dois estamos conectados. Você concorda?

O sol se punha atrás deles e as sombras entravam deslizando como a maré. Com os olhos devotos fixos na cruz, Will respondeu:

— Concordo.

— Quando eu te fiz, transmiti uma vida de desejos para o interior de cada fibra do seu ser. — Angelika pegou a mão dele e entrelaçou os dedos com os de Will. — Suas emoções tocam uma corda de violino dentro de mim, que vibra e ressoa até eu também sentir o que você sente. Estamos conectados em um nível sanguíneo.

— Eu sinto o mesmo. E isso me assusta de vez em quando. — Will continuou a encarar a cruz. — Por que o que eu faria sem você?

— Você não ficará sem mim.

Ele fez uma pausa e então perguntou, vacilante:

— E o que você faria sem mim?

— Sou uma Frankenstein. Muito provavelmente, eu morreria. Agora sabemos qual livro você estava procurando. Vou te dar a Bíblia de minha mãe.

— Isso é muito generoso. Eu gostaria de rezar agora. Tudo bem se eu fizer isso?

— Mas é claro.

Angelika sabia que deveria olhar diretamente adiante, mas não conseguiu tirar os olhos de Will enquanto ele se inclinava para a frente, unia as mãos e suspirava como se estivesse adormecendo. Os cílios sobre a bochecha perfuravam seu coração. O que será que ele pedia neste momento? Se estavam conectados a este ponto, certamente ela podia sentir o que ele tanto queria a ponto de os nós de seus dedos estarem brancos, não?

Angelika fechou os olhos também. Em seu colo, segurava a própria mão.

A princípio, não houve nada; apenas o som das folhas lá fora, um estalo de madeira e um desconforto na articulação do quadril. Daí ouviu as fungadas baixas do leitãozinho. Mas, quando se concentrou mais, buscando o som da respiração de seu companheiro, sua própria voz ecoou em sua mente.

Querido Deus.

As palavras nada familiares a espantaram. Abriu os olhos de súbito e tentou se acalmar novamente. A presença estável de Will lhe deu a coragem de tentar outra vez.

Querido Deus. Por favor, dê calor às mãos de Will e calor no quarto de Sarah. Ajude todo mundo que vive aqui. Dê doçura às maçãs. Dê um pouco de doçura à minha natureza. Eu sei que fiz coisas terríveis e devo pagar por elas.

Ela tinha lágrimas no rosto.

Ajude Will a voltar para si. Eu o amo o bastante para deixar que vá embora, de volta para sua vida antiga, se isso significar que ele estará livre de sofrimento.

E, querido Deus, acima de tudo, por favor, traga Mary de volta para mim em segurança. Eu preciso cuidar dela conforme ela vai se tornando mais frágil, exatamente como ela fez por mim quando eu era uma menininha mimada.

Estou tentando crescer.

Amém.

Quando Angelika abriu os olhos, Will olhava para ela.

— Estamos conectados, porque eu podia sentir a bondade em seu coração. Estou orgulhoso de você.

Will a abraçou e, antes que Angelika pudesse perguntar se beijar era permitido em uma capela, estava acontecendo. A mão dele pousava em seu maxilar, e ela sentia o cheiro de madeira e almíscar na pele dele, e agora provavam o sabor um do outro.

Seria esse o tipo de beijo que ele lhe daria no altar, depois que o juramento eterno fosse proferido? Ela podia apenas sonhar. Ele estava lendo a mente dela, porque sua boca sorriu junto à dela, e Angelika sentiu o toque suave da língua dele. Will era segurança e bondade, como um marido.

Um marido que sabia como aprofundar um beijo, demandando mais da atenção e da pulsação dela, relembrando o que podia fazer por ela mais tarde.

Ele aumentou a intensidade até que ela só conseguia pensar no que faria por ele.

Uma sombra escura passou por eles, mas, quando ela entreabriu as pálpebras, só viu a luz dourada do entardecer. Suspirou, fechou os olhos e mergulhou de volta em fantasias lânguidas. Na simplicidade do chalé de Will, ela se despiria por completo, e ele a beijaria exatamente assim, mas por todo o corpo. A sensação da língua dele causava-lhe agora um aperto poderoso e profundo entre as coxas.

Aconteceu outra vez: tudo escureceu e então voltou a ficar dourado. Talvez fosse o preço que ela sempre pagaria por estar com ele, e deveria aceitar esses momentos dourados quando podia. Angelika o saboreou até Will estremecer, e estava pronta para deixar o mundo para trás por ele.

O banco emitiu um rangido apaixonado quando eles se viraram um pouco mais na direção um do outro, e ambos caíram na risada.

— Acho que devíamos ir para casa, antes que eu faça algo pecaminoso. Gostaria de jantar comigo, em meu chalé?

— Adoraria. Estava esperando esse convite.

— É por isso que você andava me evitando? Estava esperando? Pobrezinha. — Ele viu como ela analisava sua expressão agora. — O que é?

— Estou apenas esperando aquela pontada de dor que sempre vem depois de um beijo. — Ela fechou os olhos quando Will pôs a mão em seu rosto. — Você não está prestes a me dizer que cometeu um erro, ou que nunca será meu, ou que tem praticamente certeza de que tem uma família e dez filhos para quem voltar?

— Não, meu amor.

— Apenas me diga que nunca iremos para Espora e eu posso completar minha careta programada.

— Eu fui insensível tantas vezes. Perdoe-me. — Ele sorriu quando Angelika esfregou mais o rosto em sua mão. — O que você gostaria para o jantar?

— A cozinheira está fazendo tortas de vegetais. Pegarei algumas quando eu... — Ela tropeçou nas próprias palavras. Não sabia se receberia broncas ou elogios pelas entregas que vinha fazendo ao amigo de Victor. O clima era delicado demais para arriscar, e ela amava demais os olhos sorridentes de Will. — Quando eu for para casa me trocar.

— Ah, sim, por favor. Esperarei um vestido muito elegante para jantar em meu chalé. Você lembra que eu não tenho uma mesa, não é? Sentaremos em banquinhos junto ao peitoril da janela. — Ele ficou de pé e ofereceu a mão para ela. — Você está cansada. Eu te carregarei uma parte do caminho de volta para casa. A menos que queira abrir suas asas.

— Lizzie é tão boba. — Angelika não conseguiu conter o sorriso. — Mas eu amo ser a rainha das fadas para ela.

— Espero que também seja para mim. Aqui, pode montar.

Angelika hesitou quando ele parou no último degrau.

— Acho que isso gastaria sua energia. Sua força vital — corrigiu-se, baixinho, quando Will olhou para ela por cima do ombro. — Eu gostaria que você me explicasse o que está acontecendo, para eu não ficar com esse poço sem fundo no estômago.

Lá vinha aquela sensação que só podia ser adiada até certo ponto.

Will se virou, recompôs-se e olhou para ela com muito remorso.

— Eu não sei como posso explicar de um jeito que não te faça entrar em pânico.

Capítulo Vinte e Quatro

— Eu aguento.

A atenção de Angelika foi dividida abruptamente, pois avistou o homem de Victor. Ele estava encostado em um teixo, em uma camuflagem chocantemente eficaz, e seu olhar fixo, amarelo e sobrenatural, estava fixo no rosto dela.

— Mas não me diga se for privado — ela emendou para Will, com uma gaguejada levíssima. — Diga-me depois.

— Acho que você merece saber — disse Will, revirando gentilmente com o pé um pouco de musgo no degrau em que ela estava. — E é claro que você aguenta. Sempre conseguiu lidar com tudo o que acontece nesta vida.

— Espero que sim — disse Angelika, engolindo em seco.

A expressão do homem escondido estava mudando e ele começava a parecer zangado. Provavelmente estava faminto, e ela ali, enrolando.

— Mas você tem razão, eu estou cansada. Será que podíamos conversar mais depois que eu tiver terminado meus afazeres e estivermos dentro de casa, junto ao fogo?

— Eu sinto — disse Will, vasculhando o rosto dela agora. — Você está assustada com o que estou prestes a lhe dizer! Mas não quero que fique com medo. Você deveria saber a verdade.

— Vamos caminhar e conversar.

Ela tornou a olhar para a árvore e o homem tinha sumido. Levou alguns segundos para localizá-lo, e ele estava mais próximo. Sua compleição cinzenta e as roupas esfarrapadas lhe davam a aparência de um teixo que ganhara vida. Victor lhe contara sobre a violenta transformação de Will quando ela foi ameaçada. E se houvesse uma briga e ele fosse ferido, ou pior? Seria culpa dela.

— Angelika, espere! — balbuciou Will quando ela saiu marchando por ele e pegava a trilha em um ritmo alucinante. — Não saia correndo quando estou tentando te contar algo.

— É que eu preciso voltar — respondeu ela.

A linha para a clareira atrás da casa parecia estar a quilômetros de distância. O declive sugava os sapatos dela, arrastando-a para baixo.

— Você vai tropeçar — disse Will, passando um braço ao redor dela e forçando-a a parar. — Psiu, está tudo bem. Escute. Eu não sei se vou viver tanto quanto um homem normal.

O modo como a criação de Victor se movia entre as árvores era silencioso e assustador. Será que ele os seguiria colina acima, lançando aquelas sombras quando passou pelas portas da capela, dando voltas, espiando os dois se beijarem? Quais eram seus motivos? Comida? Ciúme? Ele irradiava a mesma energia malévola das árvores e agora carregava um galho curto e grosso como um porrete.

Will se inclinou para encará-la bem de perto.

— Você me ouviu?

— Está tudo bem — disse Angelika, sem ar.

— Está tudo bem? — Will estava atônito. Seu braço em torno dela enfraqueceu. — Você escutou o que eu acabei de dizer?

Angelika tentava equilibrar dois horrores. Um tinha que assumir prioridade.

— Eu disse que queria conversar junto ao fogo, mas você também não me escutou.

— Estou tentando te contar que acho que estou morrendo — gritou Will, e os pássaros que se agrupavam acima deles saíram voando. — Estou perdendo a sensação nas pontas dos dedos. Não estou me curando. Estou frio. Estou me extinguindo, Angelika.

O foco de Angelika foi arrancado do homem que os vinha seguindo com tanta facilidade.

— Como é?

— Não bloqueie o que estou dizendo. — Will cobriu os ombros dela com as mãos e a chacoalhou de leve. — Não é algo que você possa consertar com dinheiro e, segundo Victor, provavelmente não pode ser consertado com ciência nem com medicina. Isso está acontecendo comigo, e estou com medo, e gostaria muitíssimo que você respondesse com algo real.

Ela abriu a boca, mas o único som agora era um rosnado vindo das árvores. As mãos de Will nos ombros dela se apertaram mais e em seu rosto ficou visível a compreensão.

— Está tudo bem — Angelika sussurrou para ele, sem mover os lábios. — Nós só precisamos chegar até a clareira. Ele não nos seguirá até lá.

— Solte-a — disse a criação de Victor em uma voz rouca pelo desuso.

Will soltou Angelika e se virou, protegendo-a com o corpo.

— Vá embora e nos deixe.

— Vá você embora — contrapôs o grandalhão. — Ela está com medo de você.

— De mim? — Will estava incrédulo. — Ela está apaixonada por mim.

Que gostoso devia ser ter tanta certeza do amor de outra pessoa. A voz de Angelika falhou quando disse:

— Eu não sabia que você podia falar.

O homem arranhou o pescoço com a mão recurvada.

— No começo, minha garganta parecia... parecia que tinha algo errado. Daí, alguém me ajudou a lembrar como falar.

Havia almas boas neste mundo.

— Fico contente. Você se lembra de sua vida antiga? Qual é o seu nome?

Ele não respondeu, dando de ombros e voltando a concentrar seu olhar amarelo e sobrenatural em Will.

— Eu já te vi antes. Em um sonho. Um sonho ruim.

— Você despertou antes de mim no laboratório Frankenstein. Estávamos deitados lado a lado. Somos como irmãos.

O homem ficou chocado.

— Mas você é um cavalheiro.

Em resposta, Will afastou o colarinho da camisa para mostrar sua fileira de pontos.

— Você foi feito por Victor. Eu fui feito por Angelika, a irmã dele.

— Pensei que eu fosse seu — a criação de Victor protestou para Angelika. — Pensei que fosse por isso que você me visitava.

Angelika confessou para Will:

— Eu levo uma cesta para ele à noite com comida e alguns suprimentos essenciais. Velas, sabão, coisas assim. É por isso que eu queria voltar depressa. Nós lhe daremos tortas de vegetais esta noite, seria bom para você?

— Seria bom — ecoou o homem, acrescentando: — Queremos mais vela. — Mas ele estava preocupado com a revelação de Will. — Por que você é um cavalheiro e eu moro aqui?

— Eu não sou um cavalheiro — disse Will. — Fui mimado de início, mas agora vivo muito modestamente, em um chalé perto do pomar.

— Você também pode morar lá — ofereceu Angelika. — Você fugiu tão de súbito que não tive tempo suficiente para te tratar bem. Vocês dois são cavalheiros. — As palavras dela não soaram verdadeiras, porque esta pobre alma estava descalça e suja, enquanto Will trazia roupas sob medida e botas. — Sei que você tem sofrido. Mas não é tarde demais para corrigir isso. Volte comigo agora, para tomar um banho e descansar. Queremos cuidar de você.

— Eu ouvi falar do seu casarão preto — o homem respondeu. — Ouvi dizer que vocês não são muito bondosos, de vez em quando. Vocês expulsam as pessoas.

Ela foi tão horrenda que até um morador da floresta, sem amigo algum, sabia disso? Sua reputação a precedia dessa forma?

— Eu não expulso. Você que fugiu. Há uma diferença.

— Você só fica com quem é útil. — Ele estava prestes a elaborar, mas então notou o interesse de Will em seu anel de ouro. — Ela tentou tomá-lo, mas aprendeu sua lição.

— Você me machucou naquele dia, e eu podia ter morrido — censurou Angelika. Para crédito dele, o homem abaixou a cabeça e pareceu se sentir culpado. — Mas encontrei as suas flores e sei que está arrependido. Pare de balançar esse galho.

Will fez uma segunda revelação ao homem.

— Só estou interessado no seu anel porque você tem as minhas mãos. Eles as deram para você. Esse anel já foi meu, antigamente.

— É verdade — disse Angelika, acrescentando às pressas: — Mas você não precisa devolver o anel. Não é isso que estamos lhe pedindo.

— Fique com ele — concordou Will. — Eu só gostaria de saber se ele contém alguma pista sobre minha identidade. Não me lembro de quem eu sou. Ele tem alguma gravação? — O homem estava incerto e movimentou os pés. Will tentou de outra forma. — O anel tem alguma figura, palavras, um brasão? Uma insígnia? Um entalhe?

O homem avaliou seus oponentes, estreitando os olhos, desconfiando de algum truque. Ambos levantaram as mãos e recuaram quase dois metros. Foi somente então que ele ergueu a mão e espremeu o rosto, concentrando-se.

— Eu não enxergo muito bem de perto agora. Tem um formato pressionado no ouro.

— Apalpe com o dedo — sugeriu Angelika.

O homem esfregou os dedos sobre o anel. Eles não se endireitaram de sua posição torta.

— Eu não sinto as coisas direito. As mãos que eu tenho estão ruins agora.

Will perguntou:

— Há quanto tempo estão assim? Elas começaram a ficar frias, e as articulações do polegar doem à noite, daí um formigamento nas pontas dos dedos? — Ele levantou a própria mão. — É isso o que estou sentindo.

— Vai piorar — disse o homem, com pesar evidente. — Até ficarem ruins. Talvez sejamos irmãos. Eu não estou… muito bem. Ouvi o que você contou para ela — disse ele em um tom baixo, confidencial. — Eu também estou morrendo.

Angelika não podia ouvir mais nem uma palavra.

— Eu acho que você vai ficar bem, se me permitir te manter aquecido e bem alimentado. Vou provar isso mostrando como cuido bem de vocês dois. — Agora ela decidiu fazer a pergunta óbvia: — Posso me aproximar e olhar seu anel, senhor?

— Não — disparou Will, assustando até a si mesmo. Então passou um braço em volta da cintura dela, segurando-a junto a seu corpo. — Não, não, não.

— Solte-a — o homem convidou com um sorriso débil. — Ela pode vir até mim.

Will estava incrédulo.

— E você a devolverá?

— O cabelo dela é macio e ela tem um cheiro bom. — Não era uma resposta que inspirasse confiança. Ele acrescentou: — Mais gostoso do que o da Vovó, com uma voz mais gostosa também.

— Foi você quem afagou meu cabelo? — Angelika levou a mão ao quadril. — Você me apavorou!

Will estava ouriçado.

— Angelika é minha, e você não vai levá-la.

— Sou maior do que você, irmãozinho — relembrou o homem.

O antigo devaneio de Angelika de dois homens brigando por ela estava à beira de se tornar realidade, a menos que ela agisse depressa.

— Tenho uma ideia. Se eu trouxer velas para você, poderia pressionar o anel na cera quente e deixar a vela para mim? Talvez a sua vovó possa lhe ajudar.

O homem considerou o pedido inesperado, mas acabou assentindo.

— Onde você mora?

O sorriso dele foi matreiro.

— Em um lugar esperto.

Angelika podia ver a academia militar à distância e apontou para lá.

— Quero que saiba de uma coisa. Há soldados te procurando. Você os viu? Eles estarão de uniforme, a cavalo, e o comandante cavalgando diante deles é loiro e bonito. — Ela viu o homem pensar e então assentir. — Você deve se manter bem longe do vilarejo e especialmente dele. Ele está zangado por causa do que você fez comigo, e eu disse a ele para não fazer isso, mas ele vai te matar.

— Mais um que te quer. — O grandalhão observou o jeito como Will a segurava. — Uma bela dama, pela qual vale matar uma assombração como eu.

Angelika balançou a cabeça, negando.

— Ninguém vai te matar nas terras Frankenstein. Não vá além dos muros de pedra cinza.

— Não iremos — disse o homem. — Estou tão perto de você às vezes, mas você não me vê. Angelika... — ele disse o nome dela devagar, como em um experimento — ... bela Angelika. Talvez você devesse vir morar comigo.

A jovem manteve a compostura. O braço de Will estava apertado em volta de sua cintura.

— Siga-nos agora e eu vou pegar sua cesta com o jantar. Você chegou a ver meu irmão, Victor? Ele também está te procurando. Ele tem cabelos da mesma cor dos meus, e a montaria dele é uma égua cinza.

— Eu o vejo em todo canto. Todos os dias.

— Você vê? Nós nunca o expulsaríamos. Andamos desesperados para te encontrar.

O homenzarrão engoliu em seco, com emoção nos olhos, e os seguiu por um minuto em silêncio. E então disse:

— A Vovó está com fome, e ela está zangada comigo o tempo todo. Ela não gosta da maneira que eu como. Ou de como eu respiro ou do meu cheiro.

O jeito como ele se encolheu era familiar até demais.

Os últimos raios de sol se infiltraram pelas folhas e então tudo ficou iluminado.

— Por favor, peça à Vovó que te dê um nome — Angelika lhe disse. — Ela é boa nisso.

Will não conectou os pontos.

— Quem é essa Vovó? Eu gostaria de conhecê-la.

Aparentemente, esta era a última pergunta que o homem podia tolerar.

— Por quê? Para poder ficar com ela, quando já tem a bonitona? Irmão, você está sempre tentando tomar e roubar!

Agitando o porrete contra alguns galhos, o homenzarrão saiu pisando duro por entre os teixos, tornando-se invisível em cinco segundos. A floresta ficou em silêncio.

Will estava desnorteado.

— O que acabou de acontecer?

Angelika explicou, cansada:

— Ele está com Mary.

Capítulo Vinte e Cinco

Era uma vez, uma Angelika Frankenstein que ansiava por aventura. Se o seu eu do passado pudesse vê-la agora, teria aplaudido. *Finalmente, algo está acontecendo!*

Ação. Excitação. Romance.

Ela estava montada em Percy, galopando pela longa entrada da mansão rumo ao vilarejo, flanqueada por Victor e Will, com o casaco forrado de seda flutuando atrás de si. Era uma produção dramática dirigida por Lizzie. Ela lhes acenara em despedida e então vomitara deploravelmente em um vaso de gerânios.

Angelika nunca se sentira tão determinada nem tão viva. Era digno de nota que seu espelho também confirmara que ela tinha uma aparência muito boa hoje, de fato, apesar da noite maldormida.

Entretanto, a preocupação que corroía suas entranhas por causa de Mary arruinava o momento.

Sabia que o quadro apresentado pelos três cavaleiros era impressionante, porque Christopher esperava montado em seu cavalo nos portões de entrada e a expressão dele era algo próximo da descrença. Enquanto controlava Percy, Angelika perguntou ao comandante:

— O que foi?

— Eu só fico surpreso toda vez que te vejo. Sempre acho que não tem como ser tão bonita quanto me recordo, e daí você aparece e...

Christopher fez um gesto indefeso, como se estivesse sem palavras. Sua timidez fez o coração dela estremecer.

Entendia como ele se sentia. Podia admirar Christopher o dia inteiro.

ANGELIKA FRANKENSTEIN

Quando Angelika olhou de relance para Will à sua esquerda, percebeu que ele estava irritado.

— Eu a vejo dia e noite. E está sempre linda assim. — A voz dele não havia perdido o rosnado possessivo que a embebia desde o dia anterior, na encosta da colina. — Mas a beleza é um atributo apenas superficial, e não uma realização. Há muito mais do que os olhos conseguem ver no que diz respeito a Angelika.

Christopher abriu a boca, mas foi interrompido antes que pudesse começar.

— Sim, sim, muito bom — interveio Victor, em voz alta. — Cortejar, elogiar, competir etc. Podemos retomar a disputa depois? Temos uma emergência de família.

Christopher ainda tinha o bilhete de seu mensageiro na mão e o levantou.

— Sua criada foi levada pela fera. Eu vim logo após o desjejum, sem os homens, conforme especificado.

— Ele não é uma fera, mas, sim, um homem, e ela é o mais próximo que temos de uma avó — corrigiu Angelika. — E está por aí em algum lugar com o homem, provavelmente morando na floresta ou em uma caverna.

— Ela é a ladra da esmeralda? — perguntou Christopher, e Angelika foi forçada a encolher os ombros e confirmar com a cabeça. — Temos certeza de que eles não estão mancomunados?

Victor respondeu a isso.

— Até falarmos com ela pessoalmente e nos certificarmos de que está bem, não temos certeza de nada.

— Todos precisamos estar cientes de um novo fato — avisou Will. — Aquele homem está pensando em pegar Angelika; ele me disse isso. E, se conseguir alcançá-la, será difícil impedi-lo.

A única resposta de Christopher foi levantar a aba de sua casaca para revelar uma pistola.

Will chacoalhou a cabeça.

— Isso não me tranquiliza, porque ele é capaz de se esconder e ficar à espreita. Ele se camufla tão bem entre as árvores que poderia estar aqui agora mesmo e nós não o veríamos.

À tal declaração, todos eles averiguaram os arredores e os cavalos ficaram assustados.

Victor disfarçou seu medo ironizando:

— Ele a devolveria em menos de uma hora.

Will não achou graça.

— Ele disse a Angelika que anda a vigiando, às vezes de perto, e acha que ela é bonita, tem o cabelo macio e cheira bem.

Angelika puxou as luvas de camurça, agitada.

— Eu não gosto de me gabar.

Victor ficou de pé nos estribos.

— Acho que ele quis dizer que o cabelo dela cheira bem mal.

— Isso não é piada — repreendeu Christopher, afixando sua persona militar. — Então ele buscará oportunidades em que ela esteja ao ar livre e sozinha. Provavelmente à noite, quando pode se misturar com o ambiente. O que mais nós sabemos?

— Ele não come carne — ofereceu Angelika. — Ele tem vários suprimentos de sobrevivência a essa altura: cobertores, sabão francês de amora, velas, uma faca, uma pederneira, um odre de água, um exemplar de *Paraíso Perdido* e um belo livro sobre arte oriental em blocos de madeira.

Christopher perguntou, com a paciência no limite, já sabendo a resposta:

— E como é que ele tem tudo isso? — E se voltou para Will em seguida, estreitando os cristalinos olhos azuis. — Outro homem que não come carne. Muito estranho. Eu só conheci um na minha vida toda. Agora dois?

Angelika interveio.

— Acho que deveríamos considerar outra opção em vez de caçá-lo. Pensei nisso a noite toda. Sou a única em quem ele confia e acho que…

— Não! — todos os três disseram em uníssono.

— Se eu for com ele, ele me levará até Mary. — Angelika apelou para Christopher. — Você é um caçador, então sabe que precisamos de uma isca. Eu cheiro bem e ele, com certeza, virá atrás de mim. Daí eu posso persuadi-lo a me deixar ir embora ou pagar um resgate e trazê-la para casa.

— Não, sua tonta — disse Victor, com emoção. — De jeito nenhum. Chris e eu vamos cavalgar até a área da capela, onde vocês o viram pela última vez. Eu vou conversar com ele e convencê-lo a nos levar até Mary.

— E se ele não aceitar ser convencido... — A mão de Christopher foi até a pistola outra vez, como se fosse um reflexo. — Vocês dois acreditam que podem sair de qualquer situação conversando ou pagando, mas, aceitem meu conselho: as coisas raramente funcionam assim no momento.

— Concordo com você nisso — disse Will.

— Se atirar nele, Mary pode nunca ser encontrada. Olhe só para aquela montanha. — Angelika apontou para o pico que se erguia atrás da mansão preta. — Ela está lá em cima agora mesmo, possivelmente ferida e com certeza irada. Ele pode tê-la amarrado a uma árvore.

— Eis o plano — disse Christopher. — Angelika colocará seus presentes para ele no lugar de sempre — aqui a voz dele enrijeceu em reprovação — e eu estarei escondido sob uma pele de veado, vigiando. Então o seguirei.

— Você não está me ouvindo — Will disse a ele, sem rodeios. — Eu o vi pessoalmente. Ninguém poderia rastreá-lo.

Seja qual fosse a emoção sentida por Christopher, fez sua montaria bater os cascos no chão com força.

— E você não estava ouvindo quando eu disse que consigo caçar qualquer coisa. Esse homem é finalmente um adversário à minha altura, e em dobro, porque estarei protegendo Angelika.

— Já chega, pavões. — Victor estava fatigado. — Chris, vamos partir para vasculhar a floresta atrás da casa. Will, você fica com a isca enquanto ela cumpre seus afazeres no vilarejo.

— Afazeres para seu benefício. Vou arranjar tudo para o seu casamento — disse Angelika, franzindo o nariz.

Victor fez uma saudação com o chapéu.

— Muito agradecido.

Angelika garantiu para um Christopher preocupado:

— Eu ficarei bem. Ele me prometeu que não deixaria as terras dos Frankenstein. Que não vai cruzar os muros.

— Promessas não têm muito significado para pessoas desesperadas. Qual é o tamanho das terras de vocês?

— São mais de oitocentos hectares para procurar, então alguma assistência seria muito útil para mim. — Victor deu uma volta com sua égua, Atena. Ela virou as orelhas para trás e mordeu o traseiro de Percy.

Enquanto todos assumiam suas posições, a linha de visão de Victor estava em Will.

— Cuide de minha irmã — comandou ele, brusco. — Pegaremos uma rota atravessando o bosque de nogueiras. Todo mundo se reencontra aqui para a ceia. Pegue-me se for capaz.

Em um gesto desnecessariamente exibido, alinhou Atena ao muro e saltou sobre ele.

Christopher sorriu enquanto observava, a despeito da gravidade da situação.

— Cuide de Angelika — reforçou para Will.

— Tenho cuidado dela há mais tempo do que você a conhece. Está ficando para trás.

Eles seguraram as rédeas com força enquanto Christopher sucumbia à excitação rodopiando por ali; ele também conduziu o cavalo até o muro de pedra e saltou por cima com uma competência tranquila. À distância, ouviram Victor gritar, entusiasmado.

— Eles se divertirão demasiadamente caçando hoje — observou Will, balançando a cabeça. Conforme começavam a trotar na direção do vilarejo, ele perguntou: — Nós vamos conversar sobre o que eu lhe disse? Ontem à noite, você agarrou Lizzie e se escafedeu.

— Nós estávamos no meu quarto. Isso não é me esconder. — Embora também não tivesse mais emergido do quarto, exatamente.

Will agora segurava suas rédeas amarradas em um nó, com o punho no meio do laço; exatamente como faria alguém que estivesse com dificuldades de mover as mãos. Quando encontrasse uma solução para a crise atual, iria lhe explicar com muita firmeza que ele não estava morrendo. Ele lhe disse a mesma sandice naquela primeira noite, quando ela quase o carregou escada acima, nu. Ele estava errado então e estava errado agora.

— Nós realmente precisamos conversar — repetiu Will.

Angelika se afundou na sela e soltou Percy em um galope.

O vilarejo de Salisbury era ainda mais decrépito e deprimente do que Angelika se lembrava. A maioria dos comércios estava com as vitrines cobertas por placas de madeira. Uma criada de rosto avermelhado tinha as saias presas na roupa de baixo enquanto jogava um balde de excrementos em uma vala. Todos os olhos catalogavam os trajes, o cavalo e os arreios dela.

— Aqui, docinhos — disse Angelika, jogando moedas para as crianças. — A igreja fica seguindo essa rua à esquerda, e passaremos em frente ao chalé de Clara. Vamos fazer uma visita. Talvez eu possa até segurar Winnie no colo se ele estiver acordado.

— Mas é claro — assentiu Will.

Como se a tivesse conjurado com a força do pensamento, Clara entrou em seu campo de visão descendo a encruzilhada e virando na direção oposta, carregando Edwin no quadril. A amiga de Angelika parecia com qualquer um desses pobres coitados, com lama na barra do vestido e um ar exausto. Em adição a seu menino, lutava com sacolas pesadas de compras.

— Ela precisa de ajuda — disse Will.

— Aonde ela está indo? Descendo por essa viela horrível? Mas ela mora nesta direção…

Os dois precisaram parar para deixar uma carroça passar e, quando trotaram para compensar o tempo perdido, Clara estava diante de uma porta de madeira e tentava abri-la com dificuldade.

— Clara! — Angelika fez Percy parar. — Precisa de ajuda?

Ela notou uma placa: PENSÃO WINCHESTER. Um balde foi esvaziado por uma janela. Uma tosse e uma cusparada se seguiram. Podiam ouvir um homem gritando e os tons pacificadores de uma mulher. Uma pancada. Um grito felino. Tudo fedia.

Angelika estava abismada.

— Você deixou seu adorável chalé para morar… aqui?

Percy espirrou.

— Olá, Angelika, Will — cumprimentou Clara, virando-se com grande relutância. — Como vão?

— Certamente estou entendendo errado — questionou Angelika, de sua sela. — Você está visitando alguma conhecida?

— Estamos morando aqui há quase uma semana — explicou Clara, ajeitando Edwin, que ficou todo contente ao ver Angelika. — Tenho muita noção de que está abaixo dos seus padrões… — Aqui ela fez uma pausa, enquanto um segundo balde era esvaziado. — …mas vai servir, por enquanto.

— Não pode encontrar nada mais adequado? — Angelika estendeu seu chicote para Edwin pegar e eles brincaram gentilmente de cabo de guerra. — Este lugar parece horrível.

— Melhor do que a rua. — Ela se encolheu quando uma mulher carrancuda enfiou a cabeça para fora de outra janela. — Lamento muito, sra. Winchester. Não vamos demorar.

— Sem visitantes. — A sra. Winchester tinha um rosto que lembrava uma nádega amassada e olhou feio para Edwin. — E sem choro. Por um acaso eu acabo de ouvir você dizer que meu belo estabelecimento parece horrível, mocinha?

— Eu não coloquei meus pés aí dentro, mas não alojaria nem meus porcos aqui, sua velha grosseirona — Angelika retrucou com uma honestidade retumbante, e a janela foi fechada com estrondo. Will coçou o queixo para esconder o sorriso.

— Muito obrigada mesmo — exclamou Clara. — Ela já nos odeia. Na noite passada, Edwin não conseguia sossegar e ela tirou a maçaneta do meu quarto. Tive que implorar para que me deixasse sair hoje de manhã.

A indignação de Angelika só aumentava.

— Christopher sabe que você mora aqui?

Clara escolheu as palavras de sua resposta com cuidado.

— Ele sabe que eu vaguei o chalé.

Will olhou para Angelika, que assentiu e disse:

— Venha, fique conosco até planejar seu próximo passo. Nós não a deixaremos aqui.

O orgulho deixou Clara muda e a coloriu de vermelho até as raízes dos cabelos. Em seguida, a discussão audível na pensão chegou a seu ápice. Houve um tapa revoltante, a mulher começou a chorar, e Edwin agarrou o vestido de Clara, o rostinho gorducho contorcido de estresse.

Will tranquilizou Clara.

— O caiado no chalé ao lado do meu estava seco quando conferi hoje cedo. Você terá sua privacidade. — Ele desmontou e amarrou Salomão. Com gentileza, colocou a mão no ombro de Clara, trazendo-a de volta ao momento, e pendurou as compras dela no corrimão. — Tem lugar para você.

Debilmente, Clara respondeu:

— Tem certeza?

Will lhe assegurou.

— Dê Edwin para Angelika um instante.

Angelika desmontou e sacudiu o menino, que cheirava mal, no quadril, cantando uma música para ele:

— Lugar emporcalhaaado… nem um bicho aguenta calaaado… não é, meu amado?

Não levaram muito tempo para embrulhar os pertences de Clara. A moça ressurgiu com uma bolsa de tapeçaria bem cheia e a cesta de Edwin, enquanto Will segurava um caixote. Os nós dos dedos dele sangravam. Pelo jeito, ele encontrara tempo para resgatar a mulher em apuros, que fugiu a toda velocidade com a mão no rosto, murmurando um *muito obrigada*.

Angelika estalou os dedos e um condutor parou sua carroça. O veículo era puxado por uma mula caolha e estava lotado de vegetais sujos, mas a cavalo dado não se olham os dentes.

— Estou contratando o senhor para uma viagem particular até minha mansão. Também vou ficar com uma abóbora.

O condutor concordou e ela depositou uma moeda na palma da mão dele.

— Angelika... — começou Clara, mas não encontrou palavras.

— O prazer é meu. Will te acompanhará até em casa. — Ela entregou Edwin à mãe. — Eu vou até a igreja e de lá voltarei para casa. Dê-me um impulso aqui, por favor.

Will deu, mas estava claramente dividido pela decisão que devia tomar enquanto carregava a bagagem e as compras de Clara.

— Eu não deveria te deixar sozinha.

— Posso cuidar de mim mesma no vilarejo. Fiz isso a minha vida toda. E eles não podem fazê-lo.

A pobre Clara parecia devastada, abraçando o filho apertado.

— Peça a Sarah que prepare um banho para eles.

Will assentiu.

— Venha direto para casa, meu amor.

— Mas é claro.

Angelika esperou até que eles tivessem partido. Quando virou seu cavalo na direção da igreja, a janela se abriu mais uma vez. Era a sra. Winchester, espionando a partida de Clara.

Angelika lançou-lhe uma moeda de um cêntimo.

— Invista em uma nova atitude.

Percy levantou a cauda e deixou cair um monte fumegante de excremento.

Sem Will a seu lado, sentiu-se, de fato, vulnerável quando continuou em seu caminho. A notícia se espalhara de que a dama no cavalo brilhoso distribuía moedas, e crianças a seguiam como abelhas. Homens se recostavam no batente das portas para assistir à sua passagem. Percy se agitava procurando por Salomão e não parava de relinchar.

Foi a primeira vez na vida que suspirou de alívio ao estar se dirigindo a uma igreja. Amarrou Percy em uma cerca de ferro fundido perto da sacristia e soltou a correia que prendia suas saias.

— Você é um tolinho resmungão — Angelika o censurou, e o animal começou a arrancar folhas de uma sebe desleixada. Ela se viu incapaz de deixá-lo ali e chamou um rapazinho suado em trajes religiosos que varria o caminho. — Eu lhe pagarei um xelim para cuidar de meu cavalo por um período breve. Os moradores parecem capazes de roubar até as ferraduras que estão nos cascos dele.

O discípulo fungou, rindo, depois olhou para o céu em um pedido mental de perdão.

— Se doar esse xelim para o prato de coletas, considere-o cuidado.

— Vocês precisam de um jardineiro por aqui — comentou Angelika, tirando as luvas. — Eu sei, por experiência própria, que, se deixar a hera subir dois centímetros, ela vai sufocar tudo o mais.

— Nosso trabalho não termina nunca — concordou o jovem. — Quase contratamos um jardineiro, mas tivemos que fazer sacrifícios. O padre Porter está lá dentro, se é ele que a senhorita veio procurar.

Tudo estava arranjado. Ali estava ela no exato lugar que evitara por semanas. Anos. Lá dentro, um homem que ela não via desde os piores momentos de sua vida. Mas, se pudesse arranjar esse casamento, Lizzie sorriria de novo e Victor talvez aumentasse seus abraços para dois por ano.

Não havia nada mais a fazer, exceto adentrar pelas grandes portas escuras.

Angelika, então, teve uma premonição.

Estava caminhando para a sua ruína.

Capítulo Vinte e Seis

Angelika atravessou a igreja com ambos os braços cruzados sobre o ventre em um autoabraço apertado. A voz de Victor lhe fazia companhia, embora apenas na imaginação.

Finalmente andando em direção ao altar, Angelika? Cuidado, o homem barbudo no céu vai jogar um raio em você.

Aqueles painéis de vitral parecem novos, não? Estofamento de couro de cordeiro nos bancos. Quanto acha que isso custa? O padre Porter não é muito melhor do que um ladrão golpista ordinário.

Aposto mil libras que ele está usando um anel com pedra preciosa do tamanho de um ovo de codorna.

— Olá?

A voz de Angelika ecoou e não recebeu resposta, de modo que ela parou ao alcançar a quarta fileira de bancos. À esquerda era onde se sentava antigamente com os pais. Ela descobriu que não podia dar nem mais um passo sequer sem se sentar em seu lugar antigo.

Toda manhã de domingo parecia uma eternidade neste assento, e ela se remexia a cada segundo, hiperconsciente da expressão incrédula de Victor e do escárnio mal escondido diante de algumas das afirmações do padre. Agora ficava claro que ela tinha desperdiçado aquele tempo.

— Sinto saudades de vocês, Mamã, Papá — disse para os assentos vazios a seu lado. — Eu deveria saber que me sentar com vocês regularmente era um privilégio que eu tinha. — Cochichou consigo mesma. — Típico da Angelika. Você tem que começar a valorizar seus momentos com outras pessoas, porque elas não duram para sempre.

— Senhorita... Aaaaann... gelika... Fran... ken... Stein — disse um homem idoso, dando-lhe um susto e tanto.

Ela tentou não ficar boquiaberta, mas o padre Porter parecia ter sido enterrado a sete palmos desde que o vira pela última vez. O sacerdote não passava de ossos e pele com veias azuis, coberto por trajes dignos da realeza. Como ele tinha força para sustentar aquele cordão espesso de ouro em volta do pescoço, era impossível saber.

Angelika se ouviu perguntando:

— Quantos anos o senhor tem?

— O bom Senhor me deu meu nonagésimo aniversário — respondeu o padre Porter.

— NOVENTA? — A moça não conseguiu esconder seu horror, que ecoou em torno deles como *noventa-enta-enta-enta*. Levantou-se, apressada. — O que eu queria dizer era: parabéns, e que bom vê-lo novamente.

O padre trazia o mesmo sorriso astuto de que ela se lembrava.

— Você não mudou nem um pouquinho.

— Obrigada. Estou aqui a negócios, para arranjar um serviço de casamento.

— Então eu também lhe devo meus parabéns.

— É para meu irmão, Victor.

— Ah. Victor. O rapaz que me disse que eu nunca mais seria bem-vindo para visitá-lo de novo. O jovem de quem ouço tantos rumores estranhos e não naturais. — Era difícil não se encolher sob o olhar fixo do padre Porter. Ele terminou com frieza: — Eu pediria a você que falasse com um assistente, mas estamos com a agenda totalmente lotada.

— Esta é uma solicitação especial. Victor tem um apego profundo à capela de nossa família. Desejamos que o serviço ocorra lá. Se o senhor puder colocar um de seus associados mais... hã... ágeis à disposição, pagaremos generosamente por essa conveniência. É uma bela caminhada colina acima.

Sereno, ele respondeu:

— Sou só eu aqui, minha filha.

— Ah... E que tal nas paróquias vizinhas? Será que poderíamos combinar com um colega? — Começava a entrar em pânico. Será que o padre Porter aguentaria ir em uma mula? — O que faremos?

— Uma doação pode ajudar a deixar o passado no passado. — Os olhos esbranquiçados do padre tinham um novo brilho. — Ele pode se casar aqui, caso essa doação seja suficiente. Eu garantirei que ele possa escolher a melhor data, dependendo do tamanho da cerimônia.

Ele cruzou as mãos na frente do quadril. Como o Victor imaginário previra, o padre Porter exibia um rubi que poderia se encaixar dentro de um quebra-nozes. Era uma pedra impressionante, mas a imagem de crianças vasculhando a terra em busca de moedas estava fresca demais para admirá-la.

Angelika forçou um sorriso agradável.

— A cerimônia que temos em mente terá cinco convidados e provavelmente levará cinco minutos. Mas estamos muito decididos a que ele se case em casa.

— Vocês evitaram este lugar por muito tempo. Venha.

Pelo visto, o padre Porter estava cansado simplesmente por ficar ali de pé e gesticulou para que ela o seguisse.

Os dois pegaram uma porta à esquerda, depois caminharam até o escritório da sacristia. Era um corredor curto, mas, quando o padre se sentou na cadeira atrás da mesa, Angelika suava por testemunhar sua jornada árdua. Pareceu prestes a tombar várias vezes, e ela lhe segurara o braço por pura necessidade. Desabou no assento oposto ao dele, tão sedenta que beberia de bom grado do vaso de rosas atrás do padre.

Ele deixou que ela ficasse sentada ali, em silêncio, por um bom tempo antes de dizer:

— Você me acha um ancião, não é, minha criança? Suponho que não tenha conhecido ninguém que tenha envelhecido. Ainda rezo por seus queridos pais.

Angelika disfarçou o lampejo de raiva.

— Confesso que não pensei que o senhor ainda estaria trabalhando nessa idade.

— Eu não posso me aposentar.

— Ah, isso é contra as regras?

— Eu não posso me aposentar — repetiu ele com enunciação mais clara, deixando evidente que ela o havia interrompido — até que meu substituto seja enviado.

— Seria muito bom ele se apressar — comentou Angelika, afundando cinco centímetros em sua cadeira quando os lábios do padre se espremeram. — Desculpe.

— Todo e qualquer pensamento escapa de sua boca. Você realmente não mudou nada. — Com os dedos estalando para formar uma pose de oração debaixo do queixo, ele a encarou. — Você não visita os túmulos de seus pais.

— Nós pagamos pela manutenção deles.

— Não é a mesma coisa. — Ele continuou a encará-la.

Ela se lembrou de como caminhou na direção do homem na floresta com os olhos no anel dele. *Diplomacia, Angelika. Vá com cuidado.*

Mudou de assunto.

— Eu não visito o vilarejo com assiduidade. Fiquei chocada com a aparência miserável daqui.

— A pobreza é um ciclo difícil de romper.

O sacerdote disse isso com sinceridade total, enquanto estava sentado em um pequeno trono estofado debaixo de um Botticelli emoldurado. Tinha a mão estendida sobre a mesa, como se o peso da pedra preciosa vermelha como vinho fosse demais.

O olhar dele se moveu para uma bandeja de prata diante da moça. Angelika entendeu e pegou a bolsa. Colocou o xelim que negociara anteriormente na bandeja. O padre Porter continuou encarando até ela acrescentar um segundo xelim. E então um terceiro. E um quarto.

Ele piscou e se reanimou.

— Eu sempre disse que você possuía um coração generoso. Estou surpreso que você mesma ainda não esteja casada, senhorita Frankenstein.

Sem pensar, ela respondeu:

— Estarei em breve, acho.

— E quem é o seu pretendente?

— O senhor não o conhece. Ele é de outra cidade.

— Sir William Black — disse o padre, disparando um calafrio pela coluna de Angelika. — Um sujeito misterioso, com um nome que ninguém consegue encontrar nos registros. Um homem sem passado, conhecido por ninguém e raramente visto. Aqueles que o viram comentam que é um belo homem; rezo para que um rosto bonito não tenha abalado o seu... coração generoso.

— Como é que o senhor sabe disso? — Ela respondeu à própria pergunta de imediato. — Todo mundo sabe de tudo em um vilarejo pequeno.

— Eu prometi ao seu querido Papá que ficaria de olho em você. — E foi o que fez, por outro minuto agonizantemente longo. — Tem certeza sobre esse homem? Qual é a reputação dele na sociedade? Qual é sua fortuna, seus bens? Quem são seus pais, qual é sua renda anual?

Angelika se inflamou.

— Isso tudo é da conta dele. Não da sua.

A risada do padre Porter estalou dolorosamente.

— A família Frankenstein não é para qualquer um se juntar por casamento, e me arriscaria a dizer que Victor não fez a devida diligência. Eu gostaria de conhecê-lo, de avaliar sua adequação. Por que vocês não frequentam as missas aos domingos?

— Temos nossa capela em casa.

— Uma capela sem padre. — O padre Porter agora dobrava as mãos de forma agourenta. — Acho que devíamos rezar juntos.

— Eu adoraria, depois de resolvermos o casamento de Victor. Ele está se casando com Elizabeth Lavenza, a primogênita de Gregor e Isabella. A mãe dela vem de Maiorca, na Espanha, embora tenham uma propriedade no interior da Inglaterra e Lizzie tenha sido criada aqui. São terrivelmente ricos e não estão atrás da fortuna de Victor. Os hobbies dela incluem escrever e dirigir peças de teatro. Espero que a vila toda vá desfrutar do alegre entretenimento que ela proporcionará.

Não contou que as peças de Lizzie nem sempre eram adequadas para as crianças. Violência sórdida, beijos sórdidos e quase sempre um fantasma ou uma criatura perturbadora visitando das estrelas — mas esses eram detalhes editáveis.

— Você foi capaz de me dar o pedigree de sua cunhada, mas não de seu próprio pretendente.

Encarar de volta era a única defesa de Angelika a essa altura.

— Victor se casa aqui — disse o padre Porter para os xelins — ou não se casa. Ele é um menino teimoso, mas explique essas duas opções para ele o melhor que puder. Também exigirei a retomada da presença semanal em minhas missas e um pedido de desculpas atrasado, além, naturalmente, de uma doação adequada.

Angelika não se intimidou.

— Posso perguntar o que nossa doação ajudaria a realizar?

E não se surpreendeu com a prontidão da resposta.

— Debaixo do altar principal há uma profunda rachadura que requer conserto. Essa oportunidade deveria ser aproveitada para trocar tudo por mármore branco, em vez do verde atual, para combinar com os novos afrescos. Caso sejam especialmente generosos, nossa estátua de Cristo precisa ser repintada. O artista é italiano, e seus serviços estão um tanto fora do alcance de nosso orçamento atual.

Mármore e férias para um italiano.

— E para os habitantes do vilarejo? O que nossa doação renderia a eles?

O padre piscou feito um sapo.

— Eu acabei de explicar, minha filha.

Angelika sabia quando tinha sido vencida.

— Conversarei com Victor quando voltar para casa. Nossa segunda ordem de negócios é que acreditamos que nossa velha e querida criada, Mary, tenha desaparecido. Estamos com medo de que ela tenha vagado até a cidade e sucumbido a algum delito ou acidente.

O padre se inclinava adiante para pegar os xelins.

— Rezarei por ela.

— Poderia me dizer se recebeu algum morto que não tenha sido contabilizado?

As moedas foram colocadas no bolso do manto dele.

— Tente no necrotério. Ouvi falar que seu irmão conhece o caminho para lá.

Abalada pelo seu tom de quem sabe tudo, Angelika gaguejou:

— Já tentei, e me disseram que às vezes os mortos deles saem daqui.

Dessa vez, o padre não piscou. Se estava vendendo cadáveres para o necrotério para forrar os próprios bolsos, era um ótimo ator, de fato.

— Famílias enterram seus entes queridos aqui, como você bem sabe. Se o cadáver não for reclamado, daí, sim, seria usual que fosse enviado para o necrotério. — Pelo visto, a reunião com Angelika chegara ao fim, porque o padre Porter já estava se colocando de pé. Ele disse: — Talvez queira visitar seus pais.

E foi até uma porta lateral, lutou com a maçaneta e então os dois saíram. Angelika ficou aliviada ao ver Percy, ainda amarrado, e o assistente da igreja continuando a varrer. Devagar e sempre, titubearam pelo cemitério.

— Aqui — indicou o padre Porter, e Angelika se reuniu com a mãe e o pai.

— Nosso dinheiro não foi posto em bom uso — ela criticou, seriamente, fazendo menção ao musgo e à grama descuidada.

Reparar nesses detalhes manteve o aperto da emoção à distância; não havia nada tão terrível quanto ver o nome e as datas de alguém querido esculpidos no granito.

Angelika não sabia o que o padre Porter queria. Lágrimas? Mãos postas em oração?

— É um lugar agradável — comentou ela.

De onde estava amarrado, Percy soltou um relincho estridente.

Que lugar o padre selecionaria para si mesmo? Ela começou a vagar pela alameda, tentando adivinhar que partes eram mais valorizadas. Chegou a uma área com grama ainda bebê, verde-limão, em uma sepultura recente.

— Eu lhe disse que estou esperando pelo meu substituto — disse o padre Porter atrás dela — e, infelizmente, aí jaz ele.

Angelika levantou os olhos, com uma sensação sinistra a sufocá-la, e leu o nome:

Padre Arlo Northcott

— Uma lástima terrível — disse o padre Porter, e agora Angelika suava por todos os poros. A data da morte era... — Seis semanas atrás, mas tenho certeza de que você ouviu o que houve.

Ela murmurou:

— Não ouvi, não. Como ele morreu?

— A carruagem dele foi virada por salteadores, como acontece tanto por esses dias.

Angelika engoliu em seco.

— Ele morreu... rapidamente?

— Não. Os condutores pegaram uma rota estranha e a carruagem foi encontrada em uma ravina. — O padre Porter parecia genuinamente triste. — Ele foi trazido vivo para cá e lutou muito durante a noite. Infelizmente, voltou para nosso Senhor muito cedo. Como pode ver, ele era bem jovem.

Angelika fez as contas.

— Ele tinha trinta e três anos. Bem jovem para um padre, não? — Ela se viu argumentando vigorosamente. — Deve haver algum erro. Como poderia substituir o senhor, sendo ele mesmo tão novo? Parece absolutamente fora de questão. É ridículo. Não consigo pensar em nada mais absurdo que um padre de trinta e três anos.

Ela enxugou a têmpora.

Padre Arlo Northcott?

— Ele era, segundo todos os relatos, devotado a seus estudos, e viveu em devoção e abstinência incomuns desde a infância. Levou uma vida excepcional, apesar de muito breve... — O padre Porter suspirou. — Uma grande perda para a igreja e para esta vila. Eu teria gostado de conhecê-lo, de conversar, de entender sua fé e a direção que planejava para a paróquia. Agora devemos esperar até que outro substituto seja encontrado.

— E ele definitivamente está aqui.

— Não estou entendendo o que quer dizer — disse o padre, em um tom mais cortante, talvez defensivo. — Está vendo uma cova à sua frente? Eu conduzi os ritos finais pessoalmente.

Angelika se chacoalhou.

— Eu simplesmente não posso aceitar, nunca, a morte de alguém tão jovem.

Só podia ser uma coincidência. Não seria hilário? Uma bela história, para ser contada de maneira vivaz junto ao fogo.

— Vejo que ficou muito comovida. Gostaria de acender uma vela para o padre Northcott na saída? Poderíamos rezar.

— Sim, acho que seria bom.

Angelika realmente só precisava se sentar outra vez. E *realmente* rezaria para que o padre Arlo Northcott fosse outro homem, que havia deixado um mundo muito vasto, fervilhando com outras pessoas. Naquele momento, porém, um portão rangeu anunciando a chegada de alguém.

Um homem caminhando na direção deles, com os olhos fulvo-dourados travados no rosto de Angelika, como se ela fosse a única mulher no mundo que ele procuraria. Ele era alto, muito bonito e estava vestido como se alguém com fundos ilimitados e um ótimo alfaiate estivesse apaixonado por ele.

Era, é claro, sem dúvida, o amor dela.

Era Will.

Capítulo Vinte e Sete

— Angelika — disse Will, quando chegou mais perto. — Estou aqui para acompanhá-la até em casa. — Ele estava corado e levemente sem fôlego. — Encontrei Jacob e alguns outros de minha equipe de jardinagem na volta para a Mansão Blackthorne. Eles estavam em número suficiente para acompanhar Clara, e eu não queria te deixar sozinha. Galopei o caminho todo até aqui.

Ela deu meio passo para trás e Will notou o diminuto padre Porter pela primeira vez.

— Perdão, padre. Eu o interrompi.

— Por favor, espere com os cavalos. Eu me juntarei a você em breve — ela disse, tentando virar o padre Porter com a mão no cotovelo deste, mas ele já estava erguendo os olhos, espremendo-os contra o sol, e lentamente a compreensão ficou visível em seu rosto.

O padre Porter conferiu rapidamente a lápide, e Will fez o mesmo.

— Padre Arlo Northcott — Will leu em voz alta, e o padre revirou os olhos e desabou.

Angelika conseguiu ampará-lo.

— Ah, meu Deus! Ah, que inferno!

Ela abaixou a cabeça dele com cuidado sobre a grama, depois dobrou seu xale em uma almofada improvisada.

— Padre! Padre! Pode me ouvir?

Angelika deu tapinhas de leve no rosto dele e viu as pálpebras se moverem.

— Ele não está morto.

— Ele me reconheceu... — Will balbuciou.

— Não ouse desmaiar também — ameaçou ela, quando Will encarou a lápide com olhos vidrados. — Mantenha a calma. Entre por aquela porta ali. Socorro, socorro!

Acenou com o braço para o auxiliar que fazia a limpeza, e ele largou a vassoura.

Olhando para o túmulo, Will perguntou:

— Este aqui deveria ser eu? Padre Arlo Northcott? Padre? Eu sou um sacerdote? Sou um sacerdote?

Ele estava se aproximando da histeria rapidamente.

Angelika teve que gritar para que ele a ouvisse.

— Não sabemos de nada até termos provas.

Will gritou de volta.

— Como? Angelika, como?

— Entre por aquela porta e tranque-a depois de passar. Vasculhe o escritório o mais rápido que puder em busca de qualquer coisa com o nome do padre Northcott. Arquivos ou cartas. Os documentos podem estar trancados em uma gaveta.

Ela apalpou os bolsos do padre Porter, encontrou um molho de chaves e o jogou para Will. As mãos dele não seguraram corretamente e o modo como as chaves caíram na grama relembrou-a do sofrido homem de Victor, deixando a maçã cair. Passou as chaves para ele de novo e reprimiu o sentimento que tinha em suas entranhas.

— Will, vá agora mesmo.

Will recuou da cena e conseguiu entrar antes que o assistente que varria a trilha aparecesse correndo.

— O que houve?

Angelika foi honesta ao responder:

— Ele pareceu ter visto um fantasma.

✝

— Deixe ver se entendi direito — recapitulou Victor, sorrindo.
— Você foi arranjar meu casamento e quase matou o padre? Típico da Angelika.

Os membros da Sociedade Secreta Frankenstein haviam se reagrupado na biblioteca da mansão naquela mesma noite. Eles comiam guisado de carne com as tigelas sobre o colo, molhando um pão de casca crocante no molho. Christopher era o único que parecia um tanto elegante fazendo isso e não mostrava sinal algum de ter cavalgado em uma floresta cheia de teias de aranha por dez horas.

Victor, em contrapartida, certamente parecia.

Christopher estava desanimado e desconsolado por ter voltado para casa sem sua presa e soltava suspiros enquanto encarava o fogo. Não era sua culpa. Ele não fazia ideia de que estava essencialmente caçando um imenso duende da floresta.

Angelika dirigiu-se ao irmão com altivez.

— O padre Porter tem noventa anos. Um vento mais forte poderia matá-lo. E, para dizer a verdade, eu o salvei. Ele desmaiou nos meus braços como uma dama.

Ela estava deitada de barriga para cima na frente do fogo, a tigela limpa e Edwin montado em sua barriga. Ela o sacudia para cima e para baixo.

— Eu peguei aquele velho asqueroso, não peguei, Winnie? Não peguei aquele saco de ossos?

Edwin soltou uma gargalhada. Will lançou um olhar apagado para Victor.

— Típico da Angelika, brava, generosa, calma sob pressão e salvando as pessoas por todo lado.

Era um comentário sob medida para defendê-la, mas também fez Clara baixar o olhar de volta para o guisado.

— Dishcuba, Geleka — disse Victor, com a boca cheia.

— Você sabe por que ele desmaiou? — perguntou Lizzie.

Ela estava sentada no chão, apoiada na perna de Victor, e bateu a mão no tapete para convencer Edwin a engatinhar até ela. O bebê foi naquela direção com uma determinação alegre. Estava se formando uma competição entre as duas mulheres. Lizzie levantava o olhar com frequência para ver a reação de Victor ao menininho; ele estava ocupado demais enchendo a pança de guisado para reparar.

Um caso perdido, Angelika suspirou consigo mesma. Para Lizzie, ela respondeu:

— Ele desmaiou quase certamente porque está com noventa anos. Foi reanimado após alguns minutos, então temos certeza de que vai se recuperar.

Assim que as pálpebras dele se mexeram, Angelika o deixou nos braços de seu assistente e correu para encontrar um Will em frangalhos, andando de um lado para o outro perto dos cavalos.

Clara estava feliz em compartilhar seu filho e se acomodara com os pés dobrados por baixo do corpo. Sentada ao lado de Christopher, parecia sua esposa descontraída, e uma bela esposa, por sinal. Era incrível o que um banho e uma soneca à tarde podiam realizar. Era a segunda vez que Angelika reparava que eles combinariam muito bem como casal. Fitou a distância entre os dois na espreguiçadeira e calculou a largura do próprio traseiro.

Angelika prosseguiu:

— Eu também considerei a possibilidade de ele ter ficado tonto por tentar arrancar novos mármores dos Frankenstein.

— Mármores? — disse Victor com escárnio. — O que ele quer com isso?

— Ele gostaria de mármore branco para o altar, para dar um novo visual. E o amigo italiano dele, artista, precisa vir para um serviço a passeio, para retocar os globos oculares de Cristo.

A palavra *artista* inspirou Angelika a procurar na estante de livros um diário em branco. Sem dizer nada, ela o passou para Clara, Lizzie passou um lápis e, depois de um minuto, a jovem viúva captou a insinuação e começou a desenhar.

— Ele pode continuar sonhando — disse Victor. — Se ele diz que a escolha é entre casar lá ou não casar, eu lamento muito, Lizzie, mas vamos ter um filho bastardo.

Lizzie não riu e a sala toda ficou em silêncio.

— Que grandes aventuras você teve hoje, Angelika — disse Clara, para quebrar a tensão depois de processar aquela declaração. — Conte-me de novo o que disse à sra. Winchester. A parte com o cêntimo.

Angelika sorriu de onde estava no tapete e imitou o gesto de jogar uma moeda.

— "Invista em uma nova atitude." Esqueci de te contar esta parte: no mesmo instante, Percy largou um monte de estrume na porta dela. Foi o melhor momento da minha vida toda.

— Mas que belíssima fala — disse Lizzie, escrevendo em seu caderno IDEIAS PARA PEÇAS. — Vou roubar isso.

— Fico feliz em servir de musa.

Angelika deu tapinhas no chão e Edwin engatinhou de volta, rápido feito um caranguejo, os olhinhos azuis brilhantes.

Estava enganada. Este era o melhor momento de toda a sua vida.

Cercada por seus amigos, cheia de comida boa, aquecida pela lareira e com um bebê puxando seu cabelo. Sentar-se no banco da igreja hoje a lembrou de valorizar todos os momentos com aqueles a quem amava, não importa o quão mundanos fossem.

Olhou para Will. Ele estava recolhido e abalado pelos eventos do dia, mas, ah, testemunhar a luz do fogo naqueles olhos era uma honra. O momento todo era inesquecível. Se ao menos Victor começasse a pensar assim... Ele estava absolutamente cego à presença de Edwin e igualmente sem noção do quanto isso devia magoar Lizzie.

Clara enxugou lágrimas de riso.

— Ah, eu daria qualquer coisa para ver a cara dela.

— Não se preocupe, tenho certeza de que ofenderei mais alguém em breve, com você por perto para testemunhar. É típico da Angelika.

— Um cêntimo e um monte de estrume é generosidade demais para aquela mulher — disse Will, de sua poltrona.

Ele não partilhava do guisado de carne e apenas beliscara a torta de vegetais que a sra. Rumsfield preparou para ele. Christopher ainda achava suas escolhas alimentares altamente estranhas, a julgar pela quantidade de vezes que olhou de relance para o prato.

Dizer o nome *Padre Arlo Northcott* em voz alta não lançou Will de volta a si, se esta era, de fato, sua identidade. Ele ainda era a mesma pessoa com quem Angelika cavalgou até a cidade e, na volta para casa, estava quieto e também de mãos vazias. Não encontrara nada no escritório. Exausto e pálido, regressou sozinho para seu chalé, voltando apenas para a ceia.

Concordaram em manter a descoberta em segredo por enquanto, dadas as presenças de Christopher e Clara. Angelika, porém, perguntava-se se podia usar sua fonte tão bem conectada aqui e agora — com discrição, é claro.

— Christopher, você ouviu falar do novo padre que foi morto a caminho desta paróquia? O padre Porter me contou a respeito hoje. Que lástima!

— Foi minha segunda tropa que o encontrou — disse Christopher, usando aquela que, para Angelika, era sua Voz de Comandante. — Um negócio terrível. Os cavalos foram soltos, os condutores assassinados, a carruagem foi saqueada e o padre Northcott dado como morto. Ele estava muito sedento e febril para durar muito mais.

Era um relato forte e dramático; não era de se espantar que Lizzie estivesse fazendo anotações e Clara tivesse virado a página para começar um novo desenho.

— Por quanto tempo você acha que ele permaneceu na carruagem? — perguntou Will, debilmente.

— A julgar pela, hã, condição dos condutores, o padre sobreviveu alguns dias após a morte deles.

Will se empenhou para disfarçar suas emoções.

— Por que ele não se soltou?

— A carruagem foi virada e capotou pela ravina até ficar presa de cabeça para baixo contra um daqueles teixos enormes. As janelas eram pequenas demais para poder sair por elas. Mas me disseram que ele se esforçou tanto para abri-las a chutes, que a sola de sua bota escapou. — Christopher relatou com a voz cheia de admiração.

— Um lutador — observou Angelika.

ANGELIKA FRANKENSTEIN

As peças se encaixavam bem demais. Caridoso. Sempre oferecendo bons conselhos, que formavam caráter. Desconfortável em lugares apertados, como durante a viagem de carruagem até a academia. Teimoso e com uma vontade de viver excepcional. Tão incomumente devoto e abstinente que se sentia incapaz de algum dia se casar, quanto mais de se deitar com ela. Quando Angelika olhou para Edwin, podia jurar que o bebê piscou para ela.

Christopher estava de olho em Will.

— Está perguntando porque acha que pode estar conectado? — Ele o analisou por um instante. — Você daria um ótimo lacaio.

— O cronograma se encaixa bem — admitiu Will.

— Ninguém escapou com vida daquilo. Confie em mim.

Christopher terminou seu vinho em um gole grande. Will matutava olhando para o fogo. Edwin brincava com a fivela da bota de Victor, esperando receber a atenção dele.

Clara perguntou, enquanto continuava desenhando:

— Por que alguém faria isso com um cristão?

Christopher explicou:

— Um sacerdote viajando para sua nova paróquia estaria carregando uma boa quantidade de bens pessoais. Dinheiro, joias, roupas e livros, e a segurança extra o teria marcado como uma perspectiva lucrativa. Um dos condutores teria que estar envolvido, considerando-se a rota estranha que eles pegaram para entrar no vilarejo.

Agora ele lançou um olhar fixo para Will.

— Eu não me sinto mais segura morando neste vilarejo — disse Clara, baixinho.

Os movimentos de seu lápis desaceleraram e, timidamente, ela mostrou sua página para a sala: um declive íngreme, a silhueta de uma carruagem virada e o tronco de uma árvore. Tudo tinha sido esboçado rapidamente, mas capturava a desolação do momento. Sua habilidade, em um minuto de trabalho, era assombrosa.

— Muito bom! Eu quero que você lote esse caderno. — Angelika a elogiou, mas se arrependeu de sua imprevidência quando viu Will virar o rosto.

Christopher deu tapinhas no joelho de Clara.

— Devo dizer, fico contente que tenha decidido morar aqui. Os moradores estão ficando desesperados e a comida está escassa. Tenho me perguntado se foi nosso imenso monstro da floresta que causou essa tragédia.

— Deus trabalha de maneiras misteriosas — disse Victor, do nada, quando finalmente largou sua colher.

— Vic — arfou Lizzie. — Mas que coisa a se dizer!

— Que horrível! — Angelika sibilou para ele. — Victor, não posso acreditar em você!

Ele estava desafiador.

— Só estou dizendo — Victor continuou, desafiador — que talvez não existam mais vagas para homens sem talento que se importam mais com mármore do que com seus paroquianos. Todos eles precisam arrumar um emprego de verdade.

— Você não faz ideia se o padre do acidente era assim. — Angelika resistiu ao forte impulso de olhar para Will, mas podia sentir a raiva impotente dele. — Você simplifica as coisas de um jeito que deveria ter vergonha, Victor.

— E estou dizendo, entre amigos, que, se fosse do meu jeito, todos eles seriam jogados na rua sem nada, para que pudessem sentir na pele o que seus adoradores têm que suportar.

Victor corria os dedos pelos lustrosos cabelos pretos de Lizzie, e ninguém, além de Angelika, notou como as mãos de Will estavam apertadas com o esforço de continuar em silêncio.

Aquilo a fez lembrar.

— Os nós dos seus dedos estão doloridos? Eu não sou a única que efetuou um resgate hoje. Will salvou uma pobre mulher de uma surra.

— Salvou mesmo — confirmou Clara, tão admirada que Angelika agora equilibrava um ciúme de duas vias. — Ele arrombou uma porta da pensão com um chute, esmurrou o sujeito e saiu, levando para isso o mesmo tempo que levei para contar essa história.

— A eficiência dele é de espantar — concordou Angelika. —
Aposto que aquela mulher está contando uma história sobre o lindo
desconhecido que a salvou em seu momento de necessidade.

O ciúme dela se expandiu a ponto de ameaçar eclipsar sua civilidade.

Will estava com a mão direita aninhada na esquerda. Seria por isso
que não havia comido nada? Será que não conseguia segurar o garfo?
Angelika se sentou direito no chão. Ele leu sua expressão e balançou
a cabeça, em negativa, para ela. Um alarde era a última coisa que ele
queria e também a primeira que ela faria.

Era a casa dela; faria alarde se quisesse. Will suspirou, sabendo
que era inútil resistir.

Christopher assistiu à toda comunicação sem palavras.

— Mostre para mim.

Angelika colocou o prato dele de lado e se sentou no braço da
poltrona de Will. Ele lhe entregou a mão e a moça fez uma careta ao ver
os ferimentos. Havia um traço de calor nas articulações inchadas. Ela
curvou a mão dele em torno da sua e começou a esfregar lentamente.

— Pobre, pobrezinho. Galante demais. Bravo demais. Olhe só o que
você fez. Mais tarde contaremos a Victor o que descobrimos? — Esta
última parte foi um sussurro, e Will respondeu com outro aceno negativo.

— Bem, acho que vou para casa agora — disse Christopher, abruptamente. — Obrigado pelo jantar.

Angelika se sentiu culpada pela falta de consideração e tentou
puxar a mão de volta, mas Will a segurou com força renovada.

Victor deu uma olhadela para Edwin puxando a perna de sua
calça, antes de se dirigir a Christopher.

— Está escuro agora; fique aqui hoje à noite. Seu cavalo já foi
guardado. Podemos partir amanhã cedo e subir até aquela clareira onde
você viu as pegadas. Eu vou resgatar Mary, nem que seja a última coisa
que eu faça.

Edwin balbuciou querendo atenção; Victor secou a taça de vinho.
Lizzie encarou seu anel de diamante como se debatesse arremessá-lo
no fogo. Ela era dramática o bastante para um gesto assim.

Angelika decidiu que, para um homem tão esperto, seu irmão era bastante obtuso.

— As estradas estão fervendo de criminosos, é melhor mesmo você ficar, Christopher. O quarto no mesmo corredor do meu ainda está vazio.

Quando Victor olhou para a irmã, ela murmurou: *Pegue o bebê.*

Victor piscou, refez seus cálculos e percebeu que havia cometido um grave erro.

—O que foi, meu bom homem? Você deseja falar comigo? Muito bem.

Victor apanhou o rapazinho, sentando-o em seu joelho como se fosse um saco de farinha. Experimentalmente, fez o bebê pular. Edwin gritou de alegria e Lizzie riu. O anel de diamante continuou firmemente no lugar.

Foi a última boa ação de Angelika antes de ir para a cama.

Capítulo Vinte e Oito

Era estranho saber que Christopher estava no quarto em frente ao seu. Angelika trancara a porta antes de ir para a cama. Não podia dizer que gostava da presença dele, porque ainda pensava naquele como sendo o quarto de Will. Agora, Christopher estava usando aquela banheira, dormindo naquela cama e apagando os últimos vestígios da presença de seu rival. Gatos machos se esfregavam nos móveis para marcá-los como propriedades deles. Podia até imaginar.

Dormira profundamente por cerca de duas horas, mas agora estava acordada, virando de um lado para o outro. Parecia uma perda de tempo ficar dormindo quando a casa e o terreno em torno estavam tão cheios de convidados interessantes e Mary estava lá fora, em algum lugar. O trovão ribombou ao longe. Será que ela estaria seca? Será que o homenzarrão tinha noção suficiente para mantê-la aquecida e minimamente confortável?

Angelika não conseguia ver o chalé de Will de sua janela, mas tinha certeza absoluta de que ele estava acordado. Podia sentir uma energia vinda dele. Ele devia estar tão faminto depois de nem tocar em sua comida... Vestiu um robe no escuro e calçou suas botas. Na cozinha, pegou um pouco de queijo e pão, e acendeu uma lamparina. Precisava ver o rosto de Will mais uma vez, para pedir um abraço e decidir se o nome Arlo combinava com ele.

Era apenas um rápido atalho pelo pomar.

Durante o dia, podia concordar com os termos dos homens, que até pareciam razoáveis. Fique perto de alguém e seja protegida por essa pessoa. Mas quais eram as probabilidades de que, nos três minutos seguintes, ela fosse cruzar o caminho do grandalhão? Não se lisonjeava pensando que ele estivesse tão atraído por ela que estaria à espera agora mesmo. Preferia o resultado mais provável: que em breve estaria nos braços de Will, na cama estreita dele, em seu quarto branco feito monastério, ouvindo a tempestade chegar.

Correr um risco calculado era típico de Angelika.

O ar lá fora estava perfumado pelas nuvens de chuva que se aproximavam, e alguma outra sensação estranha que virou seu estômago e a deixou com fome. Carregando a lamparina, atravessou as primeiras fileiras de macieiras, passando pela variedade Conquistador e apanhando uma, só para não perder o costume. Mordendo-a, sentiu o mesmo sabor de sempre: azedo e doce, o gosto da infância. Isso a fez pensar no irmão e naquele dia com a pá, e em quando Will perguntara se ela havia plantado a própria árvore.

— Eu deveria ter plantado — disse em voz alta para si mesma, para encobrir seu nervosismo. Com toda essa conversa de monstros e sequestros, era inevitável ser afetada. — Vou começar minhas criações sozinha, sem Victor, não importa o que ele diga.

Ouviu um crepitar. Seria chuva?

— Vou me casar na Notre-Dame, em Paris — disse Angelika, começando a correr.

À distância, mais acima na colina, havia uma luz brilhando no chalé de Will. Talvez fosse uma vela no peitoril, queimando por ela como a estrela de Belém.

— Vou usar um vestido que dará emprego a dez costureiras por um ano e vou ter que melhorar minha forma física para caminhar até o altar...

Ela irrompeu entre uma fileira de árvores e o que viu e cheirou fez seu coração afundar na terra.

Não era o grandalhão de Victor. Mas *eram, de fato*, homens. Homens do vilarejo: quatro, cinco agrupados em torno de uma fogueira, e não eram os jardineiros regulares. Carregavam consigo sacos de maçãs. Era roubo, mas não importava. Viu garrafas de bebidas e um coelho assando em um espeto. No instante que todos eles se encararam, Angelika os viu observar sua camisola, seu cabelo solto e o fato de que nenhum protetor apareceu por trás dela.

— Olá, amorzinho — disse um deles, e seu sorriso e seu tom eram todo o alerta de que ele precisava.

Mary lhe martelara o seguinte bordão durante seus anos de adolescência:

Sem hesitação, sem educação, corra.

Angelika moveu o braço em um círculo amplo, jogando a lamparina no meio do bando, e saiu correndo por entre as fileiras de árvores, mais depressa do que o coelho. Atrás dela, ouviu o rugido de ultraje confuso. Sua vantagem duraria apenas o tempo que os bêbados levassem para se levantar.

— Will! — O grito dela rasgou o ar. — Will, abra a porta para mim!

Se ele estivesse dormindo ou se o chalé ficasse um pouco além do que ela estimava, seria tarde demais.

Nunca antes Angelika sentira uma empatia tão profunda pelos animais caçados como sentia agora; podia sentir cada passo atrás de si, ouvir cada graveto estalar, cada grunhido, praga e ameaça. Em alguns momentos, parecia que estava quilômetros na frente deles; em outros, chegava a sentir dedos puxando suas roupas. Virou o tornozelo e perdeu uma bota, da mesma forma que o irmão perdera naquela noite fatídica em que ambos criaram suas obras de arte.

— Angelika!

O grito distante de Will vinha da direção errada. De alguma forma, ela tinha dado a volta e estava nas maçãs-verdes, quando deveria estar cercada pelas vermelhas.

Sua hesitação lhe custou.

Mãos agarraram seus braços e a tiraram do chão. Ela sentiu o cheiro de destilado e suor. Em seu ouvido, um desconhecido zombou:

— Praonde você ia?

Tudo pairou suspenso por um estranho momento, e então o tempo girou mais depressa, e Angelika começou a espernear. Os sons guturais que ouvia atrás de si eram horríveis. Rosnados como os de um lobo, grunhidos que lembravam um urso. A mão que a segurava apertado foi arrancada de seu corpo, e ela caiu apoiada nas mãos e nos joelhos. Podia ouvir Christopher gritando, ainda mais distante que Will. Rolando sobre suas costas, olhou para cima e viu seu atacante tendo o pescoço quebrado de maneira muito eficiente pelo grandalhão de Victor. O próximo a entrar na briga, trôpego, encontrou o mesmo destino.

Seu salvador inclinou a cabeça para trás e soltou um uivo que ecoou na montanha.

Agarrou um terceiro sujeito que emitiu seu último palavrão antes de se unir à pilha crescente.

— Não! Já basta — ofegou Angelika, e eles deixaram que os outros fugissem noite afora. Agora estavam sozinhos.

Arfando em busca de ar, ela perguntou:

— Como você me encontrou?

— Acho que sempre encontrarei — respondeu ele.

A camisola dela tinha subido até as coxas. Angelika a empurrou para baixo, mas suas mãos estavam cobertas de terra. O homenzarrão se ajoelhou sobre ela, espanando-a com as mãos inutilizáveis, sem adiantar muito, emitindo um *tsc*. Ele irradiava apenas uma preocupação protetora, fraternal. A respiração da jovem eram soluços de puro alívio.

Foi esta a cena que Will e Christopher encontraram, chegando de fileiras opostas de macieiras.

Capítulo Vinte e Nove

Terra, coxas, cabelo emaranhado e lágrimas. Angelika Frankenstein caída sob um homem monstruosamente enorme.

Foi tudo o que Will e Christopher registraram da cena. Eles passaram por cima dos mortos sem nem os notar. Tudo o que ela ouviu foram os dois gritando o nome dela, sem parar.

Seu salvador rugiu para silenciá-los, e Will levantou as mãos em um gesto apaziguador.

— Eu estou bem — ela tentou tranquilizá-los. Foi quando viu a arma na mão de Christopher. — Não, não faça isso!

Ele disparou. Se havia errado de propósito, não ficou claro. Agora, ele não tinha um segundo disparo preparado, e o homem estava se levantando.

— Caralho — praguejou Christopher, em sua voz educada. Ele levantou os olhos mais e mais, até o homem estar totalmente de pé. — Cubra os olhos — ele falou para Angelika e então jogou um punhado de areia na direção do homem.

A areia não o cegou, atingindo-o na altura do peito. Christopher analisou o terreno ao redor em busca de algo que pudesse usar como arma.

— Ele acaba de me salvar — disse Angelika, levantando-se apressada e se postando na frente de seu libertador. — Ele impediu aqueles... aqueles...

Ela gesticulou, e os homens finalmente notaram os cadáveres.

— Eles iam... eu acho que eles iam...

Os dentes dela se chocavam ruidosamente.

— Eles iam tirar a camisola dela — o homenzarrão disse, a voz retumbando em sua caixa torácica. — Eu farejei o que eles queriam fazer. Criaturas imundas perseguindo Angelika, deixando-a toda suja. — Ela sentiu as mãos geladas dele se curvando em torno de seus ombros. — Agora eu descubro mais dois a perseguindo?

— Você conhece Will, e Christopher é meu amigo — ela lhe asseverou. — Eles também estavam tentando me salvar.

— O que você está fazendo aqui fora? — O medo de Christopher se convertendo em raiva. — Por que não deu meia-volta? O casarão estava mais perto do que o chalé de Will. — Ele passou a mão pelos cabelos. — Eu estava mais perto que Will! Mas que droga, Angelika!

— Ela estava vindo me visitar porque estava solitária — respondeu Will, mas explicava isso para o homem segurando a moça. — E ela ainda quer vir até mim, não quer, meu amor?

Will falava lenta e tranquilamente. Angelika assentiu.

— Nós já conversamos sobre isso, irmão. Ela me ama, e ela é minha.

— Irmão? — ecoou Christopher, abrindo a câmara da pistola para ver o que podia fazer. — Solte-a imediatamente!

— Quem é esse? Este é o homem que você disse que queria me matar? Largue isso — o grandalhão acrescentou, e Christopher não teve outra escolha senão jogar a pistola longe. — Você tem procurado por mim na floresta com meu pai.

Christopher escarneceu.

— Pai? Irmão? Vocês são loucos. Solte-a.

— Como vai a Vovó Mary? — Angelika inclinou o rosto para cima. — Ela está bem, não está? Que nome ela te deu?

Ele tinha um leve sorriso por baixo da expressão sofredora.

— Ela me chamou de Adam, igual ao primeiro homem criado. E também igual ao bebê dela, que morreu. Vovó Mary está muito bem. Não faça isso — acrescentou, em um alerta, quando Christopher deu um passo mais para perto dele, doido para arrancar Angelika de suas mãos. — Não chegue mais perto.

— Deixe os dois conversarem — Will disse para Christopher, em seu tom calmo. — Nada de mal ocorrerá com ela, está claro. — E indicou a pilha de homens. — Recue um pouco comigo.

— Não posso.

Christopher estava se desfazendo diante dos olhos deles. Revirava o cabelo perfeito, dobrava as mangas da camisa; estava amassado e vincado para todos os lados. Voltou-se cruelmente contra Will.

— Seu covarde! Você viraria as costas para isto aqui? Olhe para ela, e olhe para o tamanho dele! Angelika! Diga-me para lutar, Angelika, eu te imploro!

Ela balançou a cabeça em uma negativa.

— Não é preciso.

Com seu senso de propósito negado, o comandante murchou.

Will disse a Christopher:

— Está fora de nosso controle agora. Fica por conta deles decidir como isso termina. Ela consegue cuidar disso.

Will pegou Christopher pelo braço e arrastou o companheiro relutante alguns metros para trás, adentrando a linha de sombras.

— Os dois te amam — Adam cochichou perto do ouvido dela. — Mas um deles ama muito mais.

Angelika se virou nas mãos dele e colocou as mãos em seu antebraço.

— Precisa de alguma coisa? Comida, roupas? Posso fazer encomendas para você. O que você quiser.

— Vovó Mary me disse para te pedir um par de óculos. Para mim, não para ela. A visão dela ainda está perfeita, muito obrigada.

Angelika riu.

— Eu sinto tanta saudade dela! Quando ela pode voltar para visitar?

— Quando ela quiser — disse Adam, confuso. — Mas ela disse que só quando você estiver morrendo de medo e tiver aprendido sua lição.

— Considere ser este o momento.

Angelika segurou a mão de Adam na sua. Virou-a.

Ouro puro é inconfundível e irresistível para rainhas das fadas. Mesmo em uma noite nublada, com a lua que mal se via, ouro ainda tem um brilho que impulsionou impérios e inspirou homens ordinários a atos extraordinários. O anel na mão linda e cadavérica de Adam (de Will? de Arlo?) era puro assim.

— Eu não vou roubá-lo — ela lhe garantiu, esfregando os polegares pelo anel, sentindo as linhas da joia.

— Agora eu sei que não o roubará — disse Adam, com muita ternura.

Will continuou assistindo, mas Christopher não podia aguentar mais e saiu para caminhar entre as fileiras de macieiras, puxando o próprio cabelo, comentando consigo mesmo sobre o quanto a situação era inacreditável e insustentável.

— Não consigo ver... — queixou-se, cada vez mais frustrada. Estava escuro demais e sua lamparina estava longe naquele momento, queimando junto a uma carcaça de coelho. — Adam, eu não consigo ver.

— Tem uma vela no peitoril do chalé — ofereceu Will e então foi embora, concedendo-lhes a dignidade de sua confiança. Eles o seguiram, e Will percebeu que Angelika mancava por causa do pé descalço. Parou e se abaixou para ela subir em suas costas.

— Vamos, Adam — disse Angelika, passando os braços em volta dos ombros de seu amor. — Vamos dar uma olhada nesse anel.

O chalé ficou à vista, uma nuvem branca no escuro. A seguir, viram Clara, embrulhada em um casaco.

— Christopher, graças aos céus! — gritou ela, correndo a curta distância até o oficial, sua respiração agitando o peito. — Eu ouvi barulhos terríveis!

O olhar desesperado dela estava fixo no rosto dele, sem ver mais ninguém, e Angelika lembrou de si mesma, correndo para Will. Adam executara seu truque de se misturar com as sombras e as silhuetas da noite.

— Está tudo bem. — Christopher ficou contente em ouvir uma mulher gritar seu nome. Ele estendeu os braços e Clara se enterrou neles, muito grata. — Não chore. Will está com Angelika. Está tudo bem. Vamos entrar. Agora, da próxima vez, você precisa ficar lá dentro, com a porta trancada.

Eles realmente formavam um belo casal.

Will sentou Angelika no peitoril da janela ao lado próximo à da vela e se recostou ao lado das pernas dela. Parecia esgotado, a respiração pesada.

— Adam? — perguntou para o ar noturno.

— Sim, irmão?

Adam fez os dois saltarem de tão próximo que estava.

— Por favor, deixe-me ver seu anel.

A mão dele começou a deslizar para o círculo de luz da vela. Houve a primeira centelha. Ouro tão puro assim era mágico. Ofuscou os olhos deles. Adam aproximou-se mais, e agora, pronto. Os reflexos visíveis no ouro ficaram menos bruxuleantes, e tudo ficou claro.

Bem, mais ou menos.

Angelika ficou perplexa, a princípio, com o quanto o brasão era liso. Eram apenas quatro quadrados desiguais, sem nada pontuando o ouro liso. Sem qualquer pedra, sem gravação em latim. O anel era liso e não era, em absoluto, o que ela teria escolhido para Will.

Mas, aí, ela seguiu a ponta do dedo de Will, acompanhando o entalhe.

Dividindo o anel estavam as duas linhas profundas de uma cruz.

Capítulo Trinta

Angelika preferia o chalé de Will à Mansão Blackthorne. Lá havia tudo o que ela podia querer: um pente para arrumar seu cabelo, um pouco de água e sabão para suas mãos e suas pernas, uma camisa limpa do armário de Will, que parecia de brinquedo, e um golinho minúsculo de seu gim caseiro de abrunheiro. O licor desceu para o estômago feito remédio e a curou da dor em seus ombros torcidos. A cama aqui tinha uma mera fração da área de colchão de que ela normalmente desfrutava, mas isso queria dizer que os dois tinham que se aninhar bem juntinhos, os ossos dos joelhos estalando. Um travesseiro compartilhado sempre seria o bastante para ela.

Mas não era com o rescaldo de seu susto no pomar que lidavam naquele momento.

— Meu amor, aquela provação foi demais para você. — Angelika deslizou a mão pelos cabelos de Will. — Você está me assustando um pouco.

Ele parecia pesado como um cadáver em sua cama — e Angelika podia dizer isso melhor do que ninguém.

— Eu falei para você — respondeu ele, em um longo suspiro. — Tenho apenas uma quantidade limitada de energia em meu corpo. — Will movia os dedos em círculos lentos e preguiçosos no braço dela. — Espero que Adam considere ficar com o chalé. Eu poderia consertar um para ele bem rápido.

Ela franziu os lábios.

— Ele nem mesmo se aventurou a passar pela porta. E vamos encarar os fatos: é pequeno demais para ele. Mesmo assim, acho que, lá no fundo, ele gostou. Estava com um sorrisinho quando sumiu na escuridão.

Angelika já tinha feito uma lista de melhorias que podia fazer para deixar o lar de Adam confortável, e os pequenos luxos que podia trazer para Clara e Edwin.

— Podíamos deixar tão bonito para ele! E para Clara. E Sarah e Jacob. Meu próprio vilarejo, bem aqui em cima. Alameda Conquistador.

— Agora que você vislumbrou todo o bem que pode fazer neste mundo, acredito que será imbatível.

Um estrondo de trovão se fez ouvir.

Angelika colocou a testa contra a dele.

— Você estava acordado quando me ouviu gritar?

Will assentiu.

— Eu já estava na janela. Tive uma sensação muito estranha. Estamos conectados, lembra? — Ele pensou nessa afirmação. — Talvez Adam sinta essa mesma conexão com você também.

Ouvir a voz de Will, no escuro, dizendo coisas como *estamos conectados* trouxe a ela outra imagem. Angelika ficou ainda mais consciente de suas pernas nuas e da ausência de roupas de baixo.

— Tem algo errado nessa imagem.

— O quê?

— Eu geralmente durmo nua.

— O que você acabou de passar foi um martírio apavorante. A última coisa de que você gostaria seria isso.

Os braços dele encontraram forças suficientes para trazê-la mais para perto.

— Foi Mary quem me salvou de verdade — disse ela, junto ao peito dele. — Ela me treinou para isso a vida inteira.

Tensão percorreu o corpo de Will.

— Como assim?

— Ela me disse que chegaria o dia em que eu me veria no mesmo lugar que um homem desconhecido e teria que agir instantaneamente.

Ela disse que eu devia confiar nos meus instintos, não importando se depois a situação se revelaria ser um mal-entendido. Os sentimentos dele não contavam. Ela sempre me fez repetir com ela: *Sem hesitação, sem educação, corra.*

— E foi o que você fez. — Will beijou sua têmpora e exalou um *graças a Deus* baixinho.

— Eu nunca perguntei a Mary por que ela tinha esse conselho para mim. O que será ela que ela viveu?

Imagens assustadoras começaram a lhe atormentar a mente. Angelika enfiou a mão pelas costas da camisa de Will e a pele macia dele a prendeu no momento presente.

Estava a salvo, com a pessoa que mais amava.

Ele disse:

— Quando eu vir Mary de novo, vou agradecê-la com toda a sinceridade. Ela ajudou a criar uma mulher que confia em si mesma. Tenho muito orgulho de você.

— O conselho de Mary também se aplica a quando eu me vejo sozinha com o homem certo. Aquele que eu escolhi e que receberia em meu corpo, se ele assim me desejasse. — Inclinou a cabeça para cima e viu os olhos dele observando-a. — *Sem hesitação, sem educação. Confie nos seus instintos. Corra para ele.*

— Foi o meu nome que você gritou, não o de Christopher, e tenho certeza de que você notou o quanto isso o magoou. Você ainda escolhe a mim esta noite, apesar das dúvidas que pendem na balança? Tem certeza?

— Tenho. — Angelika esfregou a mão no flanco dele. — Seus sentimentos contam muito, e eu sei que você descobriu algo a seu respeito hoje que mudará tudo. E entendo que esta pode ser nossa única noite juntos assim.

O que a luz do dia traria? Será que ele acordaria e se lembraria de seu passado e partiria para sempre?

Ele ficou deitado na escuridão, pensando, as pontas dos dedos rodopiando em círculos intermináveis no braço dela.

— Mas eu não sou aquela pessoa. Ainda não, pelo menos. — A carícia estava deixando Angelika toda arrepiada. — Você sabe que o padre Porter virá me procurar. Este é apenas o começo, e pode ser algo de que você não vai nos livrar na conversa ou com dinheiro.

— Mas eu converso e pago tão bem!

Apesar da resposta engraçadinha, ela sabia que ele tinha razão. Um falecido não pode simplesmente visitar o próprio túmulo sem repercussão alguma.

— Teremos que contar a Victor.

— Isso é o que mais me preocupa — disse Will, olhando para o teto. — Eu sei que você me amará não importa o que aconteça — disse, apertando-a junto a si —, mas a reação de Victor é imprevisível. Se ele descobrir que tem abrigado um homem do clero, pode me jogar na rua por princípio.

— Ele te ama como a um irmão. — Ela fez uma pausa. — Porém ele odeia se contradizer e abrir exceções. Mas você está correto. Eu sempre te amarei, exatamente como você é. O que você quer esta noite?

Sua nova filosofia de vida era tentar valorizar os momentos adoráveis que estava vivendo, sabendo a rapidez com que tudo podia terminar. O corpo dele estava excitado, as mãos estavam nela e a bainha de sua camisa emprestada estava subindo.

— Eu quero usar minhas mãos em você.

Will começou a desabotoar a camisa que Angelika vestia. Lutou com a tarefa, mas ela esperou pacientemente.

— Estou perdendo a sensação nas pontas dos dedos e acho que em breve não sentirei nada. E pensar que talvez eu nunca...

O som que ele emitiu no fundo da garganta era sufocado e emotivo. Ele dobrou o tecido e passou a palma da mão pela coluna dela.

— Quero te sentir enquanto ainda sou capaz.

— Meu cabelo é macio? — perguntou ela. — Tenho um cheiro bom e sou bonita?

Ele soltou uma risada.

— Adam diz a verdade.

Ela levantou o rosto para beijar o pescoço dele.

— Estou completamente nua na sua cama?

— Não tenho certeza.

— Você teria que usar suas mãos para descobrir. — Ela sentiu Will ficar imóvel. — Esqueça o que temos adiante de nós. Esqueça o amanhecer. Temos esta noite e ainda temos as pontas dos seus dedos, não é? — As mãos dela começaram a afagá-lo: o cetim de seus ombros, a fileira de pontos no pescoço. O cabelo dele era macio como as plumas de uma coruja. — Pode me sentir esta noite?

— Eu sinto você — Will disse, com um tremor em seu tom, deslizando o dedo pela clavícula dela. — Você me sente?

— Desde o momento em que nos conhecemos.

— Diga o meu nome — ele pediu, no escuro, e começou a usar as mãos fervorosamente. — Quero ver se combina.

A brava e ousada Angelika Frankenstein precisou de alguns momentos para reunir a coragem.

— Arlo.

O feitiço não se quebrou. As mãos dele continuaram a explorar, catalogando o formato e a maciez da mulher sob os lençóis. O jeito como ele a tocava era como uma degustação reverente, como se estivesse guardando cada curva e costela como uma memória que consideraria sagrada.

— Não tenho certeza — disse ele, levando sua boca à de Angelika em um beijo. — Não tenho certeza se combina comigo.

Este era o beijo que pairara no ar entre eles a cada momento tenso, cada réplica, cada olhar de admiração e cada noite interminável. Receber confiança havia imbuído Angelika com poder e orgulho; ser amada dessa forma teve o mesmo efeito. Não lhe restavam dúvidas. Não havia mais ninguém. Em um mundo cheio de opções, onde ela podia usar a carteira para qualquer coisa e encantar qualquer militar solteiro, Will era sua única escolha.

E ela o traria de volta à vida.

— Você diz que eu sou mais do que beleza.

— Você é energia — disse ele, lendo a mente dela e compreendendo-a como ninguém antes. — E você é tudo de que eu preciso ou vou precisar pelo resto da minha vida. Eu te prometo.

Beijar era um jeito maravilhoso de compartilhar esse senso de destino tão próximo, tão conectado que os envolvia agora, mas tocar era tão bom quanto.

— Ah... — gemeu Angelika, quando ele usou a palma da mão para fazer círculos em seu mamilo. — Arlo. Will. Tem tantas coisas que eu quero experimentar.

— É mesmo? — disse ele no escuro, pressionando os lábios na pele dela, arrastando a língua por seu corpo, encontrando os montes rígidos pouco abaixo de seu coração. — De verdade? Me conte.

Ele puxou, provocou e mordiscou até que as palavras escapassem dela.

Angelika contou tudo a ele.

— Por trás, eu quero por trás, me dobre por cima das coisas e se coloque entre meus pés e apenas... — Ela flexionou o corpo para a frente, e agora suas coxas roçavam a excitação dele. Will não tinha terminado e ela já lhe dava mais. — Do lado de fora, eu sempre quis ser lambida entre minhas pernas sob as estrelas... — Ela só recuperou o fôlego pelo tempo que ele levou para beijar o espaço até o outro mamilo. — Eu quero continuar nua. Na sua cama, exatamente assim, toda noite.

— E Espora?

— Eu sei que casarões te deixam assustadiço e deprimido. Vou morar aqui com você, ah... — Agora ele acarinhava as coxas dela. Agora lhe pedia que as abrisse. — Eu serei feliz aqui nessa casinha branca desde que você continue deslizando seus dedos mais para cima, até me encontrar bem...

Enquanto ela arfava e gemia, ele disse:

— Ah, minha querida. Agora eu nunca mais vou tirar você da minha cama.

Ele começou um padrão enlouquecedor, fora de ordem, que ela adorou, mas que também não conseguia aumentar seu prazer. Era o jeito dele pedir que ela relaxasse, que desfrutasse do toque puramente pelo que ele proporcionava.

— Agora, se você fizer isso por debaixo da mesa enquanto eu como minha sobremesa, eu ficaria inspirada em te agradar em troca.

A mão dela encontrou o membro dele e deu uma torcida de leve, puxando para cima até os quadris dele a seguirem.

Agora para baixo, pressionando até ele derreter na cama.

— Essa vida que você planejou para nós soa um tanto exaustiva — ele brincou, divertido, mesmo enquanto sua respiração se acelerava. — Embora me tenha na cama constantemente, talvez eu esteja cansado demais para pensar.

— Pensar não estará no topo da nossa lista de prioridades. — Ela se sentia preparada. Será que ele estava? Era o que ele queria? — Como quer que eu te chame?

— Will. Arlo. Eu não sei mesmo. — Pausa. — Pode me chamar de "senhor", quando estiver de joelhos. Seria uma nova dinâmica para explorarmos, depois de termos decifrado nossos cem tipos de relações amorosas regulares preferidas.

Ele começava a não resistir mais ao movimento ritmado que ela fazia.

— O que eu mais vou gostar com você são as nuanças, a mentalidade, como enganar esse seu cérebro ligeiro, fazer seu corpo desabrochar só para mim...

Ele estremeceu, mas não se deixou levar.

— Comece imediatamente — sugeriu Angelika, mas ele tinha ficado imóvel no escuro. — Meu amor?

A pulsação dela batia com insistência no peito. Ela precisava de um alívio e precisava conhecê-lo dessas novas formas.

— Por favor, se quiser, coloque-se dentro de mim.

— Eu nunca fiz isso antes.

— Como você sabe?

— Porque eu encontrei uma carta de mim mesmo.

Ele não permitiu que a paixão de Angelika esmorecesse; rolou-a de lado e ergueu o joelho dela sobre o seu. Enquanto começava a explorá-la com gentileza e competência, usando os dedos para testar a maciez dela em lugares novos e profundos, ele disse:

— Eu menti para você.

— Eu não ligo.

— Encontrei uma carta no escritório do padre Porter, e ela dizia que eu era um bom jovem que nunca tinha colocado dois dedos assim no corpo molhado de uma mulher. Ou três.

Angelika sufocou uma risada, enquanto os olhos se fechavam de prazer.

— O que mais ela dizia?

— Que eu sou um homem virginal e abstinente — disse Will, virando-a de barriga para baixo e ajoelhando-se atrás dela. Então puxou o quadril dela para cima e agora estava posicionado. A cabeça larga que ela havia selecionado pessoalmente se encaixava no lugar, e ele perguntava: — Você está pronta? Ainda é o que quer?

— Por favor — gemeu Angelika, o rosto enfiado no travesseiro deles. — Eu não quero ser uma mulher virginal e abstinente. Me dá.

Ele deu, e ah, ela sentiu cada centímetro lento daquele instante. Não houve dor, nenhum rasgo agoniante de seu corpo em pedaços. Ciência natural; era apenas disso que se tratava.

Não, era mais que isso: era um transe.

Eles sabiam o que fazer. Ângulos e velocidade e resistência, e um toque de gravidade; nada requeria reflexão. Will era, ao mesmo tempo, cuidadoso e poderoso em seus movimentos, recuando, retomando, fazendo Angelika ofegar, gemer e formigar. Começou a puxá-la para trás em sua direção, cada vez mais firmemente.

Da mesma forma que o ouro puro, o orgasmo de Angelika foi inconfundível quando ela o viu começar a cintilar no horizonte próximo. Will também o viu e dobrou seu corpo para baixo, prendendo-a entre os braços. Mordeu de leve o pescoço dela e então deslizou uma das mãos para tocá-la e ajudá-la. Era uma declaração de posse; uma transa gentil, oscilante, árdua e completa, e, exatamente como o anel dourado ofuscara os olhos de Angelika, seu corpo se retesou, a enormidade da sensação dando uma impressão de pânico e então...

Êxtase, um êxtase florescente, decadente, absoluto, puxando os cordões de seus membros e fazendo com que eles se tensionassem e relaxassem, sacudissem e tranquilizassem. Will estava neste mesmo momento. Ambos estremeceram e pressionaram e ficaram imóveis, a testa dele no ombro dela enquanto ele ondulava em espasmos cada vez mais lentos. O corpo humano era capaz de milagres, ensopados em suor e sal.

— Eu te amo — ele disse para ela. — Amei desde o momento em que te vi pela primeira vez.

— Eu te amei desde antes de você respirar.

Rindo, tontos, dessa competição absurda, desmoronaram e rolaram para os braços um do outro.

— Você está bem? — Ele levantou o queixo dela com o polegar. — Eu fui rude demais? — Havia sangue, mas não muito. — Mary ficaria furiosa se visse esse lençol.

— Ela te alertou. Eu senti que você foi cuidadoso em todos os momentos. Estou bem. Melhor do que bem. Por que os livros sempre retratam as virgens como criaturinhas frágeis? Eu me sinto… poderosa. Você não?

— Que bom que se sente assim — disse ele. — Porque eu ainda não terminei com você.

Will, Arlo, o amor dela, seja lá quem fosse, diligentemente começou a trabalhar em seu objetivo de uma centena.

Angelika não fazia ideia de onde ele havia tirado essa energia ilimitada.

Capítulo Trinta e Um

— "Caro padre Porter" — Angelika leu em voz alta, deitada nua de barriga para baixo.

Will descia beijando sua coluna.

— Palavras tão eróticas.

— Nós estamos na cama a noite toda, e o dia todo.

— Estamos, sim.

— Bem, eu pensei que a sua inspiração teria secado há horas. — A luz estava se tornando um azul noturno. — Preciso preparar o jantar de Adam em breve — ela disse, pontuada pelo ronco do próprio estômago.

— Apenas leia a carta antes de voltarmos para a vida real.

Angelika recomeçou.

— "Escrevo para me apresentar. Sou o padre Arlo Northcott e estou muito feliz em ser escolhido como seu substituto após seu ilustre período de quarenta e dois anos como padre da paróquia de Salisbury. Embora eu não me considere digno dessa nomeação, dados sua reputação e seu serviço, desde já procederei fazendo o meu melhor para…"

— Aparentemente, eu tinha um bom estoque de tinta — interrompeu Will. Ele beijava a parte de trás da cintura dela. — Pode pular as partes chatas.

Por cima do ombro, ela disse, bem-humorada:

— Você também pode.

— Ainda não encontrei nenhuma — disse ele e continuou a provar que falava a sério.

Angelika não sabia que seus quadris eram tão sensíveis nem que Will gostava tanto deles.

— É uma carta bem escrita — ela defendeu, de volta à tarefa em mãos. — E se, de fato, foi você quem a escreveu, parabéns. Mas eu pularei essas frases em que você, hum, beija o traseiro do padre Porter.

Assim que Angelika disse isso em voz alta, deu-se conta do que havia incitado.

— Ah, não! — gargalhou quando o primeiro beijo foi lentamente pressionado em sua nádega.

Ele convidou:

— Por favor, continue lendo.

Ela tentou se concentrar.

— É aqui que chegamos a uma apresentação propriamente dita. "Embora eu tenha apenas trinta e três anos, acredito estar atendendo a um chamado de Deus, que senti pela primeira vez quando tinha seis anos. Fui afortunado por meus queridos pais terem visto minha propensão para os estudos religiosos e também os acadêmicos."

Angelika teve que se interromper para tomar algum fôlego.

Os beijos com o arranhado da barba por fazer em seu traseiro eram inquietantes e deliciosos, e Will sabia disso.

— Sabia que você era uma bela jovem que, de vez em quando, precisa de uns beijinhos no traseiro para se sentir apreciada como se deve.

Ele desceu um pouco mais.

— Não, não, eu tenho cócegas aí — implorou ela, mas as mãos de Will a seguraram firme enquanto deslizava a boca pela parte de trás de sua coxa. — Ah, para, para!

Lutar era inútil. Ele era muito forte, mas sempre a segurava da maneira mais cuidadosa.

Will levantou a mão até a nádega de Angelika, apertou-a e depois lhe deu um tapa.

— Continue. Lendo.

Aquilo foi bem gostoso, especialmente combinado com uma ordem.

— Acho que eu esqueci como se lê. — Havia uma parte nesta carta a que ele obviamente queria que ela chegasse. Ela fixou os olhos no papel e se concentrou na caligrafia. — Tecnicamente, é uma caligrafia muito boa, mas dá uma sensação de pressa. Os movimentos curtos das letras conforme as sentenças se estendem...

Foi o que bastou. A língua de Will fez seus próprios movimentos curtos na parte interna do tornozelo de Angelika, enquanto segurava os pés dela de forma inescapável.

— Diz aqui que você, ou Arlo, viveu em um seminário desde os oito anos até a data desta carta. É uma vida bem reclusa. — Ela reuniu um pouco de coragem: — Já se lembrou de alguma coisa do seu passado?

— Eu me lembro de coisas da noite passada — disse ele, com intenção sedutora, saindo da cama.

Quando Angelika olhou por sobre o ombro, ele estava de joelhos no pé da cama. O estômago dela saltou de antecipação.

— Então não estou realmente profanando um padre se você não consegue se lembrar, não é?

Era um pensamento que ela afastara durante suas várias e obscenas uniões.

— Pensei que você quisesse saber tudo a meu respeito, mas continua enrolando, e a carta tem tantas informações...

— Mas nós ainda não temos uma prova irrefutável de que você é Arlo Northcott.

— É uma alta probabilidade; o padre Porter me reconheceu, e ainda há o anel que eu usava. Acho que você há de concordar comigo, se simplesmente continuar lendo.

Ela manteve a dignidade enquanto ele a pegava pelos tornozelos e começava a puxá-la. Enquanto escorregava de rosto para baixo pelos lençóis, ergueu o pescoço para continuar resumindo.

— Você tem um interesse especial em oferecer serviços confessionais de qualidade e passou meses frequentando alas de pacientes de escarlatina em recuperação. Isso é muito gentil de sua parte.

— Eu sou uma pessoa muito gentil — disse ele, quando os joelhos dela chegaram ao final da cama. — Realmente espero que você acredite que eu sou.

Ele a rolou de barriga para cima e, agora, esperava que ela fizesse o impossível: continuar lendo. As palavras se embaralhavam na página.

— Você é a pessoa mais gentil que eu já conheci — disse ela, honestamente.

Senti-lo sorrir entre suas pernas? Jamais se recuperaria deste momento.

— Tem um parágrafo grande aqui sobre sua visão de futuro para a Igreja da Inglaterra, que eu vou pular...

Distraiu-se por um longo momento, deleitando-se e contorcendo-se de prazer, jogando o braço com um ruído de papel se amassando.

— Não quero mais ler esta carta. Tenho uma nova resolução de viver mais plenamente no momento presente.

— Tudo bem. Mas o último parágrafo é realmente o único que você deveria ler. Mantenha a calma — alertou ele, e ela olhou feio para o teto. Como, raios, ele podia saber que a frustração a mergulhara na água fria? — Seja boazinha e eu te recompensarei.

— Terá de fazer isso toda vez que quiser que eu faça alguma coisa — ela o preveniu, relaxando o corpo, e ele abriu bem as coxas de Angelika com as palmas das mãos. — O parágrafo final... vejamos o que é tão importante.

Enquanto seu corpo exausto recebia prazer, ela leu:

— "Em resumo, estou deliciado em conhecê-lo e em aprender como eu posso servir à paróquia de Salisbury em um momento que entendo ser de provações sociais e econômicas. Em um aparte pessoal, também fiquei contente em ser informado de que a reitoria ostenta um jardim famoso em vários condados. Minha paixão é..."

(Ele demonstrou para ela.)

— "Minha paixão é..."

— Leia — rosnou ele, e ela sentiu a vibração.

Angelika soltou as últimas frases em um choramingo.

— "Minha paixão é toda forma de botânica, e jardinagem é o trabalho que eu, muito alegremente, assumi no seminário. Não consigo pensar em um prazer terreno mais requintado do que colocar meu rosto nas pétalas de uma rosa."

— De fato.

— Como você era meigo e inocente — ela disse para o teto. — O que foi que eu fiz com você?

— Concentre-se no que *eu* estou fazendo com você.

Angelika obedeceu e, dessa vez, quando se desdobrou em seu arrebatamento, ela gemeu o nome dele com mais convicção:

— Arlo.

✝

Memórias de sua vida antiga estavam retornando para Arlo Northcott, em trechos e imagens e cheiros, mas seria uma lástima preocupar Angelika com isso. Ela estava feliz esta noite e, pela primeira vez desde que a conhecera, não havia apreensão em sua expressão.

Ela olhava para ele como se estivesse arrebatadoramente apaixonada, mas, por outro lado, sempre o olhara assim.

O corpo alinhavado às pressas de Arlo nunca se sentia faminto, mas ele se certificava de jantar o suficiente para não despertar preocupações. Angelika notava cada bocado que ele consumia — novamente, ela sempre notara. E, enquanto Victor contava uma história animada sobre um ganso escondido em uma sebe que intimidou Atena e o fez levar um tombo, Arlo permitiu-se o luxo de encarar Angelika de volta, reparando em como a luz do fogo acariciava a maçã do rosto dela como uma luva macia e quente.

(O pai de Arlo — cujo nome ele ainda não se recordava — tinha um par de luvas assim, e as pontas dos dedos tinham aparência oleosa e gasta, mais lisa do que a pele de um bebê. Quando elas eram deixadas na mesa ao lado da porta, continuavam curvadas em punhos fantasmagóricos e repulsivos.)

Certamente restavam apenas alguns dias antes que as pontas dos dedos de Arlo mergulhassem em sombras oleosas e insensíveis.

— Geleka — disse Lizzie, com a boca cheia de pão —, depois que você foi acossada no pomar, para onde desapareceu por um dia e uma noite inteiros?

A maldosa sabia exatamente onde, e seus olhos escuros faiscavam.

— Eu estava ocupada — respondeu Angelika calmamente, depois mordeu o lábio para conter fosse lá o que estivesse pensando. Era melhor assim.

— Eu não quero saber — avisou Victor de seu assento na cabeceira da mesa. — De qualquer forma, é uma pena que Chris tenha insistido que os guardas-noturnos retirassem os cadáveres. Eu teria reanimado todos eles, só para poder matá-los de novo eu mesmo.

— Seu imenso representante cuidou disso — retrucou Angelika.

À lembrança, pegou a taça e tomou um gole. Ambos estavam se comportando com o sarcasmo habitual, mas Arlo vira o abraço dos irmãos no saguão.

Victor monitorava o prato de Lizzie. Ele era similar à irmã; ambos amavam muito vorazmente.

— Coma, Lizzie. O frango está suculento. Desculpe, Will — Victor emendou para Arlo. — Espero que seus vegetais estejam tão bons quanto.

— Estão ótimos, obrigado — respondeu Arlo.

Ele pôde perceber o momento preciso em que Victor fez uma anotação mental para questionar sua dieta durante o próximo exame. Seria uma variação das mesmas perguntas de sempre: *Você continua fatigado? Está se curando? As dores diminuíram? Posso pedir uma amostra de seu sêmen?*

Sim, não, não e absolutamente não.

Arlo continuou manipulando os talheres no prato para manter as aparências. Quando os grandes olhos verdes à sua frente se voltaram em sua direção, ele colocou no garfo um farto bocado e mastigou. Satisfeita, Angelika franziu o nariz para ele, carinhosamente. Arlo imaginou as perguntas que ela lhe faria mais tarde: *Seu jantar estava bom? Suas mãos estão bem? Está se sentindo muito melhor?*

E já as respondeu mentalmente. *Eu vou mentir na sua cara linda e dizer o que você quer ouvir, porque eu morreria para te deixar feliz.*

Talvez seja melhor alterar o final da frase.

Ele não se achava esperto o bastante para poder adivinhar cada pergunta dela, porque, na cama, ela lhe fizera perguntas que o deixaram atarantado por uma resposta.

(*Quando você faz isso, pode pôr os dedos em mim... aqui? Tudo bem se eu te tocar... aqui? E se eu te chupar enquanto você lambe...*)

— Os dois ficaram com os olhos vidrados de novo — reclamou Lizzie. — É como me sentar com um par de cadáveres. Sem ofensa, Will.

Arlo riu.

— Não fiquei ofendido. Coma um pouco mais — ele incentivou Angelika e sentiu um calor renovado no peito quando ela deu uma mordida. Quem cuidava dela, realmente? Com Mary longe, estava por conta dele agora. — Você está com frio?

Angelika fez que não e apontou o garfo para Lizzie, depois para o irmão.

— Agora vocês veem como tem sido morar com os dois.

E os dois ficaram adequadamente contritos.

— Tenho todo o direito de me sentar aqui em uma poça exausta e recuperar minhas forças. Fico surpresa que Ar... meu amor não precise de um segundo prato.

Ninguém notou o deslize com o nome dele. Angelika fez Arlo jurar que guardaria as novidades a seu respeito, mas a omissão oprimia o peito. Como poderia fazer a transição de *sou seu hóspede, uma página em branco* para *sou um padre desaparecido e dado como morto*? Será que ele viveria tempo suficiente para lidar com as consequências disso? Em alguns dias, ele se sentia como se fosse viver para celebrar seu sexagésimo aniversário. Em outros, parecia otimista esperar pelo domingo seguinte.

De um fato ele sabia: era um patrimônio valioso que a igreja buscaria recuperar.

— Will, você sabe o que eu te disse naquele primeiro dia — Victor falou em um tom de alerta, e o estômago de Arlo deu um salto nervoso. Em seguida, ele sorriu. — Se deflorasse minha irmã, ficaria preso a ela.

— Ah, mas ele está preso a mim, sem dúvida.

Angelika voltou a fitar Arlo e, com sua segunda piscada, os olhos se encheram de lembranças. Ela cometera tanto defloramento quanto ele.

Ela ocupou sua poça de exaustão da maneira mais deliciosa, com a blusa escorregando do ombro acetinado. Já ele desejou poder ver as linhas que seus dedos traçaram quando os enfiou no cabelo dela; e bem ali, na nuca de Angelika, enrolara esses cabelos em torno do punho como uma corda mel-avermelhada. Isso a fez ofegar e estremecer. Que audácia colocar uma garota rica de joelhos.

— Cadáveres de novo — disse Lizzie, em um tom sombrio.

Angelika olhou ao redor, preparando-se para fazer um esforço, depois se aprumou, surpresa, lembrando de algo.

— Onde está Clara?

— Ela está muito cansada e talvez um pouco adoentada — respondeu Lizzie. — Tem comido no chalé. Não se preocupe, a cozinheira fez algumas papinhas para nosso amiguinho. Ele está comendo muito bem, por sinal.

— Um camaradinha sensacional — comentou Victor, rapidamente.

Lizzie passou a mão pela barriga e sorriu.

— Ele deve estar dormindo a essa hora — respondeu Angelika, suspirando. Seu apetite a abandonara, e ela colocou o guardanapo no prato. Estava lutando para sair da bruma sexual em que ambos se encontravam. — Que bela anfitriã tenho sido. E Christopher? Quando ele foi embora?

O nome do sujeito sempre dava um aperto no estômago de Arlo, porque a voz de Angelika sempre tinha uma rouquidão quando o dizia.

Deixando de lado seu próprio destino em meio às minhocas, se aqueles dois tivessem se conhecido um mês antes em algum baile do interior, ela agora seria a sra. Angelika Keatings e estaria jantando em um estupor pós-sexo ao lado da lareira de Christopher, com a barriga inflando.

— Eu realmente deveria ter me despedido dele — acrescentou Angelika, olhando para o fogo. — Ele estava muito zangado comigo?

— Seu coração e seu orgulho foram muito feridos — disse Lizzie. — Mas nem tudo está perdido.

Arlo lidava com suas emoções mais primitivas com cuidado, feito um homem retirando uma cobra de uma caixa; de outro modo, sucumbiria ao veneno e à exaustão. Esta noite, porém, não foi hábil o bastante. As presas morderam fundo e o ciúme se espalhou a partir de seu coração. Em seguida, veio o pesar condenado que sentia toda vez que via Angelika com o bebê. Dessa vez, porém, as emoções ruins foram sufocadas por uma nova sensação. Levou um momento para identificá-la.

Possessividade arrogante, masculina, egoísta. Talvez estivesse na hora de levá-la de volta para a cama.

— Não pergunte mais sobre Christopher — Arlo disse a Angelika com a nova emoção em sua voz. — Não é preocupação sua quando ele chega ou vai embora.

— Ele finalmente disse! — exclamou Lizzie, com admiração e uma risada. — Geleka, creio mesmo que Will tenha reivindicado você de uma vez por todas. — Ela voltou os olhos vibrantes para Arlo. — Correto?

— Reivindicou, sim — confirmou Victor, no breve silêncio que se seguiu. — Lembra? Ela é sua para sempre.

O homem o incentivava outra vez a dar uma resposta, e Angelika analisava os últimos um ou dois minutos em sua mente, procurando uma confirmação que Arlo não dera.

Suas novas memórias eram de si mesmo como um menininho; será que o amanhã lhe traria sua adolescência e o começo de sua vida no seminário? Até a semana seguinte, estaria repetindo as Escrituras baixinho para se conter enquanto Angelika implorava a seu corpo por uma fricção mais forte, mais rápida?

— Nós precisamos conversar — disse Arlo para todos os presentes, recebendo um chute na canela por baixo da mesa.

— Não precisamos, não — interveio Angelika, aprumando-se e bufando em seu assento. — Só depois que você disser a todos nós que vai me amar até o dia de sua morte.

Arlo ponderou:

— Por que tudo deve ser até a morte nesta casa?

— Porque é assim que nós, os Frankenstein, amamos — Angelika explicou. — Nós amamos até que a morte nos separe e daí morremos de tristeza.

— Terrivelmente dramático — disse Lizzie com um sorriso, mas a Arlo não passou despercebido o arrepio de medo no rosto dela ao se voltar para ele.

Victor também desviou o olhar com os lábios franzidos. Apenas Angelika ficou ali, alheia à verdade nua e crua diante de si: Arlo era um homem cujo tempo estava se esgotando. E depressa.

— Você está prestes a descobrir se pode sobreviver a uma segunda morte, Will — Victor disse após uma tosse sem graça, observando a tensão entre os dois amantes recentes. — Responda-nos agora, ou convidarei Christopher para o jantar amanhã. Ele já está começando a olhar para o traseiro de Clara sempre que ela se abaixa para pegar Edwin, mas podemos cortar isso no começo.

Os nós dos dedos de Angelika embranqueceram na toalha de mesa, mas ela não piscou.

— Eu sou sua para sempre.

Arlo não sabia o futuro nem a maioria de seu passado, mas havia apenas uma atitude honrada que podia ter neste exato momento.

— Angelika, por favor, case-se comigo.

Ela não gritou de júbilo. Com uma expressão solene na boca, respondeu:

— Por quê?

— Por quê? — ecoou Arlo, confuso. — Por que te fazer a pergunta que você mais queria ouvir desde o momento que nos conhecemos?

Ela disse, baixinho demais:

— Você acabou de ser coagido por todos a pedir minha mão. Enfurecedor.

— Quer que eu implore de joelhos?

— Eu sei que você está me pedindo porque se sente obrigado. Porque não consegue ver uma saída da situação. — Ela apanhou seu vinho e engoliu o resto de uma vez só. — Não, eu quero um pedido vindo do fundo do coração. Não um que meu irmão te forçou a fazer à mesa, sobre nossos pratos vazios. — Os olhos de Angelika brilharam, temperamentais, enquanto ela gesticulava para a mesa em sua frente. — Eu não mereço um pouco mais do que ossos e restos?

Lizzie apoiou sua amiga.

— Foi um tanto sem graça, Will. — Ela sempre havia favorecido o comandante. — Vic me pediu em casamento em um desfiladeiro ao pôr do sol.

— Uma história romântica para contar aos nossos filhos — disse Angelika, com uma nova resolução. — É isso o que eu quero.

— Você quer muitas coisas — contrapôs Arlo. — E o que sempre se esquece é que eu não tenho nada para lhe dar. Posso falar francamente? Pode não haver filhos. Todos nós sabemos disso. — Arlo magoou os próprios sentimentos com essa declaração, porque testemunhar Angelika segurar um bebê no colo fez seus ossos doerem de tanta vontade de ser o pai dos filhos dela. Ainda assim, ele se forçou a acrescentar outro horror:

— E nós nem saberíamos com quem esse bebê se pareceria.

— Veremos, não? — respondeu ela, a compleição pálida. Levantou-se abruptamente, a expressão retesada e sem encará-lo. — Minhas regras devem vir daqui a dezesseis dias. Você pode contar cada um deles como uma sentença, se é assim que se sente.

Ela deixou a sala e Arlo continuou imóvel sob os olhares idênticos de Victor e Lizzie.

— Meu amigo — disse Victor em partes iguais de gentileza e alerta. — Agora é a hora de escolher.

— Eu creio que não posso.

Como se isso explicasse tudo, Victor lhe disse:

— Você está vivo.

Arlo respondeu:

— Por quanto tempo?

— Eu não sei se amanhã outro ganso vai saltar de um arbusto, eu vou cair de meu cavalo e este será o fim de Victor Frankenstein. Você não entende? *Ninguém sabe.* Você já sobreviveu à morte e está levando uma vida bônus. Ela pode ser a vida que você quiser. E, pelo amor de Deus, por favor decida que é uma vida com Angelika ou ela jamais se recuperará.

A súplica de Victor a Deus passou despercebida a todos, menos Arlo.

— E não seria cruel me casar com ela apenas para morrer semanas ou meses depois? Isso a destruiria. — Em seguida, Arlo fez a pergunta que tanto temia. — Ela vai morrer de pesar, como ocorreu com seu pai?

— Seria cruel não deixar que ela tenha você pelos dias, meses ou anos que podem te restar — disse Lizzie. — Seja lá o que aconteça, nós cuidaremos dela. Mas, neste momento, a decisão é sua. Ela precisa de você. Encontre a história romântica dentro de si. Eu nunca ouvi uma tão extraordinária.

Arlo se levantou de sua cadeira e jogou o guardanapo de lado. Não emitiu nenhum boa-noite polido; em vez disso, passou por diversas portas de mogno até chegar à escadaria, que o fez pensar naquela primeira noite, quando Angelika praticamente o carregara até o quarto dela. A cada passo que dava, uma dor de lâmina lhe penetrava os ossos em mil pequenas mortes. O pensamento automático lhe veio agora: *Acho que estou morrendo.*

Teimosamente, ele o refutou. *Acho que estou vivendo.*

O retrato de Caroline Frankenstein o encarava com desprezo conforme ele subia os degraus, inquirindo: *Você acha que é digno de minha filha?*

— Não sou, bela dama — respondeu Arlo em voz alta —, mas sou quem ela quer, e eu me permito ser escolhido.

Era um desperdício passar outro momento sequer sem Angelika.

— Eu quero me casar com ela. Preciso me casar com ela. E não quero morrer.

Admitir isso, não importa o quanto fosse imerecido, deu-lhe o impulso que precisava para subir dois degraus de cada vez. Tonto, sem fôlego, com frio e em agonia, estava prestes a abrir a porta do quarto dela quando Sarah apareceu atrás dele carregando dois baldes pesados.

— Eu levo isso — disse Arlo. — Obrigado, Sarah.

A garota corou até ficar vermelha, claro, mas ficou feliz em colocar as alças nas mãos dele, que se enfraqueciam a cada momento... Quantos baldes de água ainda? Quantos afagos na pele de seu amor? *Esqueça isso tudo*, disse a si com firmeza e abriu a porta dela.

— Estou aqui — disse ele.

Angelika estava sentada na banheira cheia até a metade, os braços em torno dos joelhos.

— O que você quer, Arlo?

Ele despejou o primeiro balde de água na banheira aos pés dela.

— Eu te imploro. Case-se comigo, por favor.

Um suspiro foi sua única resposta.

O segundo balde foi para dentro, e ele também despejava seu coração na água quente e cristalina. Angelika não ergueu a cabeça para vê-lo desabotoando a camisa. Talvez tenha ouvido o tecido se mover, mas sua noiva era teimosa, e aquela bochecha de porcelana continuou sobre o antebraço.

Ela definitivamente sentiu a água se mover quando ele colocou um pé na banheira, depois o outro, afundando atrás dela em seguida. A extensão irretocável das costas dela e as curvas de seu pescoço e sua cintura o deixaram duro como ferro. Passou um braço em torno da clavícula dela e puxou-a para trás, tirando-a da posição debruçada.

Usou as mãos para afagá-la, lavá-la, dar-lhe prazer... mas ela não respondeu.

— Eu não tenho mais medo — explicou ele. — Eu me casarei com você e serei seu marido até morrer. É a única coisa que quero dessa nova vida.

A respiração dela escapou, trêmula, e sua coluna perdeu a rigidez, e ela ficou mais pesada nos braços dele. Arlo assistiu suas mãos tocarem Angelika: nos punhos, nas dobras dos cotovelos, nos pesados punhados dos seios e na barriga achatada que ele tentaria encher e distender, com o tempo, se milagres realmente existissem. Ignorou o conhecimento de que as pontas de seus dedos estavam se apagando como as estrelas ao amanhecer; naquele momento, naquele preciso instante, ainda podia sentir os mamilos dela se enrugando e os ocos nas clavículas dela.

— Isso é apenas o que o seu corpo quer — contrapôs ela, em um murmúrio.

Ela estava triste, mesmo enquanto pressionava o traseiro contra ele. E Arlo conhecia os sinais de que ela estava ficando inquieta de desejo; o peito dela estava corado e rosado, suas coxas se espremiam e relaxavam, e ela soltava a cabeça sobre o ombro dele para lhe dar acesso a seu pescoço.

— Eu sou meu corpo e minha alma — respondeu Arlo enquanto a beijava. — Tudo de mim quer ser seu marido. Por favor, me dê essa honra.

— Eu quero me casar em uma catedral — disse ela, e o coração dele alçou voo de esperança. Ela escondeu o quanto falava sério com um comentário casual: — Mas suponho que você não vá querer isso.

— É exatamente o que eu quero. — Escândalo, fofocas, o passado dele exposto, piadas às custas dela... nada poderia atingi-los. — Eu estarei lá contigo, e é isso o que você terá.

Angelika recuou e as esperanças dele começaram a fraquejar... até ela ficar de joelhos e se sentar montada no colo dele. A água da banheira era agora um oceano. Entre aqueles corpos, o membro dele estava rígido, e o punho apertado dela tirou o fôlego de Arlo.

— Eu quero uma lua de mel que dure um ano — Angelika lhe disse enquanto erguia seu corpo, alinhava com o dele e começava a afundar.

— Tudo bem — Arlo conseguiu balbuciar.

— Eu quero ver o mundo. Serei extravagante em tudo e sou uma viajante excêntrica.

— Eu já sei disso.

Ela debruçou o corpo para trás, para encontrar o ângulo de que mais gostava.

— Mas não suponho que você vá gostar desse tipo de vida, ser levado para todo lado comigo, colocado em minha cama e receber qualquer presente que eu ache que você vai gostar. Barcos, cavalos, carruagens. Temperos, tapeçarias, vinho. — Ela estava perdendo o fôlego. — Daí, voltaremos para o Chalé de Espora, onde eu terei nosso primeiro bebê.

— Isso é tudo o que eu quero.

Ele estava com dificuldades para pensar, mas ela merecia muito mais. Ele mudou o ângulo de seu quadril e se concentrou.

— Fui covarde demais para dizer tudo o que eu queria, porque temia que podia perder tudo de novo. Mas é inútil; eu simplesmente preciso ter você. Tudo o que eu tenho para te dar é isto, meu corpo... —

A respiração dele titubeou no peito enquanto a água formava cristas.

— Mas, ainda que eu volte a ser eu mesmo por completo, te amarei como amo agora. Feroz e violentamente, de um jeito que me assusta. Eu te prometo que não vou mudar.

Arlo sentiu sua compostura começar a desmoronar. Como tinha sido tão lento para chegar a essa rendição?

— Eu matarei por você. Eu viverei por você. Eu me permitirei ser mimado por você. Deste momento em diante, você é minha esposa.

— Padre Northcott, fazendo seus próprios votos matrimoniais? — respondeu Angelika, com uma pitada de sarcasmo e suor na testa.

Ela ainda não acreditava nele.

Arlo não sabia de onde veio a força, e não havia mais nenhuma dor. Levantou-se lentamente, sentindo-a ofegar, e o corpo dela o agarrou com força em todos os locais. Com uma facilidade estranha, ele saiu da banheira e agora havia o som da chuva caindo e um arrepio de frio. Eles não notaram. O peitoril da janela tinha uma altura promissora, e ele não perdeu seu encaixe profundo no corpo dela ao colocá-la ali e se aproximar ainda mais entre as coxas abertas. O mundo dele era estreito e apertado, pingando de tão molhado, e ele sentiu a si mesmo mudando.

Para além do vidro de chumbo daquela janela ficava a floresta onde ele a encontrara caída, dormindo como se enfeitiçada, tendo engana-do a morte por centímetros, e ele estava se tornando aquela criatura selvagem que caíra de joelhos com terror no coração.

— Vou continuar fazendo isso até você dizer sim — disse ele, movendo os quadris, e ela soltou um gemido opulento, desesperado. — Eu vou te mimar de formas que você não consegue nem imaginar.

Os olhos dela se fecharam, mas ele não teve aquela sensação aper-tada feito uma prensa que geralmente entregava a sobrecarga de paixão dela. Arlo colocou as mãos por baixo dos joelhos dela e continuou a movê-la para cima e para baixo.

— Eu quero ter você assim todo dia, te mostrar o quanto eu te amo, o quanto sou desesperado por você. Cada piscada de seus olhos e cada resposta ácida me farão armazenar tudo para mais tarde, quando eu te levar para o nosso quarto. Você quer essa vida?

As mãos dela escorregavam nos ombros molhados dele.

— Isso. Quero. Mais forte!

Ele levou a mão ao ponto em que eles se uniam e acrescentou uma nova tensão ao próximo gemido dela. Quando os olhares deles voltaram a se encontrar, tudo se tornou desesperado.

As palavras já não eram mais possíveis, e agora ele usava seu corpo e seus lábios para lhe explicar o que ela significava para ele; que ela era excepcional em todos os sentidos, a pessoa mais brilhante, mais gloriosamente linda, mais legitimamente vaidosa que ele chegaria a conhecer. Lembranças dela começaram a se fragmentar na mente dele enquanto Arlo investia sem parar e Angelika começava a se desfazer em êxtase.

As calças justas nas coxas dela, uma esponja marinha na mão, o jeito como seu cabelo solto lhe caía pelo ombro, mordendo uma maçã incomum, o cintilar da luz em seus olhos verdes e como Angelika sempre olhava para ele: como se o amasse para além de qualquer noção, desviando-se da ordem natural do universo com um sorriso e uma piada...

Agora ela viajava para aquela paisagem privada do êxtase, seus membros se agitando, sua pulsação fazendo com que ele a seguisse. Arlo a agarrou junto ao coração e se sentiu como um animal selvagem.

— Eu te amo. — Era a coisa mais verdadeira que ele já dissera, mesmo que saísse em um rosnado. — Case-se comigo, pelo amor de Deus! Entregue-se a mim.

Ele ergueu a cabeça enquanto seu corpo cuidava do próprio orgasmo, lançando-o a movimentos descontrolados de puro prazer, várias vezes. Ele olhou nos olhos dela e ela sorriu.

— Sim. Eu concordo em me casar com você, Arlo Northcott. Mas tenho uma reclamação. Esta não é uma história que possamos contar para nossos filhos.

Angelika colocou a mão no rosto dele e o beijou.

Ele nunca sentiu um alívio tão grande.

Capítulo Trinta e Dois

Eles pertenciam um ao outro agora, para sempre, até a morte. Nos primeiros raios da aurora, enquanto Arlo desenhava espirais com as mãos na pele de Angelika, ele imprimiu aquela sensação na memória. Se suas mãos não funcionassem, usaria a boca para sentir essa maciez sobrenatural. Ele se adaptaria e mudaria, e levaria a vida que eles tinham esboçado juntos, nos momentos tranquilos entre as uniões de tirar o fôlego.

Permitiu-se sentir empolgação a respeito do Chalé de Espora; Angelika o descrevera tão vividamente que ele havia pegado no sono e sonhado que caminhava pelo corredor forrado de pinturas dos antepassados e de caça à raposa, indo na direção do quarto opulento que dava para os hectares selvagens de jardim.

O futuro brilhava tão límpido que o apavorava.

— Eu quero viver — confessou, enquanto ela secava as lágrimas dele com beijos. — Pensar em morrer agora, quando tenho tantos dias e noites à minha frente com você... eu não posso suportar.

— Eu o manterei a salvo — respondeu Angelika, e, como ela o provara todas as vezes antes, Arlo escolheu acreditar nela.

Angelika agora jazia deitada atravessada sobre o corpo dele, exatamente como naquela primeira manhã, quando ele acordara no quarto dessa garota rica com a mente igual a uma tábula rasa. A coxa por cima do colo dele, o rosto em seu peito, ela se encaixava nele como a peça que faltava, agora de volta a seu lugar. Arlo fechou os olhos, suspirou e sentiu uma paz completa.

— Eu amo você — disse para ela, e, embora estivesse dormindo, ela sorriu.

E então o sino acima da porta de entrada soou.

Ding.

✝

Arlo se interessava em assistir a Angelika envergar sua armadura: aquela de uma dama praticamente da realeza, que detinha o poder em todas as situações. Aparentemente, ela estava inabalada pela visita tão matutina e deixou o magistrado, o assistente da igreja e Christopher definhando na sala de visitas por uma hora enquanto se aprontava para seu dia. Cantarolando, destampou um vidro de perfume e o cheirou.

Arlo estava na cama com o lençol puxado até a cintura, sentindo-se deveras esgotado, e decidiu pegar emprestado um pouco da autoconfiança dela. Suas calças se encontravam em uma pilha úmida junto à banheira, e ele não estava ansioso em vesti-las. Feito um ricaço que não se importava com mais nada além do próprio corpo, espreguiçou-se, desfrutando do colchão e dos travesseiros dela.

— Está nervosa? — indagou ele, antecipando o olhar que ela lançaria a ele pelo espelho.

Angelika bravateou, uma sobrancelha arqueada.

— Eu? Nervosa? Esta é a minha casa. Eles têm sorte de sequer ter um vislumbre meu antes do desjejum.

— Assim como eu.

Ela sorriu e o coração de Arlo derreteu.

— Você viu tudo o que é possível ver de mim. Minha nossa, eu nunca alcancei o êxtase tantas vezes em minha vida. Nem mesmo em minha noite mais inspirada sozinha nesta casa.

Ela pressionou um batom rosado nos lábios.

O corpo de Arlo começou a desviar sangue para seu pau. Era uma exibição de tenacidade impossível.

— Será bom ver a cara de Christopher quando você cambalear para dentro da sala de visitas com os lábios inchados assim — ele lhe disse. — Eu gosto do sujeito, mas tenho certeza de que poderia matá-lo pelo jeito como ele te olha.

Para alívio dele, tal comentário não despertou o interesse dela.

— Não há necessidade — ela o calou e começou uma sequência aprazível, vestindo-se; dessa vez, escolheu um uniforme impressionante de espartilho, cintas-liga, meias de seda e ceroulas. — Comprei essas peças em uma loja em Paris frequentada por prostitutas e dançarinas. É absolutamente escandalosa. Da próxima vez, você virá comigo e escolherá o que eu vou levar.

Essa, sim, seria uma distração de cinco minutos.

Com o rosto rosado, ela se vestiu com as várias camadas de anáguas, um vestido violeta suntuoso e um colar de diamante digno de uma princesa. A tiara era um pouco excessiva às sete da manhã.

Arlo, nu, sem um tostão, o homem mais sortudo que se podia imaginar, sabia um pouco mais de si mesmo.

— Eu fui uma criança tão tímida — contou, do nada, quando se deu conta de que essa sensação de ficar sem fala era algo familiar. — Eu gostava da igreja porque era o único lugar onde eu podia ou me sentar quieto, sem que ninguém me perguntasse nada, ou cantar, e conhecia as letras das músicas.

— Pelo menos você conhecia as letras — respondeu Angelika, virando em seu banquinho estofado e cruzando as pernas. — Victor e eu costumávamos só cantarolar as melodias feito passarinhos. Você era tímido? Posso imaginar. Você tem certa reserva com aqueles que não te conhecem bem.

Os dois foram interrompidos pela batida ritmada de Sarah.

Angelika foi até a porta, entreabriu-a e teve uma conversa aos sussurros com Sarah, pegando uma pilha de roupas. Fechando a porta novamente, bufou, desdenhosa.

— Eles querem saber por quanto tempo mais terão de esperar. Tudo o que posso dizer é que agora será por ainda mais tempo.

Ela entregou as roupas a Arlo — um traje limpo para ele, como a pobre Sarah devia estar escandalizada! — e tornou a se sentar em seu banquinho chique.

— Voltando ao ponto em que paramos. Pode me contar sobre seus pais?

Arlo tinha uma imagem em sua mente: um casal de rosto duro, em um casamento infeliz e presos juntos em uma casa que não combinava com o tamanho da família.

— John e Frances Northcott. Meu irmão é o mais velho e também se chama John.

— Eu nunca entendi por que as famílias fazem isso — reclamou Angelika. — Dois Johns sempre vão vir correndo quando chamarem. Não é nada prático.

— Eu também tinha uma irmã mais velha e dois irmãos mais novos e duas irmãs mais novas. Isso dá… sete filhos.

— Do que mais você se lembra?

Arlo começou a se vestir, a mente perdida no passado.

— Nossa casa era pequena demais e nós vivíamos colados um no outro. Acho que este foi o verdadeiro motivo para meu treinamento no seminário. Não havia espaço para mim.

Uma onda enorme de mágoa antiga impediu outras palavras e ele vestiu as calças e abotoou a camisa em silêncio. Angelika disse:

— Tem espaço de sobra para você aqui.

Ele descobriu que queria argumentar de volta.

— É isso o que me incomoda em você: quando me diz esse tipo de coisa ou compra presentes tão elegantes. Como estas calças, por exemplo.

— Elas caíram maravilhosamente bem — ela elogiou, com os olhos na virilha dele. — Cortadas à perfeição. Tecido italiano vindo de uma tecelagem de lã específica em Milão. Você está ótimo, meu amor.

Arlo se sentou na beira da cama utilizada à exaustão.

— Realmente não há espaço para mim nesta casa. Eu não estou acostumado a ser tratado assim.

— Tratado como se fosse digno de um tratamento excepcionalmente bom? Isso me deixa triste. — Angelika veio se postar entre os pés dele. — Você encontrou seu lugar neste mundo. Ao meu lado. Há espaço bem aqui.

Na linha de visão dele, o tecido do vestido dela luzia, um índigo profundo e perpassado por um cintilar que vinha apenas da seda mais pura. Como os trajes cerimoniais mais finos usados pelos sacerdotes. Ele pegou o tecido entre os dedos, esfregando-o, e não conseguiu mais ter sensação alguma da fibra delicada.

Arlo fechou os olhos enquanto as memórias começavam a inundá-lo. Não havia um jeito possível de resumir cada uma para ela, exceto dizer, debilmente:

— Eu não escolhi nenhuma parte de minha vida.

Angelika aninhou o rosto dele junto a seu peito, e Arlo passou os braços em torno da cintura dela.

— Quero te contar sobre a minha vida antiga, mas não há muito a dizer. Eu tinha oito anos quando fui mandado para longe e sentia tanta saudade de casa a ponto de vomitar quando cheguei no seminário. Eu disse para minha mãe: *Não me deixe aqui*, mas ela não me ouviu.

Angelika ficou quieta por um longo período.

— Você usou essas mesmas palavras quando visitamos o necrotério juntos. Você disse: *Não me deixe aqui*, com um tom tão dolorido em sua voz. Pobrezinho.

Arlo não conseguia parar agora.

— Era um mundo tão estreito, ler os mesmos textos e Escrituras, debates sobre questões teológicas e trabalho manual em nome do Senhor. Era serviço meu esfregar a imensa panela onde o cozido do jantar era feito, e o fedor daquilo. Metal e carne. — Ele estremeceu. — Eu nunca tinha certeza se estava rezando corretamente, porque parecia descomplicado demais só pensar em silêncio, mas ninguém sabia me dar uma resposta definitiva.

Ele pressionou os lábios para conter a torrente de lembranças. Devia soar maluco.

Angelika disse a coisa certa.

— Não pare. Conte-me tudo o que quer contar.

— Eu tinha um melhor amigo chamado Michael no seminário. Ele era tão sagaz, me fazia chorar de rir. Ele via o absurdo em tudo e me ajudou a ganhar confiança e ver que o lugar em que morávamos também era um jogo que devíamos jogar. Ele amava pombos e os criava e treinava no sótão do celeiro. — Arlo estava surpreso agora. — Acho que os pombos de Victor me lembraram de meu antigo amigo.

— Talvez possamos ir lá juntos, encontrar Michael.

Arlo só conseguia pensar agora em uma cruz branca lisa, sem enfeites.

— Ele morreu de tísica. Tínhamos mais ou menos quinze anos, acho.

— Ah — lamentou Angelika, com muita compaixão. — O único amigo que você tinha morreu?

— Eu fiquei debilitado pelo pesar. Chorei em meu travesseiro e, durante o dia, tinha que fingir que estava tudo bem com o fato aparente de que ele estava no paraíso e que este era o seu propósito. Mas, para mim, o propósito dele era tornar minha vida suportável.

Ela passou a mão gentil pela cabeça dele.

— Como sobreviveu sem ele?

— Eu fui para fora e arranquei as ervas daninhas de um canteiro inteiro de flores. Isso me deu um alívio momentâneo. — O relógio na parede tocou. O mundo real ficava impaciente no andar de baixo. — O jardim me salvou. Da mesma forma que você me salvou.

Angelika sorria.

— Bem, estou vestida como uma violeta um tanto grande.

Ela fez uma pequena mesura nos braços dele.

— Como uma esporinha — disse Arlo, levantando-se e deixando que ela se preocupasse com ele, como sabia que ela queria fazer. Seu colarinho foi arrumado, os botões ajeitados, o peitilho recebeu um novo nó. Era assim que Angelika demonstrava seu amor, e, quando os olhos dela faiscaram de prazer, ele se deu conta de que isso era algo que ele podia fazer por ela.

— Será que poderiam fazer um sobretudo nesta lã?

Agora ela estava muito feliz e os dois se beijaram lentamente, com sorrisos nos lábios. Porém, quando voltaram a se separar, Angelika tinha uma nova compreensão em sua expressão.

— Você continuou sem escolha, não foi? Acordou aqui e era meu. Você sabe que, se for o que quiser de verdade, eu te deixaria...

Arlo não permitiu que Angelika terminasse, beijando-a até ela estar sorridente e convencida mais uma vez.

Quando se separaram, Angelika disse:

— Venha comigo, vamos botar esses homens para fora de nossa casa. Victor ainda deve estar dormindo, e será melhor assim mesmo.

Arlo a seguiu pelo corredor, depois passou o braço ao redor da cintura de Angelika e se aproximou. Junto à parte de trás de seu ouvido, sussurrou:

— Não se esqueça a quem você pertence.

— Nunca me esqueci — respondeu ela, suspirando.

Angelika permitiu que ele continuasse abraçado a ela e estava no topo da escadaria quando Arlo a fez parar outra vez, os braços mais apertados.

— Não se esqueça de que você vai se casar comigo.

Os diamantes no pescoço dela cintilaram.

— Eu não poderia me esquecer.

Agora ele tinha mais um pedido a fazer, e não era muito másculo nem corajoso, mas sabia que podia pedir.

— Não deixe que eles me levem.

O retrato da sogra dele, Caroline, tinha um sorriso vincando seu rosto quando ambos olharam para ela.

— Jamais.

Angelika adentrou a sala de visitas e Arlo a acompanhou logo atrás, para apreciar o drama de sua aparência imperial. A cena teria feito Lizzie apanhar seu caderninho.

— Por obséquio, digam-me o que significa esta visita tão cedo — disse ela, no momento em que entrou na sala. — Expliquem-se imediatamente.

Os três homens sentados com xícaras de chá vazias tomaram um susto.

— Angelika! Você está bem? — Os olhos de Christopher dardejaram do pescoço e do colo cor de creme de volta para o rosto da moça. Sua expressão se azedou quando Arlo postou-se ao lado dela e colocou o braço em volta da cintura. — Acredito que deveria tirar as mãos dela, senhor.

— Não tirarei — respondeu Arlo, fortalecido pelo poder calmo de Angelika.

Christopher ainda era um homem muito bonito e de boas conexões, mas já não tinha nenhuma chance de conquistar o coração dela.

— Estamos aqui para fazer algumas perguntas a Will — Christopher respondeu a Angelika. — Há uma estranha questão a ser resolvida lá na igreja.

O representante da igreja olhou para Arlo e fez a própria apresentação.

— Meu nome é Robert Thimms e sou o assistente pessoal do padre Porter. Ele deseja que o senhor se encontre com ele com urgência. Acreditamos que algum tipo de milagre tenha ocorrido.

Um sorriso partiu as bochechas do homem inesperadamente.

Christopher dirigiu-se a Angelika.

— O padre Porter acredita que este seja o padre enviado para substituí-lo.

Milagres não ocorriam na linha de trabalho de Christopher; apenas identidades trocadas e motivos nefandos.

Angelika nem piscou.

— Aquele homem morreu em um assalto à sua carruagem.

— Era o que eu acreditava, mas, pelo visto, não — disse Christopher, estreitando os olhos e analisando Arlo de cima a baixo. — Até que possamos todos nos sentar e destrinchar o caso, preciso que venha conosco, Will.

Angelika se arrepiou, ultrajada.

— Ele não vai a lugar algum.

Arlo apertou o braço em torno da cintura dela em agradecimento silencioso.

Christopher voltou sua frustração para Arlo.

— Você continua em silêncio, como faz amiúde. Este é o magistrado, o sr. Samuel Carter. Ele nos acompanhou em caráter oficial, até que possamos esclarecer o que tenho certeza de que se trata de um mal-entendido. Vamos então partir agora para o gabinete dele.

A ameaça em seu tom de voz era inconfundível.

— Como vão, sr. Thimms, sr. Carter? — Arlo fez uma mesura polida. — Posso pensar em apenas uma maneira de esclarecer por completo esta questão estranha e proponho que nos reunamos na igreja quando me for mais conveniente; ou seja, ao anoitecer. Devemos pedir que nos deixem agora.

— Quando lhe for conveniente? — ecoou Christopher, com uma expressão de escárnio e mais uma olhada por reflexo no decote de Angelika. — Anoitecer?

— Angelika não tomou seu desjejum. Estou lhes pedindo mais uma vez que vão embora. Eu não serei levado para fora daqui de súbito, como um criminoso.

As palavras lhe causaram uma pontada e trouxeram a memória de ser um menininho outra vez. Mas, com sua maior defensora a seu lado, ele se sentia inamovível.

— O senhor não é um criminoso — contemporizou o sr. Thimms, lançando um olhar duro a Christopher. — Acreditamos que o senhor tenha sofrido um trauma considerável e suas circunstâncias foram… bastante incomuns, mas Deus esteve contigo. Por favor, ficaríamos muito agradecidos em permitir ao padre Porter uma audiência com o senhor.

Christopher estava irritado e disse para Angelika:

— Onde está Victor? Nós dissemos para sua criada buscá-lo, mas ela ficou tão agitada que não foi nem capaz de nos explicar onde ele se encontrava. Totalmente muda ela ficou. É uma boa moça, mas vocês precisam de alguém mais adequado a esta casa.

— Victor está dormindo — supôs Angelika —, e minha equipe de criadagem absolutamente não é da sua conta. Sarah é perfeitamente adequada para seu papel, e eu aprecio muito suas várias habilidades e competências.

Angelika podia ir de branda a cortante como uma navalha em um piscar de olhos.

— Qual é sua proposta? — Christopher perguntou a Arlo, voltando o gélido olhar azul para ele. — Quando nos encontrarmos na igreja, como tudo poderá ser esclarecido?

— Eu levarei uma pá — retrucou Arlo, e os três convidados caíram de volta a seus assentos, em choque.

Foi neste exato momento que a porta de entrada se abriu com estrondo. Arfando e ofegando, um Victor Frankenstein sem camisa apareceu, brilhando de suor. Trazia uma maçã na mão.

— O que está fazendo de pé tão cedo? — Angelika estava estupefata. — Onde está sua camisa?

— Não tenho nada além de manhãs começando cedo em meu futuro; estou me adaptando antecipadamente. — Victor se recostou no batente da porta e ergueu as sobrancelhas em saudação a Christopher, negligentemente ignorando os outros dois visitantes. Mordeu sua maçã e falou com a boca cheia. — Costuma correr para se manter em forma, Chris? Poderíamos correr juntos.

Arlo não foi convidado. Ele entendia o porquê. Ainda assim, ficou triste.

— Estamos aqui por um motivo sério, Victor — respondeu Christopher, depois de uma risada chocada disfarçada de tosse. — Talvez você deva se sentar, para que eu possa apresentar seus visitantes e possamos explicar tudo.

— Depois de um banho rápido — pediu Angelika, cansada, sabendo reconhecer quando fora vencida. — Por favor, Victor, você fede.

Capítulo Trinta e Três

— Isso parece um tanto extremado — disse Victor, do alto, enquanto Arlo escavava jogando terra ao lado das botas dele. — Não posso acreditar que você, entre todas as pessoas, concordou com isso, Chris.

— Foi ideia dele — Christopher apontou, fincando sua pá na terra e apoiando seu peso nela. — E se isso der fim a essa bobagem toda, então eu sou a favor, sim.

Ele retomou a escavação, mas seu ritmo estava muito mais lento do que nas primeiras duas horas, quando levantava o olhar para sua linda espectadora a cada repetição.

Arlo estava *por um triz* de acertar a nuca daquela cabeça loira e reutilizar o túmulo.

— Como está se sentindo? — Angelika perguntou a Arlo de seu lugar, ao lado da lápide.

Ela mandara um clérigo lhe trazer uma cadeira, como se a formação de uma plateia fosse algo muito razoável de se esperar, e sentou-se na bela peça de mogno sob um domo de céu noturno que ainda exibia fitas cor-de-rosa do poente. Estava com toda a aparência de rainha das fadas, sentada sob o teixo que se fechava em torno dela. Angelika usava um vestido negro como a meia-noite, bordado com tantas pedrarias que ela brilhava mais do que o cosmo. Por baixo das saias havia botas compridas, amarradas até os joelhos.

Arlo decidira que deixaria aquelas botas quando a despisse, mais tarde.

— Você está bem? — Angelika lhe perguntou. — Parece um pouco pálido.

A exaustão física de Arlo, a dor que transpirava em sua pele por triturar bem no fundo das articulações, as mãos geladas como a morte, o atordoante custo mental de escavar sob uma lápide com seu próprio nome e data de nascimento gravados... nada disso lhe interessava agora, porque Angelika sorria para ele. Uma estrela rasgou o céu acima dela.

Suas emoções transbordaram.

— Angelika, nenhuma mulher é tão linda quanto você. — Arlo sabia que isso era a absoluta verdade, porque agora tinha cada memória que seu cérebro decidiu reter, desde momentos de trapalhada até as perdas que alteraram sua vida, como a morte de seus avós e de Michael. Afundado até a cintura em sua sepultura, apoiou um cotovelo na beirada e fez uma memória com este momento. — Eu te amo tanto.

Em resposta, ela ronronou e se inclinou para colocar a mão no queixo dele.

— Continue cavando, Sir Ressurreição — interveio Christopher, em um tom de reclamação.

— Você contou nossa novidade para o comandante, meu amor? — Recarregado, Arlo enfiou sua pá na terra e sua novidade como uma adaga no coração de Christopher. — Eu pedi Angelika em casamento e ela disse *sim* muito enfaticamente. Tenho certeza de que você está muito feliz por nós.

Arlo depositou terra e um coração partido aos pés de Angelika, com um senso pecaminoso de vingança.

Christopher se endireitou com uma pá de terra no meio do caminho, chocado até o âmago, mas, antes que pudesse dizer qualquer coisa, uma voz fina insistiu:

— Por favor, adiem qualquer ideia de algo assim até que possamos entender o que aconteceu aqui.

Era o padre Porter, ao pé do túmulo, inspecionando o progresso deles. Se estava preocupado em ser descoberto por ter vendido cadáveres para o necrotério, não deixava transparecer nada. Era a mesma expressão despreocupada que Angelika e Victor exibiam. A riqueza dava às pessoas certa força interna. Talvez ele não tivesse participação no esquema? O sr. Thimms não havia parado de andar de um lado para o outro na alameda desde a chegada deles.

O padre Porter franziu a boca diante da cena.

— A senhora tem certeza de que não gostaria de esperar em meu escritório, senhorita Frankenstein?

— Absoluta — respondeu Angelika. — Está uma bela noite para assistir a homens musculosos cavarem um buraco.

— Neste caso, vou ajudar um pouco — prontificou-se Victor com um sorriso e estendeu a mão para Arlo, puxando-o para fora do buraco.

Era algo esquisito, oferecer-se como voluntário para entreter a própria irmã, já que Lizzie estava em casa com instruções para repousar. Mas, conforme Arlo recuperava seu equilíbrio e se aprumava, Victor sussurrou:

— Você parece prestes a desmaiar. Descanse. Beba água.

O padre Porter chegou junto de Arlo com notável rapidez.

— Eu realmente gostaria que pudéssemos conversar em particular.

— Não há necessidade — respondeu Arlo, enxugando a testa com o antebraço e tentando não cambalear. A tontura dava um efeito de rodamoinho às bordas de sua visão. Lá embaixo, Victor e um Christopher exausto faziam da tarefa uma competição: terra voava para fora cada vez mais depressa. — Tudo será revelado em breve e lidaremos com as consequências então. Abriremos o caixão e ou Arlo Northcott estará lá ou não estará.

De pé, contra a parede da igreja, o magistrado ouviu essa declaração e assentiu.

— É bobagem, mas se for necessário...

Os olhos estranhamente claros de padre Porter estavam focados e intensos no rosto de Arlo.

— Você não tem nenhuma lembrança de mim?

Arlo desviou o olhar. Tinha todas as lembranças agora: os gritos dos homens que morreram ao defendê-lo, o deslizar indefeso da carruagem para dentro da ravina e a dor chocante em seu joelho quando chutou feito uma mula a porta presa, gritando para que Deus o salvasse.

Em seguida, lembrava-se de ter tirado os mantos suados, ficando com frio e se encolhendo debaixo deles. A garganta seca, os olhos ardendo com o sal.

Estivera sozinho durante a maior parte de sua vida em todos os sentidos que contavam e, conforme os dias e as noites passavam, aceitou que morreria sozinho.

Mas, no final, não foi o que aconteceu.

Caldos e compressas frias não puderam salvá-lo. Este velho estivera com ele, segurando sua mão, recitando a extrema unção enquanto Arlo sentia toda a sua essência ser retirada, dissolver-se em fumaça, sair pela chaminé e ir para o céu noturno. O mundo ficaria atônito se soubesse que, depois da morte, o espírito das pessoas fica preso em uma estrela.

— Você se lembra, não é? — murmurou o padre Porter. — Não minta para mim, meu filho.

Arlo teria gostado de dar um passo para trás, mas isso o colocaria dentro do túmulo.

— Deixe estar — implorou ao idoso em um sussurro. — Estou feliz pela primeira vez na minha vida. Seja lá quem eu for, me deixe sair daqui caminhando esta noite e me deixe ir para casa.

— Casa? Você assumirá residência aqui, permitindo que eu termine meu serviço antes que desabe de exaustão. Eu sei que você estava morto — sibilou o padre Porter, em um cochicho quase inaudível. — Sei quem encontrou seu corpo depois disso e o que os boatos dizem que ele faz em nome de alguma ciência profana. Você é obra do demônio — pressionou ele, os olhos pretos e intensos. — E o único jeito de me convencer do contrário é assumindo seu lugar no púlpito desta igreja e retomando sua vida devota.

Arlo balançou a cabeça.

— Eu pequei terrivelmente em minha nova vida.

— Está perdoado.

O coração de Arlo bateu descompassado com sua próxima declaração.

— É possível que eu seja um pai de outro tipo agora e nunca deixarei de amá-la. Eu a amarei para sempre, para além da morte.

O padre Porter olhou para Christopher lá embaixo.

— É preciso fazer sacrifícios, e você tem um substituto disposto. Volte a se aplicar, meu jovem.

— Deixe outro assumir esse papel. — A pulsação de Arlo estava desconfortável.

— Não há mais ninguém disponível. Se eu passar para as mãos do Senhor antes que um substituto seja instaurado, o vilarejo vai deixar a civilização para trás. Eles não vão se importar com o fato de que a família Frankenstein são os patronos mais ricos. Sem o temor a Deus e com os rumores correndo soltos, os moradores vão subir aquela colina marchando.

O estômago de Arlo se afundou ante a escolha apresentada.

— E isto é o que o senhor demanda de mim para deixá-los em paz? — Os irmãos Frankenstein discutiam amistosamente agora. — A vida continuaria para eles, exatamente como sempre foi?

— Isso manteria Victor Frankenstein longe do cadafalso e eu diria à arquidiocese que o padre Northcott é o produto mais sagrado de todos os milagres, testemunhado pelos oficiais mais elevados desta paróquia. Isso revigoraria todo o vilarejo, trazendo positividade e fé renovadas.

— E Angelika?

O olhar do velho recaiu sobre ela e era tão cruel que Arlo se virou para bloqueá-la com seu corpo.

— Há mais de duzentos anos que bruxas não são queimadas nesta floresta. Mas as tradições são revisitadas com frequência.

— Sob nenhuma circunstância o senhor irá feri-la — Arlo afirmou, sombrio.

— Bom rapaz.

Os dois foram interrompidos pelo som de metal em madeira.

— Fui eu — Victor e Christopher gritaram em uníssono e depois começaram a discutir como meninos de escola enquanto raspavam a tampa do caixão.

Nada mais que aconteceu deste ponto em diante foi uma surpresa.

Cavaram um pouco mais, buscaram cordas, perceberam que elas eram desnecessárias, e Victor e Christopher passaram o caixão para cima em um esforço que exigiu apenas uma das mãos deles. Buscou-se um pé de cabra. Todos prenderam o nariz, a tampa foi aberta e nada além de um interior ricamente estofado foi revelado.

— Parece bastante confortável — disse o padre Arlo Northcott para todos que o encaravam. — Porém, como podem ver agora, ainda não era a minha hora.

O sorriso estava sumindo do rosto de Victor.

— Mas que diabos, Will?

— Eu ecoo esse sentimento — disse Christopher. — Você sabia disso? — A pergunta pasma foi dirigida a Angelika. — Se sabia, acho que é perversa demais.

A linda boca de Angelika se entreabriu, magoada.

Não importava que amasse Arlo, ela ainda ansiava pela aprovação de Christopher mesmo assim. Era um fio solto perigoso; um fio que o caçador competente encontraria e puxaria até que o coração fiel dela se desfizesse. Por semanas, anos, o comandante não pararia nunca, afinal, por que se conformaria com uma viúva esbelta e seu filho quando podia ter essa criatura mágica, essa herdeira, esse troféu?

Será que um dia o padre Northcott veria passar uma carruagem depois de seu sermão de domingo e, nela, a silhueta de uma mulher casada, e morreria por completo?

— A senhorita Frankenstein é uma cristã bondosa e honrada, não é? — Padre Porter lançou seu olhar para Arlo.

O magistrado reencontrou sua voz. Estava emocionado, os olhos cheios de lágrimas, aparentemente tendo uma epifania religiosa.

— Padre Northcott, eu não sei como isso aconteceu, mas agora eu creio. Milagres acontecem, sim. Louvado seja Deus!

— Acredito que haja algo mais complicado em jogo aqui — interferiu Christopher, mas foi interrompido.

— Amém! — bradou o padre Porter. — Thimms, por favor, prepare um registro fiel desses eventos notáveis. Se concorda conosco que um milagre ocorreu aqui, padre Northcott, por favor, lidere-nos em uma oração.

Ninguém mais percebeu a ameaça em seu tom de voz.

Arlo abriu a boca e, muito sem fôlego, conseguiu dizer:

— Pai Nosso que estais no céu, santificado seja o Vosso nome, venha a nós o Vosso reino, seja feita a Vossa vontade, assim na terra como no céu...

Victor girou sobre os calcanhares e saiu andando para a noite.

— Está na hora de ir — Angelika chamou Arlo com firmeza. — O que está havendo com você? Vamos embora agora mesmo. Traga a carruagem para cá — ela gritou para Victor.

Os irmãos tinham entrado na vila grandiosamente, um lembrete de sua posição na sociedade. Arlo montara Salomão ao lado da carruagem. Agora, não poderia colocar um pé no estribo.

— Não posso ir — Arlo disse a Angelika. — Sinto-me estranho.

— Venha, vamos! É claro que você pode — instou Angelika, fazendo uma careta. — Minha nossa, como você está pálido!

Christopher observou o mesmo.

— Talvez devesse se sentar.

Se o padre Porter os arruinasse, os Frankenstein nunca mais poderiam colocar os pés no vilarejo. Multidões carregando tochas avançariam sobre a mansão, cantando, os olhos reluzindo ante a perspectiva de um pouco de vingança.

Às vezes, o amor demanda um sacrifício.

— Eu acho... eu acho...

O coração de Arlo batia de maneira errática, primeiro subindo por sua garganta, então caindo até o fundo do estômago. Deve ter sido o esforço.

— Eu acho que você deve me deixar aqui, Angelika. Será melhor assim.

Era como se tivesse oito anos de novo, fingindo-se de corajoso, sendo deixado em um lugar onde não queria estar, ansiando pelo momento em que poderia colocar o rosto em um travesseiro desconhecido e chorar. Até aquele no caixão serviria, a essa altura. Bateu no peito agora com o punho. Um coração partido era bem diferente de como ele imaginara.

Angelika estava desorientada.

— Ficar aqui? Por que raios? Pare com essa bobagem agora mesmo!

O padre Porter sorriu bondosamente.

— Ele chegou à conclusão de que sua igreja requer sua devoção contínua.

— Case-se com ele — Arlo disse, indicando Christopher. — Tenha um bebê. Viva sua vida. Prometa-me que vai viver.

— Em me casarei com você e somente você — arfou Angelika. — Por que está dizendo isso?

— Eu... eu não sinto... — As pernas de Arlo cederam e ele caiu apoiado nas mãos e nos joelhos. — Meu amor, acho que está acontecendo.

A terra solta nas bordas de seu próprio túmulo desmoronou e deslizou. Tudo dentro de Arlo começou a se arrastar para fora, e ele pensou na fumaça da chaminé.

— Mas eu não quero ir. Não me deixe aqui...

Enquanto as perguntas frenéticas de Angelika se transformavam em gritos, tudo em que Arlo conseguia pensar era que estava muito feliz por ter dito a verdade para Angelika: que ela era linda e que ele a amava.

E se pudesse dizer mais uma coisa... diria que ele seria uma estrela diretamente acima do Chalé de Espora, o lar verdadeiro do coração dela, para todo o sempre.

Capítulo Trinta e Quatro

A morte foi sábia em reconhecer Angelika Frankenstein como uma adversária formidável.

— Ele está se estabilizando por enquanto, mas seu quadro é... — Dr. Corentin procurou a frase correta antes de se decidir por: — *assim-assim*.

Começou a escrever algo. Em seu pesado sotaque francês, ele prosseguiu:

— O láudano deve ser administrado estritamente como escrevi aqui, já que ele parece estar com muita dor. *Mon Dieu*, eu nunca vi ferimentos assim. Ele esteve na guerra?

Em seu pânico, os Frankenstein se esqueceram das cicatrizes delineando cada uma das articulações de Arlo. Ele repousava deitado e nu da cintura para cima na cama de dossel de Angelika, quase tão branco quanto os lençóis franceses de linho.

— Ele levou uma vida e tanto — Victor disse ao médico. — Mas é um sobrevivente.

— Quando o espetei, o sangue dele estava marrom. Não me senti seguro para tentar uma sangria.

Estava ficando claro que o doutor não tinha certeza de nada.

— Ele não vai morrer. — Angelika declarou de forma tão categórica que as velas tremularam em torno deles. — Eu recuso. Eu o trarei de volta quantas vezes for preciso. Não chegamos tão longe para permitir que ele seja vencido pela exaustão. Trata-se apenas disso, é claro.

— Acalme-se — alertou o dr. Corentin. — Você não parece compreender a situação. Este jovem está perto da morte.

O pessimismo do sujeito era frustrante.

— Ele não está morrendo, só está cansado. O que mais podemos fazer?

O nível de estresse de Angelika subia a cada instrumento que o médico guardava em sua valise. O doutor disse:

— Mantenha-o aquecido. Reze por ele.

— Nossa mãe morreu de uma doença relativa a orações — Victor o informou, ácido. — Eu esperava mais do senhor. Dê-nos orientações concretas para seguir. Ciência. Medicina. É nisso que acreditamos nesta casa. Tem uma porcaria de sanguessuga em algum canto aí?

Angelika viu que o doutor se ofendia e buscou uma solução, a melhor que ela conhecia.

— O retorno da saúde dele renderá um presente de mil libras para o senhor, dr. Corentin, o que deve ser um dinheiro fácil, porque ele ficará bem depois de uma boa noite de sono. Por favor, posso convencê-lo a passar a noite no quarto do outro lado deste corredor?

Era meia-noite e o vento uivava lá fora. O dr. Corentin apalpou o bolso enquanto concordava de pronto.

— Devo dizer que estou muito interessado em aprender o seu método de ressuscitação — disse como oferta de paz a Victor enquanto se dirigiam até a porta. — Salvar a vida de um homem dessa forma não é uma proeza menor.

Victor e o dr. Corentin fecharam a porta depois de sair. Angelika ficou sozinha com seu amor e prontamente desmoronou. Chorou enquanto lutava para sair de seu vestido, suas roupas de baixo e as botas, e soluçou enquanto vestia sua camisola de seda, guardada na gaveta uma vida atrás por Mary, aquele diabrete.

Mary saberia o que fazer agora, com seus remédios folclóricos de bruxa. Jogaria uma pinha verde na lareira ou colocaria algumas folhas úmidas de teixo nas axilas dele ou alguma bobagem do tipo, mas que ajudaria com certeza, porque significaria que ela estava ali. Talvez ela estivesse cuidando do pobre Adam em um estado similar? Angelika chorou por Mary, Arlo, Adam e seus pais, e por sua própria alma miserável.

ANGELIKA FRANKENSTEIN

Batendo os dentes, ela subiu na cama e postou-se ao lado de Arlo. Ele estava tão frio quanto uma placa de vidro. Esfregando os braços e o peito dele, disse em voz alta para o irmão:

— Peça a Sarah alguns tijolos quentes. Quantos nós tivermos. Eu o salvarei outra vez — Angelika disse para o perfil adormecido de Arlo. — Juro que salvarei. Quantas vezes for preciso.

Imaginou a expressão sarcástica dele ante a declaração dramática.

— Eu até permitirei que Victor me auxilie, como fiz antes.

Próximo ao túmulo, ela e Victor caíram de joelhos ao lado do corpo em pronação de Arlo e o rolaram de lado.

— Sem pulsação. O livro persa, as compressões — Victor instruíra Angelika.

Ela tinha lido os mesmos livros que ele, e era por isso que sempre seria sua assistente ideal. Era um conselho do século xv, mas era tudo o que eles tinham. Rasgando a camisa de Arlo, Victor começou a pressionar o lado esquerdo da caixa torácica dele.

Quando Angelika levantou o olhar para Christopher, ele chacoalhou a cabeça, impotente.

— Sem pulsação, sem respiração — observou Angelika, ajoelhando-se junto à cabeça de Arlo.

Improvise, experimente, use seu cérebro, Geleka. Ela pousou a boca na de Arlo em um beijo sem paixão e soprou. Quando sentiu ar fazer cócegas em sua bochecha, bloqueou o nariz dele e o forçou, várias vezes, a receber seu ar, seu amor e sua abundância de preocupação.

Victor tornou a entrar no quarto agora, interrompendo a lembrança, carregado de tijolos aquecidos embrulhados em tecidos e mais alguns nos braços de Lizzie atrás dele.

— Eu podia jurar, Vic — Angelika disse, distraída, enquanto os tijolos eram colocados ao redor deles debaixo dos cobertores —, quando eu estava soprando ar dentro dele, eu juro que senti a alma dele em meus pulmões.

Victor disse, bruscamente.

— Você está em choque. Nós não acreditamos em…

Angelika o cortou.

— Nunca mais me diga o que eu penso. Nunca mais tente me convencer que só o que você pensa é a verdade. Arlo me ensinou a acreditar em tudo.

— Não posso acreditar que você sabia disso — Victor cuspiu. — Um padre? Porcaria de padre Northcott, na minha própria casa? Há quanto tempo você já estava ciente?

— Quem ele era não é culpa dele — disse Lizzie, incisiva. — A culpa é sua, Victor, por fazer experiências com ele, para começo de conversa.

— A culpa é sua mesmo — concordou Angelika. — Victor, nós fizemos isso com ele. Nós deixamos que ele cavasse aquele buraco, exaurindo completamente sua força vital.

Victor a ignorou e seguiu discutindo.

— Seu complexo se revela mais uma vez: você prefere os tipos inacessíveis. Você verdadeiramente acredita que alguém te escolheria acima de seu próprio Deus?

Com a confiança de uma imperatriz, Angelika respondeu:

— Sim.

Ele engasgou de rir.

— Então é ainda mais delirante do que eu imaginava. Bem, se houver forcados e chamas lá embaixo, é melhor se preparar para eles.

— Com toda felicidade.

— Vic, vá embora! — Lizzie disparou para ele, que saiu, pisando duro e batendo a porta. Lizzie se deitou por cima da colcha, do outro lado de Arlo. — Não dê ouvidos ao boçal do seu irmão. Eu sempre acreditarei em você. Conte-me tudo.

Angelika soltou um grunhido que significava algo na linha de *Você vai contar ao Victor.*

Lizzie persistiu.

— Sou sua irmã agora. — Ela colocou o braço por cima da barriga de Arlo e as duas se deram as mãos. — Qual foi a sensação? Da alma dele?

O calor na cama estava deixando Angelika sonolenta.

— Como estrelas. Eu respirei tudo de volta para dentro dele, e daí Vic encontrou a pulsação de Arlo outra vez.

— Que jeito mais lindo de descrever a alma. Talvez eu pegue essa fala emprestada. — Lizzie matutou sobre isso enquanto os três ficavam ali deitados. — Engraçado, quando não estou vomitando em um penico, é assim que sinto aqui.

Ela deu tapinhas na parte baixa de sua barriga.

— Prateado e mágico. Estrelas.

Angelika conseguiu encontrar forças para sorrir.

— Isso me deixa feliz. Uma alminha está nadando dentro de você.

Dentro de si, ela só sentia o vazio, e um vislumbre real de seu futuro foi revelado. Agora ela voltava a chorar.

— Eu ficarei sozinha. Não posso seguir em frente.

Lizzie foi firme com ela.

— Ele viveu duas vezes por você agora. Mantenha a fé nele. E você nunca estará sozinha. Você tem a mim.

— Ele parecia bem decidido a rastejar de volta para dentro da própria sepultura.

Para Arlo, ela disse, com uma urgência quieta enquanto enxugava as próprias lágrimas:

— Você tem que continuar lutando. Pare com essa bobagem de morrer. Eu te imploro.

Lizzie ofegou, achando graça.

— Ouvi dizer que você foi um tanto insistente com o padre Porter quando ele tentou levá-lo para dentro da igreja.

— Eu gritei na cara do peixe velho até ele se benzer. — Angelika soltou a mão de Lizzie para esfregar a barriga de Arlo por um tempinho. — Por que Arlo me diria, pouco antes de ter um colapso, que tinha decidido ficar na igreja?

— Ele estava passando mal, fora de si.

Angelika se sentiu animada pela confiança na voz de Lizzie.

— Tenho certeza de que uma boa noite de sono vai recuperá-lo.

Angelika começou a tagarelar sobre o clima lá fora, distraída.

Lizzie se esforçou ao máximo para impedir que a dúvida se revelasse em seu olhar, e ambas se deram as mãos por cima do homem quase morto mais uma vez.

†

Arlo sofreu sua terceira morte pouco antes do alvorecer, mas Angelika foi altamente persuasiva. Quando ele novamente se assentou em seu corpo, ela enfiou a cabeça em um travesseiro e uivou.

†

Arlo ainda estava vivo na hora do desjejum. Quando o dr. Corentin asseverou que cuidaria dele por um tempo, Angelika pediu licença e foi procurar Victor.

— Ele saiu para correr — Lizzie resmungou em seu sono.

— Correr — repetiu Angelika, descendo as escadas. — Victor saiu para correr, na chuva torrencial, quando eu preciso dele?

Seja lá o que Angelika esperava que o médico fosse retirar de sua valise de couro, isso não existia.

— Ele precisa inventar uma solução. Sim, sim, eu já volto — gritou ela por cima do ombro para o bando de criados que lentamente emergiu das sombras dos corredores. — Ele está vivo e eu já volto.

Para sua intensa irritação, Victor não estava no laboratório dando os toques finais em um elixir para recuperar Arlo.

— Idiota desperdiçador de tempo — resmungou, furiosa, e topou com o caderno de anotações dele. — Terei que fazer isso sozinha.

Começou a folhear o caderno de trás para a frente, partindo das entradas mais recentes. Estava escrito, claro, no código secreto de Victor.

— Eu não sei ler isso — reclamou em voz alta, no mesmo tom exato de sua infância. — Mas espere! Isso aqui é sobre Arlo.

Havia um desenho do ferimento na mão de Arlo e as medidas. Conforme ela recuava, deu-se conta de que Victor vinha medindo o ferimento a cada dois dias. Ele não se curara nem uma fração.

— Eu nunca ouvi o que Arlo estava tentando me dizer.

Ela engoliu o pânico crescente, jogou o caderno de lado e começou a alinhar vários compostos e béqueres de vidro. Foi ali que Victor a encontrou algum tempo depois, debruçada sobre a bancada, alternativamente gargalhando e ofegando de pânico.

— E chamam *a mim* de cientista maluco — disse ele. E então seu sorriso desvaneceu. — Acho que você deveria estar ao lado dele.

— Estou inventando um jeito de curá-lo.

Com piedade gentil, o irmão respondeu:

— Não vai encontrá-lo aqui. — Ele ignorou a coleção de tentativas anteriores, espumando, envenenadas, na bancada mais distante. — Vamos lá para dentro.

Angelika mergulhou uma colher aleatoriamente em uma jarra de sulfato de magnésio.

— Por acaso, você tem o monopólio sobre o gênio e o talento? Realizou tudo sozinho em sua vida? Eu sou mencionada uma vez sequer em seus cadernos? Será que Herr Jürgen Schneider também amaldiçoa meu nome? Eu serei lembrada pela história?

Um Victor sem fala era seu tipo preferido de Victor. Angelika continuou sua bronca.

— Tudo o que você já fez foi porque eu te ajudei. Sua presunção é exatamente igual ao meu delírio. Mas, a despeito desses defeitos pessoais, nós seguimos em frente.

Lizzie definitivamente desejaria roubar esse monólogo todo.

Angelika atulhou o pó em um béquer limpo, procurou em volta por um aditivo e então hesitou. Estava tão cansada que não conseguia nem se lembrar o que reagia com quê. Porém, como Victor estava olhando, encheu o béquer com água fria e o colocou sobre uma chama acesa.

— Está pensando em dar um tônico quente de magnésio para ele? — Victor ponderou. — Terá que ser administrado através de um tubo na garganta. Mas pode ajudar a manter as articulações e os músculos sem rigidez. Ele disse que você tinha uma solução de banho salgado maravilhosa, que ajuda com a dor. Bem pensado, Geleka.

Angelika ficou tão aliviada por ter criado qualquer coisa que fosse, que chorou o caminho todo para fora da porta, subindo pela trilha, passando pela porta da mansão e subindo as escadas.

Com uma das mãos segurando o béquer e o aparato, Victor dava tapinhas no ombro dela com a outra, repetindo:

— Desculpe, desculpe.

O dr. Corentin se levantou assim que eles entraram.

— Fui chamado para um parto.

— Mas de forma alguma — contrapôs Angelika; Victor, no entanto, assentiu para o homem. Ela ficou consternada. — Victor, ele está ocupado, trabalhando aqui.

— Tem um bebê querendo viver que precisa mais de mim — retrucou o doutor, apanhando sua valise. Ao passar por eles a caminho da porta, acrescentou tristemente: — *Ma chère*, aceite meu conselho original. Ore pela alma dele e se prepare.

— Victor! — Angelika foi incapaz de mover os pés enquanto o irmão fechava a porta atrás do médico. — Você vai permitir que ele simplesmente se vá? Ofereça mais dinheiro para ele! Tudo o que eu tenho, pegue!

Victor apertava os lábios em uma linha triste.

— E se fosse Lizzie um dia, dando à luz, precisando que ele viesse imediatamente? Ele está certo — disse o irmão, tentando fazê-la entender, mas Angelika estava ficando mais vermelha do que uma maçã. — Geleka, ele não tem a especialização necessária. Não há mais nada que ele possa fazer.

— Cale a boca! — Ela rastejou para cima da cama e colocou o ouvido junto da boca de Arlo. — Ele ainda está vivo. Venha, me ajude. — Odiando a relutância de Victor, ela arrancou o tubo e o funil das mãos dele, dizendo: — Eu não tenho ideia de como fazer isso.

O corpo de Arlo não acomodou a intrusão de boa vontade, mas, após alguns minutos suarentos, Angelika despejara o béquer todo para dentro do estômago dele.

— Aqui — disse ela, enrolando o tubo molhado e empurrando-o de volta para seu irmão.

— Bom trabalho — foi a resposta dele. — Mal não há de fazer.

O corpo de Arlo se sacudiu. Ele vomitou e começou a engasgar.

— Role-o de lado — orientou Victor.

Os dois conseguiram apanhar o líquido expurgado com toalhas.

— O corpo dele ainda tem esse tipo de reação básica — disse Victor, enquanto ambos batiam nas costas dele. — Acho que isso é algo bom.

— Algo bom? — Angelika enxugou a boca de Arlo, elevando a voz. — Algo bom? Você sabe o que eu vejo? Você, de pé por aí, distraído consigo mesmo, correndo na floresta, trabalhando em seu corpo precioso, sem fazer absolutamente nada para melhorar esta situação. É porque ele era originalmente um padre? Ou é porque ele me ama?

— Gel…

— Você nunca quis que ninguém me amasse. Sempre riu de minhas paixonites e disse que eu sou uma tonta e que ninguém jamais ia me querer.

— Eu nunca ri de você — disse Victor, desconfortável. — Tá bom, talvez eu tenha rido. Mas era brincadeira.

— Você nunca estava brincando e não estava brincando quando falou isso ontem à noite. Mas ele me ama, e não é pela minha fortuna nem pelo meu rosto. Ele ama meus defeitos. Ele me faz sentir como se eu pudesse ser uma pessoa melhor. Estamos conectados em um nível sanguíneo.

— Não duvido da profundidade do seu amor.

Ela ignorou o comentário.

— Você estará correto, como sempre. Estar morto é estar mais inacessível do que nunca, não acha? — Em sua fúria, ela estava mais calma do que nunca. — Eu vou morrer de coração partido. Há um lote vago ao lado da sepultura dele. Coloque-me lá. É o meu desejo.

A compleição de Victor empalideceu, e ele não disse nada.

Angelika deu as costas para o irmão.

— Vá embora e só volte quando puder fazer algo útil.

Capítulo Trinta e Cinco

Na manhã seguinte, o vestíbulo da Mansão Blackthorne estava bastante ocupado.

— Eu não consigo tirar uma palavra sequer dela — dizia a cozinheira, sra. Rumsfield, como uma reclamação, antes de dar um pulo e agarrar o próprio peito. — Deus do céu, *sinhora!*

Angelika descia as escadas. Estava pálida, lânguida, e seus olhos, afundados no crânio. Ela fedia. Se alguém conseguisse olhar para algo além da aparência da moça, teria visto que o retrato de Caroline estava altamente preocupado.

— Você *está* terrível! — gritou a sra. Rumsfield.

Sarah apareceu à porta da cozinha, enxugando as mãos em um pano. No sopé da escada, Angelika foi cercada por todos os criados da casa, Jacob, o cavalariço, e até alguns dos que trabalhavam no jardim. Procurou em vão o rosto pelo qual mais ansiava e, então, desmoronou sentada no último degrau.

— Ele vive. De novo. — Ela retorceu as mãos. — Devemos todos nos unir nestas próximas horas.

Ela ficou comovida com a preocupação nos rostos que olhavam para ela. Cada uma dessas pessoas tinha sido impactada por Arlo de alguma forma; sua liderança bondosa os trouxera para a Mansão Blackthorne e, por sua vez, despertara a propriedade de seu sono profundo.

A sra. Rumsfield disse, em um tom importante:

— Já deixei o caldo pronto para quando ele acordar.

— Muito bom — respondeu Angelika, apesar de suas esperanças estarem se esvaindo. — Agora, porém, enquanto ele está dormindo, devemos deixar Arlo... ah, vocês o conhecem como Will, mas agora ele se chama Arlo Northcott... devemos deixá-lo orgulhoso e fazer nosso melhor para dar conta da casa...

Angelika se interrompeu quando a sra. Rumsfield estalou a língua.

— A senhora está acabada, senhorita. Hora de comer alguma coisa e dormir.

— Não há tempo. Rapazes — Angelika comandou a equipe desencontrada, sabendo agora o que precisava ser feito —, quero que vocês todos comecem a planejar a colheita das maçãs.

— Will nos disse que vocês não costumam fazer isso aqui em cima — um trabalhador desconhecido comentou, confuso. — Todos no vilarejo sabem disso.

— Estou cansada de desperdício. Gostaria de fazer a colheita dessa temporada em diante. É possível? Tem mais gente no vilarejo que gostaria de ser contratada para isso?

Angelika viu todas as cabeças assentirem.

— Eu sei que parece algo esquisito com que nos ocupar, dadas as circunstâncias, mas sinto que Arlo ficaria muito contente em saber que fizemos esse bom ato sem ele. Afinal, é sempre ele quem faz com que tudo seja realizado por aqui, não é? — De novo, mais concordâncias. — Então, vamos mostrar que ele nos ensinou bem. Jacob, você será o organizador. Nosso vizinho deve ter um jardineiro a quem você possa pedir conselhos.

O jovenzinho anuiu.

— O que mais? — Angelika se virou de frente para as garotas. — Os três chalés depois do pomar precisam ser limpos e caiados. Um é para Sarah, outro é para Jacob e o último é para Adam. Sra. Rumsfield, poderia, por favor, manter todo mundo alimentado enquanto trabalham?

— Claro. Mas, senhorita, você também precisa comer — persuadiu a cozinheira.

— Quem é Adam? — Alguém resmungou.

Era improvável que o estômago de Angelika conseguisse segurar uma refeição.

— Vamos deixá-lo orgulhoso.

Lágrimas começaram a ameaçar quando ela viu todos aprumarem as espinhas, um propósito renovado brilhando em seus olhos. Saiu pela porta da frente e, então, sentiu alguém pousar a mão em sua manga.

Era Sarah. Corando, ela se forçou a dizer:

— Acho que entendi errado. Devo limpar um chalé para Jacob? Angelika retrucou:

— Você deve limpar o chalé que será seu.

Sarah deu um passo para trás, os olhos imensos e confusos.

— Como aqueles em que Will e Clara moram?

— Isso. Eu já não tinha te falado há muito tempo? Tenho que começar a dizer às pessoas o que é delas. Se o lugar estiver confortável o bastante, pode se mudar para lá agora mesmo. Chega de quarto frio na pensão. Esta é a sua casa agora, se você quiser.

Sarah a agarrou e a abraçou com força, espremendo as lágrimas de Angelika. O alívio desse contato humano foi acachapante, e Angelika balbuciou por cima do ombro da garota.

— Se eu organizar tudo direitinho, ele vai acordar e ficar orgulhoso. Ele vai ficar tão orgulhoso de mim e de nós, Sarah. Temos que arranjar tudo.

Sarah ninou sua empregadora nos braços e repetiu para o alpendre coberto de hera que tudo daria certo.

✝

Tudo daria certo. Não daria?

Era o amanhecer de novo. A essa altura, Angelika não sabia quantas auroras haviam tentado passar pelas cortinas fechadas; tudo o que sabia era que Arlo tinha morrido mais duas vezes, e sua respiração era tão superficial que ela não conseguia ouvi-la por cima da própria pulsação enquanto jazia deitada ao seu lado, com a cabeça no travesseiro dele. Não conseguia mais levantar seus membros pesados e só tomava água ou caldo, quando forçada.

— Devo deixar que você se vá? — A pergunta que fez a Arlo partiu seu coração. — Estou sendo cruel com você?

— Ninguém nunca lutou tanto assim — Lizzie disse da poltrona. — E ninguém nunca amou tanto um homem. Mas Geleka ... — Ela engasgou, então tossiu e enxugou os olhos. — Se ele partir mais uma vez, você precisa deixar que ele se vá.

Angelika sabia que não havia mais argumentos que ela pudesse usar.

— Victor chamaria isso de ciência natural. Mas eu sentirei saudade de você — disse ela, colocando o rosto na depressão do peito dele. — E eu me juntarei a você em breve — acrescentou, baixinho demais para que Lizzie ouvisse. Em uma voz rouca e mais alta, ela perguntou: — É não científico pedir um milagre?

— Acho que não — disse Lizzie, e a maçaneta da porta virou.

Um milagre foi fornecido rapidamente.

— Escuro feito uma tumba — disse Mary da porta, com desgosto evidente. — E o cheiro!

— Mary! — As duas mulheres ofegaram.

— Ouvi dizer que solicitam minha presença — retrucou Mary, empertigada.

A senhorinha contornou o pé da cama, pegou as cortinas e as abriu com violência, deixando entrar a luz pálida do amanhecer. Enxugando a condensação do vidro com a manga esfarrapada, prosseguiu:

— Ouvi dizer que há uma mocinha nesta casa morrendo de um coração partido.

— É verdade — lamuriou Angelika. Ela sentiu ser virada pelo ombro e agora olhava diretamente para Mary. — Você saiu para a floresta, e eu chorei cada minuto desde então.

— Você, como sempre, exagerando — contrapôs Mary, porém com um sorrisinho no rosto. — Então decidiu simplesmente desistir e o seguir? No andar de baixo, me disseram que você parou de comer. E de tomar banho.

Mary então conferiu Arlo e não pareceu tranquila com o que viu. A senhorinha pensou por um minuto e, então, aparentemente, tomou uma decisão.

— Meu marido morreu na véspera de meu trigésimo aniversário.

— Que jovem! — respondeu Angelika. — Eu não sabia que você foi jovem um dia.

Mary ignorou o comentário.

— E, quando meu William morreu, tive que tomar uma decisão. Eu me deitaria e morreria ao lado dele também?

— Obviamente, não foi o que você fez — disse Lizzie, quando a pressão do silêncio foi demais. Ela se encolheu sob o olhar bravo que Mary lançou em sua direção. — Eu vou buscar um pouco de caldo para Angelika e mais alguns panos...

Ela sumiu em um piscar de olhos.

— Eu não fiz nada além de mantê-lo vivo — confidenciou Angelika, sua garganta ressequida incapaz de terminar as palavras. — Eu o mantive vivo e esperei por você, Mary. Lamento tanto... Você nem sabe o quanto.

Mary colocou a mão na testa de Angelika e empurrou o cabelo dela para trás.

— Eu sei, sim. — Ela enfiou a mão no bolso do avental e tirou de lá um broche. — Eu peguei isto, e você está em seu direito se me mandar para a forca.

— Não ligo para uma pedra verde. — Angelika já não tinha mais lágrimas. Restava pouco líquido em seu corpo, mas ela permitiu que Mary a levantasse nos travesseiros para tomar um gole de um copo. — Não digo as coisas para as pessoas na hora certa. E, quando digo, digo na ordem errada ou presumo que elas já saibam. A esmeralda é sua, e eu estava fazendo um chalé para você.

— Eu sei. Adam me contou.

Debaixo dos cobertores, Angelika deslizou a mão para a palma gelada de Arlo.

— Como vai Adam?

— Ele seguirá Will daqui a poucos dias, acho. — A velhinha estava vigorosa, mas Angelika podia ver seus olhos úmidos. — Fizemos o melhor que podíamos, senhorita.

— Não fiz, não. — Mas, enquanto dizia isso, Angelika se deu conta de que não era verdade. — Na realidade, eu fiz, sim: eu fiz tudo o que pude.

— Falou com ele, então? — Mary apontou para Arlo com o queixo. — Você me disse que não fala as coisas para as pessoas na hora certa. Disse a ele tudo o que precisava dizer?

Angelika assentiu. Uma sensação começou a desabrochar em seu peito: o alívio de uma tensão que ela cultivara e nutrira por dias.

— Eu disse a ele, Mary. Desde o minuto que o trouxe de volta daquela primeira vez, disse a ele que o amava, de várias formas, e ele sabia disso.

— Então você fez bem, e está na hora de deixá-lo descansar. — Mary encaixou a mão no rosto de Angelika, como fazia quando ela era pequena. — Você vai ficar bem. Estou aqui agora. Não há nada de que ter medo.

Mary levantou a cabeça e seu cenho se franziu daquele jeito feroz característico.

— Tire aquela porca daqui.

— Mary! Que ótimo, talvez precisemos de uma terceira mão para isso aqui.

Victor tropeçou para dentro do quarto, parecendo tão exausto quanto a irmã. Beladona, de fato, estava na porta atrás dele. O rapaz colocou uma bandeja de implementos na cama, que deslizaram e ressoaram.

— Ah, inferno — praguejou ele, passando uma das mãos no cabelo. O coração de Angelika se espremeu de compaixão.

— Vic. Está na hora.

— Sim, exatamente. Acabei de finalizar isto aqui agora. — Ele levantou uma faixa longa e estranha, que parecia ser de carne. — Não sei costurar tão bem quanto você e fracassei tantas vezes, mas acho que esta vai dar certo.

Ele deu um beijo no rosto de Lizzie quando ela se postou ao lado dele.

— Olá, Lizzie. Nós vamos dar a ele mais uma passagem pelo mastro mortal.

Angelika balançou a cabeça.

— Escute-me. Está na hora de deixá-lo partir. Está na hora de apenas... rezar. Estaremos com ele enquanto se vai e deixaremos que descanse em paz.

— Pode fazer isso se quiser — disse ele e então levantou uma agulha grossa de costura. — Mas você me fez parar para pensar, Geleka. Você disse que estão conectados no nível sanguíneo. É disso que ele precisa. Não de caldo nem de orações. Sangue. Quer que seja eu ou você?

Angelika se levantou sobre os cotovelos com dificuldade.

— Você fez um tubo?

— Com o intestino de um coelho — explicou Victor. — A coisa mais fina, mais impossível de se costurar. Estraguei uma pilha enorme deles. Tantas vezes que quase entrei aqui e pedi que você o fizesse. E foi aí que eu soube o quanto não te valorizei em tudo que já fiz.

Ele estava desabotoando a camisa, mas Angelika o segurou.

— Eu.

Victor avaliou a irmã.

— Você não parece estar muito bem.

— Tem que ser eu.

A pressão da agulha na dobra do cotovelo dela foi tão dolorosa que Angelika gritou e, ao lado dela, o corpo de Arlo se contraiu. Todos eles observaram com fascínio mórbido conforme o sangue começou a escorrer, esguichar e então encher o tubo. Lizzie resmungou. Mary desmaiou na cama. Angelika fez uma careta.

— Espere, deveríamos ter colocado um pedaço de musselina. É tão difícil tirar mancha de sangue do linho...

Mas aí os Frankenstein não notaram mais nada, exceto a garatuja de vermelho que traçava uma rota atravessando a cama, capturada em uma membrana mais fina do que um cílio. Um ponto errado poderia desfazer tudo, mas Angelika viu que seu irmão se dedicara por completo.

— Você sempre disse que não sabia costurar — ela lhe disse. — Mas se saiu bem. Seja lá o que acontecer agora, obrigada por tentar. Eu nunca vou me esquecer.

— Este é o único tubo que eu consegui suturar até o final, e não creio que possa ser reutilizado. Então você terá que aguentar firme, Geleka. Eu vou só colocar isto nele, aqui.

Victor mergulhou a outra agulha na veia de Arlo com calma e desapego.

— Agora, nós esperamos. E rezamos. — Ele sustentou o olhar da irmã e estendeu a mão para ela. — Eu rezarei com você, minha irmã amada.

Mary se reanimou, Lizzie a ajudou a se sentar na poltrona e ambas assistiram ao impossível.

— Nosso Senhor — disse Victor, de olhos fechados. — Nosso Senhor, salve-o. Eu farei qualquer coisa. O que for preciso eu farei. Colocarei meu próprio sangue nele todos os dias, se isso significar que minha irmã poderá viver com seu único amor verdadeiro. Ele é melhor do que todos nós juntos, e eu sei que isso soa como algo estranho de se dizer sobre um homem completamente montado de pedaços.

Todos riram.

Victor continuou, ainda de olhos fechados.

— Eu não rezei nem uma vez em toda a minha vida. Não rezei por meus pais; não rezei para encontrar Lizzie. Confiei na ordem natural das coisas. Confiei na ciência e ainda confio, claramente. Mas, para a primeira e única prece que farei na vida, eu peço que o salve. — Os olhos dele se abriram e travaram nos de Angelika. — Deus, estou lhe pedindo que nos deixe ficar com Arlo. O tempo de uma vida já basta, e, quando ele estiver velho, pode voltar para o Senhor.

Angelika teve uma sensação curiosa: um cintilar, um repuxar, uma sensação de estrela. Olhou para o outro lado do travesseiro.

— Ele está indo ou vindo?

— Ele está bem no limite — disse Victor.

Mary deu a volta para ficar ao lado dele, ainda pálida pela visão do sangue, e sua linha de visão cuidadosamente desviada. Avaliou o homem deitado. Colocou a mão na testa dele. Deu tapinhas no rosto dele e, então, colocou o polegar na pulsação dele e ficou em silêncio.

— E então? — Lizzie aventurou-se, timidamente.

Mary respondeu com dignidade:

— Eu também estou rezando.

E, no silêncio que se seguiu, todos eles pensaram na vida que desejavam para Arlo.

Victor queria um irmão finalmente, com quem montar a cavalo ao pôr do sol, as barrigas cheias de cerveja. Desejava um sobrinho ou sobrinha com tanta intensidade que foi às lágrimas.

Lizzie rezou pelo sorriso de Angelika. Rezou por um cobertor estendido debaixo de uma macieira e o leve zumbido de abelhas. Mais do que tudo, desejou um bebê que olhasse para ela com o mesmo olhar sapeca e direto de Angelika.

As preces de Mary não estavam centradas exatamente em Arlo, mas a senhora orava para encontrar a coragem de dizer palavras importantes em voz alta. Esta era a culpa que Angelika carregava consigo, não era? As duas eram farinha do mesmo saco, porque Mary nunca, nem uma vez, dissera a essas crianças que ela as amava.

Angelika rezava por um batimento cardíaco, e qualquer coisa além disso seria um bônus.

Todos estavam tão concentrados em seus pensamentos, de mãos dadas e fazendo promessas para si mesmos, que não notaram o tom rosado voltando às maçãs do rosto de Arlo Northcott. E, quando o notaram, Angelika Frankenstein se recusou a parar a transfusão; ela se drenou para dentro do único homem que já amara, até ele abrir os olhos extraordinários para um novo dia.

A cabeça dele se virou no travesseiro. Todos continuaram em silêncio.

— Onde estou?

Tais palavras deveriam ter sido aterrorizantes, mas havia um humor irônico na pergunta.

Angelika estava tão fraca que a qualidade de sua voz alarmou a todos. Mas ela também sorria agora.

— Você está na cama de uma herdeira rica e mimada que percebeu sua posição privilegiada e vai trabalhar pelo resto da vida para te merecer.

A boca de Arlo se torceu antes que ele abaixasse o olhar para os braços conectados de ambos.

— O que você fez por mim?

— Ela chegou pelo menos a meio caminho da morte por você — interferiu Victor, retirando a agulha do braço de Arlo com eficiência e, em seguida, do braço da irmã.

O tubo frágil prontamente se desintegrou, e Mary rugiu pela bagunça que isso gerou na cama. Enquanto Lizzie começava a limpar e Victor a se gabar de como Jürgen Schneider receberia a notícia de sua última inovação científica, Angelika usou suas últimas forças para aninhar o rosto no peito de Arlo, aquele que ela havia selecionado pessoalmente.

— Meu homem dos sonhos. Aquele por quem eu esperei. Aquele por quem viverei e morrerei. Acho que encontramos um jeito de manter você comigo para sempre.

— Para sempre? — Os lábios de Arlo, ficando mais rosados a cada minuto, curvaram-se em um sorriso cansado. — Para sempre é um longo tempo, meu amor.

— Eu sei. — Ela inclinou o rosto para cima, para o dele, e eles trocaram um beijo. — Você duvida de mim? Já se esqueceu de quem eu sou?

— Angelika Frankenstein. — disse Arlo — Se para sempre é o que quer, é o que você terá.

Ele olhou para os rostos sorridentes que começavam a aparecer no quarto: Sarah, Jacob, a cozinheira e os jardineiros. Mary ensinava em altos brados a Sarah como colocar um lençol de molho. A sra. Rumsfield servia um caldo. Lizzie colocou a mão sobre a barriga, depois riu e pegou a mão de Victor, pressionando-a na lateral de seu corpo.

— Como estrelas — ela lhe disse.

Abaixando a voz para um sussurro, Arlo disse no ouvido de Angelika:

— Acho que teremos um pouco de paz e sossego no Chalé de Espora.

Epílogo

A mudança de estação deixou Victor Frankenstein de bom humor.

— Eu nunca vi tantas maçãs assim — disse para Mary, entusiasmado. Ela abria um buraco na área de jardim ao lado da porta da frente de seu chalé. — Deve haver umas cem vezes a quantidade habitual.

— É a mesma quantidade de maçãs que dá todo ano — disse Mary, empurrando um arbusto florescendo para dentro do solo e começando a pressionar. — Você só está reparando nelas por causa da colheita. Todo ano elas caíam no chão.

— Este ano não — disse Victor. — Estamos fazendo as coisas de outro jeito por aqui. Agora, por que está arrumando tudo com tanto vigor? — Ele indicou o tapete que tomava ar no peitoril da janela. — Está correndo de um lado para o outro feito uma doida, quando queremos que você relaxe e aproveite sua aposentadoria.

— Minha sobrinha-neta vem me visitar, o que você deveria saber, já que eu lhe disse isso pelo menos umas dez vezes. Ela ficará no antigo chalé de Clara.

— Tenho andado distraído — protestou Victor.

Cada momento desperto dele girava em torno da saliência na cintura de sua esposa. Ela foi aprazível o bastante para cooperar em algumas experiências-padrão, e o passeio para o altar na colina tinha acontecido bem a tempo. Vic sorria agora com a lembrança.

— Muito gentil de Arlo realizar uma última cerimônia, não foi?

— Foco — censurou Mary, entregando-lhe uma vassoura. — Pode varrer. Quero que tudo esteja com uma aparência muito respeitável.

— Qual é a idade da sua sobrinha-neta? Como isso funciona? Ela é a neta da sua irmã? — Victor não se importava muito com uma desconhecida, mas ouviu respeitosamente e varreu um chão pela primeira vez em toda a vida. — Dezessete? Cuidado para ela não se apaixonar por mim. Ouvi dizer que as garotas do vilarejo me acham terrivelmente bonito e rico, misterioso e refinado. É tudo verdade, mas agora eu sou casado e serei pai em questão de meses. Todas as garotas se apaixonam por mim — ele acrescentou para Beladona, acarinhando o queixo dela.

— Tenho certeza de que você diz tudo isso para o seu reflexo naquele espelho todas as manhãs — retrucou Mary, cortante. — Mary não é uma garota estúpida; ela não vai cair por qualquer charme que você julgue ter.

— O nome dela também é Mary?

Victor abriu um sorriso particularmente irresistível e, a contragosto, Mary se flagrou sorrindo de volta.

— Ela foi batizada em homenagem a mim. Coloque-os na cama dela — disse para Adam, que subia pela trilha com cobertores nos braços. — Bom rapaz — ela o encorajou.

Mary finalmente tinha um neto, e era uma delícia vê-la mimá-lo a seu próprio modo.

— Sente-se bem?

— Tudo bem, tudo bem — disse Adam em seu tom resmungão enquanto passava por eles. — Victor não precisará me completar por mais uma semana ainda, tenho certeza.

— É só me avisar — respondeu Victor, dando tapinhas firmes na parte interna do cotovelo. — Tenho sangue de sobra para distribuir.

Inventar um tubo reutilizável para transfusão de sangue era muito mais difícil do que parecia. Na verdade, era uma tarefa que quase acabou com ele, mas Victor estava determinado a conseguir sem a assistência da irmã. Agora que pensava a respeito, era sua primeira invenção solo.

— É uma história em que ninguém acreditaria — disse Mary enquanto ambos observavam Adam se abaixar para passar pela porta do chalé. — A jovem Mary é escritora. Ela tem uma imaginação vívida, similar à sua. Você vai se dar bem com ela. Ah, o nosso menininho está aqui para visitar a velha tia Mary!

Subindo pela trilha, Edwin "saltava" em cada pedra do pavimento. Suas mãos eram seguradas por um homem muito cuidadoso, e ele chegou aos pés de Mary sem nenhum ferimento.

Victor os saudou.

— Comandante. Clara. Que adorável ver vocês dois.

Christopher pegou o menino no colo.

— Não podemos ficar longe. Ele adora aqui.

— Não é a mesma coisa sem você aqui, Clara. Acho que devia voltar para cá.

Victor disse isso só para provocar Christopher, mas ela respondeu seriamente.

— Eu me acostumei bem com a academia — retrucou Clara, corando e endireitando as calças do filho. — Não ficaria bem a esposa do comandante morar sozinha, não é?

— Os soldados podem falar — concordou Christopher. — Eu não gostaria de ter a reputação de mau marido.

— Você jamais poderia ser um.

Victor mordeu uma maçã ruidosamente enquanto eles se beijavam.

— Todos vamos subir de carruagem até Espora assim que Lizzie der à luz. Ela tem uma insistência absurda sobre se deitar em um cobertor com Geleka. Não faz sentido algum. E Geleka quer plantar a própria macieira. Pelo menos, Arlo poderá manter a planta viva; minha irmã não tem o dedo verde. Vocês deviam vir também; tem uma infinidade de quartos de hóspedes.

— É uma oferta muito gentil... — disse Christopher, meio constrangido, mas Clara completou com firmeza:

— E nós adoraríamos. Sentimos muita saudade de Angelika e Arlo.

— Quando o padre Porter abandonar este invólucro mortal, eles podem voltar para uma visita — disse Victor. — Não resta ninguém no vilarejo que saiba quem Arlo é realmente. Thimms e o magistrado se mudaram para longe, graças a alguma interferência misteriosa. — Ele sacudiu as moedas no bolso para efeito dramático. — Então Arlo poderá voltar e caminhar por aí sem olhar para trás. E, se Beladona puder aceitar que é uma porca, Lizzie poderá andar por aí sem uma vassoura.

Ainda assim, ele franziu o nariz, achando graça, enquanto sua sombra onipresente encostava a cabeça contra sua perna. Olhando para a carinha apaixonada dela, Victor disse:

— Você precisa desistir de mim.

Beladona soltou um guincho apaixonado que significava: *Nunca!*

— Não acho que Arlo esteja incomodado de ficar enfurnado no interior, em Espora — disse Christopher, divertido. — Tenho certeza de que ele anda bem ocupado.

— Lendo poesia — disse Clara, e até Edwin riu.

Mary não entendeu a piada.

— Minha sobrinha-neta, Mary...

— Eu nunca ouvi falar tanto de uma desconhecida quanto dessa nova Mary — Victor reclamou.

— Ela escreve e lê poesia. Quer escrever um livro, mas não consegue encontrar um assunto. Talvez seja por isso que ela esteja vindo visitar. Vai encontrar inspiração aqui. Anda arrancando os cabelos de frustração, segundo a carta dela.

— Ela vai achar sua casa deveras encantadora — Clara encorajou com um sorriso. — Você a decorou até ficar com uma aparência maravilhosa. Vejo que Angelika lhe presenteou com mobílias elegantes.

Pela janela, o chalezinho de Mary era um palácio em miniatura, decorado com os papéis de parede franceses mais finos.

— Angelika é uma jovem requintada — Mary disse e então acrescentou, em uma voz como se andasse ensaiando: — Mas este é um dos motivos pelo qual nós a amamos. Ou, melhor dizendo, eu a amo.

Clara esfregou o braço da senhora.

— Está tudo muito lindo. Acho que vamos dar um oi para Jacob e Adam. Sarah está aqui também?

Mary respondeu:

— Sarah está na escola, mas Adam e Jacob estão aqui.

A pequena família partiu, subindo a trilha.

— Mestre Victor, eu quero saber uma coisa. Posso contar à jovem Mary sobre os acontecimentos da Mansão Blackthorne? Acho que eles poderiam inspirá-la.

Victor pensou, encolheu os ombros e deu o miolo de sua maçã para Beladona.

— Por que não? Enviarei um exemplar para Schneider. Isso não o deixaria furibundo? Teríamos que perguntar a Geleka se ela consente em ser uma personagem. Afinal, eu não sou nada sem ela.

Mary soltou uma risada repentina.

— Eu sugeriria fortemente alterar todos os detalhes possíveis. Se eu a conheço, ela dirá que sob nenhuma circunstância permitirá que seu nome seja ligado, em algo impresso, a essa história escandalosa.

— Uma pena. Ela estava bem ali, do meu lado, realizando o mesmo feito que eu.

Mary espremeu os olhos para Victor.

— Estava, sim. É bom ouvir você dizer isso também. Mas ela é menos vaidosa a respeito do que você.

Victor levou uma mão ao peito, dramático.

— Eu proporei à sua sobrinha-neta que sou pura inspiração, do começo ao fim. — Ele endireitou a enorme esmeralda presa ao cardigã da senhorinha. — Não seria divertido dar a Geleka um exemplar desse futuro livro em algum Natal? Talvez Lizzie possa adaptá-lo para o palco.

— Você já está se precipitando. Ainda não está escrito. E eu duvido que Angelika terá tempo de ler, com todas as suas viagens — Mary retrucou e observou Victor voltar para o casarão com o coração nos olhos.

Livre agora das trepadeiras e das teias de aranha, e finalmente apreciada, a Mansão Blackthorne reconquistara o poder de onisciência cristalina e observava essas conversas. Sabia que as maçãs não cairiam mais, que visitantes seriam frequentes e que o ouro armazenado agora circulava nas vilas. Angelika Frankenstein, a que trançava o cabelo e enchia banheiras, havia se mudado, mas isso não era motivo de tristeza. Aliás, sobrara pouca tristeza em Blackthorne. A rotina noturna regular que se seguiu era tão familiar para a casa quanto um batimento cardíaco.

Chaminés emitiam fumaça azul-clara no crepúsculo que caía; a barriga de Adam roncava ao cheiro do cozido de Mary.

Victor subia a escadaria no interior para beijar Lizzie até ela perder o fôlego, mas não sem antes fazer uma pausa debaixo do novo retrato, pendurado diretamente acima da escadaria. Ele parecia ridiculamente pequeno, só uma página emoldurada, centralizada no retângulo mais claro de papel de parede — o espaço recentemente deixado vago por Caroline Frankenstein.

— Sou melhor do que ele — disse Victor gentilmente, passando a mão sobre a carta de Herr Jürgen Schneider, que afirmava esse sentimento. — Sou muito melhor do que ele. Lizzie, minha duquesa, adivinhe só?

Essa última parte foi um grito totalmente revigorado.

— O que foi, Urso? — respondeu ela de seu ninho na cama deles.

— Eu vou continuar vivo na história, para sempre!

Lizzie gargalhou.

— Eu não tenho dúvidas disso. Agora venha aqui e me dê meu beijo.

†

A quilômetros dali, no Chalé de Espora, uma rotina noturna similar se desenrolava, com pouca diferença.

— Tem certeza? — Arlo perguntava a Angelika. Ele colocou outro pedaço de madeira na lareira e então se ajoelhou entre as pantufas dela. — Tem certeza absoluta?

— Você acha que eu sou incapaz de contar a passagem dos dias? — Ela manteve a sobrancelha arqueada por mais um instante e riu. — Tenho certeza, sim.

— Então é um milagre!

— Eu sempre tive fé em você — respondeu Angelika, enquanto Arlo começava a beijar sua barriga. — E você se dedicou de corpo e alma a isso. Em todos os cômodos da casa, você fez uma tentativa. Várias e várias vezes, bem quando eu pensava que sua inspiração havia secado, você me surpreendia.

— É verdade.

Arlo riu e, quando colocou as mãos nas dela, ela se deleitou no calor que sentia nos dedos dele enquanto massageava as dores persistentes. Ela era a fornalha que o propelia e o curava. Seu corpo era o doador de toda a vida. Ela agora tinha uma razão extra para ser arrogante.

Angelika costurava dia e noite, criando trajes primorosos para todos a quem amava. Arlo protestara que um bebê não precisava de um manto e sapatilhas com contas prateadas, mas seus protestos foram alegremente ignorados. Ela se ocupava fazendo cestos de roupas de bebê e comida, que eram entregues a mães recentes nos condados vizinhos.

Financiou um pequeno exército de parteiras.

Era uma benfeitora a qualquer um em quem acreditasse.

Antes de o bebê chegar, Arlo se ocupava à noite relendo seu amado exemplar de *Institutiones Rei Herbariae*, de Tournegort, para entender as variedades selvagens de plantas que cresciam pela propriedade deles. Flores e ervas enchiam os pátios interconectados e os labirintos que compunham o terreno deslumbrante de Espora. Ele descobrira um pequeno cardo estranho em uma sebe que demandou alguma pesquisa. Abriu a capa e passou as pontas dos dedos sobre a dedicatória, sem nunca mais deixar que sequer uma das declarações de sua esposa passasse despercebida. Era talvez um pouco sacrílego escrever em um livro tão raro e antigo, mas ela corrigira sua anotação diversas vezes:

Ao meu amor:
Um dia eu hei de escrever seu verdadeiro nome aqui.
Will, depois padre Arlo e depois apenas Arlo,
meu marido e agora um pai!
Com tudo o que sou,
serei sempre
a sua Angelika

As estações mudaram de novo, e chegou o dia em que Angelika Northcott deu a seu amado Arlo o que ele temia ser impossível. Ela deu à luz seu bebê na banheira e cortou o cordão umbilical com sua tesoura de costura preferida. Não precisaria dela por algum tempo; ao menos, até que seu recém-chegado precisasse de uma renovação no guarda-roupa.

De seu novo lar acima da cornija, o retrato de Caroline Frankenstein observava a cena lá embaixo. Sua filha montara seu par ideal, e era aquele tipo de amor eterno, típico dos Frankenstein. O Chalé de Espora tinha uma perspectiva semelhante dos fatos.

O bebê não se parecia em absolutamente *nada* com o pai.

Eles o amaram mais do que qualquer menininho já tinha sido amado.

Isso era uma certeza.

Agradecimentos

Antes de agradecer a algumas pessoas, quero reconhecer que este livro, com certeza, contém imprecisões históricas. Sei que homens normalmente não usavam alianças de casamento em 1814, mas não pude resistir, em nome da história. Às vezes, ao escrever ficção, tomamos certas licenças e riscos — e, para mim, este livro foi o melhor risco de todos!

Em seguida, devo reconhecer, e provavelmente pedir desculpas, à genial Mary Shelley. Houve uma peste em minha época e eu peguei emprestados os seus personagens por um tempinho.

Agora, meus agradecimentos! Christina Hobbs e Lauren Billings, também conhecidas como Christina Lauren, amo vocês desde 1814, e este livro é dedicado às duas. Quando escrevo um livro, faço na tranquilidade do conhecimento de que vocês entenderão o coração dele — mesmo neste caso, quando é um coração saído do necrotério. Obrigada a Roland, Tina, Katie e minha mãe, Sue, por sempre estarem ao meu lado. Não poderia fazer isso sem minha agente, minha rocha, Taulor Haggerty. Obrigada, Root Literary. Sou grata pela enorme confiança que minha editora, Carrie Feron, e sua equipe incrível depositam em mim. O fato de tantas pessoas continuarem a trabalhar e fazer seu melhor durante uma pandemia é inspirador e uma lição de humildade. Publicar um livro é um esforço de equipe, e eu faço parte da melhor equipe que há.

Obrigada a meus leitores e aos Flamethrowers, que me disseram que leriam qualquer coisa que eu escrevesse. Eu me agarrei a isso quando inesperadamente comecei a escrever *fan fiction* de Frankenstein. Espero que estivessem falando sério. Permitir que eu tenha este trabalho incrível é algo pelo que sou grata todos os dias.

Nesses últimos anos, houve momentos maravilhosos, incluindo a adaptação em filme de meu primeiro livro, *O jogo do amor/ódio* e seu lançamento mundial. Mas eu também chorei um oceano de lágrimas e finalmente compreendi Angelika totalmente.

Perdi meu cavalo em 7 de novembro de 2021. Louie, meu menino especial, para te salvar eu teria sangrado até secar. Fiz algumas coisas realmente espantosas tentando fazer o tempo voltar. Espero que você seja uma estrela em cima da minha casa.

Carta a Mary Shelley

Cara Mary Shelley,

Você é a legítima e reverenciada autora de *Frankenstein, ou o moderno Prometeu*, uma obra seminal apreciada por gerações de leitores e saudada como um dos primeiros exemplos de ficção científica.

Sinto a necessidade de me explicar e talvez pedir desculpas a você. Em 2020, peguei emprestados seus personagens com abandono imprudente e os utilizei da forma mais afrontosa. Minha desculpa é que havia uma nova peste na época, e eu estava um tanto quanto entediada.

Não sei bem como você lidou com a sensação de estar criativamente bloqueada em sua época, mas sei que você, Percy e lorde Byron saíram a passeio pela Suíça. Depois disso, foi estabelecido um desafio de escrita, e *Frankenstein* lhe ocorreu em um sonho. Então, talvez uma mudança de cenário, amigos criativos que a estimulem, tempo ruim e um pouco de pressão ajudaram a acender algo em você. Um aparte: por favor, visite meus sonhos esta noite para eu poder saber o que aconteceu nesse passeio. Não esconda os detalhes que podem estar perdidos para a história, não importa o quanto deva ser franca.

Férias na Suíça não eram possíveis para mim em 2020. Não podíamos nem mesmo nos misturar com pessoas de outras casas — não que eu conheça alguém como Byron. Quando estou sentindo que o poço secou e meu cérebro está coberto de cola, começo a escrever algo aleatório, e, quanto pior, melhor. Posso escrever assim por páginas a fio, gargalhando de meu próprio ridículo. Essas bobajadas cheias de prosa florida contêm detalhes em demasia, *mostram* de menos e *contam* demais, nomes têm grafias inconsistentes ao longo da história, e sempre existe algum perigo bobo. Por exemplo, eu escrevi uma discussão entre dois amantes em um penhasco, com muitos parágrafos desnecessários sobre as roupas deles e sobre como as botas de pelica branca da heroína ficavam oscilando perto demais da beira do penhasco, enquanto ela é repetidamente alertada por um homem (vestindo um traje social de três peças feito de denim) para não cair. Essa obra em particular inclui os seguintes diálogos: "'Frederick', gritou ela. 'Frederick! Eu quase morri!'". E é verdade, ela quase morreu.

Depois de escrever algo deliberadamente ruim e me animar por conseguir fazer algo muito melhor, eu retomo o trabalho no manuscrito *real*. Um dia, enquanto trabalhava editando meu terceiro livro, *Segundas Primeiras Impressões,* e sendo fortemente encorajada pelo governo australiano a não sair de casa a menos que fosse absolutamente essencial (por causa da peste que mencionei), abri um documento novo no Word (um pergaminho) e escrevi o seguinte:

Angelika Frankenstein sabia exatamente as qualidades físicas que seu homem ideal deveria ter, infelizmente, tinha de encontrar tais atributos no necrotério.

Fiquei atônita com essa sentença. Eu nunca, jamais, tinha pensado nessas palavras específicas nessa sequência antes — muito menos sabia quem era Angelika Frankenstein, cujo nome era escrito com κ em vez de c. Mas aquilo me veio em uma onda quente e certeira enquanto eu começava a contar a história: *é claro* que Victor Frankenstein tinha uma irmã mimada, egocêntrica e solitária, e *é claro* que ela pediria a ajuda dele para criar seu amor verdadeiro. E eu fiquei inspirada em outro sentido também. Em meu livro, o lar dos Frankenstein, a Mansão Blackthorne, é uma réplica da minha casa de bonecas. Enquanto eu estava em casa escrevendo, ela estava atrás de mim: um telhado de ardósia preta, janelas em arco, buracos redondos e um cofre cheio de ouro atrás de uma pintura. Estou feliz que agora ela tenha feito sua estreia na ficção.

Brinquei com Victor e Angelika como se fossem bonecas. Eles discutiram, riram e criaram juntos, à sombra do pesar indizível da orfandade. Eu me debati com a questão ética de alguém projetando o próprio amante e se minha audiência moderna sentiria que ele tinha o devido arbítrio e a habilidade de consentir, dadas suas opções limitadas e as realidades brutais de ser pobre e desprovido de um título naquele período. Eu me dei conta do quanto é verdadeiramente difícil escrever um personagem sofrendo de amnésia, especialmente quando ninguém mais conhece sua origem também. Por meio de Will, aprendi a admirar as pessoas que conseguem viver no momento presente de verdade.

E toda vez que minhas mãos congelavam, uma voz murmurava que não cabia a mim tentar escrever algo que se passava há séculos — não quando meu livro mais conhecido se passa no aqui e agora, e está, inclusive, virando filme. (Cinema — fotografias em movimento — veio depois do seu tempo, mas tenho certeza de que você teria amado.) Mary, eu me preocupava com a publicação deste livro. Existem muitos especialistas em *Frankenstein* por aí. Sério, usar personagens já publicados em novas obras é o que chamamos de *fan fiction,* ou *fanfic,* hoje em dia. É divertido e libertador, e, na verdade, foi como comecei a escrever já adulta. (Há um livro publicado chamado *Crepúsculo* — também escrito com base em um sonho da autora! Deixa para lá, eu te conto depois.) Eu tive o máximo de cuidado possível e pesquisei tópicos como *quando [velas, zíperes, janelas etc.] foram inventados* e consultei os mapas topográficos de Salisbury. Aprendi sobre as raças mais comuns de porcos e os tipos de árvore na Grã-Bretanha, a história das transfusões de sangue, e vasculhei catálogos de museus em busca de exemplos de papéis de parede e lustres para poder imaginar tudo corretamente. Pesquisei a etimologia de quase todas as palavras que escrevi. Proibi meus personagens de dizer *Ok,* mesmo quando os lábios deles tremeram de vontade de soltar essa palavra.

Em meu livro, há vários desvios de sua história, que eu reconheço e espero que você e meus caros leitores perdoem. Por exemplo: eu coloquei um anel na mão ressurrecta de Will com plena consciência, o que fez Angelika pensar que ele podia ser casado. Alianças de casamento só se tornaram comuns para os homens muito mais tarde. Eu não detalhei exatamente *como* o procedimento da ressurreição funcionou, e minha história foi influenciada pelas imagens de filmes clássicos. Entretanto, meus leitores não pegarão este livro esperando uma explicação médica definitiva, e você também não nos deu detalhes muito específicos. O que eu sei que eles vão gostar é do romance, do mistério e da diversão de estar metido em uma mansão gótica nos gelados campos de Salisbury, com todas as lareiras acesas. Eu quero que eles caminhem seguindo os passos elegantes de uma garota com fundos infinitos à sua disposição, que se dá conta de que o dinheiro não pode comprar o que importa de verdade.

A jornada com este livro, *Angelika Frankenstein em busca do par ideal,* me mostrou que coisas grandes podem brotar de uma única frase ou semente. Nunca se pode presumir que escrever algo bobo, de improviso, com ar de *fanfic* ou sem nenhuma intenção específica *não é escrever de verdade.* Desde a primeira palavra na página, é escrita. É criação. Até pegar no sono pode produzir um legado literário.

Caríssima Mary Shelley, o que começou como um voo da imaginação se tornou um livro de fato, um que, espero, não ofenda seu espírito estimado e inesquecível. E eu insisto com todos os meus leitores modernos que leiam seu livro ao menos uma vez na vida, para carregar sua tocha para o futuro.

Afetuosamente,

Sally Thorne